KRISTIN H

BETWEEN SISTERS
姐妹之间

[美] 克莉丝汀·汉娜 /著

黄异辉 /译

四川人民出版社

图书在版编目（CIP）数据

姐妹之间/（美）克莉丝汀·汉娜著；黄异辉译.
—成都：四川人民出版社，2022.5
ISBN 978-7-220-12515-7

Ⅰ.①姐… Ⅱ.①克…②黄… Ⅲ.①长篇小说—美
国—现代 Ⅳ.①I712.45

中国版本图书馆 CIP 数据核字（2021）第 269902 号

四川省版权局著作权合同登记号：图［进］21—2017—286

JIEMEI ZHIJIAN

姐妹之间

（美）克莉丝汀·汉娜 著

黄异辉 译

责任编辑	唐 婧
装帧设计	张 妮
责任校对	舒晓利
责任印制	祝 建

出版发行	四川人民出版社（成都市三色路 266 号）
网 址	http://www.scpph.com
E-mail	scrmcbs@sina.com
新浪微博	@四川人民出版社
微信公众号	四川人民出版社
发行部业务电话	(028) 86361653 86361656
防盗版举报电话	(028) 86361661
照 排	四川胜翔数码印务设计有限公司
印 刷	成都国图广告印务有限公司
成品尺寸	160mm×235mm
印 张	24.5
字 数	420 千
版 次	2022 年 5 月第 1 版
印 次	2022 年 5 月第 1 次印刷
书 号	ISBN 978-7-220-12515-7
定 价	88.00 元

KRISTIN HANNAH

BETWEEN SISTERS

01 chapter

姐妹之间

哈丽特·布鲁姆医生耐心地等待着一个回答。

梅格安·唐特斯躺在椅背上，研究着她的指甲。以往的这个时候，是她做指甲护理的时间。

"我尽量不去想太多，哈丽特。你知道的。我发现那会妨碍我享受生活。"

"这就是四年来，每周你都会来见我的原因？因为你非常享受你的生活？"

"如果我是你，我就不会说出来。这又不会显得你的心理治疗技术有多高明。你知道，这种情况也是完全有可能的：在我来见你之前，我是完全正常的；实际上，是你把我搞疯狂了。"

"你又在拿你的幽默当作挡箭牌。"

"你太看得起我了。这一点都不好笑。"

哈丽特严肃地说道："我从来没觉得你好笑。"

"看来，我去做脱口秀的梦想是泡汤了。"

"让我们来谈谈，你和克莱尔分开的那一天。"梅格安很不舒服地在她的座位上换了个姿势。这时候她需要做出一个聪明的回答，但她的头脑却一片空白。她明白哈丽特在试探着想要弄清楚的是什么，哈丽特也知道她明白这一点。如果梅格安不回答，这个问题只会被再问一遍。"'分开'，这是个多么干净、漂亮的词语，不带任何感情色彩。我喜欢。但是，那个话题已经结束了。"

"有趣的是，你和你的母亲维持着良好的关系，却和你的妹妹保持着距离。"

梅格安耸耸肩："妈妈是个演员，我是个律师。我们都可以心安理得地装模作样。"

"你的意思是？"

"你看过关于她的采访吗?"

"没有。"

"她告诉所有人,我们过去的生活状况贫穷、可悲,但却充满了爱。我们假装那就是事实。"

"当你们那可悲但却充满了爱的生活状况结束的时候,你们是生活在贝克斯菲尔德①的,对吗?"

梅格安没有作声。哈丽特已经成功地把她带回了那个痛苦的话题里,就像把一只老鼠带进了迷宫里。

哈丽特继续道:"那时克莱尔九岁,还缺着几颗牙齿。如果我没记错的话,她那时还不怎么会做算术。"

"别说了。"梅格安抓着椅子那光滑的木扶手说道。

哈丽特盯着她。在她那两道不羁的黑眉毛下,她的眼神很坚定。她戴着的小圆眼镜,让她的眼睛看起来比实际上要大些。"不要退缩,梅格,我们正在取得进展。"

"再进展一点,我就得叫救护车了。我们该来谈谈我的工作,这才是我到你这里来的原因,你知道的。这些天来,家事法院已经变成了一个高压锅。昨天,有一个不负责任的父亲开着法拉利到我那里去,接着声称他已经破产了,身无分文。那个白痴,他不想付他女儿的学费。我用摄像机拍下了他是怎么到我那里去的,对他来说,可真是太糟糕了。"

"如果你不想讨论你问题的根源,你还一直给我付钱干吗呢?"

"我有点小麻烦,但不是大问题。而且,老是翻着我的过去,毫无意义。当那一切发生时,我才十六岁;现在,我已经四十二岁高龄了!是时候忘记了。我做的是对的,那已经不重要了。"

"那么,为什么你还会做噩梦呢?"

梅格安摆弄着手腕上的大卫·悦曼②银手链:"我也做过关于蜘蛛的噩梦,戴着奥克利太阳镜的蜘蛛,但你从来也没问过。对了,上个星期,我梦见我被困在一个玻璃房子里,地板是用培根做的。我能听见有人在哭泣,但

---

① 贝克斯菲尔德:美国加利福尼亚州中央谷地的城市,位于洛杉矶西北偏北部富饶的圣华金流域的南端。是全美第 57 大城市,加利福尼亚州的主要城市之一。

② 大卫·悦曼:大卫·悦曼是世界公认的顶级珠宝制造商,以款式简洁、做工考究的名贵首饰和名表而著称。

我找不到钥匙。你想谈谈这个吗？"

"一种与世隔绝的感觉。这是一种潜意识，意识到有人在为你的行为而难过，或是有人在想念你。好吧，让我们来谈谈这个梦。是谁在哭泣？"

"见鬼。"梅格安早就该预料到会有这样的问题的。毕竟，她自己也有一个心理学的硕士学位，更不必说她小时候还曾被称为神童。

她瞄了一眼她的金表："太糟糕了，哈丽特，时间到了。我想，只有下个星期再来解决我这讨厌的神经衰弱症了。"她站了起来，抚平她深蓝色的阿玛尼套装裤腿上的褶皱。实际上，那里根本就没有褶皱。

哈丽特慢慢取下她的眼镜。

梅格安本能地交叉起了手臂，做出一副自我保护的姿势。"这应该没问题吧。"

"你喜欢你的生活吗，梅格安？"

这是个她没有预料到的问题。"有什么不喜欢的呢？我是这个州里最好的离婚律师。我住在……"

"孤独……"

"我住在繁华地段一流的公寓里，开着一辆崭新的保时捷。"

"朋友呢？"

"每周四晚上，我都会和伊丽莎白聊天。"

"家庭呢？"

也许该换个心理医生了。哈丽特已经揪出了梅格安所有的弱点。"去年，我妈妈和我一起生活了一个星期。如果我够幸运的话，在 MTV 电视台①移民火星的节目开播前，她会再到我这里来的。"

"还有，克莱尔呢？"

"我的妹妹和我的确有些问题，我承认。但没什么大问题。我们只是太忙了，无法见面。"哈丽特一言不发。梅格安赶紧开口来打破这寂静的场面："好吧，她那种浪费生命的做法，简直让我抓狂。她很聪明，做任何事都可以，可她却窝在那个所谓的度假村里，那就是个失败者营地。"

"和她的父亲在一起。"

---

① MTV 电视台：MTV 电视台是维亚康姆公司（Viacom Inc.）旗下成员。维亚康姆公司是目前全球最大的传媒娱乐集团之一，名列世界 500 强，在国际媒体市场的每一个领域都占有举足轻重的地位。

"我不想谈我的妹妹，而且，我也绝对不想谈她的父亲。"

哈丽特把她的钢笔拍在了桌子上："好吧。这个问题怎么样：你最后一次和同一个男人上两次床，是什么时候的事情？"

"你是唯一一个觉得这是一件不好的事情的人。我喜欢新鲜感。"

"你是说你喜欢年轻男人的原因，对吧？那种不想安定下来的男人。在他们甩掉你之前，你就已经甩掉他们了。"

"再说一遍，跟年轻、性感而又不想安定下来的男人上床，不是一件坏事情。我不想住在郊区那种用尖桩篱笆栅栏围着的房子里，对家庭生活我也没兴趣，但我喜欢做爱。"

"还有那种孤独，你也喜欢吗？"

"我并不孤独，"她固执地说道，"我很独立。男人都不喜欢坚强的女人。"

"坚强的男人就会喜欢。"

"所以，我最好多去健身房逛逛，而不是去酒吧。"

"还有，坚强的女人会直面她们的恐惧。她们会谈到在她们的生活中所做过的痛苦选择。"

梅格安彻底退缩了："抱歉，哈丽特，我得走了。下个星期见。"

她离开了那间办公室。

外面，是光明灿烂的六月天。刚到所谓的夏天。在全国其他每个地方，人们都在游泳、烧烤，或是组织着泳池边的野餐派对。而在这里，在美好而古老的西雅图，人们却在按部就班地检查着他们的日历，嘀咕着"见鬼，已经六月了"。

这个早上，附近只有几个外地来的游客。外地人是很容易辨认出来的，他们的腋下都夹着雨伞。

穿过繁忙的街道，走到海滨公园的草地上后，梅格安终于舒了一口气。一个高大的图腾柱映入她的眼帘。在那后面，许多海鸥在俯冲着觅食丢给它们的食物碎片。

她走过一张公园的长椅，那上面蜷缩着一个男人，身上盖着泛黄的报纸。在她前面，深蓝色的海浪咆哮着，向灰白的地平线席卷而去。她希望自己能从这样的景象中得到一点安慰。通常，她是可以的。但是今天，她的心被困在了另一个时间，另一个地点。

如果她闭上眼睛的话——她绝对不敢那样去做——她会记起一切：拨打着那个电话号码；和一个不认识的男人所做过的生硬而绝望的交谈；开向那

个狗屁北方小镇的漫长而沉默的车程。最糟糕的是，她还记得当她说着"我要离开你了，克莱尔"时，她从她的小妹妹脸上擦去的泪水。

她的手指握紧了栏杆。布鲁姆医生错了，谈论梅格安的痛苦抉择和随之而来的孤独岁月，是不会有用的。

她的过去，不是一个可以理清的各种记忆的集合体，而像是一个型号超大、滚轮却很劣质的旅行箱。很久以前，梅格安就明白了这一点。她所能做的，只有拖着它继续前行。

每年的十一月，威猛的斯开空米西河都在捶打着它的泥堤。洪水的威胁已经成为一年一度的事件。自古以来，住在这个河边小镇的人们都在观察着，等待着，准备好了防洪的沙袋。这样的传统世世代代地流传了下来。每个人都有这样一个故事，说有一次水涨到了某某人家的二楼……庄园大厅的门都被淹掉了……涨到了春日街和杜鹃花街的交界处。住在更平整、更安全的地方的人们看了晚间新闻后，都摇着脑袋啧啧地叹息，觉得那些农民偏要住在这样洪水泛滥成灾的地方，真是荒谬得不可思议。

当河水终于回落后，全镇的人们就集体松了口气。通常，最先松口气的人是镇上的药剂师埃米特·马维尼，他总会在他那海登镇上唯一的一台大屏幕电视前，虔诚地关注着天气频道。他会注意到一些微小的小道消息，一些即使是西雅图那些厉害的气象学家们都会错过的东西。他会把他的评估传达给谢里夫·迪克·帕克斯，此人又会将之告诉他的秘书玛莎。很快，消息就传开了，比从镇头开车到镇尾还要快：今年没事啦，危险已经过去了。毫无疑问，在埃米特的预测过了二十四小时后，气象学家们也会赞成。

今年也不例外。但是现在，在这美丽的初夏的日子里，很容易让人就忘记了那些危险的月份，那时候的雨下得让所有人都要发疯。

克莱尔·凯文诺站在河边，穿着工作靴，踩在几乎齐踝深的软泥中。在她身旁，侧放着一台没有油的除草机。

她微笑着，抬起戴着手套的手，拂过她那汗涔涔的额头。要把度假村准备好去迎接夏天的到来，需要干的体力活，多得让人无法相信。

度假村。

那是她爸爸对这十六英亩土地的称呼。山姆·凯文诺近四十年前就来到了这块土地上，那时候海登镇还只是个通往斯蒂文山隘路上的加油站。他以非常便宜的价格把这块地买了下来，在其附带着的破旧农舍里安顿了下来。

他把这个地方命名为"河边度假村"，开始梦想着跟埃弗雷特造纸厂里的安全帽、耳塞和上夜班不一样的生活。

开始的时候，他会在下班后和周末干活。一个链锯，一辆小货车，还有一个胡乱画在一张鸡尾酒餐巾上的计划，他就开干了。他一手一脚地开辟出了营地，清理干净了那些有一百年历史的灌木丛，艰难地在河边建起了一座座松木小屋。现在，"河边度假村"已经成为一个蓬勃发展的家族企业。总共有八间小屋，每一间小屋都有两个漂亮的小卧室和一个独立的浴室，以及一个可以俯瞰河景的平台。

在过去的几年里，他们还增加了一个游泳池和一个游戏室。迷你高尔夫球场和洗衣店的计划正在进行中。这是那样的一个地方：同一个家庭，年复一年地都会到这里来度过他们宝贵的假期。

克莱尔还记得她第一次到这里来的时候。高耸的树木，奔腾的银色河流，对于一个在贫民窟的拖车中长大的女孩来说，简直就是天堂。在到"河边度假村"来之前，她的童年记忆是灰色的：来来去去都是那些丑陋的城镇，破旧的建筑物里的那些更丑陋的公寓。还有妈妈，总是在逃避着这样那样的什么东西。妈妈结过很多次婚，但在克莱尔的记忆中，没有哪个男人在她们身边待的时间，比一盒牛奶在她们身边待的时间更长。但她记得梅格安，那在照管着一切的姐姐……然后，有一天，她离开了，把克莱尔抛在了身后。

现在，那么多年过去后，她们的生活几乎已经没有了联系。只是每隔几个月，她和梅格会通一个电话。在交流特别不顺畅的时候，她们只会谈论一些天气情况。然后梅格就会一贯地说道："我有个电话进来了"，然后挂断。她的姐姐喜欢强调自己是多么的成功。关于克莱尔是如何地将自己埋没了，梅格安可以唠叨上十分钟。最常见的措辞是：生活在那个病态的小营地，等人们走后再去打扫。每一个圣诞节，她都会表示，她愿意支付克莱尔上大学的学费。

仿佛多读点书会提升克莱尔的生活品质似的。

多年来，克莱尔都希望她们能既是朋友又是姐妹。但梅格安却不想那样。而且，她总是在按她的方式行事。梅格安想要她们彼此成为那个样子：有着血缘关系，有着同样丑陋的童年，然而却跟陌生人似的相处得彬彬有礼。

克莱尔弯下腰去拿除草机。当她在那松软的地面上卖力苦干的时候，她又注意到了许多她在开幕日之前需要完成的工作。玫瑰需要修剪，屋顶上的苔藓需要刮掉，前廊扶手上的霉菌需要漂白。还有，草也需要割了。漫长而潮湿的冬天过去后，迎来了一个光明亮丽的春天，草已经长到克莱尔的膝盖那么高了。她把这些记录了下来，等着去问他们的杂工乔治；这个下午，他会去清洗那些独木舟和皮划艇。

她把除草机扔到了皮卡车锈迹斑斑的车厢里，撞击得哐当一声响。

"嘿，亲爱的，你要去镇上吗？"

她转过身来，看见她的父亲站在接待处的门廊上。他穿着一条破旧的背带裤，系着一个被长年累月的油污染成了棕色的围兜，穿着一件法兰绒衬衫。

他从屁股口袋里拿出一张红色的印花大手帕擦了擦额头，向她走去。"顺便，我在修冰箱，你得去看看新的冰箱是什么价格。"

没有他无法修复的东西，但克莱尔仍然要去看看新的是什么价格。"你需要我从镇上给你带什么回来吗？"

"史密提那儿有些我的东西，你能帮我带回来吗？"

"当然了。等乔治回来后，让他开始弄独木舟，可以吗？"

"我会记得的。"

"还有，让丽塔漂白一下六号屋的浴室天花板。这个冬天那里发霉了。"她关上了皮卡的货箱。

"你会回来吃晚饭吗？"

"今晚不行。艾莉今晚在滨河公园有一个棒球赛，还记得吗？五点钟。"

"哦，对了，我会去的。"

克莱尔点点头，知道他会去的。他从未错过他外孙女生命中的每一个重要时刻。"再见，爸爸。"

她握着皮卡车的门把手，用力一拉，门嘎吱嘎吱地打开了。她抓着黑色的方向盘，爬进了座位。

爸爸敲着皮卡车的门说道："安全驾驶。七号里程碑后注意拐弯。"

她笑了。近二十年来，他都在一直给她这个详尽至极的提醒。"我爱你，爸爸。"

"我也爱你。现在，去接我的外孙女吧。如果你快点，我们还会有时间在比赛前看看《海绵宝宝》。"

02 | *chapter*
姐妹之间

　　办公大楼的西面正对着普吉特海湾①。一整面墙的落地窗，勾勒着外面那碧蓝如洗的美丽景象。远方，绵延着草木丛生的班布里奇岛。夜晚时分，在那一片墨绿色的黑暗之中尚可见到几盏灯光。然而在白天的时候，这个岛看上去杳无人烟。只有那每个小时都会"突突"地开进港的白色渡轮，显示出那里的确有人居住。

　　梅格安独自坐在一张长长的U形会议桌旁。光彩夺目的樱桃木和黑檀木桌面，宣示着主人的高雅与财富。或许，更多的是在宣示着财富。这样的一张桌子，必须是私人定制和独立设计的；那些小山羊皮的椅子，也一样。当某人在这张桌子旁坐下、看着这样的场景的时候，会明确这一点：这间办公室的主人，真他妈成功！

　　的确如此。梅格安达到了她为自己设定的每一个人生目标。当她还是一个慌慌张张且孤独的少女，才刚开始读大学的时候，她就敢于梦想更美好的生活。现在，她做到了。她的律师业务属于这个城市里最成功的和最受人尊敬的那一拨。她在西雅图的市中心拥有一套昂贵的公寓（与她童年时代那个在破破烂烂的拖车里的"家"有着天壤之别），而且独身一人，无牵无挂。

　　她低头瞟了一眼她的手表：四点二十。

　　她的当事人迟到了。

　　本以为远超过三百美元一小时的费用，会使人准时的呢。

　　"唐特斯小姐?"内线传来一个声音。

---

　　①　普吉特海湾：普吉特海湾位于美国太平洋西北区，通过胡安·德富卡海峡与太平洋相连。整个海湾周边地区集中了华盛顿州九大城市中的六个：西雅图、塔科马、埃弗里特、肯特、贝尔维尤和费德勒尔韦，人口约400万。

"是我，萝拉？"

"你的妹妹克莱尔在一线。"

"把她的电话转过来。还有，玫·门罗到这里后，马上通知我。"

"好的。"

她按下了耳机的按钮，在声音里挤出了点笑意，"克莱尔，很高兴接到你的电话。"

"总不能老是等着你打给我呀，是吧。呃，你在那遍地是钱的地方生活得怎么样？"

"很好。在海登呢？大家还在坐着，等那条河发洪水？"

"今年的危险已经过去了。"

"哦。"梅格安盯着窗外。在她的左下方，几架巨大的橙色码头吊车把许多五颜六色的集装箱装上了一台油轮。她不知道跟她的妹妹说什么。她们有一个共同的过去，但也仅限于此。"那么，我那个漂亮的侄女怎么样？她喜欢那个滑板吗？"

"她爱死了。"克莱尔笑了起来，"但说真的，梅格，以后你得问清楚一下那些卖东西的人。五岁大的女孩，通常都不具备玩滑板的协调动作能力。"

"你过去就有，那一年我们住在尼多斯。就在那一年，我还教会了你骑自行车。"梅格马上就后悔自己说出了这些话。她们在一起的那些过往的记忆，总是会让她伤感。在许多年里，克莱尔对梅格安来说，更像是女儿，而不是妹妹；当然，对克莱尔来说，梅格也比她们的妈妈更像是母亲。

"下次，带她去看一场迪士尼的电影就可以了，你不需要在她身上花那么多钱。给她买个芭莉口袋娃娃，她就会很高兴了。"

鬼知道"芭莉口袋娃娃"是个什么东西。她们之间陷入了一种尴尬的沉默。梅格安低头看了看手表，然后她们两个一起说话了。

"你在……？"

"艾莉森很期待上一年级吗……？"

梅格安紧紧抿着嘴唇。她很是努力了一下才克制住说话的冲动，但她知道克莱尔讨厌在说话的时候被人打断。尤其在梅格主导了话题的时候。

"是啊！"克莱尔说道，"艾莉都等不及要去上全日制学校了。幼儿园还没结束，她就在期待着秋天的到来了，不停地念叨着上学的事情。有时候，我觉得，我就像是抓着一条彗星的尾巴似的，她总是在不停地动着，甚至在睡觉的时候也是。"

梅格安差点冲口而出：你小时候也一样。她忍住了。想起这个，让她伤感了起来。她希望自己能把那些记忆丢到一旁。

克莱尔问道："呃，你的工作情况如何？"

"很好。你的营地呢？"

"是'度假村'。我们开始营业两周多一点了。杰弗逊一家人在这里举行家庭大聚会，大约有二十个人。"

"一个星期打不了电话，看不了电视？为什么我觉得，这就像是被放逐了呢？"

"有的家庭喜欢团聚在一起。"克莱尔用那种"你已经伤害我了"的腔调简单干脆地说道。

"对不起，你是对的，我知道你爱那个地方。嘿！"梅格说道，就好像她是刚想起这回事似的，"你为什么不跟我借点钱，在那块地上修一个舒服的按摩店呢？还可以更好，修一个小酒店。人们会因为可以得到良好的身体护理到那儿去的。老天，现在你那儿可只是一堆烂泥。"

克莱尔重重地叹了一口气，"你只不过是想提醒我你是成功的，而我不是。见鬼，梅格！"

"我不是这个意思。只是……我知道，如果没有本钱的话，你是无法开展生意的。"

"我不想要你的钱，梅格。我们不想要。"

重点在这里：克莱尔在提醒梅格是单数的"你"，而她自己是复数的"我们"。梅格安回答道："如果我说错了什么，我很抱歉。我只是想帮帮忙。"

"我再也不是那个需要她的大姐姐保护的小女孩了，梅格。"

"山姆一直把你保护得很好。"梅格感到自己的声音里有一种小小的苦涩。

"是啊。"克莱尔停了一下，吸了一口气。梅格安知道她的妹妹在干什么，她正在重新整理自己的情绪，寻找着更柔软、更安全的话题。"我要去奇兰湖了。"最后，她说道。

"和你的闺蜜们的年度旅游？"梅格安说道。谢天谢地，终于换话题了。"你们叫自己什么？'忧郁者们'？"

"是啊。"

"你们都会回到同一个地方去？"

"自高中以来，每个夏天都是这样。"

梅格安不知道和朋友亲密无间、情同姐妹是什么感觉。如果她是个一般的女人的话，她可能会感到妒忌。然而事实上，她根本没有时间来和一群女人混在一起。事到如今，她仍然无法想象和她曾经的高中同学做朋友。"好吧。玩得开心点。"

"哈，我们会的。今年，夏洛特……"

内线响了起来："梅格安？门罗小姐到了。"

感谢上帝，终于有借口挂电话了。谈起她的朋友，克莱尔可以说一辈子。"见鬼。抱歉，克莱尔，我得挂电话了。"

"哦，好吧。我知道你没什么兴趣听关于我那些大学辍学的朋友们的事情。"

"不是这个原因。我这里刚到了一个当事人。"

"好的，当然。再见。"

"再见。"当她的秘书把玫·门罗带进会议室的时候，梅格安刚刚挂上电话。

她取下耳机扔到桌子上，撞得哐当一声响。"你好，玫，"她一边轻快地向她的当事人走去，一边说道，"谢谢你，萝拉。请不要转电话进来了。"

她的秘书点点头，离开了房间，关上了身后的门。

玫·门罗站在一幅色彩丰富的巨大油画前面，那是尼吉塔①的作品，题名为"真爱"。梅格安一直很喜欢这种讽刺意味：每个星期的每一天，在这里，在这个房间里，真爱都在不停死去。

玫穿着一条耐磨的黑色针织连衣裙，以及一双至少过时了五年的黑色鞋子；她那香槟色的头发没有烫过，许多年来都是这么一个简单的发型，柔柔地垂落在她的肩膀上；她手上戴着的婚戒，也不过是一枚普通的黄金戒指。

看着她的这副模样，你永远无法想象，她的丈夫是一个开着乌黑发亮的奔驰，每周二都会去布罗德莫球场打高尔夫球的人。很显然，玫已经很多年没把钱花在自己身上过了。自从她为了供她的丈夫读牙科学校而在一家当地餐馆做牛做马后，就没有过了。虽然她只比梅格安大几岁，岁月的悲伤却在她身上留下了印记。她的眼睛下面，已经有黑色的眼袋了。

"玫，请坐。"

―――――――――――――

① 尼吉塔：亚历山德拉·尼吉塔（Alexandra Nechita），1985 年出生于罗马尼亚，后入美国籍，现为美国著名的立体派画家和慈善家。其创作的绘画和视觉艺术作品广受好评，被各大媒体和艺术社区称为"小毕加索"。

玫像个木偶似的猛地向前，就像是有人在操纵着她向前移动。她在那些舒适的黑色小山羊皮椅子中选了一把，坐了下来。

梅格安坐在了她惯常坐的桌子上首主位上。在她面前，摊开着几个马尼拉文件夹，文件的边缘贴着亮粉色的便利贴。梅格安用她的指尖敲打着这一堆文件，琢磨着最好该用哪种方式开始。这些年来，她见识过许多人在面临由于自己的轻率而得来的坏消息的时候，会有多抵触。她的直觉告诉她，玫·门罗是很脆弱的——即使已身处婚姻破灭的过程之中，但其本身仍未能完全接受这不可逃避的事实。虽然数月前就提交了离婚申请，但玫仍然不相信她的丈夫会将此事进行到底。

但在这次会面之后，她就会相信了。

梅格安看着她，"正如我在上一次会面的时候告诉过你的一样，玫，我雇了一个私家侦探去调查你丈夫的财务状况。"

"那是在浪费时间，对吗？"

无论这样的场景在这个办公室里重复上演过多少次，这依然是一个不好处理的情况。"并非如此。"

玫盯着她看了好一会儿，然后站起来，走到放在那樱桃木橱柜上的银色咖啡机旁。"我明白了，"她背对着梅格安说道，"你发现了什么？"

"他在开曼群岛有一个 60 多万美元的账户，这个账户在他自己的名下。七个月前，他几乎拿走了你们所有的家庭共有资产。可能他让你签字的时候，你还以为你签署的是再筹资金文件。"

玫转过身来，她拿着一个咖啡杯和杯碟。在向会议桌走过去的时候，她的手抖得厉害，传来了陶瓷碰撞的叮当声。"我所占的比例减小了。"

"真正减少了的，是你的钱，都到他手里去了。"

"哦，我的天。"她喃喃说道。

梅格安知道，玫的世界正在崩塌。这个女人的那双绿眼睛里闪过一丝绝望，似乎整个人都黯淡了下去。

这是许多女人都曾面临过的一个时刻：意识到她们的丈夫是她们根本不认识的人，而她们曾经的梦想——只不过是做梦而已。

"还有更糟的情况，"梅格安继续说道，尽量把话说得温柔，但她知道这些话会带来多大伤害，"他以一美元的价格，把诊所卖给了他的搭档，西奥多·布列文。"

"他为什么要那样做？那价值……"

"这样，你就无法得到你有权得到的那一半。"

听到这句话，玫的腿都好像不是自己的了，整个人都瘫在了椅子上。她手上的杯子和杯碟当啷一声掉落下来，咖啡溢了出来，流到桌面上。玫赶紧用纸巾开始收拾残局，"对不起。"

梅格碰了一下她的当事人的手腕，"别。"她站了起来，抓过一些纸巾，把桌子擦干净。"该道歉的人是我，玫。虽然我对这样的行为已经司空见惯，但这仍然让我感到恶心。"她扶着玫的肩膀，让这个女人可以冷静地思考一下。

"那些文件里面，有说他为什么要这么对我吗？"

梅格安多么希望她不知道答案。有时候，有些问题最好没有答案。她伸手从文件里拿出一张黑白照片。她非常轻地把这张照片推向了玫，就好像这照片是印在一张塑胶炸弹上的，而不是印在一张光面相纸上的，"她的名字叫作埃诗蕾。"

"埃诗蕾·斯托克。我想我知道为什么莎拉上完钢琴课后，他总是要去接她了。"

梅格安点点头。一个女人知道了第三者是谁，总会让人感觉更糟糕，即使是在临别的那一刻。"华盛顿州的法律不计婚姻过错，我们不需要理由就可以离婚。因此，他出轨的事情，并不重要。"

玫抬起头来，她带着一副事故受害者般的心不在焉、目光呆滞的表情，"不重要吗？"她闭上了眼睛，"我真是个白痴。"她气若游丝地吐出了这几个字。

"不，你是个诚实的、值得信赖的女人，你供奉一个自私的混蛋读完了十年大学，因此他才能过上更好的生活。"

"以前，我还以为那会是我们共同的更好的生活。"

"那时候当然会这么想。"

梅格伸手握住玫的手，"你相信了那个跟你说他爱你的男人。现在，他仍然希望你是以前那个好说话的玫，那个把家庭放在第一位、让戴尔·门罗医生的日子过得很轻松的女人。"

听到这句话，玫看起来很困惑，甚至是有点害怕。梅格安能够理解。像玫这样的女人，很久以前就已经忘记了该如何搅起一点风浪了。

这也没关系。毕竟，搅起风浪是她律师的事情。

"我们该怎么做？我不想让孩子们受伤。"

"他才是在让孩子们受伤的那个人，玫。他偷走了孩子们的钱，还有你的。"

"但是，他是一个好父亲。"

"如果他是的话，他就会希望孩子们得到很好的赡养。如果他还保留着一丝体面，他就会毫无争斗地交出一半财产。对他来说，这样做也是小菜一碟。"

玫知道，梅格安的推断是事实。像他这样的男人，根本就不懂得分享。"如果他不愿意呢?"

"那么，我们就要逼他愿意。"

"他会很生气的。"

梅格安倾身向前，"你才是那个该生气的人，玫。这个男人欺骗了你，背叛了你，还偷走了你的一切。"

"他仍然是我的孩子们的父亲。"玫用一种让梅格安感到恼火的平静回答道，"我不想把这件事变得很难堪，我想让他知道……他还可以回来。"

"哦，玫。"

梅格安小心翼翼地字斟句酌："我们只是想要公平，玫。我不想伤害任何人，但是不用多说，你绝对不能被这个男人欺负得一败涂地、一贫如洗。他是一个非常、非常富有的牙医，你应该穿着阿玛尼、开着保时捷!"

"我从来没想过要穿阿玛尼。"

"也许你不会，但我的工作就是要保证你有选择的权利。我知道现在这样会让人觉得很冷酷，但是玫，相信我，当你在筋疲力尽地独自抚养那两个孩子，而你的医生老公正笑嘻嘻地开着崭新的保时捷在城里转悠，和他那个 26 岁的钢琴老师通宵达旦地跳舞的时候，你就会很高兴你有能力负担你想要做的一切了。请相信我。"

玫看着她，悲痛难忍地微微弯了一下嘴角，"好吧。"

"我不会再让他伤害你了。"

"你认为做几个文件资料、银行里有一堆钱，就可以让我免受伤害吗?"她叹息道，"放手去做吧，唐特斯小姐，去做为了保护我的孩子们的未来该做的事。但是，我们不用假装你能让这件事变得没有伤害，好吗? 我已经被伤害得几乎无法呼吸了，而这还才刚刚开始。"

在那广袤无边的大草原上，一排大风车星罗棋布地点缀着万里无云的地平线。它们那厚厚的金属叶片，以一个缓慢而平稳的节奏转动着。有时候，当天气很好的时候，你可以听见每一次旋转发出的"吱呀、吱呀"的声音。

然而今天，天气实在太热了。除了自己的心跳声之外，什么也听不见。

乔·怀亚特站在仓库门廊那混凝土浇筑的地面上，拿着一罐已经变热了的可乐，那就是他的午餐仅有的东西。

他目不转睛地盯着远方的田野，梦想着自己行走在树林里宽阔的道路上，鼻子里充满了肥沃的土地和生长中的水果的甜香。

那里也会有微风，即使只有一丝丝，也可扫空这闷热的气息。而在这里，只有炙热的阳光，照射着这钢铁构成的仓库。他额头上的汗水闪闪发光，T恤下的肌肤也都已经湿透。

现在还只不过是六月的第二个星期，他就已经被炎热包围。夏天的亚基马河谷让他无能为力。是时候再次搬家了。

意识到这一点，让他觉得疲惫不堪。

他已经不是第一次想知道，自己还要过多久这样的日子，不停地从一个镇子漂泊到另一个。孤独总是如影随形地消耗着他，让他瘦成了一道影子。然而不幸的是，他到的每一个镇子，都比他之前待过的那个更糟糕。

曾经有一次——现在想起来是很久以前的事情了，他曾想着，这些地方总有一个是对的。他会到了某个镇上，想着，就是这儿了，然后敢于去租一个公寓，而不是住在破破烂烂的汽车旅馆里。

他再也不会期待那样的海市蜃楼了。他知道那是不可能的。只要在同一个房间里待到超过一个星期，他的那些感觉就会泛起，记忆就会浮现，就会开始做噩梦。他发现唯一可以让他避免此种情形的方法，就是永远待在陌生之地。如果床垫从来都不是他自己的，房间对他来说总是陌生的，他有时能一次性睡着超过两个小时。如果他安顿了下来，习惯了，然后睡得更久些的话，他就总是会梦见戴安娜。

那也没关系。那会很受伤，当然了，因为看见了她的脸——即使是在他的梦里——他仍然浑身充满了疼痛的感觉，疼到了骨头里。但那也会带来快乐，会有关于他以前的生活以及他曾经能感受得到的爱的甜蜜回忆。如果梦境就停留在此处，还会有戴安娜上大学时坐在绿草如茵的大草坪上或者是他们彼此依偎在班布里奇岛上房子里的大床上的记忆。

但他从来没有那么幸运。甜蜜的梦总是会变坏，变得丑陋。通常，他都会喃喃地说着"对不起"，然后醒来。

唯一生存下去的办法，是不停搬家。而且，从来不与人发生眼神接触。

在这些年的流浪生涯里，他已经学会了如何让自己变得让人看不见。如果一个男人头发齐整、衣着得体，并且有一份工作，人们就能看见他。如果是在一个小镇上，人们在他旁边排着队等候公共汽车，他们就会跟他聊起来。

但是，如果一个男人衣着邋遢，而且忘记了剪头发，穿着一件褪了色破破烂烂的哈雷·戴维森T恤，一条褪色了的牛仔裤，背着一个破背包，就没有人会注意到他。更重要的是，没有人会认出他。

在他后面的铃响了。他叹了口气，走进仓库。刺骨的寒冷立即包围了他，这里是水果的冷藏库。他脸上的汗水变得湿冷而黏糊。他把他的空可乐罐扔进垃圾桶，然后回到外面。

一时之间，或许是在更短的一瞬间，他感到炎热的感觉真好。当他到达装卸处的时候，他又是汗涔涔的了。

"怀亚特，"工头叫道，"你觉得这是在干什么，是他妈的在野餐么？"

乔看着那一排无穷无尽侧面都是横档条的卡车，车上都高高堆满了新采摘的樱桃。然后他注视了一下那些正在把板条箱往下搬的人——大都是墨西哥人，他们住在一些干燥、尘土飞扬的地方破旧的拖车里，没有抽水马桶，没有自来水。

"不，先生，"他对那面色红润的工头说道，显然，这家伙在对他的工人们大喊大叫的时候很有满足感，"我没觉得这是在野餐。"

"很好。快去干活，否则我要扣你半个小时的工资！"要是在以前的话，乔会抓住工头那汗湿而肮脏的领口，教教他人与人之间该如何相处。

那样的日子已经过去了。

他慢慢地向离他最近的卡车走去，边走边从他屁股后面的口袋里拿出一双帆布手套。

是该离开了。

克莱尔站在厨房的水槽边，回想着昨天跟梅格在电话里的交谈内容。

"妈妈，我能再吃一个华夫饼吗？"

"我们该怎么表达自己的请求呢？"克莱尔心不在焉地说道。

"妈妈，请问我可以再吃一个华夫饼吗？"

克莱尔从窗口转过身去，用挂在烤箱门上的毛巾把手擦干，"当然可以。"她把一块冷冻的华夫饼放进了吐司炉。在等着它变热的时候，她环顾厨房寻找着脏盘子。

她在用她姐姐的眼光打量着这个地方。

这不是一个差劲的房子——以海登镇的标准来看，当然不是。很小，是的：带尖顶的二楼上挤着三个小卧室；每层楼一个浴室、一个客厅；还有一个厨房，带着一个兼作餐桌的橱柜。在克莱尔住在这里的六年里，她已经把那从前苔绿色的墙壁漆成了法兰西香草式的奶白色，把橙色的地毯换成了硬木地板。她的家具虽然大都是二手货，但她都用自己炮制的木材构造加工过，重新抛光过。最让她引以为傲的，是一把用贵重的夏威夷寇阿相思树木料制成的双人座椅。在这个客厅里，它上面放着褪了色的红色靠垫，看起来并不出彩。但如果她是住在考艾岛上的话，这把椅子将会引人注目。

当然，梅格的看法会有不同。早早就高中毕业、然后轻轻松松就读完了七年大学的梅格，从来没忘记过强调她有大把的钱，而且敢于给她的侄女寄来让她们圣诞树下的其他东西都相形见绌的礼物。

"我的华夫饼好了。"

"是啊。"克莱尔把华夫饼从吐司炉里拿出来，涂上黄油，切开，然后装在盘子里，放在她的女儿面前，"吃吧。"

艾莉森立即叉了一块放进自己口中，用她那种卡通人物般的方式咀嚼着。

克莱尔忍不住笑了。自艾莉森出生以来，她就能让克莱尔莫名地微笑。她低头看着这个迷你版的自己，同样纤细的金色头发和雪白的皮肤，同样心形的脸。虽然没有克莱尔五岁时的照片，她仍然认为她和艾莉森是一个模子里刻出来的。艾莉森的父亲没有在他女儿的身上留下任何遗传的印迹。

这很公道。他一听说克莱尔怀孕，就赶紧溜之大吉了。

"你还穿着睡衣，妈妈。如果你不快点，我们就要迟到了。"

"你说得很对。"克莱尔在捋着她今天必须完成的所有事务：割后面空地上的草；将浴室和卫生间的窗户重新填缝；漂白三号屋里发霉的墙；通一下五号屋的厕所；修复独木舟的顶棚。现在还早，还不到八点，这是本学期上学的最后一天。明天，她们就要离开，去奇兰湖休息和玩耍一个星期。她希望她能把一切按时完成。她瞥了一眼四周，"你见过我的工作清单吗，艾莉森？"

"在咖啡桌上。"

克莱尔摇着头从桌子上拿起她的清单，她已经完全不记得放在这里过了。有时候她都不知道，如果没有艾莉森，她该怎么过。

"我想上芭蕾课，妈妈，可以吗？"

克莱尔笑了。这让她想起了她小时候也曾想成为一名芭蕾舞演员。同时，这种关于过往的回忆，也带来了一丝小小的刺痛。梅格安曾经鼓励过她去追寻她的梦想，即使那个时候没有钱去上芭蕾舞课。

好吧，事实并非如此。妈妈有钱去上她的舞蹈课，但克莱尔的那份，却没有。

然而，在克莱尔大约六七岁的时候，梅格安曾和自己的高中朋友们一起，给她安排过一系列周六上午的课程。克莱尔从来没有忘记过，那仅有的几个堪称完美的上午时光。

她脸上的笑容消失了。

艾莉森紧锁着眉头盯着她，一张小脸皱成了一团，"妈妈？芭蕾？"

"我也曾想成为一名芭蕾舞演员，你知道吗？"

"不知道。"

"不幸的是，我的脚有独木舟那么大。"

艾莉咯咯地笑了，"说是独木舟，也太巨大了，妈妈。不过，你的脚确实是很大。"

"谢谢。"她也大笑了起来。

"如果你想成为一名芭蕾舞演员，为什么你却成了这里的一个'工蜂'呢？"

"'工蜂'这个名字，是外公叫我的。实际上，我是一名助理经理。"

她选择过这样的生活，已经是很久以前的事情了。

就像她所做过的大多数决定一样，她没有花太多心思，偶然间就做出了这个决定。首先，就算上华盛顿州立大学，她也无法毕业，那是一个出了名的难毕业的大学之一。当然，她还不明白，从根本上来说梅格安是对的，上过大学后，一个女孩会拥有更多选择。没有学位，也没有什么梦想，克莱尔回到了海登。她原本只想待一个月左右，然后去考艾岛学习冲浪。但那个时候爸爸得了支气管炎，躺了一个月。克莱尔就着手去帮他。等到她的父亲终于康复并准备重新开始工作的时候，克莱尔才意识到，她是多么爱这个地方。她和她父亲的脾气一个样，在这件事上是，在许多事情上都是。

她跟他一样地热爱这个工作。无论天晴下雨，她整日都在外面，做着任何需要做的事情。每当她完成一项工作，她就能看见自己的劳动带来的实实在在的结果。在这沿着河边的十六英亩美丽动人的土地上，有什么东西在吸引着她的灵魂。

梅格安不理解这一点，并不让她觉得奇怪。在她姐姐眼中，教育和金钱的价值高于一切；待在这个地方，对她来说完全是在浪费时间。

克莱尔尽量不去介意她姐姐对她的这种指责。她知道她的工作与什么伟大的计划没什么关系，只不过是管理几个露营地和一些度假村的小屋。但她从来没觉得自己是个失败者，从来没为她自己的生活感到过失望。

除非，是在她和她姐姐聊天的时候。

03 | *chapter*
姐妹之间

二十四小时后，克莱尔已经做好了离开去度假的准备。她在这座小房子里走了最后一遭，巡视着什么忘记做了或是还没完成的事情。但一切事物都已就绪。窗户锁好了，洗碗机是空的，所有易坏的食物也都已经从冰箱里拿出来了。当她在浴室里整理浴帘的时候，她听见客厅里响起了脚步声。

"你到底是有些什么破事还没干完啊，怎么还在这里呢？"

她笑了，退出了那间微小的浴室。

她的父亲站在客厅里。跟以往一样，他让这个小地方显得更小了。肩宽背阔、膀大腰圆的他，会让所有的房间在对比之下都显得更小。然而真正广阔无边的，是他的胸怀气度。

她在九岁大时才第一次见到他。那时，她比她的实际年龄显得更小，而且非常害羞。那些日子里，她只会和梅格安讲话。当他走进她们的拖车的时候，爸爸的体型看起来大得让人觉得夸张。"嗯，"他低头一看见她就说道，"你肯定是我的女儿，克莱尔。你是我曾见过的最漂亮的女孩。我们回家吧。"

家。

这是她一直在等待着、梦想着的那个字眼。她花了好些年、流过了好些眼泪，才意识到他并没有同样地欢迎梅格安。后来，当然，到克莱尔明白了那是个错误后，时间已经过去太久，已经无法纠正了。

"嘿，爸爸。我只是想确定在你搬进来之前，一切都准备好了。"

他咧嘴笑了，露出一排整齐的白色假牙，"你知道得很清楚，我不会搬到这里面来的。我喜欢我那移动的家。一个男人不需要这么多的房间。我有我的冰箱和卫星电视，这就是我所需要的一切！"

自从克莱尔搬回这里、爸爸把这座房子的使用权交给了她之后，他们就经常会有这样的对话。他对天对地地发着誓说，对于一个五十六岁的单身汉来说，那个隐藏在树林里的移动的家，比住在房间里更为舒服。

"但是，爸爸……"

"别再说我的屁股了，我知道它越来越大了。现在，踩着舞步到这儿来，给你的老爸一个拥抱吧！"

克莱尔照他说的做了。

他那粗大强壮的手臂环抱着她，让她感觉到安全，感觉到被爱。今天，他的身上有一股淡淡的消毒水的味道，这让她想起来了那间浴室还需要修理。

"我会在一个小时后离开，"她说道，"那间屋子的厕所……"

他把她的身子转了过去，轻轻地推着她向门口走去，"走吧！没有你，这个地方不会变得四分五裂。我会修好那该死的厕所。我也会记得把你订购的PVC管拿回来，还把木材堆起来、罩好。如果你还要提醒我，我就不得不扁你一顿了。我很抱歉，但事情就是这个样子。"

克莱尔忍不住笑了。关于那管道的事情，她至少已经提醒过他六次。"好的。"

他扶着她的肩膀，让她只得停下来看着他，"想玩多久就玩多久，真的。去玩三个星期吧。我可以独自打理这个地方。你的确需要休息了。"

"可你从来没休息过。"

"我已经到了夕阳西下的年龄了，而且我也不怎么想出去。你还只有三十五岁，你和艾莉森得好好享受一下生活。你太尽职尽责了。"

"我是一个从来没结过婚的三十五岁的单身母亲，这可不算多尽职尽责。我会在奇兰湖好好享受的，但我一个星期后就会回来。我会赶上去杰弗逊一家人的屋子里，为他们的派对做准备。"

他捶了一下她的肩膀，"你总是按你的方式在做事，但别怪我想尝试着让你做出点改变。玩得开心点！"

"你也一样，爸爸。我不在的时候，带西尔玛出去吃晚饭吧。别那么鬼鬼祟祟的了。"

他看上去一下子变得不知所措，"什么……"

她大笑起来，"好了，爸爸。全镇的人都知道你们两个在约会。"

"我们没有约会。"

"好吧，是在一起睡觉。"在这句话带来的沉默中，克莱尔走出了家门，走进了外面那灰暗的日光里。树林前，细细的雨滴如珠帘般落了下来。一群乌鸦坐在栅栏上和电话线上，大声地彼此聒噪着。

"快来啊，妈妈！"艾莉森的小脸从车上那开着的窗户伸了出来。

她的爸爸赶紧冲到她的前面，去吻了他外孙女的脸。

克莱尔检查了一下后备厢——是又一次——然后上了车，发动了引擎。"准备好了吗，艾莉·凯特？你的东西都拿好了吗？"

艾莉森在她的座位上一挺身，紧紧抱着她那印着玛丽·凯特和阿什莉[①]图案的午餐盒，"我准备好了！"她的虎鲸公仔——布鲁·贝尔，和她一起紧紧地绑在了座位上。

"那么，我们出发去见巫师了！"在最后跟她的爸爸大叫了一声再见后，克莱尔开始开车了。

艾莉森立即开始唱巴尼儿歌："我爱你，你爱我。"她的歌声高亢又嘹亮，估计唱得整个山谷里的狗都蜷缩到了地上，发出可怜的哀鸣。"来啊，妈妈，唱歌！"

当她们到达斯蒂文山顶的时候，她们已经一个劲儿地唱了四十二首巴尼儿歌，还有十七首青蛙求爱记的歌。当艾莉森打开她的午餐盒后，克莱尔把一盒迪士尼音乐的磁带放进了播放器。《小美人鱼》的主题曲开始了。

"我希望我能像爱丽儿一样，我想长着脚蹼。"艾莉森说道。

"那么，你又怎么跳芭蕾舞呢？"

艾莉森看着她，显然很反感，"她在地上的时候也有脚，妈妈。"然后，她靠回到座位上，闭上眼睛，听着美人鱼公主的故事。

转眼之间，已行千里。不知不觉地，她们已经飞驰在本州东部那一望无垠的不毛之地上。

"我们快到了吗，妈妈？"艾莉森吸溜着甘草黑酱，从座位上挺起身来问道，她的嘴唇周围都弄得黑乎乎的。"我多么希望我们已经到了。"

克莱尔有着同样的感觉。她热爱蓝天营地。高中毕业几年后，她和她的闺蜜们第一次到那里度假。最初的时候她们有五个人。随着时间的推移和生活的无奈，这个数字降为了四。时不时地，她们会有人错过了某一年，但她们的大多数都会一年又一年地在那里团聚。开始的时候，她们都还年轻而充

---

① 玛丽·凯特和阿什莉：指美国电视明星姐妹玛丽·凯特和阿什莉，她们是 1986 年出生在美国加利福尼亚州的孪生姐妹。她俩出生才 9 个月就在电视系列节目《合家欢》大出风头，4 岁时又出演系列片《在家过节》。每年在她们名下会出品 3000 万销量的音像制品和 4000 万册销量的书籍，2003 年她们入围《福布斯》"世界最富有的百位女性"排行榜。

满了野性，会去找当地的男孩子们一起疯。渐渐地，当她们开始带着摇篮和婴儿座椅到来的时候，在这儿的度假生活就安宁下来了一点。现在，孩子们都大到可以独自去游泳或在游乐场上玩耍了，这些女孩们——女人们，又重新找回了一点她们以前所拥有的那种自由。

"妈妈，你在走神。"

"哦，对不起，亲爱的。"

"我说过，今年我们会住在蜜月小屋里，还记得吗？"艾莉森在座位上伸得更直了，"好耶！我们会有大浴缸了。还有，今年我要从码头上跳水，别忘了。你答应过的。邦妮在五岁的时候就跳过了。"艾莉森深深地叹了口气，把两只胳膊抱了起来，"我到底能不能从码头上跳水？"

克莱尔想去限制一下艾莉森那被过于保护的天性。如果你是在一个妈妈允许你做任何事情的家里长大的，你很快就明白了受伤是多么容易。这会让你害怕。"让我们看看码头再说，好吗？我们还得看看你游泳游得怎么样，然后我们再说。"

"'再说'往往意味着不行。你答应过的！"

"我没有答应。我记得很清楚，艾莉森·凯瑟琳。那时候我们在水里，你在我背上，两只脚缠在我身上。我们在看着威利和邦妮跳水。你说，'明年我就五岁了。'接着我说，'是啊。'然后你说邦妮也是五岁，而我指出，她那时已经快六岁了。"

"我也快六岁了！"艾莉森交叉着双臂，"我要跳水！"

"再说吧。"

"你可管不了我。"

听到这个，克莱尔总会发笑。最近，她女儿最喜欢用这句话来反驳她。"哦，我当然管得了你。"

艾莉森把她的脸转向了窗户。她安静了很长时间——大约有两分钟。最后，她说道，"上周，玛丽贝丝把艾米的黏土手印扔到了马桶里。"

"真的吗？这样做可不太好。"

"我知道。施密特太太把她留堂了很长时间。你带我的滑板了吗？"

"没有。你还太小了，不能玩滑板。"

"史蒂夫·韦恩成天都在玩他的滑板。"

"就是那个摔跤撞断了鼻子，还掉了两颗门牙的男孩吗？"

"那只不过是乳牙，妈妈。他说它们迟早要掉的。梅格阿姨怎么从不来看我们呢?"

"以前我跟你说过的,还记得吗?梅格阿姨太忙了,几乎连喘气的时间都没有。"

"埃利奥特·赞恩不喘气的时候脸都发紫了,救护车就来把他接走了。"

"我不是那个意思。我只是说梅格在不停帮助别人,是个超级大忙人。"

"哦。"

克莱尔绷直了神经,等待着她女儿的下一个问题。艾莉森永远都会有下一个问题,而你无法预知那将会是什么。

"现在已经在沙漠里面了吗?"

克莱尔点点头。她的女儿总是称华盛顿州东部为沙漠,其原因显而易见。习惯了海登镇那郁郁葱葱的绿色后,这儿满目黄褐的苍凉景象,让人觉得犹如一片焦土。黑色的沥青路,丝带一般无穷无尽地延伸在这片大草原上。

"那儿有个水滑梯!"最后,艾莉森说道。她倾身向前,大声地数着数。数到四十七的时候,她大叫道:"湖在那儿!"

往她们的左边望去,满眼看到的都是奇兰湖。在金黄的山脚下,一个犹如水晶一般亮蓝晶莹的巨大湖泊。她们开到了通往镇上去的桥上。

二十年前,这个镇子还不到三个街区长,镇上连一个全国性质的连锁店都没有。然而随着时间的推移,这里的天气非常美好的消息向西方传播开去,传到了那些潮湿乏味的沿海小镇上,这些小镇上的人曾将他们那餐盘大小的杜鹃花和汽车大小的蕨类植物引以为傲。渐渐地,西雅图人也将注意力投向了东方,徒步穿越高山到那焦土般的平原上去,成为一项夏天的传统。当游客多起来后,这里便发展了起来。沿着湖边,复合式公寓雨后春笋般地修了起来。一个修起来后,另一个就在它旁边修了起来。就这样修啊修,到新千年的时候,这里成了一个繁荣的度假胜地,各种带儿童游乐设施的游泳池、水上乐园以及水上摩托艇租赁业务应有尽有。

道路沿着湖边蜿蜒前行,她们经过了许多复合式公寓。然后,湖边又变得没那么嘈杂了。她们继续往前开着。沿着湖边又开了半英里后,她们看到一个路牌:蓝天营地,路口转左。

"看啊,妈妈,看啊!"

路牌上画着两棵抽象的树,其间是一个帐篷,门前停着一只独木舟。

"就是这里,艾莉·凯特。"

克莱尔在路口左拐,走上了碎石路。轮胎陷入了地上那些巨大的坑洞之中，整个车被弹得左摇右摆。

一英里后，崎岖的道路变成了草木茂盛的原野，上面星星点点地分布着一些拖车和房车。她们经过那片原野，开进了树林。在那里的湖岸边，几座令人梦寐以求的小木屋簇拥在一起。她们在沙砾停车场上把车停了下来。

克莱尔帮艾莉森解开她的安全座椅，下了车，然后关上车门，转身向湖边走去。

就在那一瞬间，克莱尔仿佛又变成了那个八岁的小女孩，站在维诺比湖的岸边，穿着一件漂亮的粉红色比基尼。她还记得那溅起的冰冷的水花，还有当她越走越深时发出的尖叫。

"不准让水超过你的膝盖，克莱尔！"梅格安坐在码头上，向她大喊大叫。

"得了吧，梅吉！别像个老妈子似的唠唠叨叨。"妈妈的声音。"继续走，亲爱的，"她会对克莱尔叫道，大声笑着，挥舞着一支维珍妮牌薄荷香烟，"可别做个胆小鬼。"

然后，梅格安就会到她身边，抓住她的手，告诉她，感到害怕没什么不对，"这不过说明你是个明智的人，克莱尔乖乖。"

克莱尔还记得回头看见的是什么场景，妈妈穿着她那件美国独立两百年纪念版的性感比基尼站在那里，手上拿着满满一塑料杯伏特加。

"去吧，亲爱的。跳到那冰冷的水里去游泳。害怕的感觉，不会给你带来任何好处。人生就得及时行乐，今朝有酒今朝醉。"妈妈会这么说。

克莱尔曾问过梅格安，什么叫及时行乐？

"那就是所谓的演员们，喝了太多伏特加后会去做的事情。你别管。"

可怜的梅格。总是在那么努力地假装她们所过的生活是正常的。

但那时候到底是什么样的情况呢？有时候，上帝会给你一个让你休想过平常日子的妈妈。好的方面来说，是那些吵闹而疯狂的派对和欢乐时光，让你永远难以忘怀……而不好的方面就是，当糟糕的事情发生后，没有人会为你承担。

"妈妈！"艾莉森的声音把克莱尔拉回了现实，"快来。"

克莱尔向那座老式的农舍走去，那里是这个营地的管理处。那弧形包围式的门廊今年重新用油漆刷过，胡桃木色的木瓦间有墨绿色的修补痕迹。地面的一层，整面墙的长度都是巨大的带窗棂的窗户；上面一层是这里的主人们居住的地方，还保留着原来那种要小些的窗户。

在房子和湖之间，是一块有足球场那么宽的草地。草地上面有着一个林肯积木式的秋千组合架游玩区，一个历史悠久的门球场，一个羽毛球场，一个游泳池，还有一个游艇出租棚。左边便是那四个小木屋，每一座都有着弧形包围式的门廊和落地窗。

艾莉森跑到了前面，跑得那么快，她的小脚踩在台阶上几乎没有发出声音。她把纱窗门扭开了。接着，纱窗门啪的一声在她身后关上了。

克莱尔笑了，加快了脚步。她刚打开纱窗门，立刻就听见了哈皮·帕克斯的声音，"……肯定不是小艾莉·凯特·凯文诺。你太大了，不是她。"

艾莉森咯咯笑着。"我马上就是一个一年级小学生了，我能数到1000了，想听吗？"她立刻就开始数数了，"1，2，3……"

哈皮是一个美丽的银发女人，她已经经营这个营地超过三十年了。她隔着艾莉森向克莱尔微笑着。

"101，102……"

哈皮鼓掌，"太棒了，艾莉。你能回来真是太好了，克莱尔。在河边的生活怎么样？"

"我们建好了一个新屋，现在我们有八个了。只希望不好的经济形势不会影响到我们。有传言说，油价要上涨了。"

"200，201……"

"反正我们从来没见过降价，"哈皮说道，"但我们和你们一样，都是靠回头客。年年如此。这倒提醒了我：吉娜已经在这里了，还有夏洛特也是。只有凯伦没来了。今年，轮到你住蜜月小屋了。"

"是啊。上次艾莉森住在这个大屋子里的时候，她还睡在婴儿床上。"

"我们有电视了！"艾莉森上上下下地跳着说道。这个时候她已经忘记了数数，"我带了成千上万部电影。"

"每天只能看一个小时。"克莱尔提醒她的女儿道。她知道，在接下来的这一个星期里，这句话会成为一个口头禅，每天至少要重复十次。她的女儿可以七天二十四小时无间断地看《小美人鱼》。

在她们后面，纱窗门吱呀一声打开了。一群孩子欢笑着从门口冲了进来，跟着是六个成年人。

哈皮将一把钥匙从桌子上滑过来，"你可以晚点再来办手续。我有感觉，这是一群还在犹豫住在哪儿的人。在他们做出决定之前，他们会把每个地方都看一遍。"

克莱尔懂她的意思。在她自己的河边度假村里，只有数量有限的营地——总共十九个。她会很谨慎地分配那些好的营地。如果她喜欢那个客人，她会把他们分配到厕所和河流附近的营地；如果不喜欢……那么，在雨夜的时候，他们就很可能要走很远去上厕所了。她拍了一下那破旧的松木柜台，"晚上过来喝两杯。"

"跟你们那些疯狂的女孩子们吗?"哈皮咯咯笑道，"我一定会来的。"

克莱尔把钥匙交给艾莉森，"拿着，艾莉·凯特，你负责保管。给我们带路吧!"

艾莉欢呼一声，迈开了脚步。她曲折蛇行着穿过现在已变得拥挤的大厅，冲到了外面。这一次，她的脚步在门廊的台阶上发出了啪啪的响声。

克莱尔紧随其后。从车上一拿到行李，她们就飞奔着穿过宽阔的草地，经过了那个游艇出租棚，一下子扎进了树林。这儿的地面是坚硬的泥土，满满地覆盖上了有着一百年历史的松针。

最后，她们来到了那片林中空地。一个木制的码头漂浮在那荡漾着的蓝色水面上，以一个温柔的幅度左右微微摇晃着。极目远眺，在湖的对岸，一片白色的公寓坐落在远方山脚下的金色小圆丘之间。

"哇呀呀呀!"

克莱尔以一只手在眼前搭檐，环顾四周。

吉娜站在湖岸边，挥舞着手。

即使站在这里，克莱尔也可以看清，她朋友手里的酒杯是多么的大。

这个星期，将是吉娜的调整期。以前，吉娜是一个生活得很保守的人，默默地支持着她们每一个人。但在几个月前，她最终离婚了。她变得漂泊无依，成了一个生活在这成双成对的世界上的单身女人。上周，她的前夫搬去和一个更年轻的女人同居了。

"快来啊，艾莉!"那是吉娜六岁大的女儿邦妮。

艾莉森扔掉了她小熊维尼的背包，剥掉了她的衣服。

"艾莉森……"

她骄傲地展示着她那黄色的泳装，"我已经准备好了，妈妈。"

"过来，亲爱的。"吉娜说着拿出了一管巨大的防晒霜。片刻间，她就在艾莉森全身涂满了防晒霜，然后放开了她。

"不准让水没过你的肚脐!"克莱尔说着在沙滩上丢下了她的手提箱。

艾莉森做了个鬼脸。"噢，妈妈。"她发了句牢骚，然后跑进了水里，水花四溅地冲到了邦妮身边。

金色的沙滩上，克莱尔在吉娜的旁边坐了下来，"你什么时候到这儿的?"

吉娜大笑起来，"当然是准时到达的。这是今年我学到的一件事: 你的生活可能会分崩离析、四分五裂，但你仍然是你自己。或说是，更能成为真正的自己。我就是那种总会准时到达任何地方的女人。"

"这样没什么不对。"

"雷克斯不这么认为。他总是说我不够自然。我以为他的意思是想在下午做爱，结果他说想要高空跳伞。"她摇摇头，向克莱尔苦笑了一下，"现在，我很乐意把他从飞机上扔下去。"

"我会在他的降落伞上动点手脚的。"

她们大笑了起来，虽然这并不好笑。"邦妮的感觉怎么样?"

"这才是最令人悲伤的。看起来，她几乎没意识到这件事。反正雷克斯以前也总不回家。但我还没告诉她，他搬去和另一个女人同居了。对你的孩子，这样的事情怎么开得了口呢?"吉娜靠在克莱尔身上，克莱尔伸出一只手搂着她朋友那丰满的身体。"老天，我真需要这个星期。"

她们沉默了很长时间。在她们之间，唯有湖水拍打着码头的声音，以及女孩们尖锐高亢的笑声。

吉娜转向了克莱尔，"这么多年，你是怎么过来的? 我的意思是，孤身一人。"

自从艾莉森出生后，克莱尔没怎么想过自己的独居生活。是的，她孤身一人，而且她从未结过婚，或是跟一个男人生活在一起过，但她几乎没感到过孤独。哦，她也曾意识到这个，有时会头疼没有人同她共度人生，但那是她很久以前就做出了的选择。她不会像她的母亲一样。"好处是，你的电视遥控板不会找不到，也没有人会对你屁话、让你去洗车或是要把车停得很完美。"

"认真点，克莱尔，我需要你的建议。"

克莱尔看了一眼艾莉森，这孩子正站在不到她的肚脐深的水里，上下跳动着，高声唱着"A、B、C……"的字母歌。这样的景象，让克莱尔觉得胸口一紧。现在，艾莉已经不会往她的怀里钻了。要不了多久，她可能就会要求在眉毛上穿环。克莱尔知道自己对女儿爱得太过了点。觉得自己如此迫切地需要另一个人，是非常危险的。但是，克莱尔从来不知道爱还有别的方式。这就是为什么她从未结过婚。无条件地爱着他们的妻子的男人，可谓凤毛麟角。事实上，克莱尔都不知道那样的真爱是否真的存在。那样的怀疑，是她妈妈遗传给她的许多特性之一，就像是一种传染病。对妈妈来说，离婚就是答案；而对克莱尔来说，就是一开始的时候就永远不会跟人承诺"我愿意"。

"你得忘掉那些孤单的感觉。还有，你要为你的孩子而活。"她轻轻地说道，惊讶地发现自己的声音里藏着惋惜。那里面藏着那么多她从来不敢去触碰的东西。

"你不能让艾莉成为你的全世界，克莱尔。"

"这不是说我就没试过去谈恋爱，我跟海登镇上的每个单身汉都约过会。"

"可从来没跟同一个人约过第二次。"吉娜咧嘴笑了，"还有，伯特·舒伯特仍然爱着你。豪瑟小姐觉得，你多半是疯了才连他都放过了。"

"一个三十三岁的水管工，戴着可乐瓶底般厚的眼镜，留着红色的山羊胡子。只不过因为开着一个家用电器行，就被当作黄金单身汉了。"

吉娜大笑，"是啊。如果我跟你说过我要跟伯特出去的话，拜托，你就把我杀了吧。"慢慢地，她的笑声变成了眼泪。"噢，见鬼。"她说着靠进了克莱尔的怀里。

"你会好起来的，吉娜，"克莱尔轻轻说道，一边抚摩着她朋友的背，"我发誓，一定会的。"

"我不知道。"吉娜平静地说道。她说出这句话的那种方式，或许是因为她那一贯坚硬如铁的嗓音此时却变得这么柔软的原因，让克莱尔觉得心里面空落落的，感到了孤独。

荒谬的是，她回想起了她的生活开始改变的那一天。那时候，她知道了爱是有保质期的。爱会突然就过期了，然后一切就会开始变得苦涩。

"我要离开你了。"她的姐姐曾经对她说过。在那一刻之前，梅格曾是克莱尔最好的朋友、她的全世界，对她来说比她们的妈妈更像母亲。

然后，克莱尔也哭了。

吉娜抽泣道："难怪没人想和我坐在一起的，我身上的暗黑力量太强大了。和我在一起待十秒钟后，原本完全快乐的人，都会开始哭泣。"

克莱尔擦了擦她的眼睛。为打翻的牛奶哭泣，毫无意义。事实上，让她吃惊的是，她居然还会流眼泪。她还以为自己很久以前就已经放下了梅格对她的遗弃。"还记得那年恰尔从码头上掉了下去，就是因为她哭得太厉害，啥也看不清了吗？"

"鲍勃的中年危机。她认为他和他们的女管家有了外遇。"

"结果是，他在悄悄做生发治疗。"

吉娜收紧了对克莱尔的拥抱，"感谢耶稣让我有'忧郁者们'这个组织。自从我生完孩子后，我从来没像现在这么觉得，我是如此地需要你们所有人。"

04 | *chapter*
姐妹之间

内线响了起来："吉尔·苏默维尔来见你了。"

"带她进来。"

梅格安从头顶的柜子里抓出一个新的黄色便签本和一支钢笔。等到吉尔被领进会议室的时候，梅格已经回到了她的座位上，正在彬彬有礼地微笑着。她站了起来，"你好，吉尔，我是梅格安·唐特斯。"

吉尔站在门边，看上去显得局促不安。她是个漂亮的女人，很瘦，大概五十岁。她穿着一袭昂贵的灰色套装，里面是一件奶白色的丝质衬衫。

"来，请坐。"梅格安指着她左边的那把空椅子说道。

"我还不确定我是否要离婚。"

刚来的时候，所有人都是这么说。"如果你愿意，我们可以聊一下。你可以告诉我，在你的婚姻里正在发生些什么。"

吉尔僵硬地坐在了那把空椅子上。她把双手放在桌子上，手指分得很开，就好像在担心这块木头会漂浮起来似的。"不好。"她轻轻说道，"我已经结婚二十六年了，但是，我再也，过不下去了。我们两个完全不说话。我们已经变成了那种夫妻，即使出去吃晚餐，也只会沉默地相对而坐。以前我看见过我的父母就是这样，我发过誓我一定不要这样。明年我就五十岁了，是时候过我自己的生活了。"

这样的离婚原因，是为了"给生命第二次机会"。这个原因名列第二位，仅次于最为常见的那个理由：他对我不忠。"每个人都应当获得幸福。"梅格说道。感觉就像是被遥控着一样，她如同进入了自动导航模式，滔滔不绝地问着一系列问题，做着旨在引出实质信息并激发信任的各种陈述。可以说，梅格在这两个方面都做得非常好。吉尔开始放松起来。偶尔，她甚至会露出微笑。

"那么，资产情况是什么样的呢？你知道你的资产净值是多少吗？"

"贝翠丝·德米勒告诉过我，你会问到这个问题。"她打开她的芬迪牌公文包，拿出一包装订在一起的文件，然后从桌子上推了过来。"我的丈夫和我以前是做互联网公司包装的。在市场行情最好的时候，我们把公司卖给了美国在线。这样，再加上其他一些小点的公司和家庭资产，我们的资产净值在7200万美元左右。"

7200万美元。

梅格安努力凭自己的意志保持着那平常的笑容，她害怕自己的下巴会掉到地上。这是有史以来落到她头上的最大的一个案子。她一辈子的职业生涯，就是为了等待这样的案子。一个这样的案子，足以弥补所有她那些曾经因为担心当事人付不起账单而失眠的夜晚。她最喜欢的法律教授曾说过：无论金额的数字后面有多少个零，使用的都是同样的法律。梅格理解得更深刻：法律体系会优待像吉尔这样的女人。

她们肯定得雇一个媒体顾问。一个这样的案子，会引起许多公众效应。

她本应感到充满了希望，充满了活力。然而令人惊讶的是，她的感觉却很冷漠，甚至有一点难过。她明白，虽然很有钱，吉尔仍然是个即将面临心碎的女人。

梅格伸手拿起电话，按下了内部通话键，"萝拉，请给我律师名单，西雅图、洛杉矶、旧金山、纽约和芝加哥的。"

吉尔皱起了眉头，"但是……"当秘书拿着一张纸进来后，她停顿了一下。

"谢谢。"梅格安把那张纸递给了吉尔，"这二十位是全国最好的律师。"

"我不明白。"

"一旦你和他们谈过后，他们就不能再代理你的丈夫了。这样就会引起利益冲突。"

吉尔的目光轻轻掠过那个列表，然后慢慢抬起了头，"我明白了，这是打离婚官司的策略。"

"只不过是提前做准备，以防万一。"

"这样做合乎道德吗？"

"当然。作为一个消费者，你有权做出别的选择。我需要总额为两万五千美元的预付款，我会用其中的一万美元来聘用西雅图最好的法务会计师。"

吉尔盯着她看了很久，什么也没说。最后，她点点头，站了起来，"我会去见你的名单上的所有人。但我想如果我选择了你，你就会做我的代理人。"

"当然。"在最后一刻，她没忘记加上一句，"但我希望你不需要用到我。"

"是啊，"吉尔说道，"我能看得出来，你是那种会保持着希望的人。"

梅格安叹息道："我知道，在我们这个国家，到处都有婚姻幸福的人。他们不会来见我。但我诚心诚意地希望，我们不会再见面。"

吉尔露出了一种悲伤又了然的神情，梅格安明白了：虽然不是很坚定，而且充满了痛惜，但她已经做出了决定。

"那么，请带着希望前行吧。"吉尔轻轻地说道，"我们两个都是。"

"你的气色不怎么好。"

梅格安四肢摊开，躺在黑色的皮椅上，一动不动，"所以，这就是我付你两百美元一个小时的原因，为了让你来侮辱我，跟我说我闻起来很臭。这样，我的钱就真的花得物有所值了。"

"你为什么付我钱？"

"我把这当成一种慈善行为。"

布鲁姆医生面无表情。跟以往一样，她像只蜥蜴一般一动不动地坐着、注视着。如果不是她那深棕色的眼睛里流露出的同情，她很容易就会被人误认为是一座雕像。往往就是那种同情——一种近似于怜悯的情感，会让梅格安感到心绪不宁。在过去的二十年里，梅格看过了不计其数的心理医生。总是找心理医生，从来没找过心理辅导员或心理咨询师。首先，她信任书读得更多的人；其次，也是更为重要的，她只想跟那些可以为她开药的人谈。

在她三十岁后，梅格每两年就会换一个新的心理医生。她从来不会跟他们讲什么重要的东西，而他们也一直会回报她以方便。

然后，她碰上了哈丽特·布鲁姆医生。这位石头女王可以纹丝不动地坐上整整一个小时，接过支票，然后告诉梅格安，她的钱是花得物有所值还是打了水漂。

哈丽特曾揭示了她过去的生活中几个重要的事实，并且推断出了一些其余的事实。在过去的一年里，梅格安曾多次打算过中止她们的医患关系。然而，每次当她开始着手实施的时候，她又感到恐慌，改变了主意。

沉默，也是一种力量。

"好吧，我看起来很糟糕，我承认。我没有睡好。顺便，我还需要些药。"

"上一个处方开的药，应该还可以再管两个星期。"

梅格安不敢和她有眼神接触，"这个星期有好几次，我需要找个人来陪。失眠……简直要把我摧毁了。有时候，我真的受不了。"

"你觉得你是为什么睡不着？"

"你觉得我是为什么睡不着？这是你该拿出意见来的问题，不是吗？"

布鲁姆医生注视着她，她是那么的寂静，看起来似乎完全没有呼吸，"是吗？"

"有时候我会难以入睡，就是这样，有什么大不了？"

"所以，你就用药品和陌生人来帮你度过漫漫长夜。"

"我没像以前那样找那么多男人了。只是有时候……"她抬起头来，从哈丽特的眼里看到了一种悲悯的"我理解你"的眼神。这令她勃然大怒，"不要那样子看我！"

哈丽特俯身向前，把手肘放在桌子上休息，用她那尖尖的手指轻轻扫着下巴下部，"你用性来抗拒孤独。然而，又有什么会比滥交更孤独呢？"

"至少，当那个人离开我的被窝的时候，我不会在乎。"

"又是因为埃里克。"

"是啊。"

哈丽特坐了回去，"你们的婚姻只维持了不到一年。"

"别说得这么轻描淡写，哈丽特。他伤透了我的心。"

"那是当然。每天你上班的时候都还在回味，当那些女人告诉你她们的悲哀和类似的故事的时候。但这事已经过去那么多年了，味道都已经消失了。现在，你不用担心会有人再来伤你的心，而是要担心你自己根本无心可伤了。关键在于，你在害怕。然而，恐惧这种情绪，可不符合你自我控制的需要。"

的确如此。梅格已经厌倦了孤独，害怕她的人生会成为一条荒无人烟的漫漫长路。她的心里有点想点头，说是的，然后乞求一个摆脱恐惧的方法。但这个尖细的小声音，已被淹没在了她那自我保护的高亢号角声中。她在生活中获得的根本教训是：没有永恒的爱。比较起心碎而虚弱，孤独而强大会更好。

最终，当她开口的时候，她的声音已经变得粗粝而哽咽，"这个星期，我在办公室里过得很艰难。我在对我的当事人感到不耐烦。似乎我无法像以前那样，去感受她们的感受。"

哈丽特是个非常专业的心理医生，她不会痕迹明显地表露出她的失望，比如叹息、皱眉等。她唯一的反应，只是分开了搭着尖塔的双手。然而，她的眼里仍然流露出了那种令人不舒服的怜悯，一副"可怜的梅格安，这么害怕亲密关系"的表情。"你的情绪感知变得很遥远、难以接近？你觉得这是什么原因？"

"作为一个律师，我所接受的训练，是不带感情地去看待事物。"

"但我们都知道，最好的律师是那些富有同情心、慈悲为怀的。而你，梅格安，是一个超级好的律师。"

她们终于又回到了安全地带。不过，只需要一瞬间，她们的谈话又可能滑入危险。"这正是我想告诉你的。我没有以前那么好了。以前，我是在帮助别人，甚至关心她们。"

"现在呢？"

"我变成了一个盯着财务状况表的机器人，成天算着财务账，凑合出一些相应的解决方案。我发现自己在对那些生活面临着崩溃的女人们，反复胡乱拼凑地讲着各种套话。过去，我会对那些女人的丈夫们感到愤怒；现在，我累了。这不是场游戏——对此我仍然太认真了点；但是，这……也不是真实的生活。对我来说，不是。"

"你可能得考虑去度个假。"

"去干啥？"梅格安笑了。她们两个都知道，这样的放松机会可很难到来。

"去度个假。一般人会去夏威夷或阿斯本待上几个星期。"

"不满足是无法逃避的。《心理学入门》上不是有这句话吗？"

"我不是在建议你去逃避，我是在建议你给自己放个假。或许你可以去把自己晒黑，也可以去你妹妹的地方，在山上待几天。"

"克莱尔和我不太可能一起去度假。"

"你在害怕和她聊天。"

"我什么都不怕。克莱尔是一个偏僻小镇上的露营地经理，我们没有任何共同语言。"

"你们有共同的过去。"

"没有任何好的回忆。相信我，如果回到我们的童年岁月再来一次的话，克莱尔会立即逃离，根本不会再跟我生活在一起。"

"但是你爱克莱尔，这总意味着些什么。"

"是啊，"梅格慢慢说道，"我爱她。所以，我离得她远远的。"她低头扫了一眼手表，"噢！见鬼，时间到了。下个星期见。"

05 | *chapter*
姐妹之间

　　乔站在两条主街的交叉路口，顺着街道望去。这个镇的名字是什么，他都不记得了。他拿下他的背包，重新背在了另一只肩膀上。背带下面，他的T恤已经被汗水浸透了，浑身黏糊糊的。热烘烘的空气丝毫没有流动，他闻见了自己身上的汗臭味——那可不太好闻。这个早上，他已经步行了至少七英里路程，没有人停下来载他一程。这并不令人意外。当他的头发变得越来越长、越来越灰白的时候，就越来越少有人会停下来载他。只能指望一下那些长途卡车司机，然而在这个炎热的星期天早上，也是可遇而不可求。

　　他看见前面有一个手绘的招牌，上书"起床咖啡"。

　　他把手伸进口袋，掏出钱包。那是一个柔软光滑的手工小羊皮钱包，来自他以前的生活。在他把钱包翻开、打开侧口的时候，几乎没有看塑料方框里的那张照片。

　　还有十二美元七十二美分。今天他就得找到工作。他在亚基马①赚的钱，几乎已经花光了。

　　他转进了咖啡店。由于他的进入，一个铃铛在他头顶叮叮当当响了起来。

　　每个人都转过头去看他。

　　嘈杂喧嚣的谈话声戛然而止，能听见的只有厨房传出的乒乒乓乓的声音。

　　他知道他们眼里的他是个什么样子：一个蓬头垢面的流浪汉，齐肩的灰白长发，衣服脏得不成样子。他的牛仔裤已经褪色成了非常非常淡的蓝色，T恤上沾满了汗渍。虽然他下个星期才满四十三岁，但他看起来已经六十岁了。还有那股味儿……

　　他从收银台旁的插槽里抓起一个菜单，低着头穿过餐厅，走向左手边最

---

　　① 亚基马：美国华盛顿州亚基马县，位于该州西南部。

后的那张吧凳。在他曾停留过的那些镇上，他学会坐得别离那些"好人"太近。有时候，一个陷入了困境的人的出现，是一种冒犯。在那些镇上，你很容易就会发现，你的屁股又坐在了监狱里的小床上。而他，已经在监狱里面待够了。

咖啡店的女招待站在后面的烤炉旁，穿着粉红色的涤纶制服，上面污迹斑斑。跟这个地方的其他所有人一样，她也在盯着他。

他静静地坐在那儿，浑身都绷紧了。

然后，就像是一个开关被打开了似的，咖啡店里又嘈杂了起来。

女招待从她的耳朵上方掏出一支笔，向他走来。当她靠近些后，他注意到她比他原以为的要年轻得多。甚至，也许还在上高中。她长长的棕色头发在脑后乱七八糟地扎着一个马尾辫，中间夹杂着些紫色；她那被过度拔过的眉毛旁，穿着一个看起来随时都会掉下来的小金环。她脸上的妆，化得比乔治男孩①还要厚。

"你想要些什么？"她皱起鼻子向后退去。

"我想我得洗个澡了，是吧？"

"是该洗一个了。"她笑了，然后向前靠近了约一英寸的距离，"KOA 营地是你最好的选择，他们的浴室棒极了。当然，浴室只供他们的客人们使用，但又没怎么看守。"她啪地吹了一下口香糖，然后低声说道，"开门的密码是2100，本地人都知道。"

"谢谢你，"他看了一眼她胸前的工作牌，"布兰迪。"

她把笔杵在小记事本上，"现在，你想要些什么？"

他都懒得去看菜单，"我要一块麦麸松饼，新鲜的水果——你们有的随便什么都可以，还要一碗燕麦粥。哦，对了，还要一杯橙汁。"

"不要培根或鸡蛋？"

"不要。"

她耸耸肩，开始转身。他又叫住了她，"布兰迪？"

"啥？"

"像我这样的人，在哪儿可以找到工作？"

她看着他，"你这样的人？"显然，她很诧异。可能她以为他从来不会工

043

---

① 乔治男孩：20 世纪 80 年代英国新浪漫时期最具号召力的流行偶像，以男扮女装的形象惊艳歌坛。

作，只会乞讨和流浪。"你可以试试'顶尖苹果农场'，他们一直都需要人手。还有'新兵团'——他们为度假旅馆们修剪草坪。"

"谢谢。"

乔坐在那儿，那个吧凳坐着舒服得让人出乎意料，原本早该离开了，他还坐了很久。他尽可能慢地吃着他的早餐，每一口都要细细地咀嚼很久，但最后，他的碗和盘子还是空了。

他知道，是时间离开了，但他无法让自己站起来。昨天晚上，他睡在一个农民屋后的牧场上，顺着一根倒在地上的木头蜷缩着。狂风呼啸，又突然来了场暴雨，这是一个让人很不舒服的夜晚。今天，他感到浑身都在疼。现在，他终于又到了一个温暖但又不觉得热的地方，肚子很饱，而且坐得很舒服。此时此刻，就如同在天堂一般。

"你得走了，"布兰迪从他旁边经过的时候轻轻说道，"我的老板说，如果你还要待在这里的话，他就要叫警察了。"

乔本来可以辩驳，可以指出他会为他的早餐付钱，他有坐在这儿的权利。作为一个普通人，当然有这个权利。

相反，他说道："好的。"然后在那粉红色的胶木柜台上放下了六美元。

他慢慢地站了起来。一时之间，他感到头晕目眩。当那种感觉消失了后，他抓过他的背包，挂在了肩膀上。

一出门，热浪恶狠狠地袭来，冲撞得他一个趔趄。他用尽了自己的坚强意志，方可举步向前。

一路上，他都竖着大拇指，但没有人让他搭车。慢慢地，他的精力被那极度的炎热消耗殆尽。他向布兰迪给他指过的方向走去。当他到达 KOA 营地的时候，他已经感到头痛欲裂、嗓子冒烟了。

此刻，他最想做的事情，莫过于沿着那条碎石路走下去，躲进浴室里，去洗一个长长的热水澡，然后租一间小木屋——他已经迫切需要休息。

"不可能！"想着钱包里仅剩的六美元，他大声地说了出来。这是他最近拥有的一个习惯：自言自语。否则的话，有时候他会一连好多天没听见过人的声音。

他必须悄悄地溜进浴室。但在到处都有人的时候，是办不到的。

他钻进了旅馆后面一片茂密的松林里，那里的阴凉让人觉得真舒服。他小心翼翼地走进了树林深处，直到没有人能看见他，然后背靠着一棵松树坐下来休息。他的头晃浪了一下，耷拉下来，然后闭上了眼睛。

几个小时后，他被一片笑声唤醒。有几个小孩在尖叫欢笑着跑过营地。篝火上升起的烟，浓浓地飘散在空中。

晚餐时间到了。

他眨巴着眼睛清醒过来，很吃惊自己居然睡了这么久。他一直等到太阳落了山、营地已变得非常安静后，才站了起来。紧紧地抱着背包，小心翼翼地向那座木屋走去，那里面是营地的公共浴室和洗衣房。

他伸出手去正要输入开门密码的时候，一个女人出现在他旁边。就这么，突然就出现了。

他僵住了，慢慢地转身。

她站在那儿，上身是一件亮蓝色的泳衣，下穿一条齐臀短裤，拿着一叠粉红色的毛巾。她那满头沙金色的头发带着许多卷曲。她在向浴室走来的时候是笑着的，但当她看见他后，笑容消失了。

见鬼。他就快有洗上一个热水澡的机会了，数个星期以来的第一次。现在，这个漂亮的女人随时都可能尖叫着喊这里的经理过来。

她非常温柔地说道："密码是2100。给。"她递给他一条毛巾，然后走进女浴室，关上了门。

她的善良深深打动了他。过了一阵子，他才挪开了脚步。最后，他紧紧抓着那条毛巾，输入密码，急急忙忙地进入了男浴室。里面空无一人。

他洗了一个长长的热水澡，然后换上他最干净的衣服，在水槽里洗好了他的脏衣服。刷牙的时候，他盯住了镜子里的自己。他的头发太长了，乱七八糟的，而且几乎已完全变成了灰色。今天早上他没能刮胡子，所以他那消瘦的脸颊已经完全被浓密的胡茬覆盖。他眼睛下面的眼袋，简直有行李袋那么大。他就像是一块正在由内而外慢慢坏掉的水果。

他伸手把遮住脸的头发向后梳去，然后从镜子旁走开了。的确，不看还好些。看了，只会让他想起他以前的生活，那时候的他还年轻气盛，还会很小心地保持自己的形象。然后，他就会想起一大堆相关的琐碎。

他走到门边，打开一条缝，然后蹑手蹑脚地溜了出来。附近一个人也没有。于是，他潜入了黑暗之中。

现在，天已经完全黑了。一轮满月挂在天空，明亮的月光投射在粼粼的湖面上，照亮了那些沿岸的小屋。其中三座小屋里灯火通明。他能看见有一座小屋里的人们在里面转着圈走着，看起来好像他们正在跳舞。突然间，他多么希望自己就在那座小屋里，成为那互相关心着的人群中的一员。

"再也没可能了，乔。"他说道，希望自己能用以往那样的方式一笑而过。然而他的喉咙已经哽住了，想笑都变成了一件不可能的事。

他溜进了树林的掩护中，不停向前。在从一座小屋后面经过的时候，他听见了音乐声。比吉斯乐团①的"活着"。然后，他听见了奶声奶气的笑声。"跟我跳舞，爸爸。"一个小小女孩大声说道。

他强迫自己走开。每走一步，笑声就小一些。等他走到林子边缘的时候，他得竖起耳朵才能听见一点儿声音了。他找到一块落满松针的柔软之地，便以之为床坐了下来。月光照耀着他的周围，整个世界变成了一片蓝白和漆黑。

他拉开他的背包拉链，翻开湿湿的卷在一起的衣服，寻找着两样重要的东西。

三年前，当他刚开始流浪的时候，他带着一个昂贵的手提箱。他还记得当时他站在卧室里，为那没有目的地和期限的旅程收拾着行装，不知道一个流浪的男人会需要些什么。他打包了卡其布休闲裤、美利奴羊毛毛衣，甚至还有一套艾堡德牌西装。

在独自流浪完第一个冬天后，他明白了他带着的那些衣服都是他以前的生活的遗留物，毫无用处。在他的新生活里，他所需要的只不过是两条牛仔裤，几件 T 恤，一件运动衫，还有一件雨衣。他把其他所有东西都捐给了慈善机构。

他保留着的唯一一件贵重的服装，是一件带着小贝壳纽扣的粉红色羊绒衫。在这美好的夜晚，他仍然能从那柔软的面料里闻到她的香水味。

他从背包里拿出一个小小的、皮面精装的相册，手指颤抖地翻开了封面。

第一张，是他最爱的照片之一。

照片上，戴安娜坐在一块草地上，穿着一条白色短裤和一件耶鲁大学的 T 恤。在她旁边摊开着一摞书，还有一大堆粉红色的樱花覆盖在书页上。看着她笑得那么的灿烂，他不禁已泪水盈满了眼眶。"嘿，宝贝，"他抚摸着覆盖在照片上光滑的塑料纸，喃喃地说道，"今晚，我洗了个热水澡。"

他闭上了眼睛。在那黑暗中，好像她来到了身旁。最近，这样的情况发生得越来越频繁，那种她没有离开他、她还在这里的感觉。他知道，这不过

① 比吉斯乐团：20 世纪摇滚乐和迪斯科流行时期的代表乐团，开创了多种新颖的演唱方式。比吉斯乐团曾先后七次获得格莱美奖，全球唱片销量超过两亿张。"猫王"、席琳·迪翁等都曾翻唱过他们的歌曲。

是自己心中的一个缺口，一种心理上的缺陷。但他不在乎。

"我累了。"他对她说道，深深地呼吸着她的香水味。比佛利山牌的红色包装香水。他不知道这样的香水是否还在生产。

"你现在做的事情，可不怎么好。"

"我不知道还能干什么。"

"回家。"

"不行。"

"你伤我的心了，乔伊。"

然后，她不见了。

他叹了口气，向后靠在一个大树桩上。

她刚说了，"回家。"这是她一直都在对他说的那句话。

他也一直在这样跟自己说。

他想，也许明天，鼓起那样的勇气会让回家的想法变成现实。说实在的，漂泊了三年后，他已经厌倦了过得这么孤独。

或许在明天，他终于会让自己踏上西行的路。

戴安娜会高兴他这么做的。

06 | *chapter*

姐妹之间

同朝阳初升的时候一样，西雅图在夜幕降临的时候，也能展现出自己最为美丽的一面。早高峰时期拥挤成了一个水泄不通的噩梦般的马路，在晚上变成了一条熠熠生辉、金碧辉煌的中国巨龙，蜿蜒盘旋在联合湖那漆黑的岸边。白日里，在这六月天的灰霾中看起来平平无奇的城市心脏地带的高楼群，也在这华灯初上的时候，变成了一个个五光十色的万花筒。

梅格安站在她的办公室窗前，她从来不会错过欣赏这迷人的风景。水面漆黑如墨，吞噬了附近的班布里奇岛。虽然看不见下面的街道，她也知道那上面堵满了车。交通阻塞，是西雅图带进了新千年的诅咒。在高品质的生活和丰富多彩的户外活动的吸引之下，数以百万计的人们搬到了这个一度冷清的城市。不幸的是，当他们在郊区小路的尽头建起昂贵的家园后，却要在城里面上班。本为一个偏远的港口城市而设计的道路，不可能跟得上这脚步。

发展的脚步。

梅格安瞄了一眼她的手表，现在是晚上八点半，该回家了。她得随身带着沃纳梅克的文件，明天得提前处理。

在她后面，门开了。清洁女工安娜一路拖着一个真空吸尘器，把她的推车推进了房间，"你好，唐特斯小姐。"

梅格安笑了。无论她跟安娜说过多少次，叫她梅格安就行了，可这个女人从未这么叫过。"晚上好，安娜。劳尔怎么样？"

"明天，我们会弄清他能否被派驻到"麦科特"号①上。我们一直都在祈祷。"

"能让你的儿子待得这么近，真是太好了。"梅格安一边说着一边收拾着

---

① "麦科特"号：美军驱逐舰编号。

文件。

安娜在咕哝着些什么，听起来好像是"你也该在身边有个儿子，而不是成天都是工作、工作、工作"。

"你又在谴责我吗，安娜？"

"我没有谴责。但是，你工作得太辛苦了。每天晚上，你都在这里。如果你总是在工作，你又怎么可能遇见你的如意郎君呢？"

这是一场历史悠久的辩论了，大约十年前就开始了，在梅格安无偿帮安娜解决了移民归化听证会的事情后。自从她递给安娜一张绿卡并雇用了她之后，她就再也没有过上安静日子。从此，安娜就在拼尽全力地"回报"梅格安。安娜回报的方式，似乎就是源源不断地为她带来砂锅菜，以及滔滔不绝地向她强调工作得太辛苦的坏处。

"你是对的，安娜。我想，我得去喝一杯放松一下。"

"我说的可不是去喝酒。"安娜嘀咕着，一边弯腰插着吸尘器的电源。

"再见，安娜。"

快到电梯的时候，梅格安的手机响了起来。她翻遍了她的黑色凯特·丝蓓①手提包，才拿出了手机。"梅格安·唐特斯。"她说道。

"梅格安？"电话那头的声音尖锐而充满了恐慌，"我是玫·门罗。"

梅格安立即警觉了起来。离婚事件糟糕起来的速度，可以比在热带地区伤口的溃烂速度还要快。"怎么了？"

"是戴尔。今晚他来了一趟。"

梅格安默默思考了一下明天早上要完成的首要工作是什么。"嗯哼，发生什么事了？"

"他说了些有关他今天收到的文件的事情，都气疯了。你给他寄了些什么？"

"我们谈过这个的，玫。在电话里，上个星期，还记得吗？我通知了戴尔的律师以及法庭，我们怀疑他业务上的转让带有欺诈性，并且要求公开他开曼岛上的账户详情。我也告诉了他的律师，我们很清楚他跟孩子的钢琴老师有一腿，这样的行为可能会影响他得到孩子的监护权。"

"我们从来没讨论过这个。你威胁要抢走他的孩子？"

---

① 凯特·丝蓓：美国一线时尚手袋品牌，也是纽约时装周的常客，以手提包、鞋子著称。

"相信我，玫，他大发雷霆，不过是为了钱。都是这样的。孩子们的存在，对你丈夫那样的人来说，不过是谈判的筹码。假装想要孩子，不过是想多分点钱。这样的做法很普遍。"

"你觉得，你比我更了解我的丈夫。"

梅格安都记不清自己听这句话听过多少遍了。这总让她感到震惊。女人们在被她们的丈夫用外遇、谎言和各种财务手段欺诈暗算得体无完肤后，却仍然相信她们"了解"那些男人。这也是一个她不结婚的理由。会让你变成瞎子的，不是自慰，而是爱情。"我不需要了解他，"梅格安回答道，这是她很早以前就已经推敲得臻于完美的套话，"保护你，是我的职责所在。如果，在这个过程中……"——她在撒谎——"……我让你的丈夫不高兴了，也是不得已而为之。他会平静下来的。男人嘛，总会的。"

"你不了解戴尔。"她又说了一遍。

梅格安敏锐地意识到，她这话说得有点不一样，有点不对劲儿。"你在害怕他吗，玫？"这是一个全新的状况。

"害怕？"玫尽量让自己的声音听起来很惊讶，但梅格安听出来了。见鬼！她总是会惊讶于虐待配偶的事情会发生，无法想象一家人会这个样子。

"他打过你吗，玫？"

"有时候他喝酒了，我可能恰好说错话了……"

哦，对呀。那是玫的错。可怕的是，女人们几乎都会这样认为。"现在，你还好吗？"

"他没有打我。而且，他从来不会打孩子。"

梅格安没有说出她心中的真实想法，相反，她说道，"那很好。"如果她和玫在一起的话，她就可以看着玫的眼睛，仔细评估一下这个女人的脆弱程度到底有多深。如果看起来玫还有可能承受的话，她就会让玫有了些新的认识——告诉她一些恐怖的故事，让她明白自己家里丑陋的现实。通常，如果一个男人会打老婆，那么他迟早也会去打他的孩子。懦夫就是懦夫，他们的性格特质就是：需要向弱小者宣泄暴力。然而，还有谁会比一个孩子更弱小呢？

隔着电话，这个打算是完全无法实施的。有时候，当事人听起来好像坚强无比而又成竹在胸，实际上已经崩溃了。梅格安曾去精神病院和医院见过太多她的当事人了。这些年来，她已经变得十分谨慎。

"我们要确保让他明白，我们没有打算从他身边夺走他的孩子。否则，他会疯掉的!"玫说道。声音里带着的嘶哑非常明显。

"我来问一下你这个,玫。假如说从现在算起三个月后,你已经离婚了,戴尔也失去了他所拥有的一半财产。他和一个歌厅的舞女住在一起。有一天晚上,他们喝醉了,回家了。是那个舞女开的车,因为她只喝了三杯玛格丽特酒。当他们回家后,保姆已经回家了,只剩下孩子们在家里拆着房子,而小比利不小心打碎了戴尔办公室的窗户玻璃。这时候,你的孩子安全吗?"

"那样的话,情况就会很不妙。"

"情况很不妙,玫。你知道会这样的。我猜,你一直都在充当你的丈夫和孩子之间的缓冲器,一个人肉减震器。你肯定学会了如何让他冷静下来,还有如何把他的注意力从孩子们身上引开。但是,将来的舞女会懂得怎么去保护孩子们吗?"

"我就这么没用吗?"

"悲哀的是,情况看来的确如此。好消息是,你给了你自己——还有你的孩子们,一种新的可能。现在别软弱了,玫。不要受他的欺负。"

"所以,我该怎么做?"

"锁上门,关掉手机。不要跟他说话。如果你觉得不安全,去亲戚或朋友家,或者去汽车旅馆住一晚上。明天,我们见个面,制订一个新的应对计划。我会去申请一些限制令。"

"你能保证我们的安全吗?"

"你会没事的,玫。相信我。恃强凌弱的人都是懦夫。一旦他发现你可以有多强大,他就会退回去。"

"好的。什么时候我们能见面?"

梅格安翻遍了她的包,找出掌上电脑,然后查看了一下她的日程表,"我们晚一点一起吃午餐怎么样,暂定下午两点,在法院大楼旁的法庭附属咖啡馆?下午晚些的时候,我会安排跟戴尔的律师见个面。"

"好的。"

"玫,我知道这是个敏感的问题,但是,你会不会有一张……你知道的……他打你的时候的照片?"

电话线的另一头有了一个停顿,然后玫回答道,"我会去看看我的相册。"

"只是拿来做个证据。"梅格说。

"对你来说,可能是吧。"

"我很抱歉,玫。我真希望我不必问这样的问题。"

"不，该抱歉的是我。"玫说道。

这让梅格很吃惊，"为什么？"

"你没有见过男人的另一面。要是我爸爸知道了戴尔做的这些事，他肯定会把他杀了。"

梅格安猝不及防地感受到了心底里那种深深的渴望，那是她的致命伤。她知道她不相信爱，但是，她仍然梦想着爱。或许玫是对的。如果梅格曾有一个深爱着她的父亲，或许一切会有不同。一直以来，她都认为，爱是一座用最细的绳子扎成的索桥，它或许可以支撑你一阵子，但是迟早，它会断掉。

哦，也有幸福的婚姻。她最好的朋友伊丽莎白，已经证明了这件事。

这世上还有人中了4800万美元的彩票，有长着五片叶子的三叶草，有连体婴儿，还有日全食呢。

"那么，我们明天下午两点在咖啡馆见面？"

"我们在那儿见。"

"好的。"梅格安把手机关了机，扔进包里，然后按下了电梯按钮。门打开后，她走了进去。同往常一样，电梯里面每一面都是镜子的墙，让她感觉就像是挤到了一堆自己中间去了一样。她控制不住倾身向前。镜子离得很近，她无法不往里看。在过去的这几年里，她会得了强迫症似的搜寻着自己变老的迹象。纹路，皱纹，松弛。

她四十二岁了。回想起来，自己三十岁的时候，好像只是片刻前的事情。她不由得开始设想，只需要一眨眼的时光，她就会到五十岁。

这让她感到沮丧。她想象了一下自己六十岁时候的样子：孤身一人，日出而作日落而息，能说话的只有邻居家的猫，仍然在参加着游艇单身派对。

她走出电梯，大步穿过大厅，在经过夜间门卫身边时向他点了点头。

外面的夜晚很美丽，紫水晶般的天空给一切罩上了一层粉红珍珠般的光晕。高耸入云的摩天大楼里那些灯火通明的窗户，证明了梅格安不是这个城市里唯一的工作狂。

她轻快地沿着街道走着，从路人们身边绕道而过，不和任何人发生眼神接触。到了她住的楼前，她停下抬起头来。

那是她的阳台。这栋楼里唯一一个没有摆盆景，也没有任何室外家具的阳台。阳台后面的窗户黑灯瞎火的。楼里面的其他窗口，都灯火辉煌，家人朋友们团聚在那些明亮的地方，吃着饭、看着电视、聊着天、做着爱。彼此之间，心心相通。

"该抱歉的是我,"玫说过,"你没有见过男人的另一面。"

"该抱歉的是我。"

梅格安从她的楼旁走了过去。她不想上去,穿着她的旧华盛顿大学卫衣,吃着葡萄干麦片当晚餐,看着《第三视点》的重播。

她走进了公共市场。已经这么晚了,几乎所有商店都关门了。卖鱼的都已经回家了,那些水灵灵的、漂亮的蔬菜都已被装箱,明天才会摆出来。平日里那些摆满了干花、手工制作的工艺品以及各种家庭自制食品的摊点,全都变得空空如也。

她走进了雅典娜酒吧,这个老式小酒吧因为电影《西雅图夜未眠》①而变得出名。二十世纪九十年代的时候,就是在这个优雅的木头酒吧里,罗伯·莱纳曾给汤姆·汉克斯讲过该怎么跟女孩子约会。

这里面的烟雾太浓了,简直可以用你的手指在烟雾里下井字棋②。在雅典娜酒馆里不用那么强调政治正确③,会让人觉得比较自在。你可以点时髦的饮品,但他们的特色是冰冻的啤酒。

梅格安练就了不动声色地把一个酒吧搜寻一番的能力,技艺早已趋于完美。现在,她已经搜索完毕。吧台上坐着五六个老一点的男人,她猜他们是渔民,季节已经到了,正在准备直奔阿拉斯加。还有两个年轻点的,看起来是做金融的,在喝着马天尼,无疑在聊着他们的本行——这种类型的人,她在法庭上已经看够了。

"嘿,梅格安,"酒保弗雷迪大叫道,"老规矩?"

"当然。"她保持着微笑,经过吧台转左,紧挨着那两面墙有几张漆木桌子。大多都坐满了情侣或四个人,少数两张是空着的。

梅格安在那后面找到一个座位。她侧身溜进那光滑的木椅子里,坐了下来。左边是一扇大窗户,外面可以看见艾略特湾和码头。

"给。"弗雷迪说着把一个马天尼杯子放在了她面前。他摇了一下摇酒器,

---

① 《西雅图夜未眠》:1993年在美国上映的著名爱情电影。下文中的"在这个优雅的木头酒吧里,罗伯·莱纳曾给汤姆·汉克斯讲过该怎么跟女孩子约会"即该片中的场景。

② 井字棋:英文名叫Tic-Tac-Toe,是一种在3×3格子上进行的连珠游戏,和五子棋比较类似。

③ 政治正确:美国所谓的"政治正确",即"所有人都不应该因为自己的种族、性别和宗教而被区别对待"的概念,还包括反歧视同性恋等概念。有时候"政治正确"被强调得过分了,不免会让人字斟句酌,以免说错话惹上"歧视××"之嫌,会让人很不自在。

然后给她倒上了一杯"大都会"鸡尾酒。"你还想点一道生蚝和薯条?"

"你真懂得我的心思。"

弗雷迪咧嘴一笑,"这并不难,律师。"他向她弯下身子,"老鹰队今晚会来,随时会到。"

"老鹰队?"

"从埃弗里特市①来的一只小联盟球队,"他向她眨眨眼睛,"祝你好运。"

梅格安悲叹一声。当调酒师开始给你推荐一整支球队时,事情就不太妙了。

"该抱歉的是我。"她又想起了玫说的这句话。

梅格安开始喝酒。第一杯喝完后,她又要了一杯。到她的第二杯见底的时候,她已经差不多忘记了白天的烦心事。

"我可以坐在这儿吗?"

梅格安一惊,抬起了头,发现自己盯着的是一双漆黑的眼睛。

他站在她的面前,一只脚放在她对面的那把椅子上方。从他那年轻、满头金发、性感得要命的外表,她可以看得出来,他一直能得到他想要的任何东西。今晚,他想要的是她。

想到这个,让她精神振奋。

"当然。"她没有向他微微一笑,或是暗送秋波。她从来不会装模作样,也不懂得玩游戏。"我是梅格安·唐特斯,我的朋友们都叫我梅格。"

他滑坐进椅子里。他的膝盖碰到了她的膝盖,有了这个肢体接触后,他笑了,"我是东尼·麦克米伦。你喜欢棒球吗?"

"我喜欢很多东西。"她向弗雷迪示意了一下,弗雷迪对她点点头。过了一会儿,他又给他端来了一杯"大都会"。

"我要一杯酷尔斯啤酒。"东尼说着向后靠去,伸开他的双臂搭在了椅背顶上。

他们沉默地盯着彼此。酒吧里的噪音变得大了起来,接着似乎又完全消失,直到梅格安能听见的只有他那均匀的呼吸声和自己的心跳声。

弗雷迪送来一杯啤酒,又离开了。

"我想,你是个棒球选手。"

他咧嘴一笑。该死,真他妈性感!她感到自己心底里升起了一种欲望。

---

① 埃弗里特市:美国华盛顿州西北部一城市。

跟他做爱一定很棒，她知道。而且那会让她忘记——

"该抱歉的是我。"

——忘掉她这糟糕的一天。

"你懂的，我会展示出来的。等着瞧吧，总有一天，我会出名的。"

这就是为什么梅格安倾向于找年轻点的男人的原因。他们还相信着自己，相信着这个世界。他们还不知道人生到底是怎么回事，不知道梦想总会慢慢枯萎，也不明白对与错只是一种抽象的观念，而不是人人都看得见的球门框。通常，这些道理要等到三十五岁左右才会明白，当一个人意识到他的人生完全不是他想要的时候。

当然，事实上，这些男人也没有跟她索取过她不愿意给的东西。跟她年龄相仿的男人，往往会觉得做爱意味着些什么；年轻点的男人，会好一些。

接下来的一个小时里，东尼在讲他自己的事情的时候，梅格安点着头、笑着。到她差不多喝完第四杯的时候，她知道了他已经从华盛顿州立大学毕业，是三兄弟中最小的一个，还有他的父母还住在他祖父那个爱荷华州的农庄里。这一切对她来说，不过是耳旁风。她所真正关注的，是他用他的膝盖摩擦着她的膝盖的那种方式，以及他的拇指来回抚弄着湿漉漉的啤酒杯的那种稳定而性感的节奏。

当他又在跟她讲他大学时一个兄弟会派对的时候，她说道，"你想到我那儿去吗？"

"喝咖啡吗？"

她笑了，"也会吧，我想。"

"你不会乱来的，是吗？"

"我得说，很明显，我就是会乱来的。我只是想直接一点。我已经……三十四岁了，早就已经不会绕来绕去兜圈子了。"

于是，他看着她，慢慢地笑了起来。他眼神里面那显露无遗的欲望，让她感到浑身燥热。"差不多了。"梅格安心想。他问道："你住得离这儿有多远？"

"幸运的是，不远。"

他起身，伸手扶她站了起来。

她告诉自己，他在对自己献殷勤了。不想让他像搀扶老人一样把自己扶着，她把手放到了他的手里。一碰到他，就让她从头到尾一个激灵。

当他们走过那个漆黑而空旷的市场时，都一言不发。没什么可说的。细节已经交换过了，前戏已经开始了。从此以后，更重要的是赤身相见的时候干些什么了，而不是干巴巴地问些问题。

梅格安家大楼的门卫一身不吭地做着他的工作。没有任何迹象表明，他是否注意到了，这是她在过去的这个月里带回家的第二个年轻的男人。

"晚上好，唐特斯小姐。"他点头道。

"汉斯。"她打着招呼走在前面——哦，老天，她带来的这个人叫什么来着？

东尼。跟在奥斯蒙德遇到的那个人名字一样。

她希望自己没有做过这个联想。

他们走进了电梯。电梯门关上的那一刻，他立即转向她。当他向她俯身的时候，她的呼吸小小地中断了一下。

他的嘴唇跟她设想过的一样，柔软而甜美。

电梯在顶层"叮"的一声停了下来，他开始试着离她远点，但她不让他离开。"这一层，只住着我一个人。"她贴着他的嘴唇低声说道。在吻着他的同时，她把手伸进包里去找她的钥匙。

紧紧贴在一起，他们像多足动物一般地向门边走去，跌跌撞撞地进了门。

"这边。"在她领着他向卧室走去的时候，她的声音沙哑而低沉。一到卧室，他就开始扒她的上衣。他试着向她伸手，但却被她把手推开。

当她一丝不挂后，她看着他。房间里面很黑，充满了阴影，正是她所想要的样子。

他的面容一片模糊。她打开她的床头柜抽屉，拿出一个保险套。

"到这里来。"他伸出手说道。

"哦，我会来的。来了。"她慢慢地走向他，尽可能地紧紧按着自己的小腹。

他抚摸了她左边的乳房，她的乳头立即起了反应。她双腿之间的渴望已剑拔弩张，变得更加焦灼。

她伸手下去，抓住了他，开始抚摸。

此后，一切都发生得很快。他们像动物一样纠缠在一起，抓扯，扭曲，呻吟。他们身后的床头板砰砰地撞着墙。当她的高潮最终来临时，尖锐而疼痛，而又消失得太快。

她只感到一种依稀的不满足。这样的情况，已经发生得越来越频繁。她躺回到枕头上，他在她的旁边，离得这么近，她的大腿可以感觉到他赤裸的身体上的温热。

他就在她身边，可她仍然感到孤独。他们在这里，一起躺在床上，空气中仍然飘散着性爱的味道，但她不知道能跟他说些什么。

她翻过身，离他更近了些。在她还没太清楚自己在干什么的时候，她就已经依偎在他身边了。这是她这么多年以来，第一次做出这么亲密的举动。

"告诉我一些你的小秘密，没人知道的。"她说着将她的裸腿跨到了他腿上。

他轻轻地笑了，"我想，你是生活在奇异世界①里的，那里的人做任何事都是反着的，是吧？开始的时候，你根本不理会我脑子里装着什么；接着，你又想来了解我了。在酒吧里，当我在告诉你关于我的家人的事情时，你几乎都要打哈欠了。"

她离开他的身边，待到了一旁，"我不喜欢走寻常路。"她吃惊于自己把这话说得听起来多么的自然。

"你不寻常，相信我。"

他把她的腿推开，然后吻了一下她的肩膀。临别之吻。坦率地说，她宁愿不要这样的吻。

"我要走了。"

"那么，走吧。"

他皱眉，"别搞得听起来好像在生气一样。今晚，我们不像是坠入爱河了啊。"

她俯身到地上拿起她的西雅图海鹰队睡衣，穿了起来。穿上衣服后，她会没那么脆弱。"你没那么了解我，你根本不知道我有没有生气。还有，坦白说，我无法想象跟一个像你那么频繁地说着什么术语'控球'的人坠入爱河。"

"老天。"他从床上爬起来，开始穿衣服。她坐在床上，非常僵硬地盯着他。她多么希望她的床头柜上有一本书。这个时候开始看书，会是一件多么好的事情。

"如果你一直向左转，就会找到前门在哪里。"

---

① 奇异世界：美国 DC（全球最大的漫画公司之一）出品的漫画中一个虚构的立方体形状的星球。这个星球的准则跟地球上的彻头彻尾地相反："我们否定地球上所有的东西！我们厌恶美丽！我们热爱丑陋！罪恶让我们的世界更加完美！"

他的眉头皱得更紧了，"你在吃药吗?"

听到这句话，她笑了起来。

"因为你需要吃药。"他开始走了——她注意到，他几乎是在跑。但他到了门边，又停下转过身来，"我喜欢过你，你知道的。"

然后，他走了。

梅格听见前门被打开，然后啪嗒一声关上了。她终于舒出了一个沉重的呼吸。

过去，需要几个星期，甚至几个月，男人们才会开始问她是否在吃药。现在，她成功地在一个晚上，就让丹尼——东尼——彻底远离了。

她正在失控。她的生活似乎正在身边土崩瓦解。见鬼，她已经不记得，自己在吻一个男人的时候感到了些比欲望更多的东西，是什么时候发生过的事情了。

"那么，孤独呢?"布鲁姆医生曾问过她，"你也喜欢吗?"

她向旁边倾身，打开了床边的台灯。光线落在相框里梅格安和她妹妹的照片上，那是数年前拍的。

梅格安想知道她的妹妹现在在干什么，想知道她是否会在这么晚了还醒着，感到孤独而脆弱。但是，其实她知道答案是什么。

克莱尔有艾莉森，还有山姆。

山姆。

梅格安希望自己能忘掉自己仅有的那一丝丝记忆，关于她妹妹的爸爸的记忆。但她从来没得过选择性健忘症。相反，所有的事情，每一个细节，她都记得。大多的时候，她还记得，她曾经多么希望山姆也能成为自己的父亲。当她还年轻、还充满着希望的时候，她会想：也许我们三个可以成为一家人。

那是小孩子的白日梦。这么多年后，仍然能感觉到痛。

山姆是克莱尔的父亲。他的介入，改变了一切。梅格和克莱尔，从此再也没有任何共同之处了。

克莱尔从此住在一座充满了欢笑和爱的房子里。她肯定只会和正直的社区领袖们约会，绝不会和陌生人做令人失望的爱。

梅格安闭上眼睛，提醒自己，这就是她想要的生活。她曾尝试过婚姻。就在她开始害怕对方的背叛和自己的心碎的时候，她的婚姻就结束了。她永远也不想再经历一次了。如果偶尔在午夜的时候，她得花一个小时左右的时间，来面对那难解的、刻骨铭心的渴望，好吧，这就是独立的代价。

她倾身在床对面拿起了电话。她的快速拨号总共设置了五个数字：办公室，三个外卖餐馆，还有她最好的朋友伊丽莎白·肖尔。

她按下了三号键。

"怎么了？"传来了一个昏昏沉沉的男人声音，"杰米？"

梅格安看了看床边的时钟，见鬼，已经快午夜了，在纽约现在快到凌晨三点了。"对不起，杰克，我没注意到时间。"

"作为一个聪明的女人，你这样的错犯得不少。请稍等。"

梅格安希望她能挂掉电话。她感到由于自己的错误，自己被暴露了。这样会显示出，她的生活是多么的狭隘而脆弱。

"你还好吗？"伊丽莎白说道，听起来很担心。

"我很好。我搞错时间了，告诉杰克我很抱歉。我们可以明天再谈，我会在上班前再打过来。"

"等一下。"

梅格安听见伊丽莎白低声地跟她丈夫说了些什么。过了一会儿，她说，"让我猜猜。你刚从雅典娜酒吧回家。"

这让她的感觉更为糟糕，"不，今晚没去。"

"你还好吗，梅格？"

"很好，真的。我只是搞忘了时间。我在……处理一桩很棘手的案子。我们明天再聊。"

"杰克和我就要去巴黎了，还记得吗？"

"哦，当然。玩得开心点。"

"我可以推迟——"

"然后错过里兹酒店的那个大型宴会吗？不可能。去玩得开心点。"

电话线上传来一个停顿。然后，伊丽莎白轻轻说道："我爱你，梅格。"

她感到自己快要掉眼泪了。这句话，正是她所需要的，即使是来自远方。这让她感到没那么孤独，没那么脆弱。"我也爱你，亲爱的。晚安。"

"晚安，梅格。睡个好觉。"

她慢慢挂上了电话。房间里似乎太安静了，也太黑了。她拉过被子，闭上眼睛。她知道，要过数个小时，她才能睡着。

07 | *chapter*
姐妹之间

　　她们第一次在奇兰湖的聚集，已经变成了一个庆典。那是在1989年。那一年，麦当娜在号召人们去表达自我，杰克·尼科尔森扮演了小丑，还有柏林墙也开始倒塌。更重要的是，就在这一年，她们所有人都走进了二十一岁。那时候，她们有五个人。从上小学起，就是最好的朋友。

　　她们的第一次聚会，是阴差阳错地发生的。女孩们凑了钱，为克莱尔订下了蜜月小屋，准备让她在过生日的时候去那里度周末。在那个时候——三月份的时候，她正在神魂颠倒地爱着卡尔·埃尔德里奇（那是她数次神魂颠倒地爱上一个人的第一次。那些交往，后来被证明不过都是脑子里进了水）。七月中旬，到了她们订下的那个周末的时候，克莱尔已经失恋了，孤单一人，分外沮丧。但克莱尔可从来不是一个会浪费钱的人，她会独自继续这个旅程，打算去坐在门廊上读书。

　　就在第一天的晚饭时间前，一辆破旧的黄色福特斑马开进了院子里。她最好的朋友们从车里鱼贯而出，欢声大笑地跑过草地，还带来了两大壶玛格丽特鸡尾酒。她们把自己的到来称之为"爱的干预"。的确，这起到了作用。到周一的时候，克莱尔又想起来了自己是谁、自己想要的是什么样的生活。卡尔·埃尔德里奇，绝对不是她的"唯一"。

　　从此以后，每年她们都会设法回来待上一个星期。现在，当然，已经不一样了。吉娜和克莱尔各自有一个女儿；凯伦有四个孩子，年龄从十一岁到十四岁；还有夏洛特，正在拼命地想怀孕。

　　在过去的几年里，她们的聚会平静了起来。她们的行李里，也没有以前那么多的龙舌兰酒和香烟了。跟过去的盛装打扮去"鲍勃牛仔的西部猎场"畅饮龙舌兰酒和尽情跳舞不同，她们会早早地让孩子上床睡觉，然后喝着白葡萄酒，在门廊上的圆木桌上玩扑克牌。她们会累计一个星期的得分情况，赢家可以得到来年蜜月小屋的钥匙。

她们的度假生活，已经演化成了一种缓慢而慵懒的旋转木马般的节奏。白天，她们会待在湖边，躺在红白条纹的沙滩毛巾上，或者坐在破旧的沙滩椅上，野餐桌上放着便携式收音机。她们总是收听那些放老歌的电台。当收音机里传来一首 20 世纪 80 年代的老歌的时候，她们就会跳起来，跟着一起唱着跳着。天气炎热的时候——就像今天这样的日子，她们大多的时间都会待在湖里，站在齐脖子深的冰凉的水中，戴着软檐帽和太阳镜保护着脸，聊着天，不停地聊天。

现在，天气终于变好了。天空明朗蔚蓝，湖面光滑如镜。大一些的孩子们待在房子里，玩着纸牌游戏，听着威利带来的震耳欲聋的音乐，或许还在谈论着最近那部恶心的 R 级电影——别的孩子的妈妈们都允许他们去看这样的电影，可他们不是别的孩子。艾莉森和邦妮正在湖面上的警戒线内蹬着水上自行车，她们咯咯的笑声盖过了其他所有人的声音。

凯伦无精打采地坐在椅子上，用一个水上乐园的宣传小册子给自己扇着风。夏洛特用一顶白色的软檐帽和一件七分袖的衣服把自己包裹得严严实实，抿着柠檬水，读着一本凯莉·蕾帕读书俱乐部最近的推荐作品。

吉娜侧过身子打开冷藏箱，稀里哗啦地翻着找无糖可乐。找到后，她把它拿出来，咔嚓一声打开，喝了很长时间后才关上冷藏箱。"我的婚姻结束了，现在我们喝的是无糖可乐和柠檬水；凯伦那狗娘养的第一任丈夫离开她的时候，我们可是在鲍勃牛仔喝的龙舌兰酒，还跳了玛卡莲娜舞！"

"那是我的第二任丈夫，斯坦。"凯伦说道，"亚伦离开的时候，我们吃了巧克力蛋糕，还有在湖里裸泳。"

"我还是有意见，"吉娜说道，"我的危机来了，我们只是轻描淡写地就算了；你那时候，我们可是好好疯过了的！"

"鲍勃牛仔，"夏诺特微微笑着说道，"我们好些年没去过了。"

"自从我们拖着这一群小东西后，就再也没去过了，"凯伦指出，"背着个孩子在背上去摇摆，可不是件容易的事情。"

夏洛特向湖里望去，望向小女孩们在蹬着水上自行车的地方。她脸上的笑容慢慢地消失了，眼睛里面又充满了常见的那种悲伤。毫无疑问，她又在想着她极度渴望得到的孩子。

克莱尔看了看她的朋友们。一时之间，她又被吓了一跳。这些天来，她已经有好几次这种感觉了，在看见已经三十五岁的她们和自己的时候。今年，她们似乎显得比以往任何一年都要安静。甚至是，更老。她们这群女人待在这波光粼粼的湖边，每个人都显得满腹心事、神不守舍。

以前，可从来不会如此。她们来到奇兰湖，就是为了变成更年轻、更自由的自己。生活中的烦心事，从来不会被带到这里来。

克莱尔用手肘撑起身体。那劣质的棉质沙滩毛巾，看起来就像是嵌入了她那晒黑的前臂里。

"今年威利十四岁了，对吧？"

凯伦点点头，"今年九月份他就开始上高中了。你能想得到吗？他仍然会抱着一个毛绒玩具睡觉，还会忘记刷牙。和他同学的那些九年级女孩子们，一个个都妖艳得不行了。"

"所以，为什么他不可以帮着看一两个小时孩子呢？"

吉娜坐直了身子，"真他妈的，克莱尔！为什么我们之前没想到这个呢？他已经十四岁了！"

凯伦皱眉道："可是他的成熟度，等同于一条蚯蚓。"

"在他这个年龄的时候，我们都在看孩子了，"夏洛特说道，"妈的，在我上高中之前的那个夏天，我简直就是个保姆！"

"他是个有责任心的孩子，凯伦。他会搞定的。"克莱尔轻轻地说道。

"我不知道。上个月他的鱼死了——被饿死的。"

"两个小时，饿不死他们。"

凯伦回头看着小木屋。

克莱尔完全懂得她的朋友在想什么。如果威利已经大到可以照看小孩子了，他就真的再也不是一个小男孩了。

"好啊，"凯伦最后说道，"当然，为什么不可以呢？我们会给他留一个手机……"

"还有一堆电话号码……"

"还有，我们要告诉他们不准离开小木屋。"

吉娜在这一整天里，第一次笑了，"女士们，忧郁者们准备出发了！"

她们花了两个小时洗澡、换衣服，还有给孩子们做好晚餐——通心粉和奶酪热狗。然后，她们又花了一个小时的时间说服孩子们她们的计划是可行的。

最后，克莱尔紧紧抓住凯伦，把她拉到外面。当她们沿着那漫长而曲折的道路行走的时候，每走几步，凯伦就会停下来回头。"你们确定？"每次她都这么问。

"我们确定。让他承担点责任，对他有好处。"

凯伦皱眉，"我一直在想着那些翻着肚皮、浮在那肮脏的水面上的小金鱼。"

"一直走，不要停，"吉娜紧紧靠着克莱尔说道，"她就像一台行驶在冰面上的汽车。如果她停下来了，我就再也无法让她重新向前了。"

站在了鲍勃牛仔的街对面的时候，她们才感到有点不对头。

克莱尔第一个开口道："现在，天都还没黑。"

"太久没出来玩过了，我们已经不怎么在行了。"夏洛特说道。

"妈的。"是吉娜的声音。

克莱尔拒绝被打败。就算她们看起来像是傍晚时分跑到这么一个地方来，挤在一群职业酒鬼中间的女学生，那又怎么样呢？她们是到这里来找乐子的。而鲍勃牛仔，是她们唯一的选择。

"来吧，女士们！"她说道，凌然向前。

她的朋友们在后面排队跟着她。她们昂首挺胸、大步流星地走进了鲍勃牛仔，就好像这个酒吧是她们开的一样。天花板上笼罩着一层厚厚的灰色烟雾，头顶的灯之间也飘着淡淡的几股。沿着吧台坐着几个酒吧的常客，他们弓着身子，就像几个种在黑色吧凳上的湿蘑菇。一片阴郁的黑暗中，闪烁着几个五彩霓虹灯的啤酒标志。

克莱尔领头走向空空的舞池旁边一张破旧的圆桌。在这个角度，她们可以将乐队的演出尽收眼底——然而很显然，乐队现在还没有来。点唱机上正播放着一首喋喋不休的西部歌曲。

她们还没坐到座位上，一个又高又瘦、面颊粗糙的女服务员出现在她们旁边。"你们想要些什么？"她边问边用一块灰布擦着桌子。

吉娜点了一圈玛格丽特酒和洋葱圈，瞬间就送到了。

"天啊，出来玩的感觉真好。"凯伦说着伸手去拿她的酒，"我都不记得，上次我不用大动干戈地提前计划就出门去玩，是什么时候的事了。"

"的确如此。"吉娜表示赞成，"雷克斯连去找个保姆的事情都搞不定。就连给我一个晚餐约会的惊喜也不行。惊喜总是这样的：我们要出去吃晚餐，你能安排一下吗？就像是没有长卵巢的人拿不起电话似的！"说到这里，她的笑容消失了，"这样的事情，总会惹得我大动肝火。但是，这真的只是些很小的事情，不是吗？为什么以前我没注意到呢？"

克莱尔知道，吉娜在想着她那即将到来的单身生活会有些什么样的改变。

一夜又一夜地，床上有一半将会空着。她想说点什么，给吉娜些安慰，但她自己却对婚姻一无所知。过去二十年里，她约过很多会，也曾有过几次陷入了"伪爱情"里面。但这些都不是真正的婚姻。

她也曾有过遗憾，但在此刻，在她看着吉娜那心碎的双眼的时候，她又在想着，或许自己的过去是一种幸运。

克莱尔举起她的酒杯。"敬我们，"她用一种坚定的声音说道，"敬忧郁者们。我们和克鲁泽先生一起挺过了初中，和大屁股贝斯小姐一起挺过了高中，挺过了工作和手术，结婚和离婚。我们中的两个失去了婚姻，一个没能怀孕，一个从未谈过恋爱。还有，几年前，我们中的一个死了。但我们仍然在这里，我们总是会为了彼此来到这里，我们是一群幸运的女人！"

她们一起碰了杯。

凯伦扭头跟吉娜说道，"我知道你现在感觉自己就像是要裂开了一样，但会好起来的。生活在继续，我能说的只有这些。"

夏洛特伸出一只手放在吉娜手上，什么也没说。她是她们之中最能懂得这一点的：有时候，你无须多言。

吉娜勉强笑了笑，"够了，我可以回家了再去难过。让我们聊点别的。"

克莱尔换了个话题。开始的时候，硬生生地去改变一个话题的方向，会有点尴尬。但渐渐地，她们就跟上了节奏。她们回到了过去的那些日子里。任何东西，都会让她们开怀大笑。某个时候，她们点了一盘玉米片。她们第二次点的食物送上来的时候，乐队开始演出了。第一首歌，是一曲唱得要撕碎人耳膜的《患难朋友》。

"这听起来，就像是加斯·布鲁克斯①被卡在了带铁丝网的栅栏里。"克莱尔大笑着说道。

到乐队开始唱阿兰·杰克逊②的《在现实世界里》时，酒吧里已经挤满了人。几乎所有人都穿着仿皮的西部风格服装。一群人在跳着一种拍大腿的排舞。

"你们听到了吗？"克莱尔俯身向前，双手放在桌子上，"这是'吉他和凯

---

① 加斯·布鲁克斯：二十世纪九十年代美国最重要的乡村歌手。美国史上唱片销量最大的艺人之一，仅次于披头士和猫王，位列第三位。

② 阿兰·杰克逊：二十世纪九十年代继加斯·布鲁克斯之后，美国最著名的乡村音乐男歌手。

迪拉克'，我们去跳舞！"

"跳舞？"吉娜大笑，"上次我跟你们两个跳舞的时候，我的屁股撞到了一个老人，把他撞飞了。让我再喝一两杯吧。"

凯伦摇摇头，"对不起，克莱尔。在我穿 16 码之前，我会跳舞。现在，我想明智之举就是，让我的屁股待得能多安静就多安静。"

克莱尔站起来，"来吧，夏洛特，你没像这两个家伙似的老成这样了吧。想跳舞吗？"

"开什么玩笑？我爱跳舞！"她砰的一声把她的包扔在椅子上，跟着克莱尔走向舞池。在她们周围，穿着牛仔服饰的夫妇们正在跳着各种花式舞蹈。一个女人从她们身边旋转而过，一路上做着"1、2、3……"的口型。显然，她得集中她全部的注意力，才能跟上她的舞伴的动作。

克莱尔让音乐倾泻在自己身上，就像在炎热的夏日里往身上泼上清凉的水，让她神清气爽，充满了活力。刚刚开始随着音乐的节拍而舞动，摇起屁股、踩着步点、拍着手，她就想起了自己曾多么爱这样跳舞。她不敢相信，自己居然让这么多年都静悄悄地过去了。

音乐把她卷走，剥离了她这些年来的母亲身份。她和夏洛特又再次成为她们少女时代的自己，大笑着，互相撞击着屁股，对着彼此大声地唱着。下一首歌是《阿拉巴马甜蜜的家》，她们不得不继续待在舞池里；接着，又是《玛格丽特酒镇》。

到乐队休息的时候，克莱尔的浑身已经被汗水湿透，而且上气不接下气。她感到左边脑袋有一点点痛，于是伸手进口袋里找出了一片止痛药。

夏洛特拨开眼前的头发，"这感觉真好。强尼和我已经很久没跳过舞了，自从……"她皱起了眉头，"天啊，也许是自从我们的婚礼后。这就是当你拼命想怀孕的时候会发生的事情，浪漫会跟你无缘。"

克莱尔笑道："相信我，亲爱的，是当你怀孕后，浪漫才会跟你彻底分道扬镳。我已经很多年没有过一个像样的约会了。来吧，我已经严重缺水，感觉自己已经变成了一块牛肉干。"

夏洛特向后面点点头，"首先，我得去一趟洗手间。给我再叫一轮玛格丽特。告诉凯伦，这轮我请。"

"没问题。"克莱尔开始向桌子走去，这时才想起来自己手中还抓着一片药。于是，她向吧台走去，要了一杯水。

水拿来后，她吞掉了那片药，然后离开了吧台。当她开始走回桌前的时候，她看见一个男人走上了舞台。他拿着一把吉他——一把常规的老式吉他，没有插电或带放大输出。乐队的其他成员都离开了舞台，只留下他们的乐器。

他随随便便地坐在一张破旧的吧凳上，一只黑色的牛仔靴稳稳当当地踩在地板上，另外一只蹬在吧凳的底板上。他穿着一条褪色了的破旧牛仔裤，一件黑T恤。他的头发差不多齐肩，在头顶的荧光灯下闪着金色的光芒。他低头看着他的吉他，虽然一顶黑色的斯泰森毡帽遮住了大半张脸，克莱尔仍然分得清勾勒出他那张脸的刚强而高耸的颧骨。

"哇噢。"她都不记得上次见到长得这么帅的男人是什么时候的事情了。

在海登没见到过，这是肯定的。

这样的男人，不会出现在偏僻的小镇上。这是一个她很久以前就明白了的事实。那些住在好莱坞或曼哈顿的汤姆、布拉德、乔治们，那些世界闻名的明星们，出行的时候，都待在他们那些目光呆滞、穿着不合体的黑西装的保镖们后面。他们口口声声说着要和"真实的人们"面对面，但实际上，他们并不会那么做。克莱尔明白这个，是因为曾有一次有明星在米许县拍一个动作片，她求着她的父亲带她去看过拍摄现场。然而，没有一个明星跟当地人说过话。

那人俯身向麦克风："在乐队稍事休息的时候，我来填补一下空白，希望你们不会介意。"

他说完后，稀稀拉拉地响起了一阵掌声。克莱尔用手肘顶着一个身穿紧身牛仔裤、头戴一顶浴缸那么大的斯泰森毡帽的年轻人，挤过人群，站到了舞台边上。

他扫了几下吉他，开始唱了起来。起初，他的声音有点迟疑，在那嘈杂的喧闹声、喝酒行令声中，几乎柔弱得让人听不见。

"安静！"克莱尔很吃惊自己居然把这话大声说了出来，她本来只是在心头默念的。

站在人群的最前面、离他只有几步远，这样叫了出来，真是引人注目得可笑。但是，她已经挪不开脚步、移不开目光了。

他抬起头来。在那烟雾缭绕的昏暗中，她身边还挤着十来个人，但克莱尔知道，他是在看着自己。

慢慢地，他笑了。

许多年前，有一次克莱尔跟着她的姐姐，沿着月牙湖的码头跑着。她开怀大笑着，跳着。过了一会儿，突然，她跌进了冰冷的湖水里。于是她赶紧手忙脚乱地浮出水面，气喘吁吁。

这就是她现在的感觉。

"我是鲍比·奥斯汀，"他轻轻说道，目不转睛地看着她，"这首歌献给我的唯一。你们都知道我是什么意思，就是那个我这一生都在寻觅着的唯一。"

他那修长的古铜色手指扫动着吉他琴弦，然后开口唱了起来。他的嗓音低沉而沙哑，有一种致命的诱惑力。那首歌悲伤萦绕，令克莱尔想起了她生命中所有的缺失。她发现自己不由自主地随着节拍摇曳舞动起来。

唱完歌后，他放下吉他，站了起来。人们礼貌性地鼓了掌，然后转身离开，回到一罐罐的啤酒和布法罗鸡翅中去了。

他向克莱尔走去。她似乎无法移动。

他在她的正对面停了下来。她有一种想回头看看的冲动，看看他是不是其实是在盯着别人看。

他还没开口，她说道，"我是克莱尔·凯文诺。"

他的一个嘴角浮起了微笑，但奇怪的是，这看起来很悲伤。"我不知道怎么说出我心里的想法，那会让人觉得我是个白痴。"

克莱尔的心跳得飞快，她感到头晕目眩，"你的意思是?"

他紧紧地贴近了她，近得不能再近。现在他是那么近，她可以看见他那双绿眼睛里金色的瞳仁，还有他上唇边缘上那道小小的半月形的伤疤。她也看得出来，他是自己给自己剪的头发，参差不齐的发梢凌乱不堪。

"我就是那个人。"他轻轻地说道。

"那个什么?"她尽力笑着，"那条路? 那道光? 你是天堂的唯一入口?"

"没有开玩笑。我就是你一直在寻找着的那个人。"

她应该对他哈哈大笑，告诉他，从她开始学着画眉毛的那一年起，她就没听过这么老土的搭讪了。

她已经三十五岁了，早过了一见钟情的年纪。这才是她打算说的，她的脑子做出的反应。但她开口的时候，她却听到了自己的心声，"你是怎么知道的呢?"

"因为，我也一直在寻找着你。"

克莱尔后退了一小步。不离他远点，她已经呼吸不过来。

她想对他哈哈大笑。她真的想。

"来吧，克莱尔·凯文诺，"他温柔地说道，"来跟我跳舞。"

08 | chapter

姐妹之间

有的婚姻，在恶毒的语言和可怕的咒骂中结束；有的，在泪水涟涟和喃喃的道歉声中结束。各种方式不尽相同。唯独不变的，只有悲伤。无论输、赢还是平局，当法官的法槌敲在木台上的时候，梅格安总是会感到浑身冰凉。女人的梦想破灭，是一件非常非常冰冷的事情。在家事法院广为人知的一个事实就是，一个经历过离婚的女人，再也不会像以前那样看待这个世界——或者爱情。

"你还好吗?"梅格安问玫。

她的当事人坐得浑身僵直，双手紧紧搂着自己的膝盖。在外人看来，她可能显得很平静，似乎对刚才在法庭上上演的悲剧无动于衷。

但梅格安知道实情。她知道，玫已经到了崩溃的临界点。她是在用意志力控制着自己不要尖叫起来。

"我很好。"玫气息微弱地答道。事实上，这很正常。在这样的时候，女人们往往会需要好好呼吸一下，让自己平静下来。

梅格安扶着玫的胳膊，"我们去隔壁弄点吃的，好吗?"

"吃的。"这就是玫的回答，既没表示同意也没表示反对。

法庭前面的法官站了起来，她微笑着看了一下梅格安及对方律师乔治·格特森，然后离开了法庭。

梅格安扶着玫站了起来，紧紧扶着她的手臂稳住她，向门边走去。

"你这个婊子!"

梅格安听见玫尖锐地吸了一口气，感到她的身体都绷紧了。玫跟跟跄跄地停了下来。

戴尔·门罗向前冲来，满脸猪肝一样的颜色，额头中间爆起了青筋。

"戴尔，"乔治说着向他的当事人伸出手去，"别干傻事——"

戴尔甩开他律师的手，继续向前。

梅格安从容地侧跨一步，挡在了戴尔和玫之间，"退后，门罗先生。"

"是门罗医生，你这个贪得无厌的婊子！"

"真会用词啊，你上的一定是一所很好的文科大学。现在，请退后。"她能感觉到玫在她身后颤抖，呼吸得非常急促，"让你的当事人从我面前闪开，乔治。"

乔治掌心向上地举起双手，"他不听我的。"

"你夺走了我的孩子！"戴尔目光正对着梅格安说道。

"你是说，是我在背着我的妻子做欺诈性的财产转移……还是说我在偷家里的钱和股权？"她向他走了一步，"哦，等一下。或许你是在说，是我每个星期二的下午，跟我女儿的钢琴老师在一起鬼混？"

他的脸唰地一下白了，脸上的青筋爆得更为突出。他向旁边歪了一下，试图同他的妻子——前妻——发生眼神接触。

"玫，好了，"他说道，"你总该了解我的，那些事不全是我干的。我已经给了你想要的一切，但是孩子们……我不能只是在周末或者是暑假的两个星期里才能见到他们。"

他听起来很真诚，真的。要不是梅格安见过那些黑纸白字的丑陋真相的话，她可能都会相信他的确是因为失去了孩子而伤心。

她赶紧开口，这样玫就不用了，"你们的财产分割是完全公平和公正的，门罗医生。监护权问题也解决得公平合理。等你冷静下来后，我相信你会同意的。我们都看过反映出了你的生活方式的那些证言：每天早上六点你就出门了，孩子们还没醒来；你很少在晚上十点前回家，孩子们都已经睡了；周末的时候，你会和你的朋友们一起度过，打高尔夫或是打扑克。现在，你又会比之前你们一家人住在一起的时候，有更多的时间看孩子了？真是见了鬼了！"梅格安露出了微笑，终于出了口恶气！这一番精明的、深思熟虑过的抢白，他无从辩解。她瞥了一眼沉默地站在他当事人身边的乔治，这位律师看起来面如土色。

"你以为你是谁？"戴尔恶狠狠地叫着，向她迈了一步，双手在身体两旁攥紧了拳头。

"你想打我吗，戴尔？来吧。你会连探视权都失去。"

他犹豫了。

她也向他走了一步，"还有，如果你再打一下玫，甚至是碰她碰得太重了，你就会发现，你又回到了这个法庭。那时候，就不只是钱的事情了，那将会事关你的自由！"

"你在威胁我吗？"

"我有吗？"她盯着他的眼睛，"对，我就是在威胁你！现在你明白了吗？你他妈的离我的当事人远点，否则我会把你的生活变成监狱风云！我可不是说着玩的。每隔一个星期五，你可以把车停在房子门前，等孩子们出来。你得按照规定的时间，准时把他们送回来。这就是你可以跟玫的所有接触。你明白的，对吗？"

玫拉着她的胳膊，凑近低声说道，"我们走吧。"

梅格安从玫的声音里听出了满腔的疲惫，这让梅格安想起了自己离婚的时候。她曾那么努力地去坚强，可是当她走出法庭的那一刻，她就像一座老吊桥一样地垮掉了，就那样崩溃了。从很大程度上来说，她从此以后就再也没有真正站直过了。

她从橡木书桌上抓起自己的公文包，伸出另一只胳膊搂着玫的腰。肩并肩地，她们走出了法庭。

"你会为此付出代价的，你这个婊子！"戴尔冲着她们的背影大叫道。然后，有什么东西砸在了地上。

梅格安猜想是另一张橡木桌子。

她没有回头。相反，她把手稳定地放在玫的腰上，带着她走进电梯。电梯里，她们肩并肩地站着。

门关上的那一刹那，玫号啕大哭。

梅格安拉着玫的手，轻轻捏着，"我知道现在发生的事看起来不可思议，但生活会变得更好的，我保证。不会立刻，甚至不会很快，但一定会变得更好的。"

她带着玫走下法庭的楼梯，来到外面。天空中布满了沉重的铅云，一场恼人的雨自顾自地洒落在那车满为患的街道上。太阳已无处可见，毫无疑问，它已经跟大雁们一起飞向了南方，到佛罗里达州和加利福尼亚州那样的地方去了。在独立日到来之前，它不会回来整日地照耀着华盛顿州西部。

她们沿着第三大街走向法庭附属咖啡馆，这是在家事法院工作的人们最喜欢的午餐地点。

走到门口的时候，梅格安的衣服已经被淋得很湿了。她的白色丝质衬衣领子染上了灰色的条痕。如果说有一个本地人不会随身携带的小物件的话，那就是雨伞。

"嘿，梅格。"在她穿过餐厅走向后面的一张空桌子时，几个同事向她打着招呼。她为玫拖出一把椅子，然后坐在了她对面。

不一会儿，一个一脸苦相的女服务员来到她们旁边。她从马尾辫里扯出一支铅笔，"今天是香槟日，还是马天尼日？"她问梅格安。

"当然是香槟了。谢谢。"

玫从桌子对面望着她，"我们不是真的要喝香槟吧，是吗？"

"玫。现在，你是个百万富翁了。只要你的孩子们愿意，他们可以在哈佛大学读到博士去。你在麦迪那有一个漂亮的海滨之家，而且没有房供需要付。另外，戴尔住在柯克兰的一座1300平方英尺的公寓里。而且，你得到了孩子完全的监护权。对呀，我们是得庆祝！"

"你是怎么回事？"

"你的意思是？"

"我的生活中了一枚飞毛腿导弹，我爱的人离开了。现在，我发现无论如何，他只能存在于我的记忆里了。我不得不接受的事实，不只是我的孤单，而且很显然的是，我也干了件蠢事。我的孩子们都不得不过上那样的生活，知道他们的家庭破裂了，明白了爱是无常的，还有最重要的：承诺一文不值。他们会没事的，当然。这就是孩子们和女人们——总会没事的。但是，我们再也不是一个完整的家了。我会变得有钱，非常有钱。我猜，你也是个有钱人，但是你会每天晚上和钱睡觉吗？当你从噩梦中惊醒时，钱会抱着你吗？"

"戴尔会吗？"

"很久以前，他会。不幸的是，我记在心里的人，正是这个他。"玫低头看着自己的手，盯着手指上的结婚戒指。"我感到我的心在滴血，而你却坐在那里，喝着香槟。"她又抬起了头，"你是有什么不对头？"

"这可能是一个残酷的职业，"她如实回答道，"有时候，我能扛过去的唯一办法是——"

餐厅里爆发了一阵骚动。一个杯子打碎了，一张桌子倒在地上，一个女人尖叫起来。

"哦，不。"玫无声地说道。她的脸色变得苍白。

梅格安皱眉道，"有什么——"她坐在椅子上转过身。

戴尔站在开着的门上，左手拿着一支枪。当梅格安看见他时，他笑了笑，跨过了一把倒下的椅子。但这笑容里没有任何幽默的感觉，事实上，他看起来像是在哭。

或者，可能那只是雨水。

"放下枪，戴尔。"她吃惊于自己的声音听起来很平静。

"现在轮到你吃不了兜着走了，律师。"

一个穿着黑色细条纹套装的女人爬过地板，慢慢地爬着，直到门边，然后站起来跑掉了。

戴尔要么是没有注意到，要么就是毫不在乎。他的双眼，只紧盯着梅格安。"你毁了我的生活！"

"放下枪，戴尔。你不会想做蠢事的。"

"我已经做了蠢事了。"他的声音哽咽，梅格安看出来他是在哭。"我有了外遇，变得贪心，也忘了有多爱我的妻子了。"

玫开始打算站起来。梅格安抓住她，强迫她坐下，然后自己站了起来。

她把手举在空中。她的心狂跳着，都快要从胸口蹦出来了。"来吧，戴尔。放下枪，我们可以帮到你。"

"当我在试着告诉我的妻子我有多愧疚的时候，你们帮的忙在哪里呢？"

"我犯了个错误，我很抱歉。这次，我们大家可以坐下来好好谈谈。"

"你以为我不知道我已经把事情搞得有多不可收拾了吗？相信我，女士，我知道的！"他的声音又哽咽了，眼泪沿着他的脸颊流下来，"老天，玫，我是怎么走到这一步的？"

"戴尔，"梅格安用一种平静而沉稳的声音叫着他的名字，"我知道怎么——"

"闭嘴！都是你的错，你这个婊子！这一切都是你造成的！"他举起枪，瞄准，然后扣动了扳机。

乔在高烧，从喉咙的刺痛中醒了过来。他还没有完全睁开眼睛，一阵猛烈的干咳让他直立着坐了起来。咳完后，他坐在那里，睡眼惺忪，急切地需要喝水。

他的睡袋上蒙上了一层闪闪发亮的霜，这是一个海拔高度的证明。在这个州的这个地方，虽然白天热得像地狱，晚上却很寒冷。

他又咳嗽了一阵，然后爬出睡袋。当他在卷起睡袋并将之绑在他的背包上的时候，他的手指在发抖。他跌跌撞撞地走出仍然黑暗的森林，鼹鼠一般地探出头来，在艳阳天里眨着眼睛。明晃晃的太阳已经高挂在万里无云的天空上。

乔从他的包里掏出牙刷、肥皂和牙膏，蹲在急流着的冰冷溪水边，开始了这一天的洗漱。

到他快结束的时候，他连呼吸都感到困难了，就好像刷牙需要用到的力气，可以和跑一场马拉松相提并论似的。

他盯着溪水里面的自己。虽然面前的影子在晃动着，清澈的溪水仍然让他的影像清晰得令人吃惊。他的头发实在是太长了，跟他前两天晚上睡觉的那个灌木丛一样乱。一层厚厚的胡子遮住了他的下半张脸，像一床被子似的，混杂着灰色和黑色。他的眼睑耷拉得很低，似乎陷入了被打败的疲惫之中。

而今天，是他的生日。他的第四十三个生日。

在另一个时间——在他的另一个生命里，这将是一家人一起庆祝的一天。戴安娜总是很爱派对，动不动就会办一个。在他满三十八岁的那年，她包下了太空针高塔①，雇了一个布鲁斯·斯普林斯汀②的模仿者来唱他们青春年代的那些歌。那里曾挤满了朋友，每个人都想和他一起庆祝生日。

然后……

叹了口气，他站了起来。快速检查了一下钱包和口袋后，他发现自己又接近破产了。上个星期修剪草坪赚来的钱，几乎已荡然无存。

背好背包，他沿着蜿蜒的河流向国家森林外走去。到达 2 号公路的时候，他已经汗如雨下，不停地擦着眼睛。他的额头烫得像火一样，他知道自己在发烧。至少 38 摄氏度了。

他目不转睛地盯着那条通往莱文沃斯小镇的黑色沥青路。道路的两旁，林立着高瘦的青松。

离小镇只有一英里左右的路程。在这个距离，他可以看见那些巴伐利亚风格的建筑，还有红绿灯和广告牌。他知道，这是那种小镇：常年出售着手工圣诞饰品，到处都有各种有趣的家庭旅馆。这是一个会张开双臂欢迎任何旅行者和观光客的地方。

然而，自己这副造型，身上的气味……恐怕不会受到欢迎。

079

————————

① 太空针高塔：位于美国华盛顿州西雅图市的一个观景塔，西雅图的地标性建筑之一。位于西雅图市中心，顶上有旋转餐厅和观景平台。

② 布鲁斯·斯普林斯汀：美国摇滚歌手、词曲作者。他的东大街乐队（the E. Street Band）是美国史上最著名的摇滚乐队之一。他曾获得 20 多个奖项，包括格莱美奖、两项金球奖和奥斯卡奖等，在全球拥有广泛的乐迷。

不过，他太累了，已经无力上山，所以他向小镇走去。他的脚很痛，胃也很疼。他已经好几天没有好好吃过一顿了。昨天，他吃了些还没成熟的苹果，还有他最后的一点牛肉干。

当他到达小镇的时候，他的头已经痛得几乎让人无法忍受。他花了两个小时的时间，挨家挨户地去找临时的活干。

什么也没找到。

最后，他在雪佛龙加油站花掉自己最后两美元买了阿司匹林，在公共卫生间里那锈迹斑斑的水槽处接了水，把药吞了下去。之后，他站在走道上，漫无目的地盯着那些商品。

现在，玉米果就很好了……

或者是烤土豆片。

或者——

"你得走了，先生，"坐在收银台后面的年轻人说道。他穿着一件破旧的棕色T恤，上面写着：为了让你们猎鹿，我们婚都不结了。"除非你还要买点别的东西。"

乔看了一眼时钟，惊讶地发现，他已经在这儿待了一个多小时。他向那孩子点点头，拿起他的水壶到卫生间装满了水，然后上了厕所，走了出来。在收银台处，他停了下来。他小心地不跟这孩子做任何眼神接触，问了一下这里是否有地方能让他去打个零工。

"'达林顿'农场有时候会雇短工，通常是在收获季节，现在我不知道。还有，'威士忌小河'旅馆在三文鱼洄游的季节需要维护人员。"

采摘水果或者剖鱼。过去的三年里，这两种工作他干过很多。"谢谢。"

"嘿，你看起来好像生病了。"那孩子皱起了眉头，"我认识你吗？"

"我没事，谢谢。"乔不停走着，担心自己如果停下太久就会跌倒，然后躺在地上。那样的话，他就会在医院的床上或是监狱的床上醒来。他不知道哪种方式会更糟，每一种都会带来太多可怕的回忆。

他站在一个小便利店外面，脚像踩在棉花上一样，满心希望着服下去了的阿司匹林会生效。这时，第一个雨滴击中了他。那是一个又大又肥的雨滴，正好啪地打进他的眼睛里。他扬起下巴，看见头顶的天空突然之间已变得漆黑。

"糟糕。"

他这句话还没说完，暴风雨就打了下来。雨重重地捶打在他的脸上，好像是要把他钉在这个地方似的。

他闭上眼睛，收起了下巴。

现在，他的感冒就可能会升级成肺炎了。要是再穿着湿衣服在外面待一夜，那就是板上钉钉了。

突然间，他再也无法这样生活下去了。他已经彻底厌倦了这种疲病交加的日子。

回家。

这个想法就像一阵温和的微风涌上了他的心头，带他远离了这个飘泼大雨里的丑陋之地。他闭上眼睛，想着他在那里长大的那个小镇。那里，他曾在当地球队做游击手；每年夏天放学后，他都会到一个汽车修理厂打工，直到他离开，去上大学。如果说在他做了那一切之后，还有某个小镇可以接受他，那就非那个小镇莫属。

也许吧。

动作非常缓慢，害怕和期待的情绪复杂地交织在一起，他走向电话亭，走进那安静的小隔间里。现在，雨只剩下声音了。就像他的心跳一样，飞快，让人喘不过气来。

他长长地舒出一口气，然后拿起电话，按了"0"，拨了一个对方付费的电话。

"嘿，小妹妹，"当她接起电话后，他说道，"你好吗？"

"哦，我的天哪！这么长时间了。我都担心死你了，乔伊。你有多长时间没打过电话了——什么？八个月了？而且那时候，你听起来很糟糕。"

他记得那个电话。那时候，他在塞多纳。整个镇子看起来都好像是披着水晶，等待着来自另一个世界的联络。在那里时，他多么希望能听见戴安娜的呼唤。但是，当然，她没有。那里，也不过是另一个他会途经的小镇而已。在他妹妹的生日那天，他给她打了电话。当时，他以为随便哪天他都可能会回家。"我知道，我很抱歉。"

她又叹了口气。他完全可以想象出现在的她是什么样子：站在她的厨房操作台旁，多半在做着一张待办事项列表——购物，拼车，上游泳课。他知道这三年来她不会改变多少，但他希望能确定一下。对她的想念已经成了一种生理上的疼痛，这就是他从来不打电话的原因。太疼了。"我漂亮的侄女怎么样？"

"她很好。"

他从她的声音里听到了些什么，"有什么事吗？"

"没事。"她说。然后，她更轻柔地说道，"从现在开始，我终于又有哥哥了。就是这样。时间过得够久了吧？"

又是那个问题。在此之后，一切都停滞了。"我不知道。我只知道，我累了。人们都忘记了吗？"

"现在，没那么多人问我了。"

所以，是有些人已经忘记了，但不是所有人。如果他回去了，那些记忆也会跟着回去。他不知道，自己是否足够坚强到可以直面自己的过去，因为他还没有在大家面前出现。

"回家吧，乔伊。现在必须是时候了，你躲不了一辈子。还有……我需要你。"

他听到了她的哭声，又小又哽咽，牵动了他。"别哭。求你了。"

"我没有。我在切洋葱准备晚餐。"她哼了一下鼻子，"你的侄女这段时间只吃意大利面，别的什么也不吃。"她在尽力让自己笑。

乔很感谢她这种改变话题的举动，虽然有点勉强。

"给她做些妈妈做的那样的意大利面，她就会不喜欢吃了的。"

她大笑起来，"天哪，我都忘了！她做的可真是很难吃。"

"比她做的肉糕要好点。"

之后，电话线上传来一阵沉默。她轻轻地说道，"你得原谅你自己，乔伊。"

"有的事情，是无法原谅的。"

"那么，至少要回家。这里的人都在关心着你。"

"我想回家。我不能……再这样过下去了。"

"我希望这就是你打这个电话的意义所在。"

"我也希望是这样。"

在西雅图的市中心，今天这样的天气是很罕见的：炎热潮湿。烟雾缭绕的雾霾笼罩着整个城市，提醒着大家，在整个国家，这个一度清新的角落里，公路太多了点，堵在路上的车也太多了点。一点儿风都没有，普吉特海湾就跟夏天的湖一样风平浪静。甚至连山峰都显得要小了些，仿佛它们也已经被这突如其来的热浪打败了一样。

如果说外面是炎热，那么法院里面就是酷热。一个旧空调机尴尬地挂在开着的窗口，发出轻轻的、呜咽的噪音。拴在出风口的一根白色丝带，时不时地飘动一下，有气无力。

梅格安低头盯着眼前的黄色便笺簿。便笺簿的一边整整齐齐地放着一排黑色的钢笔。桌面上布满了数十年来当事人和律师们留下的刮痕，桌子四脚不稳、摇摇晃晃。

她一个字都还没写。

这让她很吃惊。通常，她手上的钢笔，是唯一一个能运转得跟她的脑子一样快的东西。

"唐特斯小姐，咳咳，唐特斯小姐。"

法官对她说道。

她慢慢地眨了下眼睛，"抱歉。"她站了起来，无意识地伸手去把头发从眼前拨向脑后。但她今天早上，已经把头发在脑后扎成一个法式发髻了。

法官是一个瘦瘦的、长得像一只苍鹭的女人，穿着一件无领的法袍，正皱着眉头。"对此，你有什么想法？"

梅格安的心头闪过一丝担忧，甚至是恐慌。她又看了看那个空白的便笺簿，右手开始抖了起来，那支昂贵的钢笔从她的手上啪嗒一声跌落在桌子上。

"请走近法官席。"法官说道。

梅格安没有向她的左边看。她不想和对方律师做眼神接触。现在，她很脆弱——她在发抖，老天——所有人都知道。

她尽量让自己看起来充满着自信，或许这起到了作用。当她走过去的时候，她能听见每一步自己的高跟鞋在木地板上撞击发出的声音。这声音，就像是在她的每一次呼吸后面打上的感叹号。

在高高的橡木法官席旁，她停下，抬起了头。很用了点意志力，她才让自己的双手分开，放在了身体两旁。"好的，法官大人？"谢天谢地，她的声音听起来很正常，很强劲。

法官向前俯身，轻轻地说道："我们都知道上周发生了什么事，梅格安。那颗子弹只差几英寸就打中你了。你确定你已经没事，可以继续开庭了吗？"

"是的。"现在，梅格安的声音要弱些了。她的右手在颤抖。

法官皱着眉头看了一下她，然后清了清嗓子，点点头，"请回。"

梅格安向座位走去。约翰·瑞德站到她身旁，他们两个已经作为对手一起打过数十场官司了。常常在法庭经过漫长的一天后，他们会一起喝一杯酒、吃一盘生蚝。

"你确定你没事吗？我愿意把这个案子推后几天。"

她没有看他，"谢谢，约翰。我很好。"她回到桌旁，坐到座位上。

她的当事人，一个觉得每个月一万九千美元让她过不下去的、来自默瑟岛的家庭主妇，目不转睛地盯着她。"发生什么事了？"她用口型无声地问道，一边扭着她香奈儿手袋上的金链子。

梅格安摇摇头，"别担心。"

"我要重申，法官大人，"约翰说道，"我的当事人想让这些程序暂停很短一段时间，这样他和米勒太太就能去做心理咨询。毕竟，有小孩子牵涉其中，他想尽最大的努力让这段婚姻维持下去。"

当梅格安把手放在桌子上慢慢往起站的时候，她听见她的当事人低声说"不可能"。

她的头脑一片空白。她想不出任何辩词来。当她闭上眼睛想要集中精力的时候，却听见了一个不同的声音，一个粗暴而绝望的声音。"都是你的错，你这个婊子！"然后，她看见枪指着她，听见了回荡的枪声。当她睁开眼睛的时候，所有人都在看着她。她瑟缩过或者是叫出来过吗？见鬼，她不知道。"我的当事人认为他们的婚姻已经无可挽回地破灭了，法官大人。她觉得做心理咨询毫无裨益。"

"毫无裨益？"约翰争辩道，"很显然，经过了十五年的共同生活后，再给心理医生花上几个小时，不会有任何坏处。我的当事人认为，孩子的幸福才是最重要的。他只不过是在请求一个挽救他的家庭的机会。"

梅格安转向她的当事人。"这是一个合理的要求，赛琳娜，"她低声说道，"如果我们在法官面前争论这个，对你不会有好处。"

"哦，我想……"塞琳娜皱起了眉头。

梅格安让她的注意力回到法官席上，"我们会要求一个时间限制，现在就要定好下次开庭的日期。"

"我们可以接受，法官大人。"

梅格安站在那里。在讨论细节问题的时候，她感到有点站不稳了。她的右手仍然在颤抖，左眼皮也开始跳。自顾自地，她收拾起自己的公文包。

"等等，刚刚发生什么事了？"塞琳娜低声问道。

"我们同意了去做心理咨询。几个月的样子吧，不会更长。或许——"

"心理咨询？我们已经试过心理咨询了，难道你忘记了吗？我们还试过催眠疗法、浪漫假期，甚至是一个星期长的夫妻自助研讨会。一切都没有用。

你知道是为什么吗？"

梅格安已经忘了这一切。这些她应该如数家珍的信息，她都忘了。"哦"是她能做出的唯一反应。

"这些都没有用，是因为他不爱我了，"塞琳娜的声音变得沙哑，"我们的软件工程师先生，喜欢找男妓，还记得吗？在天桥下面，或是在色情影院里面口交！"

"对不起，塞琳娜。"

"对不起？不好意思，我的孩子们和我需要的是重新开始，而不是再次体验那些一模一样的狗屁事！"

"你是对的，我能补救。我保证我会的。"她的确可以。给约翰·瑞德打个电话，威胁要公开米勒先生最喜欢的性伙伴是些什么人，这件事就会立即解决。神不知鬼不觉。

塞琳娜叹了口气，"听着，我知道上个星期发生了什么事，每个频道都在讲这件事。我为那位女士——还有你，感到非常遗憾。我知道那个男人试图杀了你。但是，这一次，我需要担心的是我自己。你能明白这一点吗？"

有那么一个可怕的时刻，梅格安觉得自己会把这件事搞砸。她到底是怎么回事，以前觉得看着塞琳娜·米勒，看到的只不过又是个娇生惯养、被宠坏了的家庭主妇呢？"首先，你该照顾好你自己。在这里，我帮了你的倒忙。我搞砸了。但是，我会补救回来的，否则你不用为这个离婚官司付一个子儿？好吗？你能再相信我吗？"

塞琳娜皱着的眉头舒展开来，"信任一个人，对我来说总是件很容易的事情。这就是为什么我会在这里的原因之一。"

"现在，我会去找约翰。明天，我们再谈我的新方案。"

塞琳娜强撑着露出了笑容，"好的。"

在她站在那里看着她的当事人走出法庭的时候，梅格安伸出一只手放在桌子上支撑着自己。等塞琳娜走后，她重重地叹了一口气。她都没意识到，自己一直在憋着一口气。

她伸手去拿她的黄色便笺本，注意到自己颤抖着的手指，心想：我这是怎么了？

一只手按在了她的肩膀上，她被吓了一跳。

"梅格？"

是朱莉·葛赛特，她的搭档。

"嘿，朱尔斯。告诉我你今天没在法庭上。"

朱莉悲伤地看了她一眼，"我在。而且，我们需要谈谈。"

晴朗的夏日里，帕克市场里总是人山人海。现在，在夜晚时分，这里很安静。身着薄衫、大汗淋漓的小贩们，正在匆匆忙忙地打包着他们的手工艺品，并装上停在外面鹅卵石街道上的卡车。送货车挂着倒挡叮叮叮的声音飘荡在夜空中。

梅格安站在雅典娜酒吧开着的门前。酒吧里弥漫着香烟的烟雾，看起来一片朦胧；透过人群仅有的几个缝隙，可以依稀看见波光粼粼、广阔浩瀚的普吉特海湾。酒吧里至少有二十几个人，毫无疑问，他们正在吞生蚝——从一个小玻璃杯里直接把它们生吞掉。这是本酒吧的一项传统。

她一桌一桌地看过去，这里面有着无限的可能性。穿着昂贵西服的单身男人们，以及穿着短裤露出格子内裤、秀着精壮身材的大学男生们。

她可以到那里面去，脸上浮着诱人的微笑，找个人和她待在一起。她可以和某人一起成双成对、愉快安宁地待上几个小时，无论那样的配对有多虚伪和脆弱。至少，她不用去想，或是去感觉。

她开始向前迈步。脚尖刚挨到门槛，她就跌向一侧，滑到了门旁。

突然间，她满脑子能想到的，都是真正会发生的事情是什么。她会遇见某人，名字是什么都不重要。她会让他抚摸她的身体，然后爬到她身上，进入她……然后，剩下的孤独，会比她刚开始的时候还要多。

她的左眼皮又开始跳了。

她把手伸进包里，拿出手机。她都已经准备好在伊丽莎白的电话答录机上用绝望的声音留一条"给我打电话"的消息了，这时才想起来，她的朋友现在在巴黎。

没有别人可打电话了，除非……

别这么做。

但她想不出还有什么地方可去。

她按下了电话号码，拨通后，她咬住了嘴唇。她正要挂掉时，听见了接电话的声音。

"喂？喂？"然后，"梅格安，我认得你的手机号码。"

"我要去控告发明了来电显示的那个人。这发明毁掉了历史悠久的可以随便挂别人电话的传统。"

"现在是晚上八点半，你为什么给我打电话？"哈丽特问道。

"我的左眼皮跳得厉害，像独立日的旗子一般地翻腾。我需要个放松肌肉的处方。"

"我们讨论过'延迟反应'的，还记得吗？"

"是啊。创伤后的压力所致。我想你的意思是说，我可能得抑郁症了，但这说不通为啥我的眼皮像是要从我的脸上飞走啊。还有……我的手也在发抖。这个星期，我可不怎么适合去缝被子。"

"你在哪儿？"

梅格安想过撒谎，但是哈丽特的耳朵就像猎狗一样灵敏，她肯定能听见酒吧的噪音。"在雅典娜酒吧外面。"

"你当然会在那里。我三十分钟后到我的办公室。"

"你不必这么做，如果你可以打电话给个处方——"

"到我的办公室来，三十分钟后！如果你没来，我会过来找你。没有什么比一个愤怒的、名叫哈丽特的心理医生更能吓坏那些喝醉了的大学男生了，明白吗？"

老实说，梅格安松了一口气。哈丽特可能是个讨厌鬼，但至少是个可以说话的人。"我会去的。"

梅格安挂了电话，把手机放回包里。不到十五分钟，她就到了哈丽特的办公室。门卫让她进去，做了个简短的例行询问，然后指向电梯。她坐到四楼，站在了办公室的玻璃门外。

九点整的时候，哈丽特出现了，一副匆匆忙忙的样子，打扮得很潦草。她那一贯梳得很整齐的黑头发，现在只是用一根细细的发带扎在脑后；一张粉红色的脸，没有化妆。"如果你敢嘲笑我的发带，我就收你双倍的价钱。"

"我？会这么挑剔？你一定是在开玩笑。"

哈丽特对此笑了笑。过去，她们常常把酷爱批评作为梅格安众多的缺点之一来讨论。"我必须在准时和体面之间做出选择。"

"显然，你选择了准时。"

"进来吧。"哈丽特开了锁，把门推开。

即使是现在这样的夜深时分，这间办公室里闻起来仍然是鲜花和旧皮革的味道。这种熟悉感，立即让梅格安自在了起来。她穿过接待区，走进角落上哈丽特的大办公室，在窗前站住了。在她下方，移动的车灯和街灯交织成了一个城市网格。

哈丽特坐在她的老位子上，"所以，你觉得一个处方会帮到你。"

梅格安慢慢地转身，她的眼皮跳得像个节拍器一样。"否则，我就得找只导盲犬。如果另一只也开始跳的话，我就会瞎了。"

"坐下，梅格安。"

"我必须坐吗？"

"好吧，不用。我可以回家，继续看《老友记》。"

"你看《老友记》？我还以为你只会看公共电视台，比如探索频道。"

"坐下。"

梅格安应声坐下了。椅子包裹得她很舒适。"我还记得，以前我很讨厌这把椅子，现在看起来，这把椅子是为我量身定做的。"

哈丽特搭起手指，从她那光亮的短指甲上方细细地看着梅格安。"那是一个星期前的今天，对不对？你的当事人的丈夫想杀你的那天。"

梅格安的左脚开始在灰色的毛绒地毯上打着节拍，虽然发出的声音让人听不见。"是的。可笑的是，舆论居然变得对我不利了。好像是一个女人找了个把她的男人逼疯了的律师。"她尽力微笑。

"我告诉过你，你需要好好处理一下这个事情的。"

"是的，你告诉过我。记得提醒我，我该好好感谢你的。"

"你睡得着吗？"

"不行。我一闭上眼睛，就会看见那一切。枪声在我耳边呼啸……后来他放下枪跪下去的样子……玫冲向他，抱着他，告诉他一切都会好起来的，她会一直支持着他……警察给他戴上手铐，把他带走了。今天，我在法庭上又想了起来。"她抬起头来，"顺便提一下，那场面可真好看。"

"这不是你的错，他才是那个该被谴责的人。"

"我知道。我也知道，我把他们的离婚案处理得很糟糕。我已经失去了真正去为人着想的能力。"她叹了口气，"我不知道……自己是否还能胜任这份工作。今天，我完全搞砸了一个案子。我的搭档让我——实际上是命令我——去度个假。"

"这未尝不是个好主意。去过一种真正的生活，又不会对你有坏处。"

"在伦敦或罗马，感觉会好些吗，就我……一个人的话？"

"你为什么不给克莱尔打电话呢？你可以去她的度假村待一段时间。也许可以试着放松一下，去了解她。"

"就这样去探亲是很可笑的。你需要得到邀请才行。"

"你是在说，克莱尔不想你去吗？"

"当然，我就是这个意思。我们两个谈不到五分钟，就会吵起来。"

"你可以去看看你的母亲。"

"我宁愿去感染西尼罗河病毒①。"

"伊丽莎白呢？"

"她和杰克都在欧洲，正在庆祝他们的结婚周年纪念日。我不认为他们会愿意让人打扰。"

"所以，你的意思就是，你已经无处可去、无人可见了。"

"我的意思是，我该去哪儿？"到这里来真是个错误。哈丽特让她的感觉更糟糕了。"听着，哈丽特，"她的声音比平时柔和，也有些嘶哑，"我正在倒下，就像是我正在失去我自己一样。在你这里，我所想要的，只是找种药物来缓解一下。你知道我的，过一两天我就会好的。"

"你就是个拒绝女王。"

"如果一个东西对我有用，我就会坚持。"

"现在，光拒绝再也没用了，是吧？这就是为什么你的眼皮在跳，你的手在抖，而且无法入睡。你正在崩溃。"

"我不会崩溃的，相信我。"

"梅格安，你是我见过的最聪明的女人之一。或许是太聪明了。你成功地处理过自己生活中的很多伤痛，但是你不能一直逃避自己的过去。总有一天，你得去解决和克莱尔之间的问题。"

"一个当事人的丈夫想打爆我的脑袋，而你却试图把问题的根源归咎于我的家庭。你确定你真的是个医生吗？"

"我只不过是提起了克莱尔，以及那正在变深的隔阂。你为什么有这样的反应？"

"因为这根本和克莱尔无关，见鬼！"

"迟早你会发现，梅格，总是和家庭有关的。你的过去，总会无可奈何地变成你的现在。"

"我曾得到过一块幸运饼干，上面也这么说。"

"你又在逃避了。"

---

① 西尼罗河病毒：西尼罗河病毒会引起一种人畜共患的传染病，这种病会使人畜患上致命的脑炎，以致死亡。

"不，我是在拒绝。"梅格安站了起来，"这是否意味着，你不会给我开肌肉松弛药的处方?"

"那治不了眼皮跳。"

"好吧。我会戴个眼罩。"

哈丽特慢慢地站了起来，她们两个隔着桌子面对着面。"你为什么不让我帮你?"

梅格安用力吞咽了一下。她已经将这同样的问题问过自己一百遍了。

"你想要什么?"哈丽特最终问道。

"我不知道。"

"不，你知道!"

"好吧，如果你知道答案，你还问什么呢?"

"你想不再感到这么孤独。"

梅格安浑身一阵战栗，让她通体冰凉。"我一直都是孤身一人，我已经习惯了。"

"不。不是一直。"

梅格安的思绪又回到了那些年，那是很久很久以前。那时候，她和克莱尔形影不离，是最好的朋友;那时候，梅格知道该如何去爱。

够了。这样对梅格毫无用处。

哈丽特错了。这跟过去无关。梅格对自己遗弃妹妹的负罪感是那么深;当克莱尔拒绝了她而选择了山姆的时候，她又很受伤。那又怎么样?这件事已经过去二十六年了，如同桥下的流水一般。她不可能现在还沉沦其中。"好吧，我现在很孤独，不是吗?而且我他妈的最好是找到个方法让我自己振作起来。顺便，谢谢你的帮忙。"她从地上抓起她的包向门口走去。"把今晚的账单发给我的秘书。你想收多少都可以。再见，哈丽特。"她说的是"再见"而不是"晚安"，因为她不打算再来了。

当她走到门口时，哈丽特的声音让她停下了。

"小心点，梅格安。尤其是现在。别让孤独耗尽了你。"

梅格安继续走着，右拐出门，走进电梯，走出大厅。

到了外面，她低头看了一下手表。

九点四十。

还有很多时间可以让她去雅典娜酒吧。

09 | *chapter*
姐妹之间

在一辆大货车的副驾驶座上，乔靠着窗户瘫坐着。大约在四十英里前的时候，这辆卡车的空调就坏了。现在，驾驶室里热得就像地狱一般。

那位名叫艾维的长途货车司机换了挡，踩下了刹车。卡车哼哼着抖动了几下，开始慢了下来。"前面就是海登镇出口。"

乔看见了那熟悉的标志，不知道有什么感觉。他已经太久没到过这里了……

家。

不，这里只是他长大的地方。家，意味着些别的东西。或者，更准确地说，家，意味着些别的人。——而她，已经不会在这里等着他回来了。

高速公路的匝道盘旋着越过路面，通向了一条平坦的林荫大道。路的左边有一个小小的木屋顶加油站和一个便利店。

艾维把车嘎吱嘎吱地停在了加油泵前，刹车发出刺耳的尖叫声，然后安静了下来。"这个店里有非常美味的鸡蛋沙拉三明治，如果你饿了的话。"艾维打开车门下了车。

乔抓着把手，大力地推了一下车门。门吱吱响着慢慢地开了，他走下车，站在了华盛顿州西部的马路上，这是他三年来的第一次。他冒出了一身冷汗——是因为发烧，还是因为回家了的原因？他不知道。

他看着正在忙着加油的艾维，"谢谢你载我一程。"

艾维点点头，"你的话不多，但你是个好伙伴。否则，路上会比较寂寞。"

"是啊，"乔说道，"可能会。"

"你确定你不想去西雅图吗？只有一个半小时的路程了。这个地方没啥好待的。"

乔沿着那条长长的林荫路望去。虽然在这里他只能看见一点点镇上的景象，但他记得这个镇是什么模样。"我就到这里。"他轻轻地说道。

沿着这条路，就可以见到他的妹妹。她始终如一地在等着他，期待着他去敲响她的家门。如果他鼓起勇气那样做了，她会把他拉进怀里紧紧拥抱，他就会想起被爱是什么感觉。

这样的想法让他心中一亮。

"再见，艾维。"他把他的背包挂在肩上，举步向前。不一会儿，他就来到了那个欢迎着他的绿色标志牌前：海登镇；人口：872；1974 年全国拼字大赛冠军洛莉·亚当斯的家乡。

这个他在这里出生、在这里长大然后离开了的小镇，一点都没有变。一个满是西式建筑的漂亮小镇，在这六月温暖的阳光下，慵懒地打着瞌睡，宁静而祥和。跟他的记忆里的一模一样。

所有的房子都带着装饰性的前脸，沿着木板路零零落落地分布着拴马桩。大部分的店铺都和原来一样："白水"餐厅，"花篮子"花店，还有"莫氏"酒馆和"五花八门"杂货铺。每一个招牌都能唤起些回忆，每一个门口都曾留下过他的足迹。有一年夏天，他曾在杂货铺帮老比尔·图尔曼打包过货物；到了合法饮酒的年龄后，他在莫氏酒馆买过他人生中的第一杯啤酒。

曾经，这个镇上的每一个地方都会欢迎他。

而现在……谁知道呢？

他发出一声长长的叹息，尽力去感受着自己此刻的心中所想。这三年来，他一直很害怕、但又渴望着回来。现在，当他真的回来后，他却有一种奇怪的麻木感。可能是因为感冒，或者是因为饿了。毫无疑问，回家带来的冲击应该要更强烈些才对。这是在他消失了那么久之后、在他所做的那一切之后的回归。

他用尽全力地去感受。

没有什么在阻止着他。于是，他开始继续向前走，走过了十字路口那个介绍着本镇起源的标志牌，走过了"松动螺丝"五金店和那家家庭式面包店。

他感到人们在看着他。在认出他后，那些看着他的目光变成了皱着的眉头，这让他感到沮丧。他的身后响起了阵阵窃窃私语。

"天哪，那是怀亚特吗？"

"你看见了吗，墨特尔？那是乔·怀亚特！"

"他有点神经兮兮的了——"

"有多长时间了？"

每一句话，都会让他的背驼得更厉害一点儿。他把下巴紧贴在胸膛，双手揣进口袋，不停地走着。

他在杜鹃花街转左，然后在瀑布街转右。

最终，他又能喘得过气来了。在这里，仅仅离开主街几个街区，世界又恢复了平静。古色古香的木框架房屋坐落在精心修剪过的草坪上，一个接一个地绵延了几个街区。然后，人烟又变得稀疏起来。

当他到达石南巷的时候，街道上已几乎完全空无一人了。他走过了克莱文农场，在秋天的收获季节到来之前，每年的这个时间，这里都很安静。然后，他转上了通往那个院子的私家车道。现在，邮筒上写着：特蕾纳。曾经很多很多年前，上面写着的是：怀亚特。

那是一座庞大的"A"字形框架木头房子，坐落在一个景致完美的庭院里。院子的周围环绕着长满苔藓的横条式栅栏。四处都开满了鲜花，鲜艳夺目而充满活力。沿着栅栏，亮绿色的黄杨木被修剪成了一圈树篱。这座房子，是他的父亲一块木头、一块木头地亲手建起来的。当他的爸爸躺在医院的病床上、带着一颗破碎的心快要死去的时候，他最后给他说过的那些事情，其中之一就是：打理好这座房子，你妈妈曾那么喜欢它……

乔突然觉得自己的喉咙一阵收紧，感到一种几乎是过于甜蜜而让人无法承受的悲伤。他的妹妹已经履行了她的诺言，她让这个家保持着原有的模样。妈妈和爸爸会很高兴的。

他的眼前浮起了一个景象。抬起头来，他看见的是一个年轻女人在门廊上飘逸无形的身影，穿着一身纯白的衣裙，咯咯笑着跑开了。那景象梦幻而朦胧，令人心碎。

戴安娜。

那是一个回忆。只能回忆。

1997年的万圣节前夜，他们第一次带着他的侄女到这里来"不给糖就捣蛋"。在她那精灵女王服装的映衬下，戴安娜看上去约莫二十五岁。

"过不了多久，"那天晚上，她曾拖着他的手说道，"我们会带着自己的孩子来'不给糖就捣蛋'的。"仅仅过了几个月，他们就发现了她无法怀孕的原因。

他跟跟跄跄地走到门廊台阶的最下面一级，停了下来，然后回头看着来时的路，想着，"或许我该转身走开。"

这里的记忆，会毁了他已能找到的那一点点心中的平和……

不。

他心中根本就没有平和。

他登上台阶，听见脚下的地板发出了熟悉的吱吱声。他停顿了好一会儿，听着自己的心脏发出飞快的敲打声。然后，他敲了门。

一时之间，万物安宁。接着，传来了厚底鞋的啪嗒声和"来了!"的叫声。

门开了。吉娜站在那里，穿着宽松的黑色毛衣和一双绿色的木底胶鞋，呼吸急促。她的脸色通红，栗褐色的头发乱得像一个鸟窝。她看了他一眼，张圆了嘴，然后大哭起来，"乔伊——"

她把他拉进了怀里。一时之间，他感到头晕目眩，迷茫得不知道该作何反应。他已经那么久没与人做过肢体接触。不知怎的，这感觉有点奇怪。

"乔伊。"她又喊道，一边把脸埋到了他的脖子里。他感到她的眼泪热热地流在自己的脖子上，心中一软，伸出胳膊搂着她，抱住了她。这时，他的整个童年都回到了眼前。他沉浸在了弥漫在房子里的烤面包香味里和她的洗发水发出的甜蜜柑橘芬芳里。他想起了自己曾在鱼塘旁为她用木棍建起了一座城堡，而那时候其实他自己早已成熟到不会对这样小儿科的游戏感兴趣了；还有照看着她的那些星期六的早晨，以及从学校送她回家的那些路程。虽然他们的年龄相差七岁，但他们一直形影不离。她退后，抽着鼻子，擦着红眼圈，"我没有想到你会真的回来了。"她拍拍自己的头发，做了个鬼脸，"哦，糟糕，我看起来像个亡灵似的。我在后院里种花。"

"你看起来很漂亮。"他诚心诚意地说道。

"假装奶奶海斯特没有把她的大屁股遗传给我。"她向他伸出手去，握着他的手，把他拖进那沐浴着阳光的客厅。

"我得洗个澡后才能坐——"

"别管了。"吉娜坐在了一把漂亮的奶黄色沙发上，把他拖到了自己身边。

突然间他感到不舒服，一种与周围的环境格格不入的感觉。他能闻见自己身上的臭味，感觉得到皮肤上湿湿的粘连。

"你好像生病了。"

"是啊，我的头很痛。"

吉娜跳了起来，匆匆走出房间。在她离开的这段时间里，她都一直从另外一个房间里跟他说着话。无疑，她在害怕他会再次消失。

"——一点水，"她大声说着，"还有阿司匹林。"

他开始说着些话——他自己都不知道在说些什么。这时，他看见了壁炉架上的那张照片。

他慢慢地站起身来，向照片走去。

照片上，有五个女人挤在一起，其中四个穿着款式一样的粉红色连衣裙。她们所有人都喜笑颜开，举着酒杯。他注意到，大部分人的酒杯，都是空的。吉娜在前面正中间，是唯一一个穿着白裙子的人。戴安娜站在她身旁，笑着。

"嘿，戴，"他低语道，"我回家了。"

"那是我最喜欢的照片之一。"吉娜说着来到他身后。

"最后，"他轻轻说道，"她跟我讲起过你们大家，'忧郁者们'。她至少告诉过我一百件奇兰湖的故事。"

吉娜捏了捏他的肩膀，"我们都很想念她。"

"我知道。"

"你在外面找到了……无论什么你想要找的东西了吗？"

他想了一下。"没有。"最后，他回答道，"但现在我在这里后，我又想消失了。我看到的每个地方，都能看见她。"

"难道你在外面，不也是这样吗？"

他叹了口气。他妹妹是对的。他在哪里，并不重要。戴安娜总是充斥在他的心思里，充斥在他的梦里。最后，他转身看着他的妹妹，"现在呢，有什么不同？"

"你回家了。这总意味着些什么。"

"我迷失了自己，吉吉。就像陷入了冰块里一样，我无法动弹。我不知道该怎样重新来过。"

她摸了摸他的脸，"你没发现吗？你已经重新开始了，你回来了！"

他捧住她的双手，低头看着她，努力想着该说什么。什么也没想到，所以他尽力笑着，"我那漂亮的侄女去哪儿了？还有，我的妹夫呢？"

"邦妮在河边，和艾莉一起玩呢。"

乔皱起眉头，退后一步，"雷克斯呢？他星期天不上班的。"

"他离开我了，乔伊。他和我离婚了。"

她没有说"当你不在的时候"，但她本可以这么说的。当他的小妹妹需要他的时候，他却没在这里支持她。他把她拉进了怀里。

她放声大哭。他抚摸着她的头发，轻轻说着他就在这里，他哪儿也不会去了。

三年了，这句话终于成真了。

十多年来，梅格安的办公桌第一次空了。她所有未完成的案子，都指派给了其他律师。她答应过朱莉，她至少会休假三个星期，但这时她又有了别的想法。到底，她该怎么去打发那些平常的日子里所有的时间？

昨晚和前晚，她去和一些律师朋友们吃晚饭、喝酒。不幸的是，现在已经很明显，他们都在为她担忧。没人提到开枪的那一幕。即使梅格安在拿她那濒临死亡的经验开玩笑，也没有收到任何效果。那两个晚上，只不过让她感到更加孤独。

她想过给哈丽特打电话，接着就打消了那个想法。在过去的几天里，她在刻意回避她的心理医生，甚至取消了她们定期的会面。她们的那次深夜会谈，让她感到沮丧又不安。坦白说，梅格安的所作所为已经够让自己沮丧了。她不需要再花钱找个人来让自己更沮丧。

她从最下面一层书桌抽屉里拿出她的公文包和手提包，向门口走去。她让自己看了最后一眼这个房间。这个房间对她来说，比她那间公寓更像是她的家。然后，静静地关上了门。

当她沿着宽阔的大理石走廊走着的时候，她发现她的同事们都在躲着她。成功是每个人都希望感染的病毒，失败可不是。在过去这几周里，有关她的流言蜚语已经白热化了。"唐特斯失控了……崩溃了……只是显露了当你会没命的时候会是个什么样子……"

当然，这样的评价都是悄悄做出的，那种低声的窃窃私语。毕竟，她是个高级合伙人，事务所里排名第二的人。而在这样的事务所里，排名意味着一切。然而，这是在她的职业生涯中破天荒第一次，他们开始质疑她，想知道这个她是否已成了个失去锐气的孬种。她也感觉得到，她的那些律师朋友们带着同样的好奇。

在朱莉亚的角落办公室那关着的门外，她停了下来，轻轻敲了敲门。

"请进。"

梅格安打开门，走进那阳光明媚的办公室，"嘿，朱莉。"

朱莉从文件上抬起头，"嘿，梅格。想去喝一杯吗？或许该庆祝一下，你十年来的第一个假期。"

"庆祝一下我决定留下来，怎么样？"

"抱歉，傻瓜。过去这十年，我每年都会休假一个月。而你，除非是生病了，就没离开过。"她站了起来，"你累了，梅格。但你又太倔强了，不肯承认。任何人经历了你上周那样的事情，脑子都会乱成一团。你自己好好感受一下吧。你需要休息休息，我建议，至少一个月。"

"你见过我休息吗？"

"没有。正因为如此，你才得去休息啊，律师！你打算去哪里？"

"去孟加拉国吧，也许。听说那里的酒店超级便宜。"

"有意思。为什么你不去夏威夷呢？你可以住我的公寓。在泳池边待一个星期，才是你所需要的。"

"不，谢谢。我喝不下任何带着一把小雨伞的饮料。我想，我还是去看法庭频道或是 CNN^① 吧，等着听《拉里·金现场》^②。"

"我不会改变我的主意，不管你看起来有多可怜。现在，走吧。如果你不离开，你的假期无法开始。"

"奥·康纳的案子——"

"延期审理了。"

"吉尔·萨默维尔——"

"周五会召开和解会议，我在亲自处理这件事。还有，下星期三我会处理兰格的书面证词。一切都安排好了，梅格。走吧。"

"去哪儿？"她弱弱地问道，一边痛恨着自己声音里的有气无力。

朱莉向她走来，扶着她的肩膀，"你已经四十二岁了，梅格。如果你无处可去、无人可见，那你就是时候重新评估一下自己的人生了。在这里，这是份工作。一份非常好的工作，可以肯定。但也只是份工作而已。你已经把这当成了你的生活——是我让你这样的，我承认。但是，现在是时候做出些改变了。去找点别的事情做做吧。"

梅格安把朱莉拉进怀里，给了她一个狂热的拥抱。然后，在对自己这种一反常态的情感表达感到些尴尬后，她跟跟跄跄地退后，转身，接着大步流星地走出了办公室。

外面，夜幕已经开始降临，空气中还散发着这热得不可思议的白天留下

---

① CNN：美国有线电视新闻网（Cable News Network）的英文缩写，是一个具有世界级影响力的国际新闻电视机构。

② 《拉里·金现场》：CNN 的一个谈话类（脱口秀）栏目，其主持人拉里·金是美国家喻户晓的主持人，有"世界最负盛名的王牌主持人"之称，他是第一个在世界范围内享有盛誉的脱口秀节目主持人。

的余热。当她走得快到公共市场后，人群变得拥挤起来。花店门前、面包店窗外，到处都是游客。她穿过邮政巷，走向她的公寓大楼。选择了这么一条她不常走的路线，只不过是因为她不想从雅典娜酒吧门前经过而已。现在不要去，在她感到自己很脆弱的时候。这是一个那样的晚上：很容易就会放纵下去。然而，老实说，她已经厌倦了沉沦。在清醒的那一刻，会让人痛得无以复加。

在大楼的大厅里，她向门卫挥挥手，然后上楼进了她的公寓。

她忘记打开收音机了，这个地方静得刺骨。

她把钥匙往入口通道处的桌子上一扔，钥匙叮叮当当地掉入了一个雕花的莱俪①水晶碗里。

她的地方漂亮无比、纤尘不染，任何一个物件都摆放得规规矩矩、恰得其所。清洁阿姨今天来过了，已仔细清除了梅格安天生不会收拾的所有证据。没有了四处堆放着的书、文件夹和文件后，这个地方看起来就像是一个豪华酒店的房间。那种人们会去暂住、但不会在那里生活的地方。一对深蓝色锦缎沙发面对面地放着，中间是一张精致优雅的黑色咖啡桌。朝着西面的墙都是实心玻璃的，墙外的景观是碧蓝如洗的天空和海湾。

梅格安在电视房里打开古色古香的黑金漆柜，抓起遥控器。房间里响起了些生活的声音后，她蜷缩在她最喜欢的那把小山羊皮椅子上，把双脚放在了垫脚凳上。

不到五秒钟，她就听出了主题曲是什么。

"哦，见鬼。"

那是她妈妈以前主演的电视剧《星际基地 IV》的重播，她看过那一集。那一集的名字叫作《颠倒黑白》，剧情是太空中地球生态馆的全体成员被意外变成了虫子，一群蚊子人控制了实验室。

妈妈穿着一件可笑的柠檬绿紧身衣和一双黑色的过膝长靴，慌慌张张地出现在荧屏上。她看起来充满了生气和活力，很漂亮，就连梅格都看得目不转睛。

"瓦德船长，"妈妈说道，为了传递情绪她把眉毛皱得很夸张而又不致产生皱纹，"脱水儿仓的男孩儿们给我们发来一条紧急信息，他们在说什么蚊子。"

---

①　莱俪：国际知名水晶品牌，是世界上最古老的、最著名的水晶品牌之一。

脱水儿。

就好像火星空间站上的植物学家都必须来自亚拉巴马州一样。梅格讨厌那种做作的口音。而她的妈妈自此以后，就一直带着那种做作的口音，还说她的粉丝们就希望她这样。可悲的是，粉丝们可能真的是那样希望的。

"别想这个了！"梅格安大声说道。

但是，这当然是不可能的。梅格安只有在自己很强大的时候，才能做到无视自己的过往。而在她很脆弱的时候，心头满满的都是回忆。她闭上眼睛，回想起来。恍若隔世，那时候，她们住在贝克斯菲尔德……

"嘿，女儿们，妈妈回来了！"

梅格安向克莱尔依偎得更紧了，死死地抱着她的小妹妹。妈妈跌跌撞撞地走进拖车里那狭小而凌乱不堪的客厅，穿着一条带着银边、缀着红色亮片的连衣裙和一双透明的塑料鞋。

"我把梅森先生带回家了。我是在野河狸酒吧遇见他的。现在，你们对他好点。"她用那种醉醺醺的、唱歌般的腔调说道，那意味着她的神志还是清醒的。

梅格安知道她得赶快行动。拖车里面有了个男人后，妈妈就不会想得太多。而且，房租也已经迟交很久了。她伸手拿起她从本地图书馆里偷来的那本皱巴巴的《综艺》杂志①，"妈妈？"

妈妈点燃一支薄荷香烟，深深地吸了一口，"啥事儿？"

梅格安把那本杂志递了出去，她已经把那则广告用红笔圈了起来。上面写着：寻求成熟女演员出演科幻电视剧配角，公开选拔。然后，地址是在洛杉矶。

妈妈大声地读出那则广告。在读到"成熟女演员"的时候，她脸上的笑容凝住了。紧绷了好一会儿后，她笑出了声，轻轻地把梅森先生往卧室一推。当他进房间关上了身后的门后，妈妈跪在地上张开了双臂，"给妈妈一个拥抱！"

梅格安和克莱尔立即飞进了她的怀抱里。这样的时刻，她们已经等了好

---

① 《综艺》杂志：美国娱乐圈周刊杂志，是美国历史最悠久的好莱坞专业杂志，内容涉及电影、电视、音乐、行业等各个方面。不仅在普通读者中极具影响力，而且是既快又准的好莱坞信息通道。全世界的演员们都把《综艺》周刊当作最权威的行业杂志。

几天了。有时候，得等好几周。妈妈可能很冰冷，而且失魂落魄的，但是一旦她散发出她爱的热量，她就可以把你温暖到骨头里。

"谢谢你，梅吉小姐！我真不知道，没有你我该怎么办。我一定会去试试的。现在，你们两个走开吧，别惹麻烦。我要去找点乐子了。"

妈妈已经看过这个角色的广告了，好吧。让她吃惊的是——让所有人吃惊的是，她的妈妈居然通过了那次试演。而且还不仅仅是赢得了她想要得到的那个配角，她赢得的是扮演主角——空间站的植物学家"塔拉·若恩"的机会！

这件事，成了结束的开始。

梅格安叹了口气。她不想再去回忆妈妈去了洛杉矶、把她的女儿们留在那肮脏的拖车里的那个星期……或者是随之而来的变化。从此以后，梅格安和克莱尔就再也没真正做过姐妹了。

她身旁的电话响了起来。一片沉默中，电话的声音大得惊人。梅格安冲了过去，她急切地想跟人说说话。"喂?"

"嘿，梅吉，是我。你的妈妈。亲爱的，你好吗?"

听见这样的口音，梅格安翻了一下白眼。早知道，她该让电话答录机接这通电话的。"我很好，妈妈。你呢?"

"好得不能再好。这个周末我有场粉丝见面会，我还剩几张照片，我想，或许你想要张签名照做收藏。"

"不用了，谢谢，妈妈。"

"我会让我的男仆给你寄一张的。天哦，我签了那么多的名，手指都痛了耶!"

梅格安曾去过一次《星际基地 IV》的周末粉丝见面会。去一次就够了。数百个穿着廉价涤纶戏服的弱智粉丝，闹成一团地抢着跟一群莫名其妙、似是而非的东西合影。妈妈是那部剧结束后唯一一个拥有了自己的事业的演员，也没取得多大的成功。后来，她只参演了几部 20 世纪 80 年代粗制滥造的电视剧和一部九十年代末期的经典邪教恐怖片。是不停地重播让她发了财，还出了名。整整一个新生代的狂热者们，都对这部老剧趋之若鹜。"好吧，你的粉丝们爱你。"

"为这些小小的奇迹感谢上帝。跟你聊天的感觉真好，梅吉。我们该常聊聊。你们也都该来看看我。"

妈妈总是会这么说。这就是一句台词，一种下意识的假装——假装她们还是一个家。

很明显，妈妈不是真的想要她过去。

然而……

梅格安深吸了一口气。"别那么做，你还没那么绝望。"她暗暗想着。

但是，她也无法独自一人在这间公寓里坐三个星期。"我正在休假，"她脱口而出，"也许我可以过来和你待待。"

"哦，这……很好。"妈妈重重地呼出了一口气，梅格安敢发誓她在电话这头都闻到了香烟的味道。"或许这个圣诞节——"

"明天。"

"明天？"妈妈大笑起来，"亲爱的，明天下午三点我要见一个《人物》杂志①的摄影师。到了我这个年龄，一觉醒来后哦，我看起来就像只无毛狗哦。得十个女人花一整天才能让我变漂亮哦。"

她的口音变得更明显了，在她情绪强烈的时候就总会如此。梅格安想说算了，然后挂上电话。但她环顾了一下她那四壁空空、照片都没一张的公寓，感觉自己都快疯了。"那么，星期一呢？只需要几天就可以了。或许，我们可以一起去做 SPA。"

"你从来不看娱乐频道的吗？星期一我要去克利夫兰。我要在一个公园里和帕米拉·安德森②、查利·希恩③一起演莎士比亚的戏，《哈姆雷特》。"

"你？你在演莎士比亚？"

又一个戏剧性的停顿。"我会忘了你声音里的那种讽刺语气。"

"别用那种口音了，妈妈。你是在跟我说话！我知道你出生在底特律，你的出生证明上的名字是琼·乔娇维奇。"

"现在，你简直就是粗鲁无礼了。你一向都是个带刺的孩子。"

梅格安不知道该说什么了。这世上，她最不想去的地方，就是她母亲那

---

① 《人物》杂志：美国《人物》杂志 1974 年创刊，专注于美国的名人和流行文化，是时代华纳媒体集团旗下的杂志。自创刊以来，《人物》杂志已经成为美国文化的一部分。

② 帕米拉·安德森：凭借《花花公子》封面女郎的名气，帕米拉出演了电视系列剧 *Home Improvement*（1991）和 *Baywatch*（海岸救生队，1989），以 36—22—34 的骄人三围和天生浅黑的肤色吸引了观众眼球，一时声名大噪。

③ 查利·希恩：美国男演员，因出演《野战排》（1986）而一举成名。其私生活较为糜烂，还因召妓和吸毒被逮捕过。

里。然而，妈妈那种刻意的不欢迎，却刺痛了她。"好吧。祝你好运。"

"对我来说，这是一个重大转机。"

对我来说——这是妈妈常常挂在嘴边的词。"在给杂志拍照之前，你最好睡个好觉。"

"你说得简直太对了。"妈妈又呼出了一口气，"或许，你们可以在今年晚些时候过来，在我没那么忙的时候。还有克莱尔。"

"当然。再见，妈妈。"

梅格安挂上电话，坐在了她那过于安静的家里。她给伊丽莎白打电话，结果是电话答录机。于是她留了一条简讯，然后挂了电话。

现在该干吗？她一点想法也没有。

接下来的一个小时，她在公寓里来回走着，试图制订出一个合理的计划。

电话响了。她冲了过去，希望是伊丽莎白打来的。"喂？"

"喂，梅格。"

"克莱尔？这真是个大惊喜。"曾经，这的确是。她坐了下来，"今天我跟妈妈聊了，你不会相信的，她在演——"

"我要结婚了。"

"——莎士比亚……结婚？"

"我从来没这么幸福过，梅格。我知道这很疯狂，不过这就是爱，我想。"

"你跟谁结婚？"

"鲍比·杰克·奥斯汀。"

"我从来没听说过这个名字。"反正，在你这么高声大叫这个名字之前我没听过。

"十天前，我在奇兰湖遇见他的。我知道你要说什么，但是——"

"十天前。你可以和刚认识的男人上床，克莱尔。有时候，你甚至可以溜出去度一个疯狂的周末。但你不能做的就是：嫁给他们！"

"我恋爱了，梅格。请不要无视我的爱情！"

梅格是如此想给她以忠告，她的双手都捏成了拳头，"他是做什么的？"

"他是个创作型歌手。你该听听他唱歌，梅格。他的歌声如天使般动人。我第一次见他时，他正在'鲍勃牛仔的西部猎场'唱歌，我的心跳都停顿了一下。你有过那样的感觉吗？"

梅格安还没来得及回答，克莱尔又说道："冬天的时候，他在阿斯本做滑雪教练；夏天的时候他就会演奏着他的音乐，四处旅行。他比我大两岁，而且帅到你都不会相信。比布拉德·皮特还帅，我不骗你。他会成为一个明星的！"

梅格安思量着这一切。她的妹妹就要嫁给一个三十七岁的、喜欢滑雪的流浪汉，这个人的梦想是成为西部乡村歌手。而目前，他能得到的最好的演出之地，是鲍勃牛仔酒吧这样的破地方。

"你好像不太对头，梅格。"当停顿的时间过去太久后，克莱尔平静地说道。

"他知道那个营地值多少钱吗？他会签婚前协议吗？"

"去你的，梅格！你就不能为我感到高兴吗？"

"我衷心地希望，"梅格安说道，这是事实。"只是，你应该得到最好的，克莱尔。"

"鲍比就是最好的。你还没问过关于婚礼的事呢。"

"什么时候？"

"星期六，二十三号。"

"就这个月？"

"我们想，为什么要等呢？我又不会再变得年轻些。所以，我们订了教堂！"

"教堂！"这已经疯了。太快了。"我得见见他。"

"当然。婚礼的彩排晚宴是在——"

"不行。我马上就得见他。明晚我会到你家，我要带你们出去吃晚餐。"

"真的，梅格，你不必这么做的。"

梅格假装没听出克莱尔的不情愿，"我想这么做。我必须见见那个偷走了我妹妹的心的男人，不是吗？"

"好的，明天见。"克莱尔停顿了一下，然后说道，"见到你会很高兴的。"

"是啊。再见。"梅格挂上电话，然后按下了她办公室的号码，给她的秘书留了个口信，"把我们手上有的关于婚前协议的一切资料都给我。表格，案例，甚至是协议样本。我想要这一切在明天早上十点前送到我家来。"想起来后，她又加了句，"谢谢。"

然后，她到电脑前查了一下"鲍比·杰克·奥斯汀"这个名字。

这就是她在这个白痴般的假期会做的事情。她会去拯救克莱尔，让她免于犯下人生中最大的一个错误。

10 | chapter
姐妹之间

克莱尔在办公室里挂上了电话。在紧随其后的沉默中，质疑也悄悄地溜进了房间。

她和鲍比进展得太快了……

"去你的，梅格！"

但就算她诅咒了她的姐姐，克莱尔也知道，她的质疑一直都在那里。她内心深处的一颗小小种子，正在等待着发芽、生长。她早已过了被激情席卷而去的年龄。

毕竟，她有一个女儿需要着想。艾莉森从来没见过她的亲生父亲。目前，这一切都还没什么。在被极度保护着的艾莉的世界里，生活那些锋利的边缘无法伤害到她。而这一场婚姻，则会改变一切。

克莱尔最不愿意做的事情，就是嫁给一个长着一双不安分的脚的人。

她很了解那样的男人。那样的男人会笑得非常甜、做着各种伟大的承诺，然而某天晚上当你还在刷牙的时候，他就消失了。

在克莱尔九岁前，她有过四个继父。这个数字还不包括那些让她称呼之为"叔叔"的男人，那些男人就像一杯杯龙舌兰酒，穿过了妈妈的人生。来了，又去了。除了更为苦涩的回味，什么也不会留下。

克莱尔曾对她的每一任新继父都抱过非常高的希冀，期望得太高。"就是这个！"每次她都会这么想，"他会带我去溜旱冰，教我骑自行车！"当然，后来教会她这些的，是梅格。梅格从来没对妈妈的任何一任丈夫叫过爸爸，也绝不对他们抱任何期望。

难怪梅格安那么多疑，她们的过往给了她足够的理由。

克莱尔穿过登记处的大厅。在走向窗边的路上，她拾起一张掉落的传单，无疑是某个客人丢下的，扔进了冰冷的壁炉里。

外面，日头刚刚开始西斜。营地躺在夕阳下，沐浴在玫瑰金色的阳光中，每一个叶片的边缘似乎都更清晰，每一种绿色都不尽相同。阳光闪耀在游泳池蓝色的水面上，现在这儿空无一人，客人们都生着野营炉子的火开始烧烤了。

正当她彷徨无助地站在那里的时候，她看见草地上有人影飘了过来。

爸爸和鲍比出现在她眼前。爸爸穿着他的夏季工作服：蓝色工装裤和一件黑色的 T 恤。一顶破破烂烂的棒球帽遮住了他的眼睛，上面有"河边"的字样；帽子下边，露出许多他那毛茸茸的棕色鬈发。

还有鲍比。

他穿着一条褪色的牛仔裤，蓝色 T 恤上面写着：牛仔就喝酷尔斯。在这黯淡的光线下，他的长发颜色犹如纯金一般，丰富而温暖。他一只手提着他们的除草机，另一只手提着一桶汽油。在他待在这儿的这些日子里，鲍比已经热情地参与到了工作之中。他干得很在行，然而她知道他不会永远快乐地待在河边度假村。他已经提到过，这个夏天还会继续上路，去旅行几个星期，他们三个一起。"奥斯汀的公路之旅，"当时他是这么说的。克莱尔觉得那听起来很棒，在她新婚丈夫的歌声中，在一个小镇上待一会儿，又旅行到下一个小镇。她还没跟她的父亲提起过这个想法，但她知道他会完全赞成。至于下个季节到来的时候营地会是什么样子，他们就得到时候才能知道了。

爸爸和鲍比在五号小屋前停了下来。爸爸伸手指向屋檐，然后鲍比点了点头。过了一会儿，他们两个都大笑起来。爸爸把手搭在鲍比的肩膀上，他们一起向洗衣房走去。

"嘿，妈妈，你在看什么呀？"

克莱尔转过身来。艾莉抓着她的搔痒娃娃①，站在楼梯的最下面一级上。"嘿，艾莉·凯特，到这儿来一下，好吗？"她坐在壁炉旁蓝白条纹的双人沙发上，把双脚跷在沙发配套的垫脚凳上。

艾莉森爬到她的腿上，舒舒服服地趴了下来，胸膛贴着胸膛。这是她们一贯坐在一起的方式。

"我刚刚在看外公和鲍比聊天。"

---

① 搔痒娃娃：21 世纪初美国最畅销的儿童玩具之一。只要你一碰搔痒娃娃，它就会大笑不止，或弯腰大笑，或捧腹大笑，甚至笑到倒在地上、在地上滚来滚去，笑完后自己还会站起来。

"鲍比要教我钓鱼。他说我已经足够大了，可以去斯开空米西河上的鳟鱼养殖场了。"艾莉森凑得更近，悄悄说道，"他有一个钓大鱼的诀窍，他会教我的。他还说到了八月份的时候，我们可以坐在汽车内胎上沿着河漂流，即使是我都可以。你有把虫子挂在鱼钩上过吗？呃！但我就要这么做了。你会看到的。鲍比说，如果虫子挣扎得太厉害或是流出了太多汁水的话，他会帮我的。"

"我很高兴你喜欢他。"克莱尔尽力忍住笑，轻轻地说道。

"他很好。"艾莉森扭动着身子，直到她和克莱尔面对着面，"发生什么事了，妈咪？你看起来好像是要哭了。实际上，虫子是没有任何感觉的。"

克莱尔抚摸着艾莉森那柔软的脸蛋，"你就是我的全世界，艾莉·凯特。你知道的，是不是？没有人可以取代你在我心中的位置。"

艾莉森吻了克莱尔，也让瘙痒娃娃吻了克莱尔。"我知道的。"艾莉森咯咯笑着从克莱尔的腿上跳了下来，"我得走了。外公要带我去史密提的修车厂，我们要去把卡车修好。"

看着她的女儿一边高声叫着"外公！鲍比！我在这儿！"一边跑出了前门，克莱尔再次感到了肩上那份沉重的责任。然而，一个女人又怎么知道自己是否是在自私呢？还有，这种自私是否就一定是坏事情呢？男人们一直都很自私，他们却建立了蕴藏着数十亿美元财富的公司、造出了飞上月球的火箭。

但是，如果婚姻失败了呢？

这才是问题所在。埋藏在这一切之下的隐忧。

她需要找人聊聊这个。当然不是和她姐姐，她需要找个朋友聊聊。她拨通了吉娜的号码。

吉娜在第一声铃响的时候就接起了电话，"喂？"

克莱尔又缩进了沙发里、跷起了脚，"是我，闪婚女王。"

"是啊，克莱尔，你的确是。"

"梅格安觉得我是个白痴。"

"我们什么时候开始关心她的想法了？她是个律师，看在上帝的份上。在生物链上，律师比无脊椎动物还要低级。"

克莱尔的胸膛舒展开了。她微笑道："我就知道你会看得很清楚。"

"这才是朋友嘛。你想听我来歌唱一下你的事情吗？"

"求你了，别。我听过你唱歌的。你只需告诉我，我不是个要嫁给陌生人、因而会毁了我女儿的生活的自私贱人。"

"哦，所以，我们说的是你的母亲咯。"

"我不想像她一样。"克莱尔的声音突然柔软了起来。

"自从上学第一天我们五个人穿着同样的蓝色衬衫出现的时候，我就认识了你。我记得什么时候你买过奶油来想让你的胸部变大，还记得什么时候你仍然相信这世上有海猴子的存在。但是亲爱的，你从来没自私过。而且，我从来没见过你这么快乐。我不在乎你认识他的时间还不到两周。上帝终于给了你爱和激情的礼物，别没打开就还回去了！"

"我很害怕。这样的事，是该在我还年轻、还乐观的时候做的。"

"你仍然年轻、仍然乐观啊！还有，你当然会有害怕的感觉。如果你还记得的话，我连干了两杯龙舌兰酒才鼓起勇气嫁给了雷克斯——我们在一起生活了四年。"她停顿了一下，"也许我不该拿我们的经历来打比方，但道理差不多。聪明人总是害怕婚姻。你已经过了为结婚而结婚的年龄，又还没到颐养天年、混吃等死的年龄。你遇到了一个男人，然后坠入了爱河，一切都发生得很快。这有什么大不了的？如果你还没准备好嫁给他，行，等啊。但是，不能因为你姐姐让你质疑自己了才等。要听从你内心真实的声音。"

虽然克莱尔愁肠百结、脑子里也蒙上了阴影，但她的心却如水晶般清澈晶莹。她对吉娜说道："要是没有你，我该怎么办啊？"

"跟我没有你的时候一样——大醉一场，然后找个陌生人倾诉一下自己的苦楚。"

克莱尔听出了吉娜声音里有一丝小小的难过。她自己的全世界正在坍塌，却仍然在耐心倾听着自己的唠叨。克莱尔更爱她的朋友了。"你最近怎么样？"

"今天，还是这个星期？我的情绪波动得比青春期的时候还厉害，而我的屁股看起来开始像台别克车了。"

"不开玩笑，吉吉。你还好吗？"

她叹了口气，"很糟糕。雷克斯昨晚过来了。这个婊子养的已经减肥了大概十磅，还染了头发。要不了多久，他又会让我叫他'偶像雷克斯'了。"她停顿了一下，"他想娶那个女人。"

"哎哟。"

"用力地'哎哟'吧。我还记得他向我求婚的那天，他是多么的出色。真他妈疼。但你不知道真正的大新闻呢：乔伊回来了！"

"你在开玩笑吧！之前他去哪儿了？"

电话那头停顿了一下，传来一阵窸窸窣窣的脚步声。然后，吉娜压低了声音，"我不知道，他说在四处流浪。他看起来很糟糕，也老了很多。他是昨天回家的，现在已经睡了将近十三个小时了。老实说，我希望我永远不要像他爱戴安娜那样爱一个人。"

"接下来，他打算做什么？"

"我不知道。我说了他可以待在这里，但是他不会的。他就像个在野外待得太久了的动物一样。而且，这座房子会给他带回许多回忆。他目不转睛地盯着我的结婚照，看了将近一个小时。老实说，我都想哭了。"

"把我的爱转达给他。"

"没问题。"

她们又聊了几分钟的日常琐事。到她们挂电话的时候，克莱尔的感觉好多了。脚下的大地，感觉起来又变得坚实了。想一想乔和戴安娜的事情，也很有帮助。虽然他们两个之间出现过那么多麻烦，但他俩仍然是这世上有真爱存在的有力证明。

她低头看着戴在左手上的订婚戒指。那是一条锡箔纸，被精心折叠后缠绕在她的手指上。

她拒绝去想她的姐姐会对这个戒指说些什么。现在在她的心头所记得的，只有当时鲍比给她戴上这个戒指的时候她自己的感觉。

"嫁给我。"他单膝跪地对她说道。她知道自己应该轻轻地笑着说："哦，鲍比，当然不行。我们对彼此都不了解。"

但这些话她说不出来。他那双黑色的眼睛里充满了那种让她魂牵梦绕的深情，已让她深深地迷失。已经单身了将近三十六年，又身为一个单身母亲——她的理智警告过自己：不要做傻事。

啊，但是她的心，这个脆弱的器官可无法让人忽视。她已经坠入了爱河。陷得那么深，就像是溺水了一样。

吉娜是对的。这份爱是上天赐予她的礼物，那种她已经停止了追寻、也几乎已不再相信了的爱情。她不能因为觉得害怕就要逃避。做母亲教会了她一件事情，那就是——爱需要勇气。而恐惧，只不过是爱带来的附属品。她从沙发背上抓起她的毛衣披在肩膀上，然后走到外面。

现在天已经几乎全黑了，黑暗笼罩着橙红色的花岗石山峦。对那些坐在营火边制造着烟雾、烤着热狗的游客们来说，这一片紧贴着山边的绿地看起来似乎很平静。然而，本地人都知道并非如此。走不了多远，就有另外一整个完全不同的世界。这个世界，对于那些走马观花的观光客们，对于那些一辈子都只会接电话、盯着电脑屏幕的人们来说，是见所未见、闻所未闻的。

在附近诸如那些名为"敬畏峰"、"恐怖峰"和"绝望峰"的山峰上，冰川从来就没安宁过、从来就没沉寂过。它们在呻吟着、摇晃着向前滑动，把沿途的岩石压榨得咔咔作响。即使是八月那炎热的太阳，也无法让它们融化。沿着威武的斯开空米西河的两岸，在那些人迹没有到达的地方，有上千种野生动物在互相捕食劫掠。

然而，这样的夜晚给人的感觉仍然祥和而宁静，空气中弥漫着松针和干草的味道。已经到了一年中的这个时节，一个在西北地区最少见的时节——天干物燥的时节。几个星期之内，市镇上所有的草坪就会全部变得枯黄。

她微微听见营地的游客们晚餐时的谈话声，不时地传来一声狗叫声或是某个孩子的高声尖笑声。在这一切声音之下，如她自己的心跳声一般稳定而熟悉的，是潺潺的河水声。很久以前，这些声音就替代了她妈妈播放的那些混乱嘈杂、尖利刺耳的音乐声，成为贯穿她的青春期的声音。

她懒得去穿鞋，她的脚底板已经在夏天的河岸上磨得够厚了。她赤脚走过了那个空空的游泳池。在泳池边那个小小的木瓦房里，过滤器的马达嗡嗡地运转着。两条汽车内胎——一条艳粉、一条橙绿——漂浮在正在暗下去的水面上。

她慢慢地做着夜间巡视，停下来和几个客人聊聊天，甚至还在十三号营地跟温迪和杰夫·高斯坦喝了杯酒。

当她走到东部边沿上的那一小排木屋的时候，天已经完全黑了。所有的窗口都闪耀着朦胧的金色光亮。

起初的时候，她以为她听见的那些正在准备着夜间大合唱的蟋蟀的声音。后来，她听出了这些甜美的声音是由琴弦弹奏出来的。

四号小木屋有一个正对着河面的漂亮小门廊。由于下雨，屋顶受损，今年夏天他们没将这间小屋出租。这间空出来的小屋给了鲍比一个住处，直到婚礼举行前。"这是命中注定了的。"爸爸把钥匙交给克莱尔的时候曾这样说过。

现在，"命中注定了的"那个人坐在门廊边上，盘着腿，身体笼罩在阴影中，膝盖上放着吉他。他盯着河面，弹奏出缓慢而飘摇的曲调。

克莱尔慢慢溜进一棵巨大的道格拉斯树下的黑暗之中，悄悄地看着他。飘扬过来的音乐声，令她浑身上下一阵阵地战栗。

他小声地唱了起来，让人几乎听不清歌词："我这一生都行走在路上……并没有任何方向。而当我转过了一个弯，亲爱的……原来你在这地方。"

一种如此甜蜜而强大的情感令克莱尔的喉咙缩紧，她感到自己的眼泪就要流下。她从阴影里走了出来。

鲍比抬头看见了她，他那晒得黝黑的脸上荡起了微笑。

她一步步向他走去，她的赤脚在硬硬的干草地上轻轻地打出了节拍。

他的目光凝在她的脸上，又开始唱了："平生中第一次……我相信了全能的神……相信了爷爷给我讲过的上帝……因为亲爱的，我看见了天堂，在你的眼里。"他又扫出了几个和弦，然后把手啪地打在吉他上，咧嘴笑了，"目前我就写了这么多。我知道还得改改。"他放下吉他，向她走来。

每走一步，她感到自己的呼吸就变得要短一些；到他站在自己面前的时候，她似乎已无法做出一个完整的呼吸了。她的感觉是如此强烈，强烈到几乎令人尴尬。

他把她的左手握在手里，低头看着那一圈锡箔纸——这本应是个钻石戒指。当他再抬头看着她的时候，他的表情严肃了起来。

"真可悲。"他低声说道。而她，在为从他眼中看到的羞愧而感到心痛。"不是每个女人都会接受这样的戒指的。"

"我爱你，鲍比，这才是最重要的。我知道这很疯狂，甚至是毫无道理。但是，我爱你！"这些话让她的心得到了释放，她又可以呼吸了。

"我并不出色，克莱尔，你知道的。我在我的人生中犯过错误。准确地说，是三次。"

在微风中，克莱尔几乎都能听见梅格的声音了。但当她看见鲍比在怎样看着她后，这些声音就毫无意义了。从来没有人像他这样看过她，就好像她是这个世界上最珍贵的女人。"我是个没结过婚的单身母亲，我能理解人生的错误，鲍比。"

"我从来没有过这样的感觉，"他哽咽着轻轻地说道，"我发誓。"

"什么样的感觉？"

"就好像我的心脏已经不再属于我了一样，好像没有你我的心就不会跳动似的。你在我的身体里面支撑着我，克莱尔。你令我想让自己变得更美好。"

"我希望我们能一起变老。"她喃喃地讲出了这句话。这是她最深沉的梦想，最珍视的希望。在她的一生中，她都在想着自己会孤单老去，变成一个坐在门廊上的白发苍苍的老太婆，等着电话铃响起或是有人开车来到访。现在，她终于允许自己设想起一个更美好的未来，一个充满了爱和欢笑的家。

"我想听见我们的孩子们在臭烘烘的小面包车后座上吵架，说是谁又撞到了谁。"

克莱尔笑了。有人和你一起做梦的感觉，真好。

他把她拥进怀里，在河水和蟋蟀们的音乐声中翩翩起舞。

最后，克莱尔说道："我的姐姐，梅格安，明天会过来见你。"

他放开了她，拉着她的手走到了门廊上。他们坐在那破旧的橡木秋千上，轻轻晃荡。"我想，你是说她会反对我们结婚。"

"你想多了。"她抬头看着他，"她可能对我们要结婚的决定都无动于衷。"

"就是吉娜称之为'恶魔克鲁拉'① 的那个姐姐？"

"'大白鲨'② 才是我们更喜欢给她叫的绰号。"

"她的意见重要吗？"

"应该不重要。"

"但其实很重要。"

克莱尔觉得自己像个白痴，"是的。"

"那么，我就会把她争取过来。或许我得给她写首歌。"

"那就得是首最好的，白金唱片级的。第二好的，梅格都不会喜欢。明天傍晚的时候，她就会到这里。"

"我是不是该去军用品店买件防弹衣？"

"肯定。这是最起码的准备。"

过了一会儿，鲍比的笑容消失了，"她不会让你改变心意的，对吗？"

她丝毫不为他的担忧所动，"她从来就不能让我改变任何心意。一直以来，这都是件让她恼怒异常的事情。"

"只要你爱我，我什么都可以承受。"

"好吧，鲍比·杰克·奥斯汀，"她拥抱着他然后贴身去吻他，就在他们的嘴唇快要挨到一起的时候，她低语道，"那么，你就什么都可以承受，即使是我的姐姐。"

113

---

① 恶魔克鲁拉：迪士尼动画片《101忠狗》中的反派。片中的恶魔克鲁拉是一个彻头彻尾的卑劣坏蛋，傲慢而无比疯狂。这位女大亨费尽心思，只想绑架一窝小狗，将它们的皮剥下来制作皮草大衣。同时，克鲁拉也是一个非常可悲的角色，因为她的动机非常肤浅，而且得不到任何人的同情。

② 大白鲨：美国1975年上映的一部惊悚电影。片中一个度假小镇的近海出现了一头巨大的食人大白鲨，多名游客命丧其口。

chapter

姐妹之间

克莱尔站在厨房的水槽边，洗着早餐的盘子。这是一个看起来不会下雨的阴天。整个天空灰蒙蒙的，压得非常的低，就好像如果你胆敢外出的话，它就会撞到你的脑袋。这样的天气，对于梅格安的到访来说，的确再好不过了。

想到这个，她的头都大了起来。她擦干双手，伸手去窗台上拿那瓶埃克塞德林①。

"玫琳凯·艾奇逊都可以吃'嘎吱船长'②当早餐了。"

这是一场日常的"清晨辩论"。克莱尔回答道："那她可能到八年级的时候就得戴假牙了。你不会希望你在睡觉的时候不得不把你的牙齿拿出来吧，对吗？"

艾莉的双脚有节奏地踢在椅子腿的横档上，"威利所有的牙齿都还在，他都要上九年级了，他都基本上是个大人了！"

"那是因为凯伦让他吃葡萄干麦片当早餐。如果他吃的是'嘎吱船长'的话，就不是这么回事了。"

艾莉皱起眉头，思考着这件事。

克莱尔吞下了那片药。

"你又头疼了吗，妈咪？"

"梅格阿姨今晚会过来，她想见见鲍比。"

艾莉的眉头皱得更深了。很显然，她正在努力思考着妈妈的头疼和梅格阿姨的到访有什么关系。"我还以为她忙得喘不过气来了呢。"

---

① 埃克塞德林：一种治疗头痛、偏头痛的非处方药，美国家庭常备药之一。

② 嘎吱船长：美国的一个麦片品牌，吃起来比较硬而脆。

克莱尔走到桌前，坐在她女儿旁边，"你知道为什么梅格阿姨想见鲍比吗？"

艾莉森翻了一下白眼，"好啦，妈妈。"

"好啦？"克莱尔忍住没笑出来。她得在什么时候教一下艾莉森如何有礼貌地回答问题了，但她最好等到自己不会随时都要笑出来的时候再来做这件事。相反，她伸出了自己的左手，"你知道这个戒指有什么意义吗？"

"这不是戒指，这是锡箔纸。"

"这样的戒指是一种象征，戒指本身是什么并不重要，它代表的意义才是重要的。鲍比向我求婚了。"

"我知道这事，妈妈。我能再吃点小金鱼饼干吗？"

"等一下再吃。我想跟你说说这个。对我来说，没有人比你更重要，没有人。即使我结婚了，我也会永远爱你。"

"天哪，妈妈，我知道。现在我能——"

"别管小金鱼了。"难怪"就像是跟一个五岁的小孩讲道理似的"是一句表达挫败的常言了，"你介意我和鲍比结婚吗？"

"哦。"艾莉的小脸皱成了一团。她揉了揉自己的左脸，又揉了揉右脸，接着抬起头来看着克莱尔，"我可以叫他爸爸吗？"

"他会很喜欢的。"

"那么，在学习家庭日的时候，他会来参加袋鼠跳比赛，还有帮布雷特妮的爸爸烤热狗吗？"

克莱尔舒出了一口气。对她来说，替别人做出大包大揽的承诺不是件容易事。这样的信念，只会存在于那些在爸爸妈妈都指望得上的、在更安全的家庭中长大的女人们心中。但是，如果说作为一个她妈妈的女儿能够信任一个男人的极限是多少，她对鲍比的信任就有多少。"是的。我们可以指望他。"

艾莉森粲然而笑，"好的，我想让他做我的爸爸。爸爸！"显然，她在练习着说这个词语，感受着把它大声说出来的时候有多少分量。这短短的两个字里面所蕴藏着的小女孩们的梦想，真是丰富得令人惊叹。

对大女孩们来说，也一样。

艾莉森蜻蜓点水地吻了克莱尔一下，然后把一个肮脏的搔痒娃娃拖在身后的地板上，蹦蹦跳跳地跑开了。她上楼进了她的卧室。几秒钟后，《小美人鱼》的主题音乐响了起来。

克莱尔低头盯着她的订婚戒指。即使这只是一个替代品，也带给她一种充满了希望的温暖感觉。

"搞定一个!"她大声说道。实际上,是两个。她的父亲和她的女儿,都已经给这场婚姻投了赞成票。

现在,只剩两个有血缘关系的刺头了。梅格安,听起来她是绝对的没有赞成;而妈妈,她可能根本就不怎么关心。克莱尔迟迟没有给她妈妈打电话。跟妈妈谈话,从来就没有感觉好的时候。

然而,她毕竟是母亲,所以不得不给她打电话。有趣的是,当克莱尔想到她的"母亲"的时候,脑海里浮现的却是梅格的脸庞。在她所有的童年记忆里,陪伴在她身边的,都是她的姐姐……当然,直到她姐姐觉得自己已经照顾够了克莱尔、决定不再继续陪伴她的那一天。

而妈妈,好吧。老实说,克莱尔对妈妈的印象,最多只能算模模糊糊地记得一些。克莱尔是幸运的,妈妈的不靠谱所带来的压力,主要落在了梅格一个人身上。然而,她们所有人仍然在假装她们还是一个家。

克莱尔拿起电话,拨通了号码。电话响了又响,最终,接通了一个电话答录机。妈妈那浓似蜜、甜胜糖的南方腔调伴随着音乐声响了起来:"我是多么高兴你打我的私人电话呀!然而不幸的是,真讨厌呀,我太忙了,接不了电话。不过,给我留言吧,我会尽快给你回电话。看看我在《人物》杂志的专访吧,六月下旬在报刊亭可以买到。拜拜咯!"

在电话答录机上还要自我推销,也只有妈妈才干得出来。

"嘿,妈妈,"她在"嘀"声后说道,"我是克莱尔,你的女儿。我有一些重要的消息想要告诉你。给我打电话。"为以防万一,她留下了她的电话号码,然后挂掉了电话。

在她手上还拿着电话、耳朵里还响着拨号声的时候,她就意识到了自己的错误。不到两个星期,她就要结婚了。如果等到她妈妈打来电话的话,恐怕婚礼早就过去很久了。关键是得邀请妈妈,而不是简单地知会一下她。你必须邀请你的母亲出席你的婚礼,就算这个生你的女人对你的养育少得可怜,而且她真正出席的可能性微乎其微。

当时,妈妈勉为其难从洛杉矶飞到西雅图来见她唯一的外孙女的时候,艾莉森都已经四岁了。

那一天的情形,克莱尔仍然历历在目。她们要在西雅图市中心的邬兰公园的动物园见面。妈妈当时正身处繁复的某次《星际基地 IV》的宣传之旅中,会在西雅图停留。

克莱尔和艾莉森在动物园入口处的板凳上坐了一个多小时，等待着。

在克莱尔都快要放弃的时候，她听见了一个熟悉的、刺耳的高音。她一抬头，就看见她妈妈穿着一件青铜色的丝绸长袍，像一辆感恩节游行花车般地向她们冲了过来。

"老天，再见到我的女儿真是太好了！"她叫得有够大声，让附近的人们都停了下来盯着她们。人群中喊喊喳喳地响起了认出她的低语声。

"是她！"有人说道，"《星际基地 IV》里的'塔拉·若恩'！"

克莱尔强忍住了翻白眼的冲动。她紧紧地握着艾莉森的手站了起来，"嘿，妈妈。很高兴再见到你。"

妈妈突然一下子单膝跪在了地上，这个动作让她的丝绸长袍在她身体两旁翻飞了起来，"这个可爱的小东西就是我的外孙女吗？"

"你好，沙利文夫人。"艾莉森局促不安、磕磕绊绊地说道，这个名字她已经练习着说了一个星期了。克莱尔很肯定妈妈不会想听见艾莉森叫她"外祖母"。在宣传册上，妈妈声称正在期待着自己的第五十个生日。

妈妈仔细地看了看艾莉森。只在那时有那么一会儿，一种悲伤掠过了她的那双蓝眼睛。接着，笑容又回到了脸上。"你可以叫我外婆，"她伸出一只戴着珠宝的手，抚摸着艾莉的鬈发，"你跟你的妈妈真是一个模子里吐出来的。"

"我不准随地吐痰的，夫人……外婆。"

妈妈抬起头，"她的精神头儿真足，克莱尔宝贝。就像梅吉一样。你真好命。劲头儿足的人，才会成为人生赢家。我想，她是我有幸遇到过的说话说得最好的两岁小孩。"

"那是因为，她已经四岁了，妈妈。"

"四岁了？"妈妈猛地站了起来，"哦，亲爱的，不会吧。你们刚刚都还在医院里呢。现在，我们赶紧去蛇馆吧，那是我最喜欢的。一个小时后我就得回酒店，我有一个《晚间杂志》的采访要做。"那天下午晚些时候，梅格安也出现了。她们四个默默地走在西雅图市中心，装作她们有着些亲情。

以前在想到这一天的时候，克莱尔总会有些受伤。现在，已经没那么多感觉了。那伤口已经愈合，结了一层厚厚的疤。她早已不再希望自己的母亲会变得好一些了。这是一个曾一度让她受到过重创的希望，她不得不放手的希望，就像希望她的姐姐也是她最好的朋友的那个梦想一样。有的事情就是不会遂人愿。这么多年来，除了感伤，别无他法。

她瞥了一眼烤箱上方的时钟，已经快一点了。

要不了几个小时，梅格安就会到这里了。

"很好。"克莱尔咕哝道。

"昨晚，我妹妹给我打了电话。"

哈丽特靠回到椅背上，随着这个动作椅子发出了吱吱的响声，"啊，难怪你会来见我。我都开始感到绝望了呢。"

"我是错过了一次预约，可那没什么大不了吧。我打过电话来取消，而且我也付了钱。"

"你总觉得是钱的问题。"

"你是想说些什么呢，哈丽特？今天你的话说得这么隐晦，就算是弗洛伊德都听不懂。"

"我明白，我们的上次会面让你很生气。"

梅格安的眼皮开始跳了，"没有啊。"

哈丽特盯着她，"你不知道让你生气也是治疗的一部分吗？你需要停止逃避自己的情绪了。"

"这正是我在努力做的，如果你愿意听的话。我说过了，昨晚我的妹妹给我打了电话。"

哈丽特叹了口气，"这很不同寻常吗？在我的印象里，你倒还跟克莱尔聊得蛮多的。只不过，你从来不谈重要的东西。"

"好吧，的确如此。我们每隔几个月就会通个电话，总是在节日或是谁的生日的时候。"

"所以，你们昨晚的谈话有什么值得关注的地方？"

梅格安的眼皮跳得飞快，她几乎都看不见东西了。莫名其妙的，她发现就算是要安静地坐着都变得很困难。"她要结婚了。"

"做个深呼吸，梅格。"哈丽特轻轻说道。

"我的眼皮跳得像个快艇马达似的。"

"深呼吸。"

梅格安觉得自己像个白痴，"我他妈到底是有什么问题？"

"你在害怕，仅此而已。"

明白了是什么原因后，感觉好了些。她的确是在害怕。慢慢地舒出了一口被压抑着的气息后，她看着哈丽特，"我不想让她受到伤害。"

"为什么你觉得那个婚姻会伤害她呢?"

"哦,得了吧。我注意到你的左手上再也没戴那个一克拉的宝石戒指了。我想,把它脱下来的时候,一定不会是个令人欢欣雀跃的时刻吧。"

哈丽特把左手握成了拳头,"许多姐妹们听到这样的消息后都感到很高兴。"

"对打离婚官司的人来说,可不会。"

"你能把自己从你的工作中抽离出来吗?"

"这跟我的工作没有关系,哈丽特。我的妹妹有麻烦了,我得去救她。"

"她爱他吗?"

梅格安不耐烦地摆摆手,"当然了。"

"你不觉得这很重要吗?"

"刚开始的时候,他们总会充满了浓情蜜意。这就像是坐在一块巨大的润喉糖上出海一样,水会慢慢把糖溶解掉。漂浮几年后,你就只能一无所依地自己游了。这时候,鲨鱼就来了。"

"像你这样的人才会。"

"现在可不是讲律师笑话的时候。我必须防止我的妹妹嫁给一个靠不住的人。"

"你怎么知道他是个靠不住的人?"

梅格安忍住了说"他们都靠不住"的冲动,这样只会招致另一轮你来我往的争论,"他基本上是个无业游民。他们相识还不到一个月。他是个音乐家。他随便给自己起了个名字,说是叫'鲍比·杰克'。"

"你是在嫉妒吗?"

"是啊。我的确是想嫁给一个流浪的西部乡村歌手,这个人即使是在奇兰湖的'鲍勃牛仔的西部猎场'酒吧都无法有多显眼。是的,哈丽特,这次你抓住了问题的核心。我嫉妒了。"她交叉起了双臂,"他肯定是因为那所谓的度假村才和她结婚的。将来,他会尽力说服她去盖公寓或是修牙科诊所。"

"这样的话,说明他有进取心啊。"

"克莱尔很爱她那块破地,她不会愿意去把它铲平的。"

"我想是你说的那块地未经开发,克莱尔是在那里浪费生命。我记得你提起过在那块地上修个 SPA 中心。"

"你完全没搞懂我说的重点。"

"重点是,你要骑着一匹白马去拯救她。"

"必须得有人去保护她。这次，我会去陪在她身边。"

"这次。"

梅格安急剧地抬起了头，哈丽特当然是会抓住这两个重要的字眼的。"是的。"

哈丽特向前倾身，"告诉我你离开你妹妹那天的情况。"

梅格安浑身一僵，向后靠去，椅子向后滑动发出了吱吱的声音。"这跟我们今天说的事情没有关系。"

"你懂我的意思的，梅格。我不必再来提醒你，你和克莱尔之间的所有问题都在于过去。到底发生了什么？"

梅格安闭上了眼睛。显然，她现在的状况很虚弱，因为那些酸涩的回忆就在那里，等着涌上她的心头。她耸耸肩，试图在她睁开眼睛看着哈丽特的时候表现得满不在乎，"你什么都知道。你只是想听到我说出来。"

"是吗？"

"那时候我十六岁，克莱尔九岁。妈妈去洛杉矶参加《星际基地 IV》的试镜，玩得很开心，都忘了她留在贝克斯菲尔德的孩子们了。对她来说，这样的失察行为很平常。然后，社会福利工作者们开始出现在周围，他们威胁说要把我们送到福利院去。我的年龄已经足够大了，可以跑掉。但是克莱尔……"她耸耸肩，"所以，我扮演了一回少女妙探①，查到了山姆·凯文诺——她的亲生父亲。我给他打了电话，山姆就等不及地要救他的女儿了。"梅格从自己的声音里听见了青春期的伤痕。即使是现在，这么多年过去了以后，那个夏天的记忆仍然让她无法忍受。同样，她也痛恨回想起自己当时是多么希望山姆也能做她的父亲。梅格直起身来，"这些陈年旧事没什么重要的。对克莱尔来说，山姆是个伟大的父亲。每个人都得到了幸福的结局。"

"每个人？那个失去了母亲和妹妹，又没有父亲可投奔的女孩子呢？"

哈丽特的洞察真让人受伤。梅格安从来未能得知她自己的父亲叫什么名字，妈妈在说起他的时候叫的一直都是"那个窝囊废"。"够了。告诉我，哈丽特，嫁给一个你才认识几个星期的人明智吗？如果你的女儿在做跟克莱尔一样的事情，你会接受吗？"

"我就必须相信她，不是吗？我们不能替别人过他们的生活，即使是爱

---

① 少女妙探：指的是 20 世纪 60 年代侦探系列故事的主角南茜·朱尔，后来被拍成了电影《少女妙探》。

他们。"

"我的确爱克莱尔。"梅格安轻轻地说道。

"我知道你爱她。你对她的爱从来就不是问题所在，对吧？"

"我们没有任何共同语言，但这不意味着我就可以眼睁睁地看着她把自己的生活毁掉。"

"哦，我想你们还是有些共同之处的。你们一起生活了九年，有许多共同的回忆。我觉得你们以前曾是最好的朋友。"

"在我把她丢给一个她几乎不认识的男人然后跑掉之前？是啊，在那之前我们是最好的朋友。但是克莱尔想要个爸爸，而在她有了后……好吧……"梅格安看了一眼桌面上那个造型复杂的水晶时钟，现在是四点。"在一天的这个时间段，我得花将近两个小时才能到海登镇。我们的交通状况真糟糕，你不觉得吗？如果我们重新选一个市长的话——"

"梅格，别说那些废话了。今天很重要。克莱尔无疑会对你怀有敌意。"

"我已经告诉过你，她的确有。"

"然而，你仍然会开着你的豪车冲到海登镇去干涉她的生活。"

"我会说，我的干预是为了从她手中拯救她自己。我只会说明一些很明显是被忽视了的情况。"

"你觉得她会感激你的帮助吗？"

梅格安瑟缩了一下。克莱尔肯定不会高兴的。有些人，就是无法接受确切的事实。"我会很高兴去做此事的。"

"你会很高兴地告诉她，她不应该嫁给一个没什么前途的歌手。"

"是的。我知道有时候我会比较强硬，也喜欢固执己见地强词夺理，但这次，我打算要好好想一下怎么说。我不会说什么失败者呀、骗钱的呀或是愚蠢之类的话。她会感到受伤，但她会知道我只是在努力去帮她的。"

哈丽特似乎等了很长时间，然后开口问道："你还记得爱是什么感觉吗？"

梅格安还没跟上这个话题的转换，但她很高兴不再谈有关克莱尔的事情。她回答道："我曾嫁给埃里克过，不是吗？"一般心想着，这个决定在她曾经做出过的错误抉择里排名第二。

"关于你和埃里克的婚姻，你还记得些什么？"

"婚姻的结束。很快就结束了，简直连有时候我犯的头疼都比我的婚姻要长些。"

"为什么结束了？"

"你知道的。他背叛了我。他跟大多数西雅图海鹰队①的拉拉队员们，还有贝尔维尤②猫头鹰餐厅③半数的女招待们都有过一腿。他绝对是把他的全部热情都投入到对硅胶的追求中去了，要是他在事业上这么有冲劲就好了。"

"你还记得他向你求婚的时候吗？"

梅格安叹了口气，她不愿去回想那一天。这一切都已经发生得太久了。点满蜡烛的房间，白玫瑰花瓣铺成的路通向一张超大的床。从另一个房间里传来音乐声，电台正播放着一首温柔的、纯音乐版空中补给合唱团④的《失落的爱》。"是我向他求婚的——如果你非得知道的话。我从来就不擅长等待，而埃里克就是挑一双袜子都要花一个小时。"

哈丽特显得很难过，"梅格安。"

"什么？"

"为什么你又在讲这个故事呢？我的记忆力可没有你想象的那么糟糕。"

梅格安低头看着自己的指甲。这么多年来，她一直都在讲着埃里克不忠的故事。当她讲到他"把全部热情都投入到对硅胶的追求中去了"的时候，总能博回一片笑声。最好是这样，她早就明白了。最好把他想成一个恶棍。事实真相带来的伤害，太沉重了。就连伊丽莎白都不知道，在梅格安的婚姻里到底发生了些什么。但是现在，不知怎的，哈丽特却发现了真相。"我不想谈这个。"

"你当然'不想'谈，"哈丽特温柔地说道，"这才是你'应该'谈的原因。"

梅格安慢慢地呼出了一口气，"他没去招惹过女招待，至少据我所知他没有。他对我很忠诚……直到他遇见了南茜。"她闭上眼睛，回忆起那可怕的一天。当时，他哭着回家说道："我再也无法忍受了，梅格。你在要我的命。我做的一切，没有一件事是让你满意的。你给的爱……真是太寒冷了。"

然后，就在她的眼泪快要流出来、正要不顾一切地请求他的原谅的时候，他说道："我遇见了一个人。她爱的是现在的我，而不是如果我多一点野心的

---

① 西雅图海鹰队：一支位于美国华盛顿州西雅图市的美式橄榄球球队，成立于 1974 年。

② 贝尔维尤：位于美国华盛顿州金县的一座城市，与西雅图隔华盛顿湖相望。

③ 猫头鹰餐厅：美国一家著名的连锁西餐厅。

④ 空中补给合唱团：20 世纪 70 到 80 年代享誉全球的一个摇滚组合。该组合 1976 年成立于澳洲，1980 年进军美国乐坛即取得惊人成绩，首张专辑即有九首歌曲进入当年美国流行音乐排行榜的前 10 名，从而走向了其超级乐队的地位。

话能够成为的那个我。还有……她怀孕了。"

这样的记忆让梅格安的五脏六腑都搅成了一团，让她感到无助而虚弱。她再也无法把它压抑在心底了。"那很浪漫，"她轻声说道，"他向我求婚的那晚。白玫瑰花瓣很浪漫，音乐也很浪漫。他倒了一杯香槟，告诉我，我就是他的全世界，他想永远爱我，做我孩子的父亲。当他说这些的时候，我哭了。"她擦去了从她那已经干涸了很久的双眼里流出来的眼泪，"从我自小的生活中，我该知道爱是多么脆弱的，但我太鲁莽了。我用对待钢铁的方式对待了一个玻璃泡。我无法相信，它这么快就破灭了。他离开了我，是因为我不知道如何给他足够的爱。"说到这里，她已经语不成声，"怪不了他。"

"所以，你的确爱过他。"

"对，我爱过他。"梅格安平静地说道，感觉那些休眠了的疼痛醒了过来，又变得鲜活了。

"有趣的是，你轻易地就想起了你离婚的痛苦，但却需要有人提醒才想得起曾经拥有过的爱情。"

"好了，"梅格说着站了起来，"这就像是在不打麻药做心脏手术一样。"她看着手表，"此外，我们也没时间了。我告诉过克莱尔今晚我会过去，我得走了。"

哈丽特慢慢地取下眼镜，抬头看着梅格安，"仔细考虑一下这件事，梅格。也许这个婚礼会让你和克莱尔重新走在一起，给你们带来些新的基石。"

"你觉得我应该什么也不说，就让她嫁给那个什么鲍比、杰克、汤姆、迪克？"

"有时候，爱意味着相信别人，让她们做出自己的决定。换句话说就是，学会闭嘴。"

"那些女人给我提供丰厚的酬劳，就是为了让我告诉她们真相。"

"只是你所认为的事实。而且，克莱尔不是你的客户。她是个就要平生第一次结婚的女人。还得补充一下，一个三十五岁大了的女人。"

"所以，我就该微笑着拥抱她，告诉她我觉得很好，因为她要嫁给一个陌生人？"

"是的。"

"如果他伤了她的心怎么办？"

"那时候，她就需要她的大姐姐了。但是，她需要的不是一个会说'我早告诉过你了'的人。"

梅格安想了一下。她会固执己见地强词夺理，但她也不是个傻瓜。"抱歉，哈丽特，"最后她说道，"我不同意。我不能让他伤害她。克莱尔是我所认识的最美好的人。"

"是最美好的人，但你根本就不认识她。显然，你就是想和她保持疏远。"

"随便吧。再见！"梅格安匆匆忙忙地离开了办公室。

哈丽特是错的。这很简单。

梅格安已经让克莱尔跌倒过一次，她绝不会让这事再次发生。

"嫁给一个刚认识的人是很愚蠢的。"梅格安想了一下待会儿这么说。

"'愚蠢'这个词可不是一个好的选择。"转念一想。

"是不明智的——"换成这个词吧。

"你是她的姐姐，不是她的律师！"哈丽特的话在她耳边响起。

梅格安已经跟后视镜这样神经错乱地谈了一个多小时了。为什么她拟出来的结案陈词可以让整个陪审团一起掉眼泪，却无法找到一个简单的、令人信服的方式来提醒自己的妹妹厄运即将到来呢？

她开车穿过了拥挤不堪的西雅图市区，开到了米许谷地平坦的绿色田野里。在她小时候还很冷清的那些养奶牛的小镇，现在都披上了富丽堂皇的居民区外衣。一块块分隔开来的土地上，坐落着一座座巨大的、用砖墙围起来的独立庄园，他们的车道上停满了SUV和房车。原来那些隔板农舍很早以前就被拆掉了，只是极偶尔会在某个广告牌后或某个购物中心旁边出现一二。

然而随着公路渐行渐陡，这样富饶的景象便消失了。在这被喀斯喀特山脉①的山峰环绕着的地方，这儿的镇子还未被发展的脚步触及。目前为止，那些名为苏尔坦、苟德巴以及因地克斯的小镇们，还远远未被开发。

到海登镇去的最后一个落脚点，已经完全不能算是个镇了，只不过是一片聚集在道路一旁的房屋，这是在山口前可以加油和补给的最后一个地方。路边的餐厅是一个破败的小酒馆，瑟缩在一个闪烁着的"库尔斯啤酒"霓虹灯招牌下面。

说真的，她想停下车，走进那拥挤的小酒馆里，让自己消失在那片烟雾弥漫的黑暗之中。这样，也绝对好过在分开了这么多年后，再来跟克莱尔说

---

① 喀斯喀特山脉：喀斯喀特山脉是北美洲的一条主要山脉，北起加拿大不列颠哥伦比亚省，穿越美国华盛顿州和俄勒冈州，最终到达加利福尼亚州。在它的沿线，有十多座火山。

"你正在犯错"。

但她没有减速。相反,她又开了九英里驶入海登镇出口,下了高速公路。道路立即变窄为一条两车道,沿着路的两旁耸立着高大的常青树林。这里的山峰参差不齐,面目狰狞。即使是在夏季,在那让人无法企及的山顶上依然覆盖着皑皑白雪。

一个绿色的小标志牌欢迎着她:海登镇;人口:872;1974年全国拼字大赛冠军洛莉·亚当斯的家乡。

1974年。

仅仅在此三年后,梅格安就第一次到过了这个沉寂的小镇。那时候,海登镇除了一些破旧的房屋外,什么也没有。市议员们还没有想到将西部主题作为一个旅游热点来打造。

当时开车到这个镇上的情形仍然历历在目。她几乎现在都还能闻到山姆那辆老皮卡车里的霉味,还能感觉得到紧紧依偎在她身旁的克莱尔那瘦弱的身体。"他真的会要我们吗?"每次山姆去加油的时候,或是让她们住进一个廉价的汽车旅馆的时候,她的妹妹就会悄悄问道。他们在两天时间里从加利福尼亚州开到了华盛顿州,在这期间,他和她们之间几乎没有过言语交流。在整个过程中,梅格安都感到恶心,自己的胃里很难受。每走一英里,她就更害怕给山姆打电话的举动是个错误。到他们真正到达海登镇的时候,梅格已经无法对她妹妹的问题做出乐观的回答了,于是她只能把克莱尔抱得更紧。在那片沉默中,山姆肯定也觉得不舒服。他转动旋钮打开了收音机,当他们把车停在了度假村的时候,放着的是埃尔顿·约翰[①]的《再见黄砖路》。

还能记住这样的细节,真是有趣。

她减速了。海登镇看起来仍然像是那种欢迎新人到来的地方,那里的女人们会给街对面刚搬来的一家人送去砂锅炖金枪鱼。

但是,梅格安知道并非如此。

她曾在这儿生活过那么久,足以知道这些看起来很面善的人对一个行差踏错的女孩会有多冷酷。无疑,一个小镇可以温暖一个人,但它也可以迅速就变得冰冷。如果你曾生活在一个下三烂的城区里的拖车里、被一个脱衣舞娘养大,搬到这么一个"圣洁之地"后你是无法适应的。

---

① 埃尔顿·约翰:出生于1947年的英国著名流行音乐创作歌手,享誉世界的顶级音乐艺术家,被誉为"英国乐坛常青树"。

至少，梅格安没能适应。而克莱尔，又是另外一回事了。

梅格安到了镇上唯一的一个红绿灯处。红绿灯变绿后，她踩下油门，穿过了小镇。

几英里后，她来到那个招牌前：河边度假村，下个路口转左。

她开上了那条石子路。道路两旁都长满了参天大树，树荫下生长着沙巴叶和小汽车般尺寸大小的蕨类植物。

在第一个小岔路口，她再次放缓了速度。一个可爱的邮箱，被油漆漆得看起来像是一头虎鲸，上面写着：C·凯文诺。

这个曾经杂草丛生的院子被修整得整整齐齐，种上了绿植，现在看起来像是个英国乡村花园一样。那座房子被装饰得非常完美——灰白色及奶黄色的墙板，亮白色的门窗框，一个漂亮的白色包围式门廊上挂着一盆盆的天竺葵和半边莲。

梅格只在艾莉出生后到这儿来过一次。关于那一天，她所记得的就是坐在一个破旧的沙发上，努力地找着话题和她妹妹聊天。然后，克莱尔的朋友们——"忧郁者们"——突然降临，她们像一群蝗虫一般拥进房间，喊喊喳喳，喋喋不休。

在那一个小时里，梅格安坐在那里，喝着寡淡无味的柠檬水，想着她某个出了问题的案子，度日如年。最后，她找了些蹩脚的借口溜走了。从此以后，她就再也没来过。

她停了下来，下了车，拎着礼物走到前门口敲了敲门。

没人应门。

等了很久后，她回到车上，开了五百码左右，到了营地的主办公室。

她步行经过了游泳池——那里有一群孩子在玩"马可波罗"水上游戏①，向作为接待办公室的那座狭长的房子走去。当她打开门时，头顶上一个铃铛叮叮当当地响了起来。

山姆·凯文诺站在办公桌后面。随着她的进入，他抬起头来。他那本已备好笑容的脸僵了一下，然后又堆满了笑容，"嘿，梅格，见到你真高兴。好久不见了。太他妈久了！"

"是啊，你一定想我了。"一如既往，只要有山姆在周围，她就会感到不

①　"马可波罗"水上游戏：一种被蒙上眼睛的孩子喊"马可"、其他孩子喊"波罗"的听音辨位泳池追逐游戏。

舒服，感到愤怒。哈丽特声称这是由于克莱尔曾因为他而拒绝了自己的缘故，但这种说法并不对。她仍然记得那一天他对她说过的话："滚！走开！"他觉得是她把他的女儿带坏了。但他真正痛恨的、刻在了她心里的，是那句话："就像你那见鬼的妈妈一样！"

他们盯着彼此看着。谢天谢地，他没有朝她走过来。

"你看起来不错。"最后他开口道。

"你也一样。"梅格安低头瞟了一眼手表。她最不愿意做的事情，就是站在这里和山姆聊天。

"克莱尔告诉过我注意你来了没有，她可能要晚点到。住在十七号营地的福特一家人，炉子出了点状况，她得去帮他们解决。但她马上就会回来。"

"好的，那么我就去房子那边等她吧。"

"她很快就会到的。"

"你已经说过了。"

"你还是这么强硬，不是吗，梅格安?"他说道，声音很轻，甚至有点疲惫。

"我必须强硬，山姆。你比任何人都清楚。"

"我没有把你赶出去，梅格安。我——"

她转身走开了，门砰的一声在她身后关上。在离她的车还有一半路程的时候，她又听见了他的声音。

"她很幸福，你知道的。跟这个小伙子在一起。"他说道。

梅格安慢慢转过身来，"如果我没记错的话，你跟妈妈结婚的时候也很幸福。我跟埃里克结婚的时候也很幸福。"

山姆向她走去，"你的妈妈的确是个麻烦，我也在很多年里都对她很恼火。但是，我很高兴我娶了她。"

"你肯定是嗑药了。"

"因为有了克莱尔。"他说道。

"呵。"梅格安感到有一点儿嫉妒。又来了——克莱尔和他真是父女情深啊。这让她很生气，但她早就该不介意这个了的。

"你要小心对待她，"他说道，"你是她的姐姐。"

"我知道我是她姐姐。"

"是吗?"

"是啊，我真知道。"她再次走开了。她信步走在营地里，吃惊于这里有了这么多客人。他们所有人似乎都玩得很开心。这个地方被维护得很好，地理位置也很优越。随处可见都是明信片一般的风景，有山、有树、有水。最后，她返回车上，开到了克莱尔房前。

这次当她敲门时，她听见里面传来了吧嗒吧嗒的脚步声。门被猛地打开了。

艾莉森站在那里，穿着一条装点着菊花的牛仔背带裤和一件漂亮的黄色带小圆孔的衬衫。

"你肯定不是艾莉森·凯瑟琳·凯文诺，她还是个婴儿。"

听到这个，艾莉微微一笑，"现在我是个大女孩了。"

"是啊，你的确是。"

艾莉森对她皱起了眉头，"你的头发要长些了，里面还有白头发。"

"哎呀，谢谢你这么留意。能给你的梅格阿姨一个拥抱吗？"

"你看起来呼吸得很好嘛。"

梅格完全不知道这孩子是什么意思，"是啊。"

艾莉森向前给了她一个淡淡的拥抱。当她退回去后，梅格说道，"我给你带来了一个礼物。"

"让我猜猜，"克莱尔出现在走廊尽头的阴影中，"你觉得每个五岁大的孩子都需要一把瑞士军刀。"

"不。是一把 BB 枪。"

"你不会的。"

梅格安笑了，"我去了'地狱深处'——诺斯盖特的一个玩具店，遇到了一个看起来最迟钝的销售员，是她给我建议的这个。"她递给了艾莉森一个色彩斑斓的包装盒。

艾莉一把将包装撕开，"是个'顶呱呱女孩'，妈妈，'顶呱呱女孩'！"她扑进了梅格安的怀里，这次，这个拥抱是真正的了。她向克莱尔展示了一下那个娃娃，然后跑上楼去。

梅格安递给了克莱尔一瓶红酒——法南特 1997，"这是我的最爱之一。"

"谢谢。"

她们互相盯着。她们上次见面还是在一年前，那时候妈妈在城里参加粉丝见面会。妈妈带克莱尔和艾莉去了西雅图市中心的动物园，后来，梅格安也加入了进来。她们大部分的时间都在说着让艾莉森去参加儿童游乐场里的各种游乐活动，这样，她们之间就不需要聊天。

最终，克莱尔急剧向前，草草地拥抱了一下梅格安，然后放开了她。

梅格安跌跌撞撞地向后退去，对这个动作意外得不知道该做何反应。然后，她希望自己也能给克莱尔一个拥抱，但她没有做到。她说道："闻起来晚餐准备得很不错，但其实你不用做的。我想带你们出去吃。"

"这里的路边摊可不是你的风格，你还是算了吧。"

"哦。"

"管它呢，进来吧。你已经太久没来过这里了。"

"你还从未去过我那里呢。"

克莱尔看着她，"这是在闲聊而已，梅格。我可不想吵架。"

"哦。"梅格安又说道，觉得自己像个白痴。她随着克莱尔到沙发旁，坐在她的身边。她不由得注意到了那个荒谬的订婚戒指——一圈锡箔纸，天哪！好在她来了这里，她绝对不能置之不理，"克莱尔，我觉得——"

然后，"他"走进了房间。梅格安立刻就知道她的妹妹为何陷得如此之深了。作为歌手，鲍比可能是个失败者；但是论长相，他绝对是个人生赢家。他又高又瘦，但肩膀却很宽，一头几乎垂到肩上的金发。当他微笑的时候，他的整张脸都充满了笑意。

一个这样的男人不会仅仅将你迷倒，他会把你迷得整个人都高高飘到了空中，然后很快你就会无处可去，只能坠落。

他和克莱尔交换了一个洋溢着深情的眼神。这让梅格想起了《往日情怀》[①] 这首唱出了那苦乐参半的事实的歌。有时候，一个错误的男人看起来是那么的美好，他会让你神魂颠倒、无法呼吸。

但是迟早，一个女人都会需要呼吸。

"我是鲍比·奥斯汀。"他微笑着说道。

梅格安站起来和他握手道："梅格安·唐特斯。"

"克莱尔说人们都叫你梅格。"

"我的朋友们的确是这样叫的。"

他微笑道："从你那像是衔着一块柠檬的表情，我判断你希望我一直叫你唐特斯小姐。"

"我想，阿肯色州那些山区的女孩子们，肯定觉得你很迷人。"

---

① 《往日情怀》：电影《往日情怀》同名主题曲，曾荣获最佳原作配乐与最佳歌曲两项奥斯卡金像奖，1973 年更获得格莱美奖年度最佳歌曲的殊荣。

"德克萨斯州的女孩子们的确那样觉得。"他伸出一只胳膊搂着克莱尔，"但现在对我来说，那些日子已经过去了。我已经找到了那个我想一起和她变老的女孩。"他轻轻地在克莱尔的脸上吻了一下，紧紧握了一下她的手，然后拿起那瓶酒走进了厨房。

在他离开的那几分钟里，梅格安站在那里盯着她的妹妹，试图小心地跟她说几句，但似乎说什么都不合适。

鲍比端着两杯红酒回来，递了一杯给梅格安。"我想你有些问题要问我。"他说着坐了下来。

他的直率出乎梅格安的意料之外。慢慢地，带着一丝不确定，她在沙发对面的椅子上坐了下来。现在，他们是两个独立的阵营了：鲍比和克莱尔，对阵梅格安。梅格安问道："请介绍一下你自己。"

"我爱克莱尔。"

"说点实质性的。"

"你是个只看事实和数据的人，是吧？我三十七岁了，俄克拉荷马州立大学毕业，音乐鉴赏学士学位，获得过牛仔节奖学金。我也曾是个套小牛①选手，这就是我四处流浪的原因。我曾经……结过婚。"

梅格安警惕地附身向前，"几次？"

他看了看克莱尔，"三次。"

"哦，见鬼！"梅格安看着克莱尔，"你们是在开玩笑吧！如果离婚可以入刑的话，他早被判了终身监禁了！"

他急忙向前倾身说道："我和苏安琳结婚的时候我们都才十八岁。她怀孕了，所以我就——"

"你有孩子了？"

"没有。"他的声音软了下来，"流产了。之后，我们就没什么继续待在一起的理由了，我们的婚姻持续了不到三个月。然而，我没吸取到教训。二十一岁的时候，我又结婚了。不幸的是，结果她想要的生活和我想要的不一样。她想要豪车，漂亮的珠宝。她在家里卖可卡因被抓的时候，我也被抓了。我跟她一起生活了两年，却从来没注意到，只是觉得她超级喜怒无常。没人相信我没有参与贩毒。唯有的一次真正的婚姻，是和劳拉。她曾是——现在也

---

① 套小牛：牛仔竞技大赛中的一个项目。骑着马追赶一头小牛，用绳子套住小牛，并把小牛的四肢捆住。

是，一个热爱乡村音乐的儿科医生，我们结婚在一起生活了十年。一年前我们离婚了，我可以告诉你是什么原因，但这事跟你没什么关系。反正，克莱尔都知道了。"

一个离婚三次的失败者，还是个毒贩。

真好。

现在，坏姐姐不得不让好妹妹伤心了。

怎么做？

这是个最难回答的问题。像这样的情况，又该怎么说出那些需要说的话呢？尤其是，当着那"长得比上帝还帅的先生"的面？哈丽特已经对了一件事：梅格安和克莱尔已经在礼貌和伪装的悬崖边缘蓄势待发了许多年。一旦方法不对，就会将她们推落深渊。

克莱尔从沙发上起身走向梅格安，坐在被用作咖啡桌的中国式雕刻木箱上。

"我知道你肯定不会为我高兴的，梅格。"

"我希望我能，"这是事实，"只不过——"

"我知道。他看起来肯定没那么理想，我知道；而你是以打离婚官司为生的，这个我也知道。最重要的是，我知道，你是在妈妈身边长大的。"她倾身向前，"我都知道，梅格。"

梅格安感受得到这短短几句话的分量。她的妹妹已经想过所有同样的原因，预见过所有可能的结局。梅格安没有任何克莱尔还不知道的东西可说。

克莱尔接着说道："这事情永远说不清。我知道这很疯狂、很冒险，而且最坏的是——这就像是跟妈妈一样。我不需要你来告诉我这些，我需要的是——你相信我！"

"'相信'。"梅格安心想，"跟哈丽特预言的完全一致。"但，就算是梅格安曾经知道过该如何去相信人，她也已经忘了很久了。

克莱尔继续道："这让你很难接受，我知道。你向来都是领导者，而不是追随者。但这一次，如果你能放任我的话，对我的意义会很重大。或许你可以拥抱我，说你在为我感到高兴，即使是在撒谎。"

梅格安看着她妹妹那双淡淡绿色的眼睛。克莱尔此刻看起来很害怕，也很期待。显然，她已经做好了自己会被梅格安的回答所伤害的准备，但她仍然不禁保留着一丝希望……

这让梅格安想起了她们的童年。每当妈妈带着一个新"朋友"回家的时候，克莱尔总会相信在自己的生命中终于会有一个"爸爸"了。她曾尝试过保护克莱尔，让克莱尔不要被自己的过于乐观伤害，但她从未成功过。所以，每一任继父都曾让克莱尔的心碎过一小块。然而，当下一个男人到来的时候，她的妹妹又会找到一个去相信他的理由。

当然，克莱尔会相信鲍比·奥斯汀。

梅格安没有办法让她的妹妹改变心意，或者——更重要的是——无法让她改变她自己的心。因此，她有两个选择：假装给她祝福，或是坚持自己的立场。第一个选择，可以让她和克莱尔维持现有较为勉强的姐妹情分；第二个选择，就会让她们本就脆弱不堪的关系面临着巨大的风险。

"我相信你，克莱尔。"最后，梅格安说道。看到克莱尔脸上露出了一丝迟疑的微笑后，她又说道："如果你说鲍比·奥斯汀是你爱的那个人，对我来说就足够了。"

克莱尔大大地松了口气，"谢谢你。我知道这对你不容易。"她倾身向前拥抱了梅格安。梅格安非常吃惊，都忘了回抱过去。

克莱尔站起来退了回去，到沙发旁坐在鲍比身旁。鲍比立即伸出一只胳膊搂着她，把她紧紧抱在身边。

在接下来那尴尬的沉默中，梅格安努力想着该说些什么，"那么，你们的婚礼是怎么计划的？就找个证婚人吗？我有一个法官朋友……"

"不行，"克莱尔大笑道，"我等这个已经等了三十五年了，我什么都要！白色的婚纱，正式的教堂婚礼，结婚蛋糕，婚庆舞会，所有的一切！"

不知道为什么，梅格安感到很惊讶。克莱尔以前就是个喜欢不停扮演着新娘的小孩。"我住的那栋楼里有个婚礼顾问，比尔·盖茨的婚礼就是她策划的。"

"这里是海登，不是西雅图。我会租下海外老兵俱乐部的会堂，大家都会带着菜来做便餐聚会的。现在，蓬马歇百货公司也有婚庆用品卖了。会很好的，你会知道的。"

134

"便餐聚会？便餐聚会？"梅格安站了起来。显然，她还是有一部分性格和她妈妈一样。她是不会让她的妹妹去办一个很寒酸的婚礼的。"我来安排婚礼和接待舞会。"她冲动地说道。只要她能付出些什么，她又感到实在了——感到能够把握点什么。

克莱尔的笑容消失了，"你？"

"我又不是个社交白痴，我搞得定这事的。"

"但是……但是……你的工作这么忙，我不能让你在百忙之中挤时间来做这个呀。"

"不是你让我做的，是我要做的。而且碰巧，最近我……在工作之外还有空闲。"她拿定了主意，或许这样做会让她们回到一起，"这样会非常好的，真的。我想给你做这些，克莱尔。"

"哦。"克莱尔的语气听起来毫不激动。梅格安知道她妹妹在想什么——梅格安就像是一头冲进了小镇瓷器店的公牛。

梅格安说道："我会听你的，按你的意思去做。婚礼会成为你想要的那个样子，我保证。"

"我觉得这听起来很棒，"鲍比笑容可掬地说道，"你真是宽宏大量，梅格安。"

克莱尔对梅格安皱起了眉头，"为什么我的脑子里都是《新岳父大人》①的场景呢？你是从来不会就简去办一件事的，梅格。"

一时之间梅格安感到有点尴尬，甚至有点受伤。她也不知道自己为什么这么想做这件事。"这次，我会的。真的。"

"好吧，"克莱尔最后说道，"你可以帮我安排我的婚礼。"

梅格安鼓掌，粲然而笑，"好。现在，我最好开始干活了。本地的电话簿在哪儿？再问一下日期是什么时候——二十三号？下周星期六？可没多少时间来安排了。"她走向厨房，找了张纸片，开始准备待办事项清单。

"哦，天哪，"克莱尔听见她的姐姐说道，"还有这么多事情要做！"

---

① 《新岳父大人》：美国于1991年上映的一部影片，片中有一场美丽而盛大的婚礼。

12 | *chapter*
姐妹之间

到了在他妹妹家待着的第二个晚上，乔觉得自己已快要窒息。他目之所及的所有地方，都有他以前的生活的痕迹。他不知道自己该到哪里去，但他知道自己不能继续待在这里。

他一直等到吉娜离开去杂货铺购物的时候，才把他所有的东西——还有几个摆在这里的戴安娜的相框——塞进了他的旧背包，向门外走去。他在橱柜上留了张字条：

我在这儿待不下去，抱歉。太让人伤心了。

我知道这段时间你也很难，所以我不会走远。

我会尽快给你打电话。爱你。

谢谢你。

J.

他走了几英里，回到了镇上。当他到达海登镇上的时候，感觉就像是陷入了泥潭。他又感到很累，疲惫不堪。

他不想逃跑，不想躲在又破又烂的汽车旅馆里，被自己那由来已久的负罪感慢慢侵蚀。

他抬头看见一个山景陵园的标志牌，不由得从头到尾一个激灵。上次他到这里来的时候，下着瓢泼大雨。有两个警察在他旁边，亦步亦趋地跟着他。送葬的人们和他保持着距离，他能感觉得到他们的谴责，听得见他们的窃窃私语。

他试图从葬礼上走开，但警察又把他押了回去。他曾哭丧着低声说"我看不了这个"，其中一个警察说道"那可太糟了"，把他死死押着不能动弹。

现在，他该到那里去，到墓地去。但他做不到，他无法跪在她墓碑前那些甜美的青草上。

况且，他也不需要去墓地里找她。她就在他的心里，而不是在那些灰白的石头下。

他绕开镇子，穿过一片空地向河边走去。潺潺河水那温柔的声音，让他沉入了青春的回忆。白天，他们会在河边野餐；晚上，他们会把他以前的那台道奇战马停在那里，在黑漆漆的车里做爱。

他跪在那里。

"嘿，戴。"他挣扎在如潮水般的负罪感里，拼命闭上了眼睛，"我回家了。接下来，又该怎么做呢？"

夏日的微风中没有传来任何答案，也没往他的方向飘来任何有意味的迹象。然而，他知道，她很高兴他回来了。

他又睁开眼睛，盯着波光粼粼的水面。"我不能到那座房子里去。"想到这个，他几乎瘫倒在地。三年前，他从他们在班布里奇岛上的家中离家出走，从未回头。她的衣服仍然挂在衣柜里，她的牙刷仍然放在洗漱池旁。

他不可能到那儿去。他仅有的希望——如果说他还有希望的话——还处于婴儿学步的阶段。他不必回到他以前的生活中去，他只需要不再逃避他以前的生活。

"我可以在海登找个工作。"沉默良久后，他说道。

他知道，待在镇上会很难。那么多人都记得他所做过的一切，他不得不去忍受那些看向他的眼光，还有那些闲言碎语。

"我可以试试。"

说完这句话，他发现他又能顺畅地呼吸了。

他又在那儿待了一个小时，跪在草地上，回忆着。最终，他站了起来，走回了镇上。

在街上有一些人在他周围转悠，不少脸孔都在皱着眉头盯着他，但没有人走近他。他知道自己被人认出来了，也看到了那些以前的朋友们一看到他就闪烁着躲开的样子。他低着头，不停走着。就在他要打消"在这儿找个工作"这个该死的念头的时候，他走到了镇子的尽头。他站在滨河公园的街对面，盯着摆在垂着铁链的栅栏后面的碎石地上一排汽车，形式各样。一座金属半圆拱形活动房屋上面打着广告："史密提修车厂，海登镇最佳汽修店。"

栅栏上面有块牌子，上面写着：招聘员工；有经验最好，没经验也行。

乔穿过街道，向入口走去。

一条狗开始叫起来，他注意到了那块"当心恶狗"的牌子。几秒钟后，一条小小的白色贵宾犬从角落里狂吠着冲了出来。

"麦当娜，别他妈瞎叫唤了！"一个老人从拱屋的阴影里走了出来，他穿着一条布满油污的背带裤，戴着一顶西雅图水手队的棒球帽，整个下半张脸都被长长的白胡子遮住了。"别管那条狗。有什么事吗?"

"我看到了你们'招聘员工'的牌子。"

"真的吗?"老人拍了一下大腿，"自从杰瑞米·福尔曼离开去上大学后，那玩意儿就挂在那里了。见鬼，已经差不多有两年了吧。我——"他停了一下，慢慢皱起了眉头，向前走来，"乔·怀亚特?"

他尴尬道："嘿，史密提。"

史密提重重地呼出了一口气，"真是太意外了！"

"我回来了。然后，我需要一份工作。但是，如果你觉得雇了我会影响你的生意的话，我能理解。没什么的。"

"你要干拿扳手的工作？但你是个医生——"

"那种生活已经过去了。"

史密提盯着他看了很久，然后说道："你还记得我的儿子菲尔吗?"

"他比我大很多，但是我还记得。以前，他总是开着那台红色的大黄蜂跑车。"

"越战毁了他。我想是因为负罪感，他在那儿干过的那些事情……无论如何，我见过一个逃避的男人是什么样子，那可不太好。我当然会雇用你，乔。做这份工作仍然可以住那个小屋，你要住吗?"

"当然。"

史密提点点头，然后带着他穿过拱屋从另一头走了出去。后院很大，也被打理得很好。沿着人行通道怒放着的一丛丛鲜花，密集而茂盛。小木屋的后面，密密地簇拥着一片高大的常青树林。屋顶上满是苔藓，前门廊都被压弯了，摇摇欲坠。

"以前你生活在这里的时候，还是个孩子。我都记不清你跟多少女孩子约过会了。"

"那已经是很久以前的事了。"

"是啊，"史密提叹了口气，"海尔格仍然把这里打扫得一尘不染。她会很高兴见到你回来的。"

乔跟着史密提走向小屋。

小屋里面一如既往地干净。一条红色条纹的毛毯搭在一把旧皮沙发上，河石壁炉旁躺着一把摇椅。贴着黄色防火板的厨房看起来设施齐备，锅碗瓢盆一应俱全。在单人卧室里，放着一张尺寸大得夸张的带四根帷柱的床。

乔伸出手，抓住史密提那熊掌一般的手摇了摇。"谢谢你，史密提。"他说道，有些吃惊于自己的感激之情是如此之深，喉咙都开始哽咽。

"在这个镇上有很多人都在关心你，乔。你好像是忘了似的。"

"听你这么说真好。不过，我更希望没人知道我在这里。最近一阵子吧，反正。周围人太多了，我的感觉……再也不像以前那么好了。"

"经过了那样的事情，回来的路会很长，我想。"

"非常长。"

史密提离开后，乔小心翼翼地从他的背包里拿出一个他从他妹妹家拿来的相框。他低头凝视着戴安娜的笑脸。"这是个开始。"他对她说道。

梅格安醒来后，一时之间分不清东南西北。首先，房间里太黑了点；其次，也太安静了点，听不见汽车喇叭声和轮船的汽笛声，以及卡车挂着倒挡的哔哔声。起初的时候，她还以为是大厅那边的某个房间里开着的收音机发出的声音；后来，她才发现那些声音是鸟叫声。鸟叫声，天哪！

她才反应过来：现在是在克莱尔家里。

她在床上坐了起来。这间布置得很漂亮的客房，舒服得令人不可思议。到处都是手工制作的小饰品，一看就知道做这些小玩意儿得花很多时间，而且是出自艾莉的手笔。墙上布满了带着相框的照片。如果是在别的时间、别的地点，一个被用来作为首饰盒的、很粗略地涂了点色彩的鸡蛋通心粉盒子，可能会引起梅格安的嘲笑。但在这里，在她妹妹的家里，这让她的嘴角浮起了微笑。看到这个盒子，她的眼前就浮现了艾莉用她那胖乎乎的小手指粘连着、折叠着、涂抹着的画面，还有当做好后克莱尔自豪地鼓着掌、骄傲地展示着的情形。所有这样的事情，她们自己的妈妈都是从来没时间带她们做的。

有人在敲门，然后传来一个迟疑的叫声："梅格？"

她瞥了一眼床边的时钟。

十点十五分。

哦，天哪！她揉了揉自己的眼睛，感觉那就像两个缺乏睡眠的沙坑。要是以前，她应该整晚辗转反侧、难以入眠才对。"我起来了。"她说着扔开了被子。

"早餐在桌子上,"克莱尔在关着的门外说道,"我要去清理游泳池了。我们十一点出发吧,如果没问题的话。"

梅格安缓了一阵才想起来,她曾答应过跟克莱尔和克莱尔的朋友们一起去镇上,跟一群已经成年了还在称她们自己为"忧郁者们"的女人一起,去海登镇采购婚纱。

梅格安愁眉苦脸地咕哝了一声,"我很快就好。"

"到时候见。"

梅格安听着克莱尔走远的脚步声。她这种假装"我是你姐姐,我支持你的婚礼"的游戏还可以玩多久?迟早,她的脑袋就会爆掉。或者更糟——她就会开口,她的那些犹如炸弹一般的观点就会爆发出去:你不能嫁给他;你不了解他;放聪明点。

这些观点,任何一个都不会受欢迎。

然而,由于梅格安不能回去工作,没朋友可见,也没啥真正的假期计划,她发现自己的确在准备着安排她妹妹的婚礼。然而说实话,又还有谁还能比她更不适合这个工作呢?

她甚至连自己上次参加婚礼是什么时候都不记得了。哦,不对,她记得。她自己的婚礼。

当然,把他们送上那条错误道路的原因,不是那场婚礼,而是他们两个人的结合。

她下了床,走向门口,把门打开一条缝,偷偷向外瞄去。一切都静悄悄的,她赶紧沿着走廊跑到二楼的小浴室里。水槽旁放着一把未开封的便携式牙刷,毫无疑问,这是从"度假村"的小店里回收回来的。她刷了牙,然后快速洗了一个非常烫的热水澡。

三十分钟后,她做好了出发的准备,重新穿上了昨天的衣服——一件白色的杜嘉班纳上衣,一条低腰的马克·雅可布牛仔裤,以及一条褐色带银圈扣的宽腰带。

她迅速收拾好了浴室、叠好被子,然后离开了房子。

外面,精心修葺过的院子里闪耀着灿烂的阳光。现在是六月末了,在西北地区一年中值得称道的好时光。花儿开得到处都是,院子里的每个地方都有着不同的颜色,其后环绕着亮绿色的灌木丛和密集的树林。在天际的尽头,敬畏峰那花岗岩的三角峰高高耸立着直插云霄,看起来似乎近得触手可及。

梅格安把手提包扔在她保时捷的副驾驶座上，上了车，引擎咆哮着发动起来。她在砾石路上慢慢地向度假村开去，小心地不要激起太多灰尘。距离很短，从房子到登记处办公室大约只有五百码，但她脚上的高跟鞋无法在这松动的石头上行走。

最后，她在登记处的楼前停下，泊好车，小心翼翼地找了条路穿过被露水打湿了的草坪，走进了楼里。

这儿空无一人。

她走到办公桌前，找到海登镇电话簿，翻到婚礼顾问那一页。上面只有一家：皇家活动策划。有一排小字写着：假装你只会结一次婚吧。

梅格安不禁对此微笑起来。一个幽默的玩世不恭者，还有谁能更好地帮她安排这个婚礼呢？她抄下电话号码，放进了包里。

梅格安在营地的公共卫生间里找到了克莱尔，克莱尔正在通一个被堵住了的马桶。看着梅格安那惊悚的表情，克莱尔大笑起来，"到外面去，公主。我马上出来。"

梅格安退了出去，站在草地的边缘上。

克莱尔的确如自己所言，立刻就出来了，"我去洗洗，然后我们就走。"她又看着跑车说道，"你开车到这儿来的？"她大笑着走开了。

梅格安上了车，发动了引擎，音响立刻响了起来，声音非常大，放着的是《加州旅馆》。她把车的顶篷收了起来，等着。

克莱尔终于又出现了，穿着一条牛仔裤和一件"河边度假村"的 T 恤。她把她的帆布手袋扔到座位后面，上了车，"现在，我们可是要气派十足地去镇上了。"

梅格安不知道克莱尔是不是在讽刺，所以她保持沉默。事实上，这是她的新准则：闭上嘴巴，保持微笑。

"你肯定睡得很晚，"克莱尔说着把音乐声关小了，"我想你通常七点钟就会到办公室。"

"昨晚我睡得不好。"

"请不要为我担心，梅格。求你了。"

那句轻轻的"求你了"让梅格安感到不安，她不能让她的妹妹认为她失眠的原因是因为这场婚礼，"不是因为婚礼。我总是睡不着。"

"从什么时候开始的？"

"我想是从上大学的时候开始的。那时候总是在考试前整晚地临时抱佛脚，你知道那是个什么样子。"

"不，我不知道。"

梅格安已在尽力保护克莱尔，去掩盖她的失眠是从她们家庭破裂时开始的事实。但说是从上大学开始，也是个错误的选择。对克莱尔来说，这是她们之间的差距的又一个提醒，梅格安凌驾于她的妹妹之上的又一个实例。这些年来，克莱尔已愤愤地多次提及过她那天才般的姐姐早早就开始上大学了，这是一个敏感的话题。她赶紧顾左右而言他道："我听说，带孩子也会常常让人整晚都睡不着。"

"你知道的，孩子们就是那样。妈妈说我以前得了腹痛病，非常恼火。"

"是啊，是很恼火。但你不是腹痛，你是得了中耳炎。当你生病的时候，你会哀号得像只女妖，我就会把大叫着的你抱到自助洗衣店去。只要我抱着你坐在烘干机上面，最后你就会睡着。妈妈总是不明白，她的地盘到底是有什么不对头。"

梅格安感觉到克莱尔在盯着她。她努力地想着说些什么，来转变一下话题，但她什么也没想出来。

克莱尔终于笑了，但那笑声很单薄，"难怪我不讨厌洗衣服。在这儿拐弯。"

她和克莱尔又一次回到了安全地带，各自待在自己的安全岛上。

"就是这里。"克莱尔指着一座被漆成了粉红色、带着淡紫色的门框的维多利亚风格老房子。一条碎石路穿过一个修剪得很整齐的草坪，路的两旁盛开着鲜艳的红玫瑰，白色的尖桩栅栏上挂着一个手绘的牌子，上面写着：阿比盖尔小姐的衣柜，请进来吧。

梅格安抬头看着那座可爱得离谱的房子，"我们可以去爱斯卡达①或者诺德斯特龙②看看……"

"别自作主张，梅格。"

"好吧，"她叹了口气，"我会保持赞美的。或者更好点，我会欢欣雀跃。带路吧，我会闭上嘴巴的。"

---

① 爱斯卡达：德国的全球顶级时装品牌，是德国的三大时装品牌之一。爱斯卡达以为高收入职业女性设计及经营高品质女装而著称。

② 诺德斯特龙：美国高档连锁百货店，经营的产品包括服装、饰品、包包、珠宝、化妆品、香水、家居用品等。诺德斯特龙从西雅图的一家鞋店起步，到现在已发展成为遍布美国的时尚百货店，跻身世界 500 强。

她们爬上摇摇晃晃的楼梯，走进了店里。店里面堆满了商品——塑料假花，贝壳做的画框，以及各种各样用彩色面团制作的圣诞饰品。壁炉罩被点燃的蜡烛照耀得熠熠生辉。

"有人吗?"克莱尔大声问道。

立即就有人回应，传来了一个女人的声音，然后是杂七杂八奔跑着的脚步声。

一个水桶一般、体型巨大的老女人从角落上拐了出来，她的发型就跟《脱线家族》[①] 里的辛迪一样，满头灰白的头发卷得如同香肠一般。她穿着一件碎花夏威夷穆穆袍[②]，脚上是一双白色带绒球的拖鞋。"克莱尔·凯文诺，我是多么高兴，终于能带你上二楼了!"

"婚纱在二楼，"克莱尔对梅格安说道，"阿比都已经放弃我了。"

梅格安还没来得及回答，另外两个女人就急匆匆地冲进了房间。一个很矮，穿着一条宽大得显不出腰身的裙子和一双白色网球鞋；另一个很高——或者是因为太瘦了才显得高，身上米黄色的丝绸裙子完美无瑕。

"忧郁者们"其中的两个，梅格认出了她们。但就算是答对了可以把全世界所有的奖金都给她，她也无法把她们的名字和脸孔对上号。

她想起来了，穿着没腰身的衣服的是吉娜，穿米黄色丝绸裙子的是夏洛特。

"凯伦今天来不了，"吉娜说道，一边狐疑地盯着梅格安，"威利今天要去看牙医；还有多蒂，她把自己的眼镜坐坏了。"

"换句话说，"夏洛特说道，"这是凯伦平常的一天。"

她们所有人立刻就七嘴八舌地聊了起来。

梅格安看着克莱尔跟夏洛特和阿比盖尔一起走了，她们在谈着花边、珠饰以及面纱什么的。

而梅格安能想到的是：最好的配饰，是一个婚前协议。这让她觉得自己要比这三个女人老几十岁，而且代沟明显。

"呃，梅格安。上次见到你的时候，艾莉森才刚出生。"吉娜站在一只铁塑的鹤旁，"现在，你回来参加婚礼了。"

145

---

① 《脱线家族》：美国 1969 年开播的经典电视剧。

② 穆穆袍：色彩鲜艳的女式大长袍。刚开始时是夏威夷女子的穿着，后来出现了很多改良版，流行到了全美国甚至全世界。

克莱尔的朋友们向来都很擅长并不那么隐晦地提醒梅格安：你不属于这里。梅格安回答道："你好，吉娜，很高兴再见到你。"

吉娜看着她，"我很吃惊，你居然可以离开办公室。我听说你是西雅图最好的离婚律师。"

"我不能错过克莱尔的婚礼呀。"

"我认识一个离婚律师，她很擅长拆散家庭。"

"那就是我们干的事情。"

吉娜的眼睛里闪过一丝神色，她的声音软化了些，"你曾让他们言归于好过吗？"

"很少。"

吉娜的脸看起来似乎垮了下去，像只旧纸袋一般皱了起来。梅格安明白了，"你正在办离婚。"

吉娜努力笑了笑，"刚刚办完，实际上。跟我说会好起来的吧。"

"的确会，"梅格轻轻地说道，"但会需要点时间。有一些互助群体，可能会帮到你。"她开始向自己的包里伸手。

"我可以向'忧郁者们'哭诉。但，还是谢谢你，我很感激你的诚实。现在，让我们上楼去给你的妹妹找一件完美的婚纱吧！"

"在海登？"

吉娜听着大笑起来，然后带着梅格上了楼。当她们到达的时候，克莱尔已经穿好了第一套婚纱。这套婚纱有着巨大的羊腿袖，心形的领口，裙摆看起来就像个倒扣着的茶杯。梅格在一张华丽的白柳条椅上坐了下来，吉娜站在她的身后。

"哦，天哪，真可爱，"阿比盖尔说道，"而且这套婚纱的折扣率是33％。"

克莱尔站在一个三面环绕的全身镜前，这样那样地旋转着。

"非常有公主范。"夏洛特说道。

克莱尔看着梅格，"你觉得呢？"

梅格安不知道克莱尔想要的是什么样的意见；是该实话实说呢，还是表示支持。她又看了一眼那套婚纱，然后就知道了：表示支持是不可能的事。她开口道："这套婚纱当然需要打折咯。这太丑了。"

克莱尔从平台上下来，去找别的婚纱去了。

等她出去后，夏洛特和阿比盖尔都看着梅格安，两个女人的脸上都没了笑容。

她刚才太诚实了点——这是个常见的缺点。现在，她成了不可信的人了，一个外行。

她不会去评论下一套婚纱了，绝对不会。

"你觉得呢?"过了一会儿，克莱尔问道。

梅格在椅子上坐立不安。这是在开玩笑吗？这套婚纱，看起来就像是去参加土风舞会才会穿的东西一样。若是穿着去乡村音乐颁奖大会，只差一顶串着珠子的帽子了。不用说了，这套婚纱丑陋不堪。而且，看起来还很廉价。

克莱尔仔细看着镜子里的自己，转过来又转过去。然后，她转身看着梅格安，"你真是太安静了。"

"我就快要吐出来了，我说不了话。"

克莱尔的笑容僵在了脸上，"我想，你的意思是不行。"

"在蓬马歇买的便宜婚纱就是不行。你穿着的那带蕾丝花边的玩意儿，给我的感觉就是：赶紧让我走吧，你已经失去理智了。"

"我觉得你有点苛刻。"阿比盖尔气鼓鼓地说道，就像是只彩色的河豚。

"那是她的婚礼!"梅格说道，"又不是参加《草原上的小屋》[①] 的海选!"

"我的姐姐一直都很苛刻。"克莱尔平静地说着走回了更衣室。

梅格安叹了口气。她挥舞着自己的观点，就像是挥舞着一个钝器砸在了她妹妹的后脑勺上。她又把事情弄糟糕了。她盘腿坐在椅子上，紧紧闭上了嘴巴。

在那个下午剩余的时间里，就是一场廉价婚纱的脑残游行。克莱尔一件又一件地穿上，问大家的意见，然后脱下。她再也没有问梅格安的意见，而梅格安也知道自己最好不要发表意见。因而，梅格安向后躺在椅子上，把她的头靠在墙上休息了起来。

梅格安一个激灵醒了过来，眨着眼睛，俯身向前。夏洛特、阿比盖尔和克莱尔正从她身边走开，热烈地交谈着，直到她们消失在了一个标记着"帽子和面纱"的房间。

吉娜正在盯着她看，"我听说过你很难相处。但是，你在妹妹试婚纱的时候就睡着了，也太无礼了。"

梅格安擦了擦眼睛，"这是我保持沉默的唯一办法。我觉得丹尼餐厅的女

---

① 《草原上的小屋》：美国 20 世纪 70 年代风靡一时的美国电视剧。

服务员穿的裙子都比这些婚纱要好看些。相信我，我是在帮她。她找到满意的了吗？"

"没有。"

"我想说，谢天谢地！但我担心镇上还有另一家婚纱店。"梅格安突然皱起了眉头，"你说我很难相处是什么意思？是克莱尔这么说我的吗？"

"不是……是，有时候会这么说。你知道在不开心的日子里喝酒的时候会是个什么样子，凯伦称她的姐姐苏珊为'没有灵魂的变态狂'，克莱尔会说你是'大白鲨'。"

梅格安想要笑一笑，但她笑不出来，"哦。"

"我还记得当时她刚搬到这里来的时候，你知道的，"吉娜轻轻说道，"她安静得像一只老鼠。多盯着她看一会儿，她就会哭。那么多年里，她只会说她想她的姐姐。直到毕业后，我才知道她到底遭遇了些什么。"

"你的意思是，那时候你才知道我做了些什么。"

"我不是在评判什么。妈的，我也在自己的人生中蹚过了一摊摊浑水。我知道带孩子是这个世界上最难的工作，即使你已经成年、做好了去面对的准备。我想说的是：克莱尔对这一切很受伤。有时候，当她受伤到极致的时候，她就会变得极度有礼貌。她看起来倒是很好，但她周围的气温会下降大约二十五度。"

"那我肯定成天都需要穿件棉袄了。"

"待在她身边。不管她承认与否，你在这里，对她的意义都很大。"

"我跟她说过，我来安排婚礼。"

"你看起来真是非常适合啊。"

"哦，是啊。我是个真正的浪漫主义者。"她叹了口气。

"你需要做的，不过是去听克莱尔在说什么——真正的倾听。然后，做你所能做的一切，去让她的梦想成真。"

"或许你可以获取信息，然后向我报告，就像中情局那种任务似的。"

"上一次你和你妹妹坐在一起喝酒聊天，是什么时候的事？"

"这么说吧：我们那时候的年龄，还没有大到可以在吃饭的时候喝酒。"

"这正是我所想的。现在跟她去啊！"

"但是，艾莉森——"

"山姆可以照顾艾莉，我会告诉他的。"吉娜打开她的包，在里面掏了半天，最后拿出一张纸，在上面写了些什么，然后交给梅格安，"这是我的手机号码。一个小时后打给我，我会让你知道把艾莉安排得怎么样了。"

"克莱尔不会想跟我去的。尤其，在我否决了她的那些婚纱之后。"

"而且你还睡着了，打呼噜的声音还真响。反正，我从克莱尔那儿得来的对你的印象就是：别人的需求或者愿望，你从来都不会放在心上。"

"你说话从来不会有所保留，是吗?"

"因此，我离婚了。带克莱尔出去吃晚餐，去看场电影，去看看婚礼鲜花。做点姐姐该做的事情吧！现在，是时候了。"

13 | chapter
姐妹之间

克莱尔知道自己的双唇已经紧闭成了一条不屈服的细线，她在以此表达着自己的不满。她已经磨炼出了那种技能：不用说出那些事后会让她感到后悔的话，就能明确地表达出自己的愤怒。她的爸爸经常说这是她的一个天赋。"天哪，克莱尔，"他会说，"除了你之外，没有一个人能做到虽然没说出一个字，实际上却在对我大喊大叫。总有一天，你那无声的愤怒会聚集在你的喉咙里把你噎住的。"

她瞥了一眼旁边的姐姐，她正把车开得飞快，黑头发飘扬在她脑后，看起来就像个电影明星。戴在她的眼睛上的那副太阳镜，肯定比克莱尔拥有的所有资产还要值钱。"我们去哪儿？"她第四次问道。

"你会知道的。"总是同样的回答，简单而明了，就好像梅格安在害怕说多了似的。

"她居然睡着了！"克莱尔心想。

并不是因为克莱尔问她的姐姐的意见问得太多了。见鬼，并没有什么变得比原来更好。她从来没有期望过，她的姐姐会快乐地加入到采购婚纱的队伍之中。天哪，当然没有。梅格安会享受和克莱尔的闺蜜们在一起待一天吗？恐怕也不会。

最让克莱尔震怒的是，即使吉娜和夏洛特就在那里，她也是先问的梅格的意见。克莱尔已经把她的渴求摆在了桌面上：你觉得呢，梅格安？

她还问了两次！问了第二次后，她纠正了自己的错误，完全忽略了梅格安。

然后，她听见了呼噜声。

就在那时，她的眼泪都快掉出来了。

没有用的，当然了。所有那些婚纱都不对。然而，那些婚纱即使很丑，现在也很贵。在今天下午最后的时候，她甚至都开始觉得：就穿一条白色的背心裙算了，这样还靠谱些。这样的想法，只会令她更想落泪。但现在，克莱尔的心头只剩下了熊熊怒火。梅格安会毁了这个婚礼，这一点毫无疑问。她的姐姐就像是一个会在空气中传播的病毒，跟她在一个房间里待十秒钟，你就会开始感到不舒服。

"我得回去照顾艾莉。"克莱尔说道，也是第四遍了。

"你会的。"

克莱尔做了个深呼吸。真是受够了！她开口道："听着，梅格，关于我的婚礼安排，老实说，你——"

"我们到了。"梅格把她那辆银色的保时捷停进了街上的一个空车位。克莱尔还没来得及反应，梅格安就已经下了车，站在了停车计费器旁，"来吧。"

现在她们已经到了西雅图市中心，她姐姐的地盘。可能是梅格想炫耀她那超级昂贵的公寓吧。

克莱尔皱起了眉头。她们把车停在了一座绵长的、缓缓增高的山的山脚下。往前大约六个街区，她就能看见公共市场；在她们后面，也是几个街区之外，是客轮码头。一位街头音乐家用萨克斯风演奏着一段悲伤的旋律，音乐飘浮在嘈杂的交通噪音之上。在她们左边，一排混凝土阶梯瀑布一般地从一片复合式公寓的庭院里倾泻而下；街对面，是一个棒球场的停车场，在这个非比赛日里，车位大都是空着的。

"你住在这里吗？"克莱尔抓着她的包从跑车上下来的时候问道，"我总是想象着你是住在某栋阔气的高楼里的。"

"我邀请过一万次，让你到我家来看看。"

"两次。妈妈到城里来参加她的怪胎粉丝见面会的那天，你邀请过我一次；还有一次，是邀请我参加圣诞晚宴，后来你取消了那次圣诞晚宴，因为你得了流感，然后改为了妈妈带我们去坎丽斯餐厅吃晚餐。"

看起来梅格安对此感到很惊讶，"真的吗？我以为我一直在邀请你到我这儿来看看呢。"

"你有呀，只是你从来没有安排过日期和时间。你总是说，假如我到城里来了，就顺便来拜访一下。告诉你一个消息：我从来没到城里来过。"

"今天，你看起来似乎对我有点敌意。"

"有吗？我真想不出这是为什么。"克莱尔把她的皮包带挂在了肩膀上，来到正在像巴顿将军一般笔直挺拔地向上行着军的梅格安身旁，和她步伐一致地走了起来，"我们得谈谈婚礼的事情。你今天早上的表现——"

"到了。"梅格安说着突然在一道白色窄门前停了下来，门的两旁都是橱窗。一个小小的金属卷边标志牌上写着：独家设计。一个穿着简洁的黑色套装的男人正在忙着给玻璃后面的模特脱衣服，他看见了梅格安，赶忙招手让她进去。

"这是什么地方？"

"你说过我可以安排你的婚礼，是吧？"

"实际上，这正是我刚才想和你讨论一下的问题。不幸的是，你的聆听技巧还处于严重未开发的程度。"

梅格打开门走了进去。

克莱尔犹豫着。

"来吧。"梅格安站在一部电梯前面等着她。

克莱尔跟她进去了。

过了一会儿，电梯叮当一声，门打开了。她们走了进去，门关上了。

梅格安终于开口道："今天早上的事我很抱歉，我知道我搞砸了。"

"睡着了是其一，打呼噜是其二。"

"我知道，我很抱歉。"

克莱尔叹了口气，"这就是我们在一起的情形，梅格。你不觉得厌倦吗？我们中的一个总是在为什么事情感到抱歉，但是我们从未——"

电梯门打开了。

克莱尔倒抽了一口凉气。

梅格不得不伸出一只手放在她肩膀上，轻轻推着她往前走。克莱尔在门槛上绊了一下，失去平衡，跌跌撞撞地走进了店里。

不能仅仅说这儿只是个商店，这就像是在说迪斯尼乐园只是个游乐场似的。

到处都是雍容完美的模特。它们穿着的婚纱，对克莱尔来说，都是她所见过的最漂亮的。"哦，我的天哪！"她喘着气，一步步向前。在她正前方的那套礼服是一个露肩束腰的设计，乳白色的绸缎叠成褶皱垂落在地上。克莱尔感受了一下面料——比她曾触摸过的任何东西都要柔软。她偷偷瞄了一眼价格标签，上面写着：爱斯卡达，4200美元。

她猛地放开标签，然后转身向梅格安道："我们走。"她感到自己的喉咙有点哽咽。她又是一个小女孩了，站在一个朋友家的走廊上，看着他们一家人在一起吃晚饭。

梅格抓住她的手腕不让她走，"我想让你试试这儿的婚纱。"

"我不能。我知道这个地方对你来说很平常，梅格。但是这儿……让我有点伤心。我只不过是个在度假营地上班的人。"

"我不想把这些话再说一遍，克莱尔，所以请你听清楚，也要相信我。我每周工作八十五个小时，我的客户们大约每小时付我四百美元。我不是在炫耀，这只是个事实：我的确有点钱。给你买这套婚纱，对我来说很重要。今天早上的那些婚纱，配不上你。如果你觉得我是个贱人、是个势利小人的话，那么很抱歉。但我的看法，的确就是这样的。求你了，让我为你做这件事吧！"

克莱尔还没来得及想出怎么回答，一个女人高声叫道："梅格安·唐特斯出现在一家婚纱店里！说出去谁会相信呀？"

一个穿着深蓝色紧身女装的女人大步走上前来，高挑而干瘦。她那高得不可思议的高跟鞋鞋跟，在大理石地板上敲击得啪啪作响。她的头发夹杂着浅金色和银色，看起来色彩搭配得很完美，剪成了一个梅格·瑞恩式的发型，从她的脸旁垂落下来，显得十分引人注目。

"你好，莉莎。"梅格说着伸出手去。两个女人握了手，然后莉莎看着克莱尔。

"这位便是令妹，对吗？"

克莱尔听出了一丝令人难以察觉的东欧口音，或许甚至是俄罗斯口音。她回答道："我是克莱尔。"

"梅格安居然会让你结婚？"

"实际上，她建议我不要结婚。"

莉莎仰头大笑，"她当然会建议不要结婚，我曾从她那里听到过两次这样的建议。两次我都该听的，真的。但是，爱会自作主张。"她退后一步，把克莱尔从头到脚仔细看了一遍。

克莱尔把她的左手握成拳头，把那枚锡箔戒指藏了起来。

莉莎用一根手指上长长的黑指甲轻轻敲着自己的门牙。"这可跟我想象的不一样，"她说着直率地看了一眼梅格安，"你说你的妹妹是个乡下女孩，要在一个鸟不生蛋的地方结婚。"

克莱尔不知道是该笑还是该在梅格安的头上扇一巴掌，"我是个小镇女孩。梅格安以前也是。"

"啊，那一定是她在那里把她的心丢了的，是吧？"莉莎又开始敲她的门牙了。"你很漂亮，"最后她说道，"尺寸是十码或十二码，我估计。我们不需要给你的胸罩加衬垫。"她转向梅格安，"你能给她预约一下雷纳多吗？她的发型……"

"我可以试试。"梅格安回答道。

"我们必须突出那双漂亮的眼睛，那么蓝，让我想起了布拉德·皮特的老婆，《老友记》里面很神经质的那位。是的，你妹妹看起来就像她！对你妹妹来说，我想经典系列比较适合。普拉达，华伦天奴，阿玛尼，维拉·王，或许还有经典款的阿莎露。来吧！"她转身大步走开，不时地伸出手去取某件婚纱。

克莱尔看着梅格安，"阿玛尼，维拉·王？"她摇着头，却无法说出"你不能这样"。这样说才是对的，是她该说的。但对眼前这个时刻的拒绝，噎在了她的喉咙里。有哪个小女孩没有梦想过这一刻呢？尤其是，对于一个即使经历过那么多破碎的诺言后仍然相信着爱的女孩。

"我们也可以什么都不买就离开的。"梅格安说道，"穿上试试，就为了好玩。"

"就为了好玩。"

"快点，你们两个！我可没有一整天时间耗在你们身上。"莉莎的声音传来，让克莱尔一惊。她赶紧迈步向前。

莉莎从一个架子走向另一个架子，把一件又一件的婚纱堆在梅格安怀里，让她寸步难行。

几分钟后，克莱尔来到了一个比她的卧室还要大的试衣间。三面落地镜在她面前呈扇形展开，中间是一个小小的木制平台。

"站上去。婚纱都在那里，穿一件试试。"莉莎轻轻地推了她一把。

克莱尔走进更衣室，那里已经挂着几件婚纱，在等着她。第一套是一件美得让人震惊的白色丝质拉尔夫·劳伦，附带一件缀着复杂而精细的蕾丝串珠图案的紧身胸衣；另一套是一件点染着浪漫粉色的象牙白色普拉达，带着褶皱饰边的小袖和稍微有点不对称的裙摆；还有一套白色丝质的阿玛尼紧身装，低胸深 V 领，披挂式的性感背部设计，简单明了。

克莱尔不允许自己去看那些价格标签。这是一个她梦想中的时刻，她愿意为此承受任何东西。她扒下她皱巴巴的牛仔裤和工作 T 恤，把它们扔在地板上（她一眼都没看她那水洗过度而褪色了的胸罩和内裤）。

那一袭拉尔夫·劳伦，如同一朵白云飘浮在她肩上，从她近乎赤裸的身体上滑落下来。从脖子往下，她看起来就像是《洛城机密》① 里的金·贝辛格②。

"来吧，亲爱的。让我们看看。"莉莎说道。

她打开门，走进试衣间。

莉莎走进去后，倒抽了一口凉气。接着她大叫一声："鞋子!"然后跑开了。

梅格站在那里，抱着满满一怀的衣服，双唇微张，轻轻惊叹。

克莱尔忍不住微笑起来。同时，她又有一种奇怪的想哭的冲动，"拉尔夫·劳伦的确是个大师。当然了，我的车还没这套婚纱值钱。"她走到平台上，照着镜子。难怪梅格安会看不起今天早上的那些婚纱。

莉莎挥舞着一双系带的高跟凉鞋回来了。

克莱尔大笑起来，"你觉得我是谁啊，凯莉·布拉德肖③吗？如果我穿这么高的高跟鞋，我的鼻子会被摔破的，更不用说我摔倒的时候骨头都会散架了。"

"嘘。穿上。"

克莱尔照做了，然后站着一动不动。每一次呼吸，都有让她从那个木头平台上倒下去的危险。

"啊，你妈妈没教过你穿高跟鞋，真是罪过。我来扶你。"说完这句话的时候，莉莎的嘴角微微翘了一下。

莉莎离开后，梅格安大笑起来，"妈妈教过我们唯一的事情，就是怎么穿着你已经穿不下了的鞋子走路。"

"她自己总有新鞋穿。"

"真好笑。"

她们交换了一个眼神，在那一刻她们相互能完全理解；这一刻过去后，她们又回到了平常。克莱尔感到一种强烈的遗憾。

"我觉得这个面料太薄了，你不觉得吗?"克莱儿说道。她的任务是，在

① 《洛城机密》：美国 1997 年上映的经典电影。

② 金·贝辛格：出生于 1953 年的著名美国女影星，以《洛城机密》荣获 1998 年第 70 届奥斯卡奖最佳女配角奖。

③ 凯莉·布拉德肖：经典美剧《欲望都市》中的角色，一名专栏作家。

每套婚纱上找到个缺陷，找到一个她姐姐不应该为她花这么多钱的理由。

梅格安皱眉，"太薄了？你看起来很漂亮。"

"衣服里面的每个凸起都显露出来了。我得穿无痕的内衣，估计只有波音公司才制作得出那么平滑的内衣。"

"克莱尔，这是十码的。你已经够瘦了，再瘦就是骷髅了。"

之后，克莱尔试了一连串的婚纱。每一套，都比上一套更漂亮。她觉得自己像个公主。即使不得不拒绝掉每一套，也完全无损她今天的好心情。她总是能够找到一个令这套婚纱变得不完美的细微之处：袖子太短了，太大了，太乱了；这个领口过于可爱了点，过于性感了点，过于传统了点；这一套的感觉不对……

克莱尔看得出来，梅格安正越来越感到沮丧。她不停地给她送来一抱抱的婚纱，"这儿，试试这些。"每次她都会这么说。这可是梅格安！她可是个从来不知道耐心为何物的人！

莉莎很早以前就去接待别的客户去了。

终于，克莱尔来到了这一天的最后一套婚纱面前，梅格安选的。那是一条优雅的白色婚纱，由一件饰以大量绣珠的紧身胸衣和一个流畅的平纹裙摆组成。

克莱尔解开她的胸罩，穿上了那套婚纱。在她还在拴背后的带子的时候，她就走出了更衣室。

梅格安完全安静了下来。

克莱尔皱起了眉头。她听见莉莎在店里的另一边跟一位客户大声地聊着天。

她看着她的姐姐，"你安静得一反常态，是喘不过气来了吗？"

"看啊！"

克莱尔把沉重的裙摆提离地面，站到了平台上。慢慢地，她把脸转向那三面镜子。

镜子里面的那个女人，根本就不是克莱尔·凯文诺。绝对不是。这不是那个觉得她的人生路在州立大学之外、觉得美容业是个不错的职业选择，所以就不去上课了的女人……也不是因为自己的爱人拒绝娶她，所以未婚生子、独自抚养的那个女人……还有，她当然不是一个经营着一个营地、假装那是个度假村的女人。

这是一个会坐着豪华轿车出行、拿着高脚杯喝香槟的女人。她只会睡在非常高级的床上，随时都可以去环游世界。

这是她曾经可以成为的那个女人——如果她在纽约读完大学，又去巴黎读完研究生的话。或许，她现在仍然能够成为那个女人。

一件婚纱，是怎么做到揭示出你人生中已经走错了的一切道路，又向你微妙地展示出一个不同的未来的呢？她设想着当她走进教堂时鲍比脸上的表情。鲍比，会单膝跪在地上，哀哀地请求她嫁给他——如果他看见她穿着这套婚纱的话……

梅格安来到她身后，站在平台上。

她们两个都在那儿，肩并肩地站着。妈妈的两个女儿，曾经比任何姐妹都要亲近，现在却隔得那么远。

梅格安伸出一只手搭在克莱尔裸露着的肩膀上，"别再试着去找这套婚纱的问题了。"

"我没有看价格标签，但是——"

梅格安把价格标签撕成了两半，"你看不到了。"她转身抬起一只手，"莉莎，到这边来。"

克莱尔看着她的姐姐，"你知道，对不对？这是你选的。"

梅格尽量不笑，"这是维拉·王，亲爱的。我当然知道。我从一开始就知道你的防线有点高，你不想让我给你买婚纱。"

"我不是不想让你给我买。"

"没事的，克莱尔。你让我参与了你的婚礼安排，这对我很重要。"

"我们是一家人。"克莱尔停顿了很长时间后回答道。这样的对话让人觉得尴尬，也依稀有点危险。她们就像是在一个承受不起她们的重量的池塘冰面上滑冰似的。"谢谢你给我买婚纱，那正是……"她的声音有一点哽咽，"我一直梦想着的。"

梅格终于笑了，"我只是不相信婚姻，这并不意味着我就不能策划出一个超赞的婚礼。你知道的。"

莉莎走进更衣室，她的面颊泛红，怀里抱满了婚纱。"维拉·王，"她看着梅格安轻轻说道，"你说过这会是她的选择。"

"猜得真准。"

"她简直就是爱的化身，是吧？"莉莎把那些不需要的婚纱挂了起来，然后走向克莱尔，"我们得把胸围收一点——到这儿，你觉得呢？——然后把腰围松一点。我们还得选个面纱，优雅点的，对吗？不要太华丽。你穿什么鞋?"她开始在婚纱上拉扯着、别着针。

"这双高跟鞋就挺好。"

莉莎跪下去别着裙脚。"我就让裙摆保持这个长度,以防万一你们想改变长短。如果想短一些,到时候你们自己别一下就行了,很快就别好了。"在她别完的时候她说道,然后匆匆忙忙地走开了。

在莉莎离开一会儿后,克莱尔问道,"你怎么知道我会选这套婚纱呢?"

"在我的婚礼上,我无意中听到你在和伊丽莎白聊天,你说婚纱应该要简单点。你是对的。我的那套婚纱,看起来就像是马戏团的演员才会穿的。"梅格安看起来似乎拼了命才挤出一丝笑容,"或许那就是埃里克离开我的原因。"

克莱尔听出了她姐姐声音里的伤感,细小而宁静,犹若无物。这让克莱尔很吃惊,她一直以为她姐姐的防线是由花岗岩铸成的,"他伤害了你,是吗?"

"他当然伤害了我。他打碎了我的心,然后又想要我的钱。如果我有一份婚前协议的话,就会好很多。假如我只是和他同居而不是和他结婚的话,或许会更好。"

听到这个比较明显的提醒,克莱尔忍不住笑了。这一次,显得合情合理。她回答道:"如果和鲍比结婚是个错误,那么,我想犯这个错误。"

"是啊,爱情就是这样,生来就让人充满美好的期待。难怪我会执意用性来取而代之。现在,我们去狂野者餐厅点些外卖,然后去我家吃饭,怎么样?"

"艾莉森——"

"——正在齐克的路边餐厅吃晚餐,山姆和鲍比还要带她一起去保龄球馆参加约会之夜。我在埃弗里特的时候,给吉娜打了电话。"

克莱尔笑道:"鲍比会去参加保龄球馆的约会之夜?你还是不相信有真爱存在。现在,帮我把婚纱脱下来。"克莱尔提起垂落在地的婚纱,小心翼翼地走向更衣室。就要关门的时候,她想了起来,对梅格安说道:"你的婚纱很漂亮,梅格安。你也很漂亮。我希望我跟伊丽莎白说的那些话没有伤害到你的感情。那个时候,我们已经喝了好几杯了。"

"我的衣袖看起来就像是两把撑开的伞,天知道为什么我要选那件婚纱。不,不是这样的。悲哀的是,我继承了妈妈的时尚品位。所以,在我刚开始有了点钱的时候,就立即雇了一个私人购物助理。无论如何,谢谢你的道歉。"

克莱尔关上试衣间的门，重新换上了她自己的衣服。她们又在那儿花了一个小时去试面纱和鞋。当她们把一切都选好后，梅格安扶着克莱尔的胳膊，带着她走出了这家精品时装店。

在狂野者餐厅门口，梅格安把车停在路上，跑了进去。三分钟后，她便拿着个纸袋子出来了。她急急忙忙地把袋子扔到克莱尔腿上，跳进驾驶室，驾车离开。

她们转进派克街，然后向左急转弯，开进了一个地下停车场。

克莱尔跟着她姐姐进了电梯，上到顶楼，走进公寓。

这儿的风景真是令人心潮澎湃。从每个窗口望出去，傍晚的天空都像紫水晶一般美丽，如诗如画。北面，宁静祥和的安妮女王社区闪耀着五颜六色的光辉。从其中一个窗口望出去，满目都是披着夏日里色彩斑斓的盛装的太空针高塔。目之所及的其他地方，是蓝宝石般的海湾。沿着海岸的街灯，为海湾那漆黑的表面镶上了一条流光彩带。

"哇哦！"克莱尔惊叹道。

"是啊，这儿的风景还行。"梅格安说着扑通一声把那个纸袋子放在了厨房的黑色花岗岩石台面上。

房间里的每一处，都让克莱尔觉得很完美：真丝墙纸包裹着的墙面上，每一幅画都挂得不偏不倚；桌子上的文件，全部叠放得整整齐齐。而垃圾，是绝对不会有的。

她走向角落上的一张比德迈风格①的小桌子，光亮的桌面上放着一个相框。就她所见到的而言，这是这个房间里唯一的一个相框。

那是一张很久以前克莱尔和梅格安的照片。照片上的她们都还是孩子，可能克莱尔七岁、梅格安十四岁，坐在一个木码头的尽头，彼此环抱在一起。照片的角上有一个点燃了的香烟头，说明这张照片是妈妈拍的。

看见她们曾经如此亲密的样子，克莱尔感到一种出乎意料的伤心。她瞥了一眼梅格——梅格正在忙着把食物分开。

她把照片放了回去，然后继续参观着她姐姐的公寓。她看到了卧室里白色的床单、白色的被套，只有不养宠物或是没有孩子的女人才会选这样的；浴室里面的美容化妆品，比百货公司的化妆品柜台还要齐全。与此同时，

161

---

① 比德迈风格：所谓"比德迈风格"即表现出一种静止的世界的风格，如肖像、客厅、花园等，令人观后觉得心平气和、安然自得。

克莱尔想着，感觉总有点不对头。

她走回了厨房。

梅格安递给她一个磨砂玻璃杯，里面是玛格丽特酒。"加了冰块，没加盐，可以吗？"

"很好。你的家好美啊。"

"家？"梅格大笑，"真好笑，我从来没想过这儿是我的家。但这儿的确是。谢谢。"

对的，这儿不是一个家。这是一个非常好的酒店套房，绝对是四星级以上的。但是很冰冷，没人情味。克莱尔问道："你是自己装修的吗？"

"你在开玩笑吧？我为自己选择过的最后一样东西，就是那件有降落伞一般的袖子的婚纱。我雇了一个装饰设计师，一个不会讲英语的德国女人。"她摆好了盘子，"来吧，我们到阳台上去吃。"她把她的盘子和杯子拿到了外面。"我们只能坐在地板上了，那个装饰设计师选了这世上最不舒服的室外家具，我把它们全部退了，又还没找到时间去买新的。"

"你在这里住了多久了？"

"七年。"

克莱尔跟着她姐姐来到外面。这是一个美丽的夜晚，天空中布满了繁星点点。

她们在吃东西的时候，寂静便笼罩了下来。梅格讲了些奇闻逸事，显然旨在打破这宁静。但宁静就像涨潮的海水般，总是又会回来。

"我有谢谢你给我买婚纱吗？"

"有。我也说了不用客气。"梅格把她的空盘子放在阳台上，向后靠去。

"真是奇怪，"克莱尔说道，"这儿在晚上外面很吵，到处是汽车的声音、渡轮汽笛声和火车的声音，但是感觉起来……仍然很空，有种孤独的感觉。"

"城市就是这个样子。"

克莱尔看着梅格安。就在这一刻，她发现她看到的不是那个严厉而苛刻、永远都正确的姐姐，也不是那个曾经如此毫无保留地爱着她的姐姐。现在，她看到的是一个苍白暗淡、很少会笑的女人，似乎除了工作就没有别的生活；一个很久以前就心碎了的孤独的女人，现在，她不会让自己再去相信爱。

她不禁想起了那些过去的日子。那时候，她们是最好的朋友。这么多年来，她第一次期望着这样的事能再次发生。如果要这样，她们之中的某一个就必须走出第一步。

克莱尔走出了第一步。她说道："如果你愿意，或许你在安排婚礼的时候，可以来我家住几天。"

"真的吗?"梅格安抬起头来，显然很吃惊。

"你可能太忙了，来不了。"

"不，实际上，我现在……正在几个案子的间隙里。而且，我的确需要在海登待一段时间，去把东西准备好，你知道的。实际上，我明天还要去那儿见婚礼顾问。但我不想打扰你们。"

克莱尔暗暗想着："大错特错，克莱尔！宇宙无敌超级大错误！"嘴上却说道："那就这么着吧，你得到我家待几个晚上了。"

14 | *chapter*
姐妹之间

梅格安把车停下，站在了路沿上。她再次查看了一遍手上的方位指引，然后望着那条街道。

海登镇在温暖的淡金色阳光下微微泛光。沿街两旁，木板路上的人群川流不息，时不时地聚集成一堆聊着八卦，又彼此挥舞着手分开继续上路。

街对面，一个少女形单影只地站在那里，染着紫红色头发，穿着一条对NBA球星奥尼尔来说都太大了的裤子。

梅格安知道这个女孩是什么感觉。她是这个漂亮小镇上的局外人，无法融入这里。梅格安老早就知道了，无论建在哪儿的拖车露营地，都是很烂的地方。当你的衣服穿得不对、而你住的地方更糟糕的时候，你就会被人当成垃圾来对待——无论你是或不是。迟早——对梅格安来说就是很快——你就会屈服，变成别人所认为的那个样子。

难怪妈妈从未在海登这样的小镇上停留过。她会说："只有一个酒馆，却有四个教堂？我想我们得马上离开。"她喜欢那种没人会知道你的名字的地方……那种当你欠了三个月房租、半夜偷偷溜掉后，没人知道该怎么找到你的地方。

梅格安走了两个街区，然后在杜鹃花街转右。

她的目的地很容易认：一座狭窄的淡黄色维多利亚式房子，紫色的门框，白色的尖桩篱笆上面歪歪扭扭地挂着一个招牌：皇家活动策划。粉色的文字周围，环绕着闪闪发光的玫瑰。

梅格安差点打算走开了。用闪光颜料来画画的人，是不可能策划出一场优雅的婚礼的。

但那一天是克莱尔说了算，而她想要的是一场小规模的、随便一点的婚礼。

"你听见了吗，梅格？我是认真的。"

这句话克莱尔昨天晚上说了三遍，今天早上又说了两遍。

"什么，不要摇摆乐队或冰雕？"她曾反问过。

"冰雕？我希望你是在开玩笑。我是说真的，梅格。你必须记住'简单'这个词。我们也不需要准备宴席，大家都会带东西来吃的。"

梅格安都已经把话说到这个份上了："这是一场婚礼，不是个葬礼！当然，我明白这两种活动有某些相似之处。我不允许——重复一遍，我不允许——你办一个路边野餐似的婚礼！"

"但是——"

"就吃些用奶酪裹着的热狗，和一些结婚戒指形状的果冻吗？"她浑身颤抖地说道，"那可不行！"

"梅格，"克莱尔说道，"你又在自作主张了。"

"好吧，我是个律师，我可以妥协。吃的可以简单一点。"

"还有，酒会必须在户外。"

"户外。在会下雨的地方？到处都是虫子的地方？你是说那样的户外？"

克莱尔当时笑了起来。"就是在户外。在海登镇上。"她补充道。

"幸好你提到了海登镇。否则，我可能会不小心把地方订到了班布里奇岛上的布罗德自然保护区去的。那里很漂亮，又开不了多久的车。"她抱着一丝希望补充道。

"就在海登。"

"好吧。但是，如果非得是室外的话，在举行仪式的时候，可能会正好飞来一只鸟儿，把屎拉在你头上。"

克莱尔大笑起来，然后认真地说道："你不必做这个的，你知道的。真的，在九天内就要把婚礼准备好，工作量很大的。"

梅格知道了克莱尔其实并不想让她来安排这些。明白了这个，让她的自尊心受到了伤害。这样并不看好她的看法，更加强了她要把事情办漂亮的决心，"我要去镇上见一个人，所以我得赶快走了。"在梅格开始动身的时候，克莱尔说道："别忘了新娘送礼会①。明晚，在吉娜家。"

梅格安强迫自己保持着微笑。来参加送礼会的人，都会带着另一半。无

_____

① 新娘送礼会：在西方国家，新娘通常会在婚前将自己的亲朋好友聚在一起，举办一个小型聚会。在这个聚会上，新娘的朋友们会自发地给新娘送礼。

疑，她会是那个房间里唯一的单身女人，除了吉娜之外。

真有趣啊。

她拉开尖桩栅栏门的门闩，走进了一个糖果乐园般梦幻的院子，几乎有种皮威·赫曼[①]和他的伙伴们会跳到她的面前来的感觉。一条绿色人工草皮铺成的走道通向门廊的台阶，当她走过的时候草皮被她踩得凹陷下去。她来到橙红色的门前，敲了敲。

门开了一点，然后被什么东西卡住了。一个含混的声音诅咒道："该死的门！"

然后，门全部打开了。

一个满头粉红色头发的老太婆坐在电动轮椅上，身旁放着一罐氧气。两根透明的管子插在她的鼻孔里，越过她高耸的颧骨、凹陷的脸颊，折到了耳朵背后。

"你是要我猜吗？"老女人皱着眉头说道。

"抱歉，你说什么？"

"你想干啥？真是的！是你敲门的吧，啥事？"

"哦。我是来见活动策划人的。"

"就是我。你想要啥？脱衣舞男？"

"好了，奶奶，"从另外一间房里传来了一个尖细的男声，"你知道，你二十年前就退休了。"

老太婆退后，把轮椅掉过头，滚着轮子走开了，"艾瑞卡有麻烦了，我得走了。"

"别介意我奶奶。"一个高个子男人来到门口说道。他有一头淡金色的鬈发，皮肤晒成了深棕色，戴着一副很厚的黑框眼镜。他穿着一条黑色紧身皮裤和一件水绿色的紧身肌肉衫，让两条稻草人一般瘦弱的胳膊显得分外突出。"她时不时地有点失忆。你肯定是梅格安·唐特斯，我是罗伊·罗伊尔。"

她尽力忍住了笑。

"笑吧，好好笑一下吧。我很庆幸我的名字不是罗伊·尔·罗伊尔。"他把腰一扭，伸出一只手放在翘起的屁股上，"你的衣服可真显眼，唐特斯女士。在海登，我们可没怎么见过马克·雅可布牌子的衣服。一般我们会选的

---

① 皮威·赫曼：美国 1985 年上映的一部魔幻喜剧片《皮威历险记》的主角，在美国影响较广的一位喜剧人物。

牌子，是里维斯和牧马人①。我无法想象是什么风把你吹到这里来了。"

"我是克莱尔·凯文诺的姐姐，我是到这儿来给她安排婚礼的。"

他一下子真正地跳了起来，开始尖叫："克莱尔！对啊，是她！好吧，我们走吧。克莱尔一定得要最好的。"他带她走进客厅，向一个粉红色的天鹅绒沙发走去。"在圣公会教堂举行婚礼，当然了；在麋鹿度假村办酒会，用流动炊事车烹饪。我们可以去塔吉特百货买许多人造花，这样它们就可以被重复使用。"

梅格安想着："简单，随意；简单，随意。"

她做不到。"等等！"她开口道。

罗伊停下了他正在兴头上的言辞，"怎么？"

"在海登，最好的婚礼就是这个样子，是吗？"

"顶级的了。只有蜜西·亨肖的婚礼要好一些，她租下了门罗高尔夫球场的俱乐部。"他倾身向前，"他们有香槟，不只是啤酒。"

"那么，在这儿，一场婚礼的花费大概是多少？"

"不是蜜西那样的，但是很好很实在的？大概……两千美元吧。"他看着她，"如果让一个社区大学的孩子来拍照片的话，或许还可以少一点点。"

现在轮到梅格倾身向前了，"你读《人物》杂志吗，罗伊？或者《造型》？"

他大笑道："你在开玩笑吗？当然会一页一页仔细读完！"

"那么，你就知道名人的婚礼是什么样子的，尤其是那种他们称之为'简单而优雅'的。"

他把手挥到空中，打着响指，"你在开玩笑吧，亲爱的？丹妮丝·理察斯的婚礼据说很简单，而他们的鲜花，多到足以装饰一辆大游行的花车。简单的婚礼，在好莱坞只是意味着一个没有伴娘的户外酒会，但却非常非常昂贵。"

"你能保守一个秘密吗，罗伊？"

"在里根执政期间，我是躲在壁橱里的。相信我，亲爱的，我知道什么时候该闭上嘴巴。"

"我想要那种这个镇上的人从来没见过的婚礼，但是——重点在这里——

169

---

① 里维斯和牧马人：里维斯、牧马人和李（Levi's、Wrangler、Lee）并列为美国三大牛仔服饰品牌。

除了你和我之外，没有人可以知道这其实花了很多钱。你必须跟人说你是在大减价销售。行吗?"

"没开玩笑吧，"他笑着鼓掌，"你的预算是多少?"

"尽善尽美。每个小女孩都梦想着的那种。"

"换句话说——"

"钱不是我们该担心的问题。"

他摇了摇头，依然满面笑容，"亲爱的，这句话我从来没听人说过。我绝对相信，你是我这辈子见过的最漂亮的女人!"他伸手到咖啡桌上抓起一本《新娘杂志》，"我们该从准备婚纱开始。这是——"

"她已经有了。"

他抬起头。

"维拉·王。"梅格安补充道。

"维拉·王，"他用一种恭敬的语气重复了一遍这个品牌的名字，然后合上了杂志，"好的。我们开工吧!"

"婚礼必须在户外。"

"啊，搭帐篷。非常好。我们应该先从灯光开始……"

自从他开始嗡嗡地讲着亿万个细节后，梅格安就几乎没怎么听了。灯光，鲜花，桌布，结婚蛋糕……天哪。

她来了这里，绝对是一个正确的决定。她所需要做的，就是开支票。

乔正埋头在一台旧久保田拖拉机的底盘下面换着机油。这时，他听见一辆车开了过来。以前，他总是能听见史密提那洪亮的大嗓门欢迎着客户们到修车厂来。但这次，却只听得见收音机里放着的一首老汉克·威廉姆斯①的歌，歌声尖细而潦草。

"有人吗?"有人在大叫着，"史密提?"

乔从拖拉机下面滑出来，站了起来。他刚刚把他的棒球帽戴上、拉低帽檐遮住眼睛，一个红光满面、体格健壮的男人就走进了车库。

乔认出了这个人，这是雷比·特雷布斯，以前是个伐木工，在工作中失

---

① 汉克·威廉姆斯：一位伟大的美国乡村音乐巨匠，在当时的乐坛声名显赫，曾创作过超过 30 首冠军单曲。可惜因酗酒和吸毒，于 1953 年就死于心力衰竭，年仅 29 岁，可谓英年早逝。

去了一只胳膊。

乔把自己的帽子拉低，不做眼神接触，"有什么事吗?"

"我的卡车又熄火了。我不久前才把这该死的玩意儿交给史密提，他修了一下，说已经修好了。在车修好前，我是不会付钱的!"

"这事你得跟史密提说。但是，如果你想把车开进车库来的话，我会——"

"我认识你吗?"雷比皱起眉头把他的牛仔帽戴回头上，走近了些，"我不会忘记任何人的声音。眼睛不太好使，但是我的耳朵跟他妈的一只狼一样灵。"

我认识你吗? 在华盛顿州的每一个镇上，乔都听见过别人问他这个问题，"我有一张大众脸，许多人总是觉得他们认识我。现在，如果你要把车开过来——"

"乔·怀亚特。真他妈见鬼!"雷比吹了一个口哨，"就是你，不是吗?"

乔叹了口气，心跳加快了，"嘿，雷比。"

雷比停了很长时间，仔细观察着乔，他把头扭到一旁，就好像正在听什么人说话似的，"你敢回到这儿来? 真有种啊，小子! 这里的人们都记得你做过什么。见鬼，我还以为你在监狱里呢!"

"没有。"乔忍住了走开的冲动。相反，他站在那儿听着。雷比说的每一个字，都是他该得的。

"你最好赶紧滚远点，她的爸爸可不想听说你回到镇上来了。"

"我还没见过她的爸爸。"

"当然没有，像你这种懦弱的垃圾根本就没那个勇气! 你最好滚远点，这个镇不需要像你这样的人。"

"够了，雷比!"这是史密提的声音。他站在开着的车库门上，一只手拿着一个吃了一半的三明治，另一只手拿着一罐可乐。

"我真不敢相信，你居然雇了这块垃圾。"雷比说道。

"我说过了，够了!"

"如果他要在这儿上班，我是不会把车开过来的。"

"我想，我不做你的生意，照样可以活下去。"史密提说道。

雷比呸了一声，抬脚大步走了出去。当他快到他的卡车的时候，他叫道："你会后悔的，齐伯·史密斯。像他这种垃圾，根本就不配待在这个镇上。"

在他把车开走后，史密提伸出一只手放在乔的肩膀上，"他才是垃圾，乔。一直都是，刻薄得像只美洲獾①一样。"

乔盯着窗外，看见了那辆正沿着路颠簸的破旧红色卡车，"我在这儿的消息传开后，你会失去很多客户的。"

"没关系。我的房子付过全款了，我的土地也付过全款了。我在镇上有一套租出去的房子，每个月会给我带来五百美元的收入。海尔格和我都有社会保险，我在任何时候都不会怕失去哪个该死的客户。"

"然而，你的名声也很重要。"

史密提捏了捏他的肩膀，"上次海尔格和我听说过我们的儿子菲利，他生活在西雅图，住在高架桥下，吸毒。每天，我都盼望着有人能帮他一把。"

乔点点头。他不知道该说什么。

最后，史密提说道，"我要去超市一趟。你觉得接下来的两个小时里，你能独自搞定车库里的事情么？"

"如果雷比有什么动作的话，就不行。"

"他不会的。"史密提把钥匙抛给他，"你随时都可以关门。"然后，他就走了。

乔完成了一天的工作，但他无法忘记和雷比的对话。这个老男人的话就像是挂在了车库里似的，在空气中散播着毒素。

"这个镇不需要像你这样的人。"

到他关店门的时候，他又感到心里空落落的，被雷比认出他的事情搞得十分沮丧。

然后，他想起了吉娜。现在，他身边有家人了，他不需要过得这么孤独。

他走进办公室给她打电话，接通的是电话答录机。他没有留信息就挂掉了电话。

然后，他给夜间的修车厂上了锁。就在他打算转身向他的小木屋走去的时候，他不经意地往街上看了一眼。

莫氏酒馆窗户上的霓虹灯招牌引起了他的主意。

突然间，他就感到渴了。他想溜进那烟雾缭绕的黑暗之中去喝酒，直到他胸口的疼痛消失为止。

---

① 美洲獾：虽然美洲獾体型不大，但却非常凶猛，发起怒来可以干掉比它大两三倍的猎狗或郊狼。美洲獾打洞做窝觅食的生活习性，把草场和农田弄得坑坑洼洼、危机四伏，导致许多牛羊不小心误坠陷阱而折断四肢，所以农场主们很讨厌美洲獾。

他把棒球帽低低地扣在额头上，穿过了街道。他在酒馆门外停了很久，祈祷着里面不会有他认识的人。然后，他推开了那道伤痕累累的木门。

他环顾了一下四周，没有看到熟悉的面孔，终于松了口气。他向后排的一张桌子走去，离头顶的灯光最远的一张桌子。几分钟后，一个面容疲惫的女招待出现了。她记下了他的订单：一扎啤酒。然后离开了。不一会儿，她就拿回了他的啤酒。

他给自己倒了一大杯。不幸的是，围绕着桌子的其他三把空椅子，实际上让他想起了别的时光，想起了他以前的生活。那个时候，他从来不会独自一人去喝酒。

梅格安已经超过十年没有参加过新娘送礼会了。她的朋友们和同事们跟她们的男朋友们同居多年后——当然，只是一部分——总是悄无声息地就结婚了。她不知道该怎么融入这个小镇的人群，该怎么去和她们打成一片。她最不愿意做的事情，就是引人注目。

昨天，在跟罗伊谈了四个小时后，梅格安又花了一个小时去逛浩瀚如山的厨具店。虽然她不是个好厨师，但她熟悉所有的厨房小工具和小发明。有时候，当她睡不着的时候，她会看电视上的美食节目。因此，她知道每个厨房需要些什么器具。她给克莱尔（也是给鲍比，虽然她并不真正觉得他们是两口子）买了一个美康雅牌食物处理器。

在她回到克莱尔家的时候，已经很累了。吃完晚餐，她的疲倦没有得到任何缓解。在晚餐的过程中，她感到越来越孤独。即使身处在所谓的家人之中，仍然清清楚楚地感受得到自己的寂寞。

她试过找点饭间话题来聊聊，但这很困难。克莱尔和鲍比，几乎不会把目光从彼此身上移开；而艾莉森，总是在不停地说话——大都是在对她的妈妈和鲍比说。在这孩子说着单口相声仅有的几个间隙里，梅格安好不容易插上一句话后，又会发现好像没什么人会理会她说的什么。

"什么？"鲍比已经这样问过了两次——他好不容易才把目光从克莱尔身上移开，慢慢地眨着眼睛问道。

梅格安想不起来她刚才说的是什么了。她唯一能确定地想起来的，就是自己不该说话。她知道一个事实——她不能提到她的工作。她只是客观地稍微提了一下一个不负责任的爸爸，艾莉森就大声问道："你和鲍比会离婚吗，妈妈？"

克莱尔没有觉得好笑。她回答道："不会的，亲爱的。不要听梅格阿姨的。就婚姻这件事来说，她是个反基督者。"

"是个什么？"

鲍比大笑起来。笑得太厉害，把牛奶都洒出来了。这让艾莉森跟着大笑起来，接着克莱尔也笑了起来。梅格安唯一的感觉就是，原来别人在你跟前的笑声感觉起来可以这么遥远。

当他们在挥洒着牛奶的时候，梅格安是唯一一个没有笑的人。她迅速给自己找个借口离开了餐桌——声称自己头痛——然后跑上了楼。

但现在已经过去了将近一个小时，她的感觉好了些。她晃了一眼床边的时钟，现在是六点四十。

"来吧，梅格，又到庆祝你的妹妹决定嫁给一个失败了三次的窝囊废的时候了。等一下，别忘了礼物！"梅格安心里暗暗抱怨着。她走到楼下客厅，然后躲进浴室里，把她浓密的黑头发绾成一个结，化上厚厚的妆来掩盖她眼睛周围那些睡眠不足引起的皱纹。然后，她回到卧室里，打开衣橱。她花了点时间才想出来该穿什么。幸运的是，她带来了足够多的选择。

最后，她决定穿一条纯黑色的裙子。阿玛尼从来都不会错。再穿上了黑色丝袜和高跟鞋后，她走到楼下。

房子里很安静。

"克莱尔？"

没人回答。

然后，她看见了餐桌上的便条：

亲爱的梅格，很抱歉你觉得不舒服。待在家里休息吧，……，C.

他们没等她就走了。她看了一眼手表，现在是七点整。他们当然得走了。他们是贵客，可不能迟到。

"该死！"

她考虑着是否就留在这儿。

"我很抱歉，克莱尔，我——"

"——迷失了方向。"

"——晚餐后觉得不舒服。"

"——车无法启动了。"

任何一个借口都行。事实上，克莱尔可能会很高兴梅格离得远些的。然而，这样就会在墙上再添一块砖——把她们两个分隔开来的那道墙。

那道墙上的砖块，已经够多了。

她翻遍了她的包，找出了那张淡紫色的邀请函。上面写着：克莱尔和鲍比夫妇的新娘送礼会，七点整。背后是方位指引。

她都不记得上次她往自己的车旁走得这么慢是什么时候的事了，或者是什么时候如此严格地遵照着限速标志开过车了。即使如此，海登不过是个小镇，邀请函上的方位指示也很清晰，她也只花了不到十分钟，就找到了吉娜的家。她把车停在一辆破破烂烂的红色皮卡车后面，皮卡车的驾驶室里有一个枪架，保险杆的贴纸上写着：拯救斑点猫头鹰。

显然，这是一个绿色和平组织的成员。

她下了车，沿着倾斜的混凝土车道走向一座带着包围式门廊的大木房子。鲜红的天竺葵和紫色的半边莲从挂篮里垂落而下，盘子般大小的红杜鹃遍地盛开。通过开着的窗户，她能听见里面的谈话声。从某处传来皇后乐队[①]一首老歌的节拍：又干掉一个！

梅格安对这音乐的选择报以微笑。她用一只胳膊紧紧地抱着礼物，爬上门廊台阶，敲了敲前门。"你可以做到的，你能和她的朋友们相处融洽。只需要微笑，点头，然后要一壶玛格丽特酒。"梅格安暗暗自语。

传来一阵繁忙的脚步声，然后门打开了。

吉娜站在那里，脸上堆满了笑容——直到她看见了梅格安。"哦，"她退后让梅格安进去，"我很高兴你感觉好些了。"

梅格安盯着吉娜看着：她穿着一条粗斜纹的棉布裤子，一件超大的 T 恤，打着赤脚。"真好。"梅格安暗自叫苦。然后她开口道："我穿得太正式了。"

"你在开玩笑吧？如果不是自从雷克斯离开我后我胖了十五磅，我也会盛装打扮的。来吧，今晚你是我的伴！"吉娜微笑道，"我想，我终于可以挺直腰杆了！"

她抓着梅格安的胳膊，带她沿着一个宽阔的走廊走向人声鼎沸之处。她们终于到达了那个大宴会厅——一个客厅和饭厅连在一起的大房间，在这里

---

① 皇后乐队：成立于 1971 年的英国摇滚乐乐队，对世界乐坛影响深远。后文中的"又干掉一个"，是该乐队的歌曲《初恋这件小事》中的歌词。

可以俯瞰到一个漂亮的庭园式后院。"克莱尔，看看是谁来了！"她洪亮的声音盖过了一切喧嚣，让所有人都能听见。

大家都停下谈话，向她们扭头。这个人群，是一片 T 恤和牛仔裤的海洋。

当然，梅格安除外。她身上的装扮，看起来就像是打算去太空针塔参加晚会。

克莱尔急忙从她爱人的怀抱里挣脱出来，走向梅格安。她穿着一条冰蓝色的棉裤和一件白色的船领卫衣，看起来光彩夺目；长长的金发被梳到脑后，用一个白色的发箍扎了起来。她灿烂地笑着，"我是多么高兴你可以来呀！我以为你得了偏头痛。我头痛的时候，几个小时都动不了。"

梅格安感到自己与此地格格不入，"我不该来的。我还是走吧。"

"不要走，"她的妹妹说道，"我很高兴你到这儿来了，真的。"

鲍比信步穿过人群，来到克莱尔身旁，伸出一只胳膊搂着她的腰。梅格安不得不承认，他看起来很帅。太他妈帅了。他就要绕开自己，去击碎她妹妹的心了，把她妹妹的心碾为齑粉。

"哈呀，梅格安，"他笑逐颜开地说道，"我真高兴你能来！"

在自己的妹妹的派对上，被一个乡下小伙欢迎——这真让她有点受不了。她不得不勉强自己才能露出微笑，"谢谢，鲍比。"

他们站在那里，陷入一种令人不舒服的沉默中。最后，吉娜说道："我想，你一定需要喝一杯。"

梅格安点头道："当然。"

"跟我到厨房去，"吉娜说道，"我们会给你一杯超大的玛格丽特。"

"快点回来，"克莱尔说道，"我们正准备开始玩游戏。"

梅格安差点摔了一跤。

"游戏……"梅格安无语了。

现在，梅格安的确是真的头痛了。

她坐在沙发的边缘上，两只膝盖僵硬地并在一起，腿上放着一个纸盘，里面装着自制的饼干。其余的客人们（都成双成对，像是在诺亚方舟上似的）在硬木地板上坐成一圈，懒懒散散地互相依靠着。他们在七嘴八舌地聊着天，发掘着在一个梅格安不了解的人生世界里的那些回忆和闪光时刻。

"还记得那时候克莱尔从岛湖营地的跳水高台上掉了下去——"

"那时她把特斯特恩太太最喜欢的尺子藏了起来——"

"那时她给毒物控制中心打了电话，因为她发现艾莉在吃尿布桶的除臭剂——"

初中和高中的那些岁月，"少女就爱寻开心"的那些岁月，有关艾莉森的那些岁月。这一切，对梅格安都是个谜。当然，她也有许多故事可讲，关于某个小女孩有一次把自己所有的头发都剪了，这样，她看起来就像《家务事》里面的芭菲；关于某个小女孩在每个她妈妈忘记回家的夜晚，都会哭个不停的故事；还有，关于某个小女孩在一张非常小的行军床上、蜷缩在她姐姐的怀里睡着了的故事。

"克莱尔的姐姐，"一个穿着一条褪色了的牛仔裤和一件旧海军 T 恤的棕发女人说道，她的结婚戒指上镶着一颗铅笔头上的橡皮擦那么大的钻石。她扑通一声坐在了梅格安的身旁，"顺便，我叫凯伦。我们几年前见过的。你的衣服真漂亮。"

"谢谢。"

"我听说，你想让克莱尔签一份婚前协议。"

"这是闲聊的话题吗，啊？"

"我们会为彼此留点心思。"

说真的，梅格安对此感到很高兴。天都知道，在为克莱尔"留点心思"这件事上，她已经失败了。这才是她为什么会坐在这儿，盛装打扮、独处一隅，假装很喜欢这些饼干的原因。"很好。有你这样的朋友，她真幸运。"

"我们都很幸运。她不会签的，你知道的。我给过她同样的建议。"

"你给过？"

她晃了晃左手上的戒指，"我可是经历过数次离婚战的幸存者。那边那个家伙——像松鼠一样咀嚼着东西的那个——叫哈罗德。"

"或许你可以跟克莱尔谈谈。没有保护措施就着手此事，对她来说不是明智之举。"

"'此事'是婚姻，而婚姻的一切都是事关信仰的。你妹妹是这世上的信徒之一，你可别忘了这一点。"

"在法律学校里，信仰是被彻底摈弃的。"

"我猜，你的信仰早在那之前就已失去了。别显得那么吃惊，我又不是什么能通灵的人。我们无话不谈。你们在成长的过程中，有过一段很艰难的时光。"

梅格安很不舒服地挪动了一下。她不习惯有人了解她这么多。朋友不行；陌生人，当然更不行。她的童年，是她从未与她的任何朋友分享过的东西，即使是伊丽莎白。她还记得当她是个孩子的时候，人们看向她的是什么样的眼光，就好像她是一块垃圾似的；她不希望在她成年以后，这样的眼光还跟随着她。

凯伦似乎在等待着一个回答。她们之间的这一刻，变得很长。梅格的心跳变得很快，她不想继续跟凯伦聊下去了。这些"忧郁者们"说起话来，都太他妈直率了！

"好了，各位，现在是游戏时间！"吉娜突然跳起来，大声叫道。

梅格安如释重负地舒出了一口气。

"吉娜喜欢玩游戏，"凯伦说道，"我只希望没有人会让自己丢脸。很高兴再次见到你！我得走了，哈罗德已经开始喘不过气来了。"然后她就走了，一眨眼就回到了她丈夫身边。

"到外面去，"吉娜再次拍着手说道，把大家带向外面。外面的一根晾衣绳下面，挂着一排间隔开来、抹满了糖粉的甜甜圈。"每个人选一个甜甜圈，然后站在它面前。"

客人们蜂拥向前，排着队站着。

梅格安在门口踌躇着。

"来吧，梅格，"吉娜喊道，"你也有一个位置。"

大家都扭头看着她。

她赶紧越过门廊走到外面的院子里。夜晚的空气中，充满了金银花和玫瑰的甜香。附近的某个地方肯定有个池塘，因为听得见许多青蛙呱呱叫着的声音。这给这个夜晚带来了一种奇异而梦幻的感觉——也或许这种感觉来自于那些晃荡着的甜甜圈。

"当我按下秒表后，所有人开始把甜甜圈上的糖舔掉。这将会告诉我们，谁是最擅长接吻的人！"

一个男人大笑起来。梅格安觉得，那是夏洛特的丈夫。那家伙说道："如果你想知道谁的舌头最棒，我们得舔——"

"你敢说完那句话！"夏洛特大笑着说道。

"开始！不准用手！"吉娜宣布道。

大家便开始了。没几秒钟，每个人都大笑起来。

梅格安试了。她真的试了。但就在她第一次尝试的时候，甜甜圈打在她的鼻子上，白色的糖粉雪片一般飘落在她胸前的黑色阿玛尼上。

"完成！"鲍比大叫着把他的双手举在空中，就好像他刚刚取得了一场重大比赛的胜利似的。

克莱尔伸出双手抱着他，"现在你们知道了，这就是我要嫁给他的真正原因！"

梅格安从那起伏晃荡着的甜甜圈处退了回去。再一次，她是唯一一个没有笑的人。她的沉默牢牢地固定在她胸膛，如同一个耻辱的标记。

吉娜递给鲍比一张CD，"你赢了。我必须说，我们所有人都会对你刮目相看。"她冲回房子里，然后拿着一个巨大的白瓷碗出来了，"下面这个游戏，叫作'糖果真言'。每个人想拿多少就拿多少，然后找个地方坐着。"她绕着人群走着，分发着糖果。

梅格安看得出来她不是唯一一个多疑的人：没有人把手抓满。梅格选了两颗，然后在门廊的最上面一级台阶上坐了下来。其他人，都在草地上坐在了一起。

吉娜宣布："手中每有一颗糖果，你就得说一件关于新娘或新郎的事情，并对未来做一个预测。"

男人们都此起彼伏失望地哀叹了起来。

哈罗德翻起了白眼，凯伦用肘拐着他。

"我先开始吧，"夏洛特说道，"我有三颗。克莱尔有一副美丽的笑容，所以我预言鲍比让她脸上保持着笑容；还有，她做菜做得很好，所以我预言他在四十岁的时候会发福；最后，她讨厌洗衣服，所以我预言鲍比会学着习惯一副脏兮兮、皱巴巴的样子！"

克莱尔是他们所有人里笑得最大声的。

"轮到我了，"凯伦说道，"我一贯都在节食，所以我只拿了一颗。克莱尔养成了一种……对电动工具的癖好。我预言。她不会再需要那玩意儿了。"

"凯伦！"克莱尔大叫道。尽管她在大笑着，脸却红了。

他们继续着这一轮。每听到一个预言，梅格安就会感觉到自己更不安一些。即使是这里的男人们，对克莱尔日常生活的了解，似乎都比梅格安要多。她在担心轮到她做预言的时候，她会冲口而出"我预言他会让她心碎"。她大口大口地喝完了她的第二杯玛格丽特。

"梅格？梅格？"吉娜说道，"轮到你了。"

梅格安低头看着自己的手心，汗水已经让那两颗糖果上沾满了红色的污迹。"我有两颗。"她努力微笑,"克莱尔是……我见过的最好的母亲,所以我预言,她还会有个孩子。"

克莱尔对她微笑着,深情地靠在了鲍比身上,鲍比在她耳旁低声说着些什么。

"还有一个,梅格。"吉娜说道。

她点点头。"克莱尔很懂怎么去爱,但并不会轻易地爱上一个人。所以,我预言,"她稍作停顿,"这就是真爱。"当她抬头的时候,克莱尔皱起了眉头。

梅格安不知道自己说错了什么。这些话在她看来,充满了喜气,又很乐观。甚至,很浪漫。但是,克莱尔看起来好像要哭了一样。

"我是最后一个,"吉娜在这突然的沉默中开口道,"我只有一颗。克莱尔完全五音不全,所以我预言,鲍比不会让她去当他的伴唱!"

这让他们所有人又大笑起来,又开始聊起了天。他们站起来,紧紧地环绕在克莱尔和鲍比的周围。

荒谬的是,梅格安觉得自己的眼泪快流出来了。她笨拙地站了起来。往起站的时候,她才意识到,那些玛格丽特酒,比她以为的要烈得多。她离开了那个派对。醉酒,将会是让她崩溃的最后一击。趁没人看见,她溜进房子,然后跑向她的车。

她本想回家去,等着克莱尔,然后为自己说错了的话——无论她说错了什么——向她道歉。

这时,她看见了那个酒馆。

15 | chapter
姐妹之间

梅格安缓缓地从油门上抬起脚，保时捷慢了下来，缓缓滑行。

透过酒馆那烟灰色的窗户玻璃，她能看见里面那些朦胧的人影，沿着吧台，紧密地聚集在一起。

迷失在这样的人群里，很容易。没有人会问你的名字，或是你来自何方。她知道，如果她走进去喝上一杯——或两三杯，她会感觉好些。

也许，她会遇见某人……然后他会带她去他的地方待上几个小时，帮她忘记，帮她入睡。

经验告诉她，在今天这样的夜晚里，当她心中的匮乏犹如碎玻璃渣子一般锋利地镶嵌在皮肤上的时候，她会孤独地躺在床上，眼睁睁地盯着天花板，辗转难眠。第二天早上她醒来的时候，会带着一张布满皱纹的脸，以及一双充满了疲惫和悲伤的眼睛。

梅格安踩下油门，引擎轰鸣起来。她掠过两个街区，找到一个停车位，把车停了进去。当她关掉引擎走下车的时候，她注意到了这个夜晚是多么的宁静。天上的北斗七星，直直地指向河面。

大部分的店铺都关门了，只有少数几家还亮着招牌。每隔二十英尺左右，便有一盏绿色的铸铁路灯向下方抛洒着微弱的光芒，沿着漆黑的木板路，投射出一个个镂空的贝壳状图案。

梅格安用手肘紧紧夹着她的包，把肩带挂在肩膀上，开始向酒馆走去。到达那开着的门口时，她丝毫没有犹豫，直接转身走了进去。

这个酒馆，跟她去过的其他所有酒馆一模一样。沿着顶棚的吸音板聚集着烟雾，在嵌入式的灯光下面飘浮飞舞着，犹如幽灵的长袖。长长的吧台占据了房间的整个右半边，由一整块至少生长过一百年的巨大的红木构成。吧台后面的镜子至少有六英尺高，镜面已老化成了银灰色，其上有着金色的纹路。镜子里的顾客们，看起来要更高些、更瘦些——这是一个为醉得不省人事的人们准备的哈哈镜。

她看见人们沿着吧台簇拥着，坐在木头吧凳上。吧台上的大酒罐子的数量，比人数还要多。每个人的手上，都拿着一支点燃的香烟。

他们都是骨灰级的酒徒。这些伙计们早上十点钟就来到这里，找到他们的吧凳，然后一屁股坐了下来。

房间的左边满是散乱分布着的圆桌，大部分都坐满了人。在烟雾缭绕的后边，她能模模糊糊地看见台球桌的轮廓，听得见正在进行着的一局中乒乒乓乓的撞击声。点唱机上放着一首斯普林斯汀的老歌：《光辉日子》。

好极了。这首歌，肯定是坐在吧台上的那个穿着红白相间的"优秀运动员"外套的家伙点的。多半，从很久以前他就是个光头了。

她走进了烟雾中，心跳变得快了些。烟雾和期待，让她的双眼充满了泪水。她向吧台上离她最近的空位走了过去。在那里，一个面容疲惫的男人正在忙着擦去溢出来的酒渍。当她到吧台后，他叹了口气，抬起头来。如果说他有惊讶于她的出现，他也隐藏得很好——毕竟，在这样的破酒吧里，是不会天天都有像她这样的女人独自出现的。

"你想要啥？"他扔下抹布，从一个烟灰缸里抓起他的香烟。

她笑了，"肮脏马天尼①。"

"这儿只是个小酒馆，女士。我们没这么高端的玩意儿。"

"我在开玩笑。我要一杯白葡萄酒。武弗雷②的，如果你有的话。"

"我们有炉边酒庄③的和嘉露酒庄④的。"

"炉边酒庄。"

他转身沿着另一条路走去。不一会儿，他端回了一杯酒。

她把她的白金信用卡拍在吧台上，"开一个账单。"

---

① 肮脏马天尼：被称为"鸡尾酒之王"的马天尼酒种类繁多，肮脏马天尼是其中的一种。所谓"肮脏"，是指加了橄榄汁或者橄榄盐水。橄榄的味道比较强烈，马天尼加了橄榄后会变浑浊，因此被称为"肮脏马天尼"。

② 武弗雷：法国卢瓦尔河谷都兰葡萄酒产区中最为声名显赫的一个子产区，这里的明星葡萄品种白诗南在其他地方极为少见，可以酿制出品质一流、风格多样的葡萄酒。

③ 炉边酒庄：美国著名葡萄酒品牌，该品牌的拥有者为执导《教父》三部曲、《巴顿将军》和《现代启示录》等的著名电影导演弗朗西斯·福特·科波拉。

④ 嘉露酒庄：美国著名葡萄酒品牌。

点唱机咔嗒一声，然后传来了嗡嗡声，一首史密斯飞船乐队①的老歌响了起来。她突然回想起了自己的青春岁月——站在巨蛋球场②的前方正中间，尖叫着喊出她对斯蒂芬·泰勒③的爱。

她从酒保手中拿回她的卡，放进包里。然后，向离她最近的桌子走去。那儿坐着三个男人，正在大声交谈。

通常，她会找一张空桌子坐下，等着看谁会来找她。但是今晚，她感到心神不宁、焦虑不安。她已经厌倦了去等待。

"嘿，帅哥们。"她说着滑坐到其中两个男人之间的空位子上。

他们停止了谈话。这突如其来的沉默，让她觉得牙齿都痛了起来。这时，她才注意到：他们每个人都戴着一个结婚戒指。

她的脸上仍然保持着微笑——这可不是件容易事。

"嗨，"其中一个男人回答道，同时，不安地在他的座位上挪动着。

"嗨。"

"嗨。"其他两个跟着说道。任何一个都没和她做眼神接触。

"我得走了，伙计们。"第一个说着从桌子旁推身向后。

"我也是。"

"我也是。"

就这样，他们都走了。

梅格安冲他们的背影挥着手，欢快地说道："再见了哟，拜拜。小心开车！"以防万一有人看到她这丢脸的一刻。

她在心里默默地从一数到了五，然后转过身来。离她不远的地方，有另一张桌子。这张桌子旁，只坐着一个男人。他正在一个黄色的便签本上写着字，显然是在从一本翻开着的课本上抄着笔记。他是如此专注地做着自己的事，说明他没有注意到刚才自己在这张桌子旁的惨败。

她向他走去，开口问道："我可以坐在这儿吗？"

当他抬起头来，她发现他太年轻了。可能，二十一二岁吧。他的眼神里

---

① 史密斯飞船乐队：美国一支非常具有传奇性的乐队，他们在摇滚乐的历史上拥有着极其重要的地位，是 20 世纪 70 年代最受欢迎的摇滚乐队之一。

② 巨蛋球场：加拿大安大略省多伦多市的地标性建筑之一。这座球场于 1989 年启用，是世界上第一座屋顶可以开合的球场。除了美国大联盟棒球赛和职业足球赛之外，许多大型的音乐会、商品展示会也会在此举行。

③ 斯蒂芬·泰勒：出生于 1948 年的美国著名摇滚乐歌手，史密斯飞船乐队的主唱。

没有任何防备，充满了那种年轻人才能拥有的无限希望。她被那种朝气吸引到了，被那种阳光温暖到了。他回答道："抱歉，夫人。你说什么？"

"居然叫我夫人。"梅格暗想道。

她开口道："叫我梅格。"

他皱眉，"你看起来很眼熟。你是我妈妈的朋友吗？我妈妈是萨达·卡莱尔。"

她感觉自己老得就像是电影《泰坦尼克号》里面最后出现的那个老女人，"不，我不认识她。还有……我以为我认识你，但我搞错了。抱歉。"

她握紧了手中的酒杯，心底里默默滋生了一丝绝望。

"镇定一下。"她暗自说道。

她向另一张桌子走去。就在她快要靠近她的新目标的时候，一个女人溜进了那张空椅子里，凑近去吻那个男人。

梅格安猛地转身走开，结果撞进了一个头发乱糟糟的、看起来像个乞丐的家伙怀里。显然，他正打算离开酒吧回家去。"我很抱歉，"她说道，"我不该毫无征兆地做这么大的动作。"

"没关系。"

他回到他的桌子旁，坐了下来。她发现他有点站不稳脚了。

在这人潮拥挤的酒吧之中，她孤独地一个人站在那里。有三个男人回到了台球桌旁。其中两个看起来很危险，穿着黑色的皮衣，戴着链子；第三个的秃头上纹了那么多的文身，看起来就像是从太空中看地球一样。

她感觉到了绝望的压力。但这也没什么用。这个夜晚，注定不是属于她的。她将不得不回到克莱尔家那温馨而舒适的客房里，独自爬到床上，然后不满足地辗转反侧一整夜。主要是，不满足。

她向那个乞丐般的家伙看去。他的肩膀很宽，黑色的 T 恤在肩上绷得很紧；他那破破烂烂褪了色的牛仔裤腰松松垮垮，就好像是他瘦了很多后却懒得去买合身的裤子一样。

要么，是他；要么，是孤独……

她走到他的桌子旁，站在他旁边，"我可以坐下来吗？"

他盯着他的啤酒，头都不抬地问道："我算什么，你的第五个幸运选项吗？"

"你在计数？"

"这不难，女士。你在这儿清场的速度，比一个警察在兄弟会派对上清场的速度还要快。"

她拉出一张椅子，坐在他的对面。点唱机上响起了一首《寻找爱情》：在错误的地方……

最后，他抬起了头。在他那多半是用一把随身携带的小折刀修剪过的银色头发边缘下，一双蓝色的眼睛盯着她。她开始意识到，他并不会比自己大多少；而且，几乎有点帅，像是"小镇上的陌生人"版本的山姆·艾略特①。他看起来，像是那种曾在自己的人生中，穿越过了一些黑暗小巷的人。

"不管你在寻找的是什么，"他说，"你在我这儿都找不到。"

她开始准备卖弄风情，说些不痛不痒但很有趣的东西。但就在她快要开口的时候，她停了下来。他身上有一种……

"我们见过吗？"她皱着眉头问道。她以自己的记忆力为荣。只要是她见过的脸，她很少会忘记。除非是有时候和她逢场作戏过的那些男人——这些人她立刻就会忘记。"上帝啊，求求你了！别告诉我，我已经上过他了！"梅格安暗自祈祷。

"人们都这么说，"他叹气道，"我想，是因为我有张大众脸吧。"

不，不是这样的。她确定自己以前见过他。但这没关系，真的。此外，在这里，不为人知才是她的目的，而不是交朋友。"你可远不是大众脸。你住在这附近吗？"

"现在是。"

"你是做什么工作的？"

"我像是个有工作的人吗？混日子而已。"

"其实我们都是如此。"

"听着，女士——"

"梅格安。朋友们叫我梅格。"

"梅格安，我不会带你回家的。这样，对你来说够清楚了吗？"

这让她笑了起来，"我不记得我什么时候说过要让你带我回家呀，我只问过我能不能坐下来。你想得太多了。"

他往后退了一点，看起来很不自在，"对不起。我已经……一个人生活了一阵子，这让我变得很乏味。"

---

① 山姆·艾略特：美国著名演员，1944 年出生。他的外形高瘦而坚毅，活脱脱一副典型的美国硬汉牛仔形象。

"能说出'乏味'这个词，受教育的程度一定不低。"梅格安暗想。

她凑近了些，仔细打量着他。虽然这里的灯光很昏暗，空气中也堆满了香烟的烟雾，她还是喜欢他那张脸。至少，对一夜情来说，足够了。

"如果说，我确实想跟你回家呢？"

当他再次抬起头的时候，她敢发誓，他的脸都白了。他的双眼，是游泳池一般的蓝。

似乎等到了永恒，他才回答："我会说，这毫无意义。"他的声音听起来很紧张，看起来很惊慌。

她皱眉道："你是说，性？"

他点点头。

她突然感到了一种追逐的刺激，感到自己的心跳在加速。她伸出手去，用她的食指在他的手背上划过，"如果我说，这样很好，我并不想让它有意义呢？"

"我会说，这很悲哀。"

他的洞察让她感到一阵刺痛。她缩回了她的手。一时之间，她觉得自己是个透明人，好像那双蓝眼睛可以直接看到她的心里去似的。"你到底想不想和我上床？无牵无绊，不谈明天，只有今晚。在一起待一会儿。"她听见自己的嗓音有些嘶哑，那是一种带着一丝绝望的声音。这让她感到羞耻，从而陷入了沉默。

又过了一个永恒。最后，他说道："我不知道我会不会做得很好。"

"我会。"她紧紧闭上双唇，以防自己说出些什么蠢话。这很荒谬，真的。但是，她很紧张。她期待着他想要她，期待得她自己都无法理解。他什么也不是。他只不过是另一个可能会和她上床的男人，并将成为自从她离婚后她睡过的那些相忘于江湖的男人们中的一员。对她来说，他没有任何出彩之处，没有任何会引起她内心的悸动的东西。但她害怕他会拒绝她，所以她补充道："或许，我们可以帮助彼此，一起度过这个漫漫长夜。"

他站了起来。起身得太快，让椅子都摇摇晃晃地差点摔倒在地上。他说："我住在这条街尾。"

她没有碰他，没有去牵他的手，或是做出其他对他的占有的动作。她没有做通常的那种浓情蜜意的伪装，只说了句："我会跟着你。"

乔感觉得到她在他身旁，感觉得到她的体温；时不时地，她的手会以一种微妙的方式不经意地拂在他的手上。

"立即停止吧，"他想，"转身跟她说'我搞错了，对不起'吧。"但他却不停地迈着脚步，一直往前走着。

他能闻到她的香水味，冷淡、香甜而又性感，让他想起了南方的夏天，想起了芬芳绽放的花朵和炎热而漆黑的夜晚。

他正在失去控制。肯定是因为他比自己原以为的还要更醉些的原因。他做不了这个，甚至都不记得该怎么做。不是不记得该怎么做爱——这个他记得；是不记得其他那些相关的东西——该怎么聊天，该怎么触摸，该如何与另一个人待在一起。

突然之间，他已站在了他的小屋前面。他们已经走了三个街区，而他一个字都没有说过。她也什么都没说过，他不知道自己是否该对此心存感激。如果她曾荒唐地说出一些没来由的东西，或许他就有了讨厌她并找个借口走开的勇气。她的沉默，是他的致命伤。

"这是我现在住的地方。"当他们站在门前时，他说道。他觉得自己这样很蠢。

"现在住的，是吧？"

这让他有点惊讶。她把这句话里唯一能透露出点什么的那个词语抓住了。在她身边，他得小心一点。

他打开门，走到一旁，让她先进去。

她短暂地皱了下眉，然后从他身旁走过，走进了黑暗。

他跟着她进了门，故意没有开灯。房子里到处都是戴安娜的照片，他不想向这个穿着设计师为她量身定做的衣服、戴着昂贵的黄金和铂金首饰的女人，来解释为什么他要这样生活。事实上，他完全连话都不想说。

他去厨房拿了一些蜡烛。那儿有许多蜡烛，是为冬季风暴来临而停电的时候准备的。他一言不发地拿着蜡烛走进卧室，在他能放到的地方都摆满了，然后一根一根地点燃。当他点完转过身来的时候，发现她站在床尾，紧紧抓着她的包——好像在怕被他偷走似的。

他舒出了一个被压抑了很久的气息。她很漂亮。乌黑的头发，雪白的皮肤，一双碧绿的丹凤眼。她的双唇紧闭，脸上的微笑看起来似乎有些勉强。她跟他到这儿来，到底是要干什么呢？他又带她来这儿来干什么呢？自从戴安娜不在了后，他从未和一个女人在一起过。

她把手伸进包里，找着什么——

一个保险套。哦，上帝。

——然后，把她的包扔在了地板上。当她向他走去的时候，双臀轻轻地左右摇摆。她拉开她的裙子，半落下去挂在她的双臂上，露出了蕾丝花边的黑色胸罩和光滑细腻的乳沟。

他本想说"走开"的，但他却向她伸出手去，把她拉过来贴在自己身上。她的身体挤压着他，开始慢慢地、慢慢地扭动了起来。

当他想挣脱的时候，已浑身颤抖不已。

"你没事吧?"她问道。

他不去思考，不去说话，只是把她揽进怀里，然后抱着她往床边走去。

他们一起跌在凌乱的被褥上，她在他的下面。他的整个身体都压在了她身上，这样的感觉真好。她抬起屁股来迎接他。

他呻吟着，俯下身子去吻她。她的嘴唇，温润而柔软。这样的触感，把他刺激得回到了过去。

"戴安娜……"他迷迷糊糊地低吼道。

"你说什么?"

他抬起头，看着身下的她。

是梅格安。

这一次，当他吻她的时候，他让自己的眼睛睁着。她凶猛地回吻着他，让他无法呼吸。

她想把他推开，但他让她无法动弹。……

乔所达到的高潮，是他以前从未体验过的极致。

"哇哦，"她拨开着自己脸上湿润的头发，气喘吁吁地说道，"简直像坐超级过山车一样!"

他向后靠在摇摇晃晃的床头板上，感到通体无力，浑身颤抖。

她喘着粗气满面笑容地抬头看着他，"你叫什么名字?"

"乔。"

"好的，乔。这很棒!"

过了好一会儿，他才敢伸出一只胳膊搂着她，把她拉近一点。他抱着她，闭上了眼睛。

多年来的第一次，他抱着一个女人在自己的怀里，沉入了睡眠。

当他醒来的时候，又是孤身一人了。

16 | chapter
姐妹之间

"哇哦!"克莱尔重重地躺回到枕头上,"我都不记得上次在早上做爱是什么时候的事了。"她把眼前的头发拨开,向鲍比笑着,"你肯在我刷牙前吻我,说你是真的爱我。"

他翻过身来,侧身躺着。他英俊的脸上交错着细细的粉红色睡纹,"你还想知道,是吗?"

"不了。"她急忙回答道。

他爱抚着她的脸庞,如此地温柔,让她渴望了起来。他说道:"我爱你,克莱尔·凯文诺。我真想去把那个让你如此害怕相信我的男人痛扁一顿。"

她知道自己脸上的笑容透着一丝悲哀,她对此无能为力,"不只是男人。"

"但是,我不能去打你的母亲或你的姐姐呀。"

听到这个,她大笑起来,"只需要证明梅格是错的就行。她已经疯得不能再疯了。"

"她在努力,你知道的。"

克莱尔在床上坐了起来,"是啊,我注意到了。她嘲笑了我不爱别人,然后提前离开了派对。"

"她也给你买了一件比我的车还贵的婚纱呀。"

"钱对梅格来说不是事儿,她多得很。不信你问问她。"

鲍比向后靠在床头上,毯子从她赤裸的胸膛上滑落下来,堆积在他的大腿上,"她也是在你的妈妈身边长大的,而她没有一个爸爸来给她收拾烂摊子。带了你那么多年,然后眼睁睁地看着山姆介入替代了她,一定很不容易。"

"我真不敢相信你还在替她说话。她还跟我说过,我不该嫁给你呢!"

他对她露出了那种缓缓升腾而起的微笑。这样的微笑,总是会让她膝盖发软。他说："亲爱的，你不能因此而记恨她，她不过是想保护你。"

"是想控制我还差不多。"

"过来。"他低声说道。

她向他倾过身去。在他们接吻的时候，她裸露的双峰轻轻地贴着他的胸膛。他伸出一只手滑到她的脖子后面扶住她，吻着她，直到她忘记了他们所有的对话。漫长的吻结束的时候，她已头晕目眩、呼吸急促。

"我越来越了解你了，就快改姓奥斯汀的克莱尔·凯文诺，"他贴着她的双唇轻轻说道，"在镇上选婚纱的事情搞砸后，你头痛了一次；昨晚，你又头痛了一次。当梅格安伤害了你的感情的时候，你嘴上说着不在乎，但却开始吃阿司匹林。我懂的，亲爱的。我知道，重要的是，她是你的姐姐，你唯一的姐姐。"

克莱尔想否认，但她知道否认是徒劳。她的确想再次跟梅格安变得亲密。在过去的这几天里，她越来越多地发现，自己在回忆着以前的那个梅格，回忆着她们曾经那么爱着彼此的样子。"我已经厌倦了我们两个相处的方式。"她承认道。

"那么？"

"没有人能像梅格安那么容易惹我发火。在说错话这件事上，她的确极有天分。"

"对了。我爸爸就是那个样子，我们两个从来都无法好好相处。而现在，他不在了，我却多么希望，要是我们曾更努力地尝试过，该多好啊。"

"好吧，弗洛伊德。我会试着跟她说话的——再一次。"

"别再依赖阿司匹林了。"

她又给了他一个悠长而缠绵的吻，然后裸身走进浴室。当她洗完澡穿好衣服的时候，他已经离开了。

她整理好床铺，穿过大厅，走进艾莉的房间。她的女儿躺在床上，隐藏在一堆蓝绿色的"小美人鱼"床单和被子下面。

"嘿，亲爱的，"她说着坐到那张单人床的边缘上，"该醒醒了。"

艾莉森伸了个懒腰，然后翻滚着爬到她的背上，"我们有一只小猫了吗？"

"没有。为什么？"

"我想我今天早上听到了一只小猫喵喵喵的叫声。"

克莱尔咬着她的下嘴唇，忍住笑，暗自想着：以后得小声点。她说道："没有，没有小猫。你肯定是在做梦。"

"还有，我听见有人上楼了。"

"我……呃……下楼去煮咖啡了。"

"哦，好吧。我们能养只小狗吗？艾米·施密特有一只，可她妈妈对狗过敏。"

"养条金鱼怎么样？"

"妈——妈！上一条金鱼，被冲到厕所里去了。"

"我会考虑的，好吗？现在赶快下楼，我要做蓝莓薄饼当早餐。"

克莱尔下楼去煮咖啡。当艾莉森把她的"顶呱呱女孩"拖在身后来到厨房里面的时候，鸡蛋和薄饼都准备好了。

艾莉森爬到她的椅子上，把娃娃放在膝盖上，然后开始倒糖浆。

"糖浆够多了。"克莱尔把另一个薄饼在烤板上翻过来的时候说道。

"你和鲍比，还有梅格安阿姨，昨天晚上一起洗澡①。那么多人，是怎么挤下的？"

克莱尔大笑道："那不是用水洗澡，那是一个为要结婚的人举行的派对，你知道的，就像生日派对一样。"

"你们玩游戏了吗？"

"当然。"

"收到礼物了吗？"

"当然。"

"有些什么？"

丁字裤，巧克力人体涂料，超大盒的保险套——梅格安暗想着。她回答道："梅格安阿姨给我们送了个食物处理器。"看着艾莉森迷茫的表情，她补充道："是一种很酷的榨汁机。"

"哦。今天外公要带我去钓鱼，到德威尔·庞德湖上去。"

"那会很有趣的。"

"他说你要去准备结婚的那些屁事。"

"艾莉森·凯瑟琳，你知道你可以不用重复外公的那些脏话的。"

"哎呀！"艾莉向前弯腰，开始舔她盘子上的糖浆，不一会儿就舔干净了，"你知道如果你把一条蚯蚓切成两半，它会重新长出来吗？"

———————————

① 洗澡：新娘送礼会的英文为"bridal shower"，后一个单词"shower"在英语中的本意为"洗澡"。

"我的确知道。"

她从她的座位上推身离开，"但是丽莉·法兰西把她的手指切掉了，却没有重新长出来。"她皱着眉头，"我想是比较起丽莉，上帝更喜欢那些蚯蚓。那是因为她在午餐的时候插队。"

"好吧，我不——"

"再见，妈妈！"艾莉森给了她一个飞吻，然后蹦蹦跳跳地跑开了，纱窗门在她身后砰的一声关上了。过了一会儿，克莱尔听见她女儿那高亢的嗓音大叫道："我在这儿，外公！你在找我吗？"

克莱尔微笑着关掉烤板，然后给自己倒了第二杯咖啡，来到后面的门廊上。木条板秋千正在欢迎着她。

她坐在秋千上，轻轻摇着，注视着在她的领地后面的边界上起伏着的银色河面。房子坐落在这条河背后的小丘上，舒适而安全。但在像今天这样的日子里，天空如同勿忘我一般碧蓝通透，不期而至的阳光照耀了整整一个星期，草地正在由碧绿转为金黄——几乎让人无法记起这条河可以有多么危险。

纱窗门吱吱呀呀地打开了，又砰的一声关上了。梅格安走了出来，站在门廊上。她穿着一件带流苏的乡村风格上衣，一条喇叭腿牛仔裤，头发松散地垂落在她的背上，形成了一堆热闹的卷曲。她看起来很漂亮。她开口道："早上好。"

克莱尔把裹在她腿上的毛毯拉得更紧了，把她穿着的破破烂烂的卫衣盖了起来，"你想吃薄饼吗？"

梅格在秋千对面的木躺椅上坐了下来，"不，谢谢。我还在消化昨晚的蛋糕。"

"可你提前离开派对了。"克莱尔希望自己的语气显得满不在乎、毫无哀怜之意。

"这个派对很棒。你的朋友吉娜真是非常有幽默感。"

"是啊，她的确是。"

"对她来说一定很难——在她自己离婚后，这么快就要看着你结婚。"

克莱尔点点头，"这段时期对她来说的确非常艰难。"

"女人总是很难发现自己嫁给了一个错误的男人。"

"他们结婚十五年了。仅仅因为他们离婚了，并不意味着他是个不该嫁的人。"

梅格看向她，"我觉得就是这样的。"

"对你来说，埃里克的确是个不该嫁的人，是吧？"

"我想是的。"

克莱尔抿了一口咖啡。她想不再理会此事，成为她在梅格身边的时候一贯的那个模样——一言不发，假装没有受到伤害。然后，她想起了她和鲍比说过的话。她缓缓地说道："你还没有回答我的问题呢：为什么你要提前离开派对？"

"也没提前多少。你的礼物怎么样？"

"很棒。顺便，谢谢你的食物处理器。回答我：为什么你要提前离开？"

梅格闭上了双眼，然后慢慢地睁开。她看起来……很害怕。

这令克莱尔非常震惊，她直起腰来，"梅格？"

"是因为那个糖果游戏，"她回答道，"我尽力让自己合群，去玩那个游戏。但是我几乎完全不了解你，所以我又说错话了——现在我都还不知道，自己到底说错了什么！"

"你说我很懂得爱，但不会轻易去爱。"

"是的。"

"我觉得不是这样的。这就是我不高兴的原因，这伤害了我的感情。"

"对我来说，就是这样的。"梅格说道。

克莱尔倾身向前，她们终于聊到了些实质性的东西，"有时候，你很难让人去爱，梅格。"

"相信我，我知道的。"她大笑了起来，但这笑声苦涩而沙哑。

"你对别人的评判——对我——太苛刻了。你的观点就像狼牙棒似的，给每个人都留下一条血痕。"

"对别人，是的；但是对你？我没有评判过你。"

"我上大学退学了；我上美容学院辍学了；我老是待在海登；我穿得很寒碜；我跟一个男人未婚生子，后来发现那个男人早已结了婚；现在，我要嫁给一个离婚三次的窝囊废，而我还蠢到不会用婚前协议来保护自己。告诉我，哪句话我说错了？"

梅格皱眉，"我有跟你不停念叨这一切吗？"

"你就像穿着一副盔甲。跟你说话的时候，我总觉得自己像个穷酸窝囊废。还有，当然，你既有钱又优秀。"

"这倒是没错，"梅格发现，自己制造幽默的企图失败了。她改口道："我的心理医生觉得我有控制欲。"

"好吧，废话。你真的很像妈妈，你知道的。你们两个都需要掌管一切。"

"不同的是，她是个疯子，而我只是神经质。但是，她确确实实把'与男人无缘'的诅咒遗传了下来。"梅格安看向她，"你已经打破诅咒了吗?"

若是在以前——就算是在昨天，克莱尔都会被这样的问题激怒；但是现在，她懂了。克莱尔从妈妈那儿得到的传承，是一种觉得爱迟早会离你而去的想法；而梅格安，继承到的完全是别的东西：她根本就不相信爱！她开口道："我已经打破了，梅格。真的。"

梅格露出了笑容，但她的眼神里有一种悲哀，"我真希望我能有你这样的信念。"

克莱尔第一次感到，自己是两姐妹中更为强大的那一个，"我知道，爱是真正存在的。在我跟艾莉和爸爸待在一起的每一刻里，我都能感觉到爱。或许，如果……你也有一个父亲的话，你就能够相信爱。"克莱尔看见她的姐姐脸色变得苍白，她知道自己说过头了。

"你真幸运，能拥有山姆。"梅格慢慢说道。

克莱尔不由得想起了爸爸尝试着帮助梅格的那个夏天——那就是场噩梦。梅格和山姆一次又一次地高声争吵着谁爱克莱尔爱得更多，谁知道怎样做对克莱尔才是最好。是克莱尔终止了吵得最厉害的那一次。她对梅格喊道：不要对我的爸爸大喊大叫！然后，那是她第一次看到她的姐姐哭。第二天，梅格就离开了。多年以后，她才给克莱尔打来电话。那个时候，梅格已经在上大学，有她自己的生活了。

"他也想帮你的。"克莱尔轻轻说道。

"他不是我的父亲。"

之后，她们陷入了沉默。这沉默困扰着克莱尔，逼着她在她们之间找些话题来说，但她不知道该说什么。

克莱尔被电话拯救了。当电话响起的时候，她跳了起来，跑进房子接起电话。

"喂?"

"请稍等，依莲娜·沙利文。"

克莱尔听见梅格来到她的身后，她用口型无声地说道：妈妈。

"这是件好事呀。"梅格说着给自己倒了一杯咖啡。

"喂?"妈妈说道，"喂?"

"嘿，妈妈，是我，克莱尔。"

妈妈笑了。她那低沉沙哑、性感得颇有分寸的笑声，是经过她多年的磨砺才得到的结果。她说道："我想，我知道自己的哪个女儿叫什么名字，克莱尔。"

"当然了。"克莱尔回答道——虽然妈妈总是会把她和梅格的名字搞混。在她的记忆里，她们两个的名字完全是颠来倒去的。当她叫错了的时候，她会轻描淡写地说道：随便吧，反正那个时候你们两个亲密无间，何必觉得我必须把每一个小细节都记得准确无误呢？

"好的，亲爱的，说吧。我的男仆说你给我留了条信息，有什么事儿吗？"

克莱尔讨厌她那种做作的南方口音。每一个做作的音调都在提醒着她，对妈妈来说，她终究不过跟"那些观众"一样。"我打电话过来是想告诉你，我要结婚了。"

"啊，我真是太吃惊了！我还满以为你会到死都是个老姑娘呢。"

"谢谢，妈妈。"

"那么，他是谁？"

"你会喜欢他的，妈妈。他是个很好的德州男孩。"

"男孩？我想这是你姐姐的口味呀！"

克莱尔居然笑了起来，"他是个男人，妈妈。三十七岁了。"

"他赚得到多少钱？"

"对我来说这不重要。"

"穷光蛋，是吧？好吧，我要给你我最好的忠告，亲爱的。嫁给有钱人，会好过点。但是管它呢，恭喜你！婚礼在什么时候？"

"星期六，二十三号。"

"六月份？你的意思是，就这个即将到来的周六？"

"我就是这个意思。如果你当时给我回了电话的话，你早就清楚了。"

"当时我在公园里演莎士比亚的戏。是跟查利·希恩一起，我得补充一下。"

"演了一整晚？"

"好了，亲爱的。你知道我不得不照顾我的粉丝们，他们是我的衣食父母。顺便，你看过我在《人物》上的照片了吗？只有我和朱尔斯·艾斯纳①，聊着闺蜜之间的小秘密。"

———————————

① 朱尔斯·艾斯纳：出生于 1968 年的美国女演员，1991 年因电视系列名人访谈节目《E! News》而闻名于世。

"我搞忘买那一期了，抱歉。"

"我给你订了一份。你们在干什么，就这样闲坐着吗？"

"我在忙着做婚礼安排。"

"哦，对的呀。呃，星期六对我来说有点困难，亲爱的。八月的第一个周末怎么样？"

克莱尔翻着白眼，"我可没什么兴趣，就像你没什么兴趣给我安排时间一样，妈妈。请帖都已经发出去了。梅格正在忙着安排这个重要的日子，现在已经来不及改期了。"

妈妈大笑，"梅格在安排你的婚礼？亲爱的，这就像是在请教皇主持一个成人礼似的。"

"婚礼在星期六，我希望你能参加。"

她就是这个样子，又变得生硬刻板起来，这是她被激过后通常的反应。

梅格安递给她一片阿司匹林。

克莱尔忍不住笑了。

"她每次都会让我头痛，"梅格说道，"她还是在胡说八道吗？"

克莱尔点点头，低声对梅格安说道："我想我听到了安娜·妮可·史密斯[①]的名字。"

梅格咧嘴笑道："又是一个有'亲密关系障碍症'的南方美女。"

"克莱尔？"妈妈严厉地说道，"你在听我说吗？"

"当然，妈妈。你说的话字字珠玑。"

"星期六的什么时间？我问你两遍了！"

"婚礼在晚上七点，紧接着是招待会。"

妈妈叹了口气，"星期六。我跟尤塞预约了给我做美发，我已经等了三个月了。也许他能早点给我做。"

克莱尔再也受不了了，"我得赶紧走了，妈妈。这周六，七点钟的时候我会在海登镇的圣公会教堂，我希望你能来。但是，如果你实在是太忙了，我也肯定会理解。"

"我的确很忙。但是对一个女人来说，她的女儿结婚的次数会有多少呢？"

"在我们这个家里，不会太多。"

---

① 安娜·妮可·史密斯：出生于 1967 年的美国模特、演员，曾被评为 1993 年度花花公子杂志最佳玩伴，还出演过真人秀节目《安娜·妮可真人秀》。

"坦率地告诉我吧，亲爱的。你觉得这会是最后一次吗？我不想放弃我的美发预约——"

"我得走了，妈妈。再见。"

"好的，亲爱的，我也是。还有，恭喜你，我为你感到高兴极了！"

"谢谢，妈妈。再见。"

她努力笑着看向梅格安，"星期六对她来说比较难安排。"

"什么？有非常重要的试演吗？"

"跟尤塞有个美发预约。"

"我们该在婚礼完成后再去邀请她的。"

"我不知道，为什么我还在期待着她能有点改变。"

梅格摇摇头，"是啊，我明白。就算是条母鳄鱼，也不会想离开她的蛋啊。"

克莱尔说道："如果是妈妈的话，她就会给自己做个煎蛋。"

她俩因这句话大笑了起来。

克莱尔看着窗外。阳光倾泻在院子里，让花儿们都容光焕发。这样的景象，让她平静了下来，让她想起了她的世界里那些曾经的美好。最好还是忘了妈妈。"我们谈谈婚礼的安排吧。"最后她说道。

"很好。或许我们可以再看一下菜单。"

克莱尔直起身来，"当然。我在考虑那些大号的潜水艇三明治，的确能喂饱很多人，而且男人们都爱吃。吉娜的土豆沙拉是一个很完美的配菜。"

梅格安盯着她，"土豆沙拉和潜水艇三明治，那会很……"她停顿了一下，"……美味的。"

"你有停顿。"

"是吗？我想我是在换气。"

"我知道那个停顿是什么意思。那就是你的评价。"

"不，不是。我刚刚跟我的一个朋友卡拉聊了一下。她是个还在奋斗中的厨师，刚刚毕业，而且破产了，房租都交不起。她提出要给我们做一些开胃小吃，只在成本价上加一点点。她需要的是人们的口碑，你懂的。但是不用担心，去西夫韦①买吃的我觉得也行，如果你宁愿那么做的话。"

克莱尔皱眉道："这样真的可以帮到你的朋友吗？让她准备酒会餐饮？"

————————

① 西夫韦：美国连锁超市品牌，美国最大的食品和药品零售商之一。

"会的，但这不重要。我关心的是，你的婚礼是你想要的那个样子。"

"那得花多少钱？"

"跟潜水艇三明治和土豆沙拉花的钱一样多。"

"没开玩笑？好吧，我想那没问题。只要我们把那些包着小热狗的烤松饼包含在内，鲍比喜欢吃。"

"香肠培根卷？当然可以。我敢肯定，我也想到过的。"

克莱尔觉得她姐姐又停顿了一下，但是她不敢肯定。

梅格脸上的微笑只是稍稍有点勉强。她又说道："嗨，真是奇怪，我还认识一个失业了的面点师，她可以做带鲜花的四层蛋糕。她建议用紫罗兰，但是，当然，决定权在你手上。"

"你知道的，梅格，你是个彻头彻尾的讨厌鬼。"

"我知道。苛刻又无情。"

"绝对是。但是，你很会安排。"

梅格安的笑容渐渐地消失了。克莱尔知道她的姐姐想起了那个夏天。那么多年以前，梅格安排和改变了她们所有人的生活的那个夏天。

"我没那个意思，"克莱尔轻轻说道，"那是我们之间一个该死的雷区。"

"我知道。"

"那么，关于蛋糕……"

17 | *chapter*
姐妹之间

"我已经办了公园的许可证，派对用品出租店也给我们预留了帐篷。明天我去超市的路上，我会跟他们确认搭建的最后细节。"罗伊得意扬扬地坐了回去，"就这样。"

"还有灯光呢？"梅格安边问边在她的列表的"帐篷"那一栏上画了个记号，表明"已复核"。

"一万颗白色串灯，四十二个中国灯笼，还有二十个吊灯。核对一下吧。"

梅格安依次在她的列表上做着标记。齐了。在她列表上的所有东西都准备好了。在过去的两天里，她拼命工作着，把所有的细节核了又核。罗伊所需要的任何一件东西，她都做了安排。"这将会是，"他每天至少要这样宣称三遍，"海登镇有史以来最好的婚礼。"

梅格安并不觉得这样的规格有多了不起，但她也在学着把她那些满是嘲讽的想法吞进肚里。她工作得那么辛苦，甚至于晚上都睡得着觉了。现在唯一的问题，是她的梦。

似乎这些梦，全都跟乔有关。当她闭上眼睛的时候，她就会想起那天晚上的一切。那双蓝色的眼睛，是那么的悲哀……他们在做爱的时候，他喃喃地在说着些什么——或许是一个名字。

做爱。

她从来没想过，还可以那样。跟任何人，都没有那样过。

"梅格安？你又露出那副黯然神伤的表情了。你是在想那些开胃小吃的事情吗？"

她向罗伊笑道："你应该去看看，当我告诉卡拉她必须得做一盘'香肠培根卷'的时候，她的脸上是什么表情。"

"我不想承认，不过……那的确好吃，你知道的。蘸番茄酱吃，混在茄汁焗黄豆里更好吃。肯定会比布里奶酪和鹅肝酱先被人吃完。"

"我没有让她做鹅肝酱呀。"梅格安再次核对了一下她的列表。这是一种习惯，把一切核了又核。

罗伊抚着她的胳膊，"亲爱的，你已经核过了。你所需要做的，就是出席一下今天晚上的彩排，然后好好地睡一个晚上。"

"谢谢，罗伊。没有你，我真不知道这一切该怎么办。"

"相信我，能为这场婚礼工作，对我来说是个意想不到的惊喜。我的下一场活动，是克劳森奶牛场的一个啤酒便餐聚会，庆祝小托德考上了社区大学。"

会谈结束后，她出门去取她的车。走了几个街区后，她才意识到自己走错了方向。正要转身的时候，他看到了那个修车厂。那里，掩映在一片茂密的树林和繁盛的沙巴叶后面的，是乔的小木屋。

她突然有一种走到门前，说"嘿，乔"，然后跟他到卧室去的冲动。他们的那次做爱太棒了。妈的，简直不是一般的棒。棒到让她当时在半夜的时候悄悄溜走了。比较起说早安，她一贯都更擅长于说再见。

他厨房的灯还亮着。她看到一个人影掠过窗口，一头灰白的头发一闪而过。

她差点向他走了过去。

差点。

她确切知道的一件事情——从来之不易的经验中学到的——就是：匿名的性，是她所能驾驭的唯一行为。

她转身向她的车走了回去。

乔站在厨房的水槽旁，听着水流动的声音。水流簌簌地沿着生锈了的管子流下。他本该在洗他的午餐盘子的——毕竟，那是他到这儿来的原因，但他却无法让他的手动起来。

她正站在街对面，看着他的房子。

"梅格安。朋友们叫我梅格。"他的耳边又响起了她曾经说过的那句话。

她站得十分沉静，交叉着双臂，尖尖的下巴略微扬起了一点点。在她身旁，一个巨大的吊装花篮顺着她的上臂垂下了一个缀着红色花朵的尾巴。她看起来似乎没注意到。多半，也没有闻到花香。在他的印象中，她不是个浪漫的女人。

"梅格安。"他轻轻地叫着她的名字。随之而来的渴望，汹涌澎湃得让他始料未及，让他很吃惊。在他们分开后的这段时间里，他想起她的次数，也太多了点。

他告诉自己，这没有任何意义，只不过是在一具已冷却多年的身体里荷尔蒙过剩了的原因。但现在，在看着她、感到又想要她的时候，他知道他是在骗自己。

街对面，她朝他的方向走了一步。

他的心跳加速，双手紧握。

然后，她迅速地转身走开了。

"谢天谢地。"他说道，一边希望自己真的是这么想的。

他关掉水龙头，擦干了手，慢慢地走到壁炉架旁，站在一张戴安娜的照片前。照片上，她站在巴黎的凯旋门下面，对他挥舞着手，笑得很灿烂。

"对不起。"他抚摩着相框上的玻璃说道。

电话响了起来，让他一惊。

他当然知道是谁打来的。"嘿，吉娜。"他接起电话，一边伸手去拿他的工作手套。

"嘿，哥哥。我知道现在通知你有点晚了，但我今晚要在家里举行一个彩排晚宴，我想你可能会想参加的。"

彩排晚宴，婚礼的序幕。他回答道："抱歉，不想参加。"

"是克莱尔·凯文诺的，她终于要结婚了。"

乔闭上眼睛，回忆起克莱尔。"对不起，吉吉，"最后，他说道，"我做不到。"唯一比婚礼更糟糕的，就是到医院去。

"我知道，乔伊，真的。我下个星期再打电话给你。"

克莱尔坐在医生的候诊室里，阅读着最新的一期《人物》杂志。那上面有一张她妈妈在某个城市公园里的照片，被那些穿着太空旅行者行头的粉丝们团团围绕着。标题上写着：依莲娜·沙利文在《星球基地 IV》首映二十五周年纪念会上被粉丝们包围。

"哦，拜托。我二年级时候的万圣节服装都要好看些。"

"什么，妈妈?"

克莱尔笑着低头看自己的女儿，她盘腿坐在灰褐色的地毯上，玩着一个"戴帽子的猫"玩具娃娃。"没什么，亲爱的。"

"哦。还要等多久？我饿了。"

"没多久了，罗洛夫医生在忙着看那些真正生病了的人。你看见山米·陈进去了的，他断了只胳膊。"

艾莉森皱眉，"你没生病吧？"

"当然没有。这是我的年度体检，你总是跟我来的呀。"

"是啊。"艾莉继续玩了起来。

几分钟后，接待员莫妮卡·隆德贝里走进候诊室。她看起来一如既往地漂亮，这次，她穿着一件淡青色的背心裙。她说道："现在，医生要见你了。"

克莱尔低头看着艾莉森，"待在这儿，亲爱的。我马上就回来。"

"我会看着她的，"莫妮卡说道，"你到四号房间去。"

"谢谢。"克莱尔沿着走廊走到尽头，然后左转走进房间。

"嘿，克莱尔，你的婚礼安排得怎么样了？"

她对贝丝笑了笑——在大家的记忆中，贝丝一直都是罗洛夫医生的护士。

"很好。我们准备得很简单。"

"你当然会。"贝丝测了克莱尔的血压和体温，"血压很好，孩子，你的生活方式一定很好。"她给克莱尔采集了血常规样本，然后埋头到水槽上方的橱柜里，拿出一个塑料样本杯，"你知道该怎么做的，去洗手间里留一份样本。医生会尽快过来的。"

"谢谢，贝丝。"

贝丝眨了眨眼，"明天见。再见。"然后她离开了。

克莱尔赶紧走出去，穿过大厅，在洗手间里留了一份尿液样本，然后回到房间，迅速换上了病号服，爬到垫着纸的诊疗台上躺下。

过了一会儿，罗洛夫医生走了进来。他是一个高大的、满头白发的男人，目光坚定，面带微笑。克莱尔这大半辈子以来，他都是她的医生。他曾照顾着她经历过了中耳炎、痤疮，以及怀孕。现在，他也是艾莉森的医生。当然，他也是山姆的医生。

医生在一张带滚轮的凳子上坐下，滑了过来，"婚礼准备得怎么样？"

"很好。你和蒂娜有时间参加吗？"

"无论如何都不会错过。"他停顿了一下，低头看了一会儿。克莱尔知道，他想起了他去世的女儿。他说道："戴安娜会很喜欢你的婚礼的。"

克莱尔艰难地吞咽了一下。这是真的。这场婚礼中，最艰难的部分之一，就是没有戴安娜了。一直以来，"忧郁者们"做任何事情都会一起。她说道：

207

"她总是说，我是在等着嫁给皇室。"

最后，他抬起了头，露出一种非常疲倦的微笑，"你听说乔了吗？他回到镇上了。"

"我知道。他怎么样？"

他重重地叹了口气，"我不知道。他还没有来看蒂娜和我。"很显然，医生对此感到很伤心。

"我敢肯定，他一定会来的。"

"是啊，我知道。"罗洛夫医生推了一下鼻梁上的眼镜，坐直了身子，"好了，不说这个了。"他打开她的病历，研究着，"没什么不舒服吧？"

"没有。"

"你到我这儿体检的预约时间，还得过两个月才到。为什么提前就过来了，克莱尔？通常我们得给你发三次通知，还得给你打电话，然后你才会过来。"

"避孕药，"她说道，感到自己的脸颊烫了起来。这没什么道理，她都已经三十五岁了，没理由还会感到害羞。但她就是害羞了。"我们想过段时间再怀孕。"

他又研究了一下她的病历，然后点点头，"我不想让你吃这个的年头太久。但是，目前还是可以的。我们会先给你用迷你避孕丸。"

"太好了。"

罗洛夫医生把她的病历放到一旁，"我们来给你做宫颈涂片吧。"

他完成后，克莱尔坐了起来。

"你爸爸告诉我，你上个星期头痛了一次，"他边脱着手套边说道，"还有，你崴了左脚。"

小镇上的生活就是这样的。克莱尔叹了口气。从她记事起，无论是她手指上起了个倒刺，还是某颗牙齿要掉了，她的爸爸就会跑来找医生。即使是她成年后，他的这个习惯也没有变更。"去年，他觉得我得了美尼尔氏综合征，因为我坐了摩天轮后头晕了。"

他听后笑了，"山姆在健康护理方面的确很谨慎，这是真的。你该看看当你还很小的时候他是个什么样子，一个星期会给我打三个电话，问这样那样是不是正常。比如一连打了三个喷嚏，这样的事情，也会引起他的怀疑。然而，这并不意味着他是个傻瓜。那个头痛，看起来像是你的生理周期引起的吗？"

"我已经三十五岁了，"她大笑一声说道，"好像是我一直都处于在排卵期或经期似的。所以，是的，有可能。"

"你曾经做过体育锻炼吗？"

"曾经？九年级的时候对我来说还不错，我参加过赛跑和排球。"

他在她的病历上写了些什么东西，或许是写的"懒虫"。

"你睡得好吗？"

"非常好。自从我遇到鲍比……"她的脸又红了，"好吧，你知道的。我睡得很好。"

"听到这个我很高兴。压力呢？"

"我是个快要初次结婚了的单身母亲。我那个几乎不认识的姐姐在给我安排婚礼，还有我的妈妈来参加的可能性也很小。所以是的，我是有点压力。"

"好的。告诉你的爸爸，我说一切都很好，不用担心。但要锻炼，这是减轻压力最好的方法。还有，你又有一点贫血了，这也可能引起头痛。所以要服些补铁的药，行吗？"

"没问题。"

"现在，带着你漂亮的小女孩儿回家，开始准备你的婚礼吧，全镇都在期待着呢。"

"当你的同学们都结婚后，而你还等了十五年才结婚，就会是这样的情况。"

"你只差一点就被称为镇上的老姑娘了。现在，我不知道贝丝和蒂娜又该担心谁了。"他的双眼在小圆眼镜后面焕发着光彩。

"谢谢，医生。"

他拍了拍她的肩膀，"我为你感到高兴，克莱尔。我们都是。"

18 | *chapter*
姐妹之间

这个下午变得又阴又冷。到处都下着淅淅沥沥的细雨，然而，用肉眼却看不见在下雨。

在这一天剩余的时间里，克莱尔假装在工作。

"回家吧，克莱尔。"每当她爸爸碰巧走进办公室看到她的时候，都会对她这么说一次。

"我还有事要做。"这是她的标准回答。而每次她这么回答时，他都会大笑。

"是啊，今天你帮了大忙。去洗个澡，做做你的指甲。"

她太紧张了，根本无法去洗澡或是做指甲。三十五岁了才第一次结婚，真是太老了。她要怎么才能不把事情做错呢？

但每当她的担忧快要把她打倒的时候，她就会拐过一个弯，或是打开一扇门，然后看见鲍比。她第一次看见他的时候，他在给围绕着洗衣房的篱笆刷漆；第二次见到他的时候，他在清理独木舟。

两次他都对她的到来抬起了头。"嘿，亲爱的，"他微笑着说道，"我爱你。"

就这样，就这么几个少而珍贵的字眼，然后，克莱尔又能顺畅地呼吸一个小时左右，直到那些怀疑再次涌上心头。

最后，在下午三点左右的时候，她放弃了，走回了她的房子。前院的草地上散落着许多玩具：一个芭比娃娃已半裸，一个粉红色的塑料桶和小铲子，一个红色的、农场动物齐全的费雪牌牲口棚模型。她把所有的东西捡起来，朝房子走去。

"你来啦。"当她走进去的时候，梅格安说道。

"嘿。"她回答道，叹着气向玩具箱子走过去，把手上抱着的东西扔了进去。

"你没事吧?"

"我很好。"她当然不会想跟这个"婚前协议小姐"来讨论"婚礼紧张症"。

梅格安站了起来。克莱尔能感觉到,她姐姐看在自己身上的,完全是律师式的强烈眼光,而不是那种姐妹之间的眼光。梅格安问道:"我正要去喝点冰茶,你想要一杯吗?"

"来杯玛格丽特会更好。"

"没问题。坐下吧。"

克莱尔窝到了沙发上,把双脚翘到放满了杂志的咖啡桌上。

不一会儿,梅格就拿着两个杯子回来了,"给。"

克莱尔接过杯子,尝了一下玛格丽特,"这很好。谢谢。"

梅格坐到壁炉旁的曲木摇椅上。

"你在害怕。"她轻轻地说道。

克莱尔跳了起来,就好像是梅格吼了她似的。她回答道:"每个人都会。"她又倒了一杯,小心地不和梅格的眼神接触。她感觉自己就像是一只待在眼镜蛇面前的松鼠。

梅格到沙发上坐在克莱尔的身旁,"这很正常,相信我。如果你现在不害怕了,我就给你测一下脉搏。"

"你觉得我应该害怕。"

"我还记得伊丽莎白和杰克结婚的时候,他们是我见过的最相爱的两个人。而她,仍然需要喝两杯马天尼才能走上红地毯。只有傻子才不会害怕,克莱尔。或许这就是婚礼要在教堂举行的原因——因为每一个婚礼,都是一次信仰的体现。"

"我爱他。"

"我知道你爱他。"

"但你觉得,我应该签一份婚前协议来保护我的资产,以防我们会离婚。"

"我是个律师。我的职责就是保护人们。"

"你要保护的,是陌生人。而面对你的家庭成员,又是另一种情况了。"

梅格安低头看着她的酒杯,然后轻轻说道:"我想是的。"

克莱尔多么希望自己能收回这句稍嫌苛责的话。是她们过去的什么,在让她们如此不停地互相伤害呢?"我知道你在努力帮忙,但你是怎么做到的呢？你根本不相信爱情，或是婚姻。”

梅格过了一会儿才回答。而当她回答时，她的声音很柔和：“我从来没见过乌鸦宝宝。”

“什么？”

“在我去上班的路上，我可以看到沿着海滨公园的电话线聚集着的乌鸦。所以我知道，每到春天，在某些地方会有很多乌鸦巢，里面都是新生的小乌鸦。”

“梅格，你的癫痫发作了吗？”

“我的意思是：我知道很多东西我从未见过，但的确存在着。爱，肯定是其中之一。为了你，我在努力相信。”

克莱尔知道，说出这样的话，对她姐姐来说得付出多大的代价。在妈妈的阴影下长大的孩子，没人能觉得相信爱是一件容易的事情。但看在克莱尔的分上，梅格安愿意去试，这的确有非同一般的意义。“谢谢你。还有，谢谢你对婚礼的安排，虽然你仍然把每一个细节都还保守着秘密。”

“这比我原以为的更有趣。有点像在舞会委员会做的事——虽然我从来没有做过那样的事情。”

“我以前是舞会皇后，”克莱尔咧嘴笑了，“没开玩笑，还是杜鹃花公主，在登山节的时候。”

梅格安大笑起来。显然，回到日常谈话后，她也开心了起来，“杜鹃花公主是怎么回事？”

“穿着粉红色的裙子，坐在一辆 1953 年的福特皮卡车的后备厢里，对着人群挥手。游行中，‘4H 山羊俱乐部’的成员们走在我们后面。雨下得那么大，结束的时候，我看起来就像是《洛基恐怖秀》① 结尾时蒂姆·克里②的那个样子。爸爸照了大约三十多张照片，全部放在一个相册里面。”

梅格安再一次低着头看着她的酒杯。过了一会儿后，她说道：“这是一个美好的回忆。”

克莱尔立即后悔自己说了最后那句话。这句话唯一的作用，就是凸显了

---

① 《洛基恐怖秀》：美国 1975 年上映的一部喜剧歌舞电影。该片讲述一对互相爱慕的年轻人在一幢神秘古堡里见到了古怪的异装癖者福特博士，由此开始了一连串不可思议的奇妙经历。

② 蒂姆·克里：英国著名演员，在《洛基恐怖秀》中饰演古堡主异装癖者福特博士，自称来自于变性星球。

梅格安没有父亲的事实。"我很抱歉。"

"你很幸运有了山姆。而艾莉很幸运有了你，你是个好妈妈。"

"你在后悔吗？"克莱尔说道，她们两个都对这么私密的问题感到很吃惊，"我的意思是，没有孩子。"

"当了离婚律师，让我怀不上孩子。"

"梅格安。"她平静地说道。

梅格终于抬头看着她，"我觉得我带不好孩子。这件事，就这样吧。"

"你曾经把我带得很好，有一段时间。"

"重要的是，只有'一段时间'。"

克莱尔向她姐姐倾身，"我想让你下周来照顾艾莉森，当鲍比和我在度蜜月的时候。"

"我还以为你们没打算度蜜月呢。"

"爸爸坚持让我们去。他给我们的结婚礼物，是去考艾岛一周的旅行。"

"你想让我来看孩子？"

克莱尔笑了，"这对我来说很重要，艾莉需要更好地了解你。"

梅格安悸动地呼出了一口气，她看起来很紧张，"你会相信我吗？"

"当然。"

梅格坐了回去，一个颤抖的微笑弯曲了她的嘴唇，"好的。"

克莱尔粲然而笑，"不要带她去靶场，或是教她玩蹦极。"

"那么，跳伞训练也排除了。我能带她去骑小马吗？"

当克莱尔的爸爸推开门走进客厅时，她们还在大笑着。他已经为彩排穿好了黑色的裤子——现熨过的——以及一件口袋上有"河边度假村"标志的淡蓝色牛仔衬衫。他的棕色头发刚刚才剪过，从他的额头上向后梳着。要是克莱尔不知道的话，还会以为他涂了摩丝。

"嘿，爸爸。你看起来很帅！"

"谢谢。"他向她的姐姐闪过了一个不自在的微笑，"梅格。"

"山姆，"梅格僵硬地回答着站了起来，"我得去换衣服了，再见。"

当梅格安消失到楼上去了后，山姆叹了口气，摇了摇头，"当她看着我的时候，我觉得自己像是只有两英尺高。"

"我知道那种感觉。有什么事吗，爸爸？我得去换衣服了。"她从他的身旁看过去，"我还以为你在和艾莉玩跳棋呢？"

"鲍比正在试着给她编一个法式辫子。"

克莱尔对此大笑起来，然后开始向楼梯走去，"我们离开前我得重新给她编一下。四十五分钟后你来接我？"

"我得先和你谈谈，就一分钟。我不知道我是否该同时跟鲍比谈——"

她微笑道："我希望这不是我迟来的性教育谈话。"

"我跟你谈过性的。"

"'不准去做'可不算是谈话。"

"自以为是的家伙。"他朝沙发点点头，"坐下。还有，不许顶嘴，这只需要花一秒钟。"

他坐在咖啡桌上。"已经开始喝玛格丽特了？"他乜斜着眼睛看着梅格的杯子说道。

"我有一点紧张。"

"这让我想起了我和你妈妈结婚的时候。"

"让我猜猜：她整天都在狂饮着酒。"

"我们两个都是。"他微笑道，但是那笑容有一点悲伤。不知怎的，这个微笑还有点与克莱尔无关的意思。

在短暂的停顿之后，他把手伸进口袋，掏出一个小黑盒子，然后打开。

里面是一颗马眼式切割的黄钻石，镶嵌在一个宽宽的铂金戒托上。"这是你奶奶默特尔的钻石，她希望让你戴着。"

这枚戒指引发了许多甜蜜的回忆。每当她奶奶打牌的时候，这枚戒指就会在墙上洒上细碎的彩色折射反光。

爸爸伸手拿起她的手，"我不能让我的宝贝女儿戴着个锡箔纸戒指去结婚。"

她试戴了一下，戒指大小正合适，就像是为她定做的一样。她俯身把他拉进怀里，"谢谢，爸爸。"

他的身上闻起来有股木柴烟火和月桂油须后水的味道，跟她有生以来闻到过的他的味道一模一样。在这一刻，当她抱着他把她的脸贴在他的面颊上的时候，她想起了自她少女时代以来的许多时光。他们去打保龄球和在齐克的路边餐厅吃晚餐的那些夜晚……在她和她的男伴驶进家门口的岔路时，门廊的灯会闪烁十秒钟的那种方式……当她感到害怕、孤独，以及想念着她的姐姐的时候，他曾给她讲过的那些故事……

明天之后，她将会成为一个已婚女人，另一个男人将会成为她生活的中心，另一只胳膊会来把她托稳。从现在起，她将会成为鲍比的妻子，而不再是山姆·凯文诺的小女孩。

当爸爸退开时，他的眼里满含着泪水。她知道，他也在想着同样的事情。

"永远。"她轻轻说道。

他点头表示明白，"永远。"

19 | chapter

姐妹之间

梅格安对于自己同意让吉娜来策划主办彩排晚宴后悔得要命。每一个时刻，她都完全是身处地狱。

"你一个人来的？"

"你的丈夫呢？"

"你没有孩子？呃。你真幸运，有时候我也希望能把我的孩子们送出去。"这样的话后面，是一种明显很不自在的笑声。

"没有丈夫，啊？那样独立的感觉，一定很棒。"这样的话后面，总是一个皱起了的眉头。

梅格安知道克莱尔的朋友们都在努力试着和她聊天，她们只是不知道说什么才好。她们怎么会知道呢？这是一群在不停地谈论着她们的家庭的女人。夏令营开始的时间，是一个比较大的话题；还有，"很适合小孩"的奇兰湖上的和俄勒冈海岸沿线的那些度假村。梅格安甚至都不知道"很适合小孩"是什么意思。也许，指的是他们每一餐都会供应番茄酱吧。

她们在努力让她成为她们的一部分，特别是"忧郁者们"。但她们越是努力，她就越感到疏远。她可以谈很多东西——世界政治，中东局势，哪里能买到最划算的名牌服装，房地产市场，还有华尔街。她所谈不了的，就是与家庭有关的东西，与孩子有关的东西。

梅格安站在吉娜那漂亮的房子里的壁炉旁，喝着她的第二杯玛格丽特。这一杯如同第一杯，同样很快就会见底。到处都是一簇一簇的人群——在阳台上，在客厅里，坐在餐桌上——所有人在一起都有说有笑的。房间对面，克莱尔站在厨房里，现在被当作吧台的操作台旁，吃着薯片，和吉娜一起谈笑着。就在梅格安看着的时候，鲍比来到克莱尔后面对她低声耳语了些什么，克莱尔立即转身投进了他的怀抱。他们就像两个拼图块似的黏在一起，贴切而完美。当克莱尔抬头看着鲍比的时候，她的脸上闪耀着光辉。

这就是爱。

爱就在那里，在它自己水银般的光辉里。

"求求你，上帝，"她发现自己在做多年以来的第一次祈祷，"让他们的爱成真。"

"好了，大家，"吉娜说着走进房间，"现在，是时间开始今晚的第二个流程了。"

全场安静下来，所有人都抬起了头。

吉娜微笑道，"赫克托的保龄球馆为我们开了专场！我们十五分钟后出发。"

"保龄球。租来的鞋子，涤纶的衬衫，分成不同的小组。"梅格暗暗想了一下。

梅格小心翼翼地从墙边远离。她又喝了一口手中的酒，却什么也没喝到。这时她才意识到，这杯酒已经见底了。"该死。"

"我们还没真正见过呢。我是哈罗德·邦纳，凯伦的丈夫。"

梅格安被这个男人的出现吓了一跳，她完全没有听见他走近自己身边，"你好，哈罗德。"

他是个高高瘦瘦的男人，浓密的黑眉毛，笑起来的时候嘴张得有点太大，或者好像是因为他的牙齿太多了似的。他开口道："我听说你是个律师。"

"是的。"

"那么，让我来问问——"

她忍住了，没有发出叹息。

他发出了一种刺耳的大笑，"开玩笑的。我是个医生，随时会有人这样问我。我遇到的每个人，都会提到他身上某个地方在疼。"

"屁股疼，是吧。"梅格安暗自想着。她点点头，然后又低头看向自己的空杯子。

"我猜，你把你的丈夫留在家里了，是吧？真是个幸运的家伙。凯伦做任何事都会把我拉在一起。"

"我还单身。"她努力不去咬牙切齿，但这已经是大约第十次她不得不如此表明了。

"啊！自由自在，无拘无束，你真好运。有孩子吗？"

他知道他只是在表达自己的友善，努力找些共同话题来聊。但是，对于这样的好意，她并不领情。今天晚上的时光，已经变得残酷起来。再有人来提醒她是独活在这世上的一个单身女人，她可能就会尖叫起来。平日里，她对自己的独立感到很骄傲。但这个小镇的人群，让她觉得好像自己缺失了一些很重要的东西。她说："我很抱歉，哈罗德，现在我得走了。"

"那，保龄球呢？"

"我不打保龄球。"她穿过客厅来到克莱尔旁边，轻轻地伸出手放在她妹妹的肩膀上。

克莱尔转过身。此刻她看起来是那么开心，这让梅格安无法呼吸。当她看见是梅格安后，大笑道："让我猜猜：你不打保龄球。"

"哦，我爱打保龄球，真的。"看见她妹妹那怀疑的神色，她又说道："我还有我自己的球呢。"马上，她就知道自己这句话已经离题甚远了。

"你有，是吧？"克莱尔靠在正在跟夏洛特的丈夫热烈交谈着的鲍比身上。

"不幸的是，明天的事我还有几个最后的细节需要去复核一下。我不得不早点起来。"

克莱尔点点头，"我理解，梅格。我真的理解。"

"我想，我也还得再给妈妈打个电话。"

克莱尔那快乐的表情消失了，"你觉得她会来吗？"

梅格安希望自己能让克莱尔免受妈妈的伤害，"我会尽力让她过来。"

克莱尔点点头。

"那么，再见。我会告诉吉娜我离开的原因。"

十五分钟后，梅格安坐在她的车上，飞驰在开往海登镇上的乡村公路上。她把跑车顶篷放了下来，让凉爽的夜风吹拂着她的长发。

她努力去忘记彩排晚宴，把那些伤人的记忆赶出脑海。但是，她做不到。她妹妹那些好心的朋友们，成功地凸显了梅格生活中的空虚。

她看见了莫氏酒馆的招牌，猛地踩下刹车。

到里面去，是个坏主意。她知道。那里面，除了麻烦之外，什么都没有。然而……

她把车停在街上，走进了烟雾缭绕的酒吧。今晚，这里人山人海。

当然了，今天是星期五。

每一张高脚凳上、每一张桌子前，坐着的都是男人。有几个女人分散在人群中，但太少了。

她在人群中逡巡，大模大样地打量着每一个男人的面孔。她收获了足够多微笑，让她明白：今晚，她绝对能在这儿找到一个伴。

她走完所有的地方，然后回到了前门。这时，她才意识到自己会到这儿来的真正原因。

"乔。"她轻轻说道，同时心中一惊。之前，她的确还不知道，自己想要找的，是他。

这可不太好。

她离开了酒吧。到了外面街上，她深深地吸了一口山区那甜美的空气。她从来不会和一个男人睡第二次。或说是，很少。正如她的朋友伊丽莎白曾经指出的一样，梅格安有时候会下一个新年的决心，不再玩大学生了，然后去和那些没有头发了的男人们约会一两个星期，——这就是她所谓的"恋爱生活"所能达到的极限。

让她感到惊奇的是，她居然不想抓住酒吧里的那些机会，然后带一个陌生人回家。

她想要的是……

乔。

她站在她的车旁，目光穿过街道，看着他的小屋。窗口亮着灯。

"不。"她大声说道。她不能这么做。但不管怎样，她在走着了，越过街道，走进了他那个弥漫着金银花香和茉莉花香的院子。她在门口停了下来，想着自己到底是在干什么。

然后，她敲了敲门。接下来，是一阵长时间的沉默，没有人来应门。

她转动门把手，走了进去。小屋里面昏暗而宁静。一盏孤零零的台灯散发出柔和的光芒，壁炉里面的火在噼啪作响。

"乔?"她小心翼翼地向前。

没有人回答。

她从头到尾打了一个寒战。在她的感觉中，他就在这里，就在附近，就像一头藏在黑暗之中受伤了的野兽，正在看着自己。

——这种感觉让她觉得自己很可笑。他只是不在家而已。而她，根本不该到这儿来。

就在她开始转身往门口走去的时候，她看见了那些照片。另一个"她"无处不在——咖啡桌上，茶几上，窗台上，壁炉架上。

她皱着眉头，从一个地方走到另一个地方，看着那些照片。它们都是同一个女人，一个有着葛丽丝·凯莉①式的优雅的金发女人，给人一种很熟悉的感觉。梅格安拿起一张照片，用她的手指抚摩着那廉价的有机玻璃相框。在这张照片上，这个女人显然刚开始擀馅饼面皮，到处都是面粉。她穿着的围裙上面写着：亲吻厨师。她的笑容极富感染力，梅格安忍不住和她一起笑了起来。

"你总是会闯进别人家里去翻他们的东西吗？"

梅格安吓得跳了起来。她的手指一阵发麻——就一刹那，但这一刹那已经足够了——相框掉到了地上。她转身寻找着他，"乔？是我，梅格安。"

"我知道是你。"

他瘫坐在房间的角落里，一条腿弯着，另一条腿伸着，火光照亮了他灰白的头发和半张脸。她不知道是否是因为灯光昏暗的原因，她注意到他的眼睛周围布满了深深的皱纹，浑身充满了悲伤，让她觉得好像他正在哭。

"我不该进来的。或者说，是根本就不该到这里来，"她很不安地说道，"对不起。"她转身往门口走去。

"跟我喝一杯。"

她松了口气。然后，她意识到，自己是多么希望他让自己留下来。她慢慢转过身，面对着他。

"你想要喝什么？"他问道。

"马天尼？"

他笑了。那是一种干哑的声音，一种完全不真实的声音。"我这里除了苏格兰威士忌，还是苏格兰威士忌。"

她侧身经过咖啡桌，坐在那边破破烂烂的皮沙发上，"那就苏格兰威士忌。"

他站起来，蹒跚地穿过房间。现在，她发现为什么他会那么让人看不见了：他穿着一条黑色的破旧牛仔裤，以及一件黑色的 T 恤。

她听到了液体溅落的声音，然后是冰块撞击的声音。在他给她倒酒的时候，她环顾着房间四周。所有那些跟葛丽丝·凯莉一般模样的女人的照片，都让她感到不自在。这些照片上的人毫不掩饰自己，她们执着而坦然无惧。她努力回想着，好像在什么地方见过这个女人，但她想不起来。

---

① 葛丽丝·凯莉：1928 年出生于美国费城的女演员，"悬念大师"希区柯克的御用女星，曾以《乡下姑娘》一片荣获 1955 年的奥斯卡奖最佳女主角奖，后来成为摩洛哥王妃。

"给。"

她抬起头，他站在她面前。他的牛仔裤最上面的两颗扣子掉了，T恤在领口处破了个大口子，露出了一片黑色的胸毛。

"谢谢。"她说道。

他拿着瓶子直接喝了一口，然后用他的手背擦了擦嘴，"没事。"他没有走开，就这样站在那里，盯着她看。他的脚步有点飘浮。

"你喝醉了。"她终于明白了，说道。

"是……是6月22号。"他微笑道——或说是在尽量微笑，他眼中的伤悲根本无法让自己真正微笑。

"22号，对你有什么特别的吗?"他的目光投向了她身边的茶几，看向了堆积在那儿的照片。他很快地看回她身上，"之前有一天，你也到这儿来过，但没有进来。"

所以，那个下午他看见过她站在街上望着他的房子。她想不出该怎么说，所以用喝酒来代替了回答。

他在她身旁坐了下来。

她转过身面对着他，瞬间感到自己已意识得太晚，他们已经离得那么的近，她能感觉得到他呼在自己嘴唇上的气息。她试着轻轻地离开。

他伸出手来，抓着她的手腕，"不要走。"

"我不会走。但是，或许我应该走。"

他突然放开了她的手，"或许你应该走。"他又举起瓶子喝了一大口。

"她是谁，乔?"她的声音很柔和，但在这安静的房间里，似乎也显得太吵了。所问的问题，似乎也太隐私了。她瑟缩了一下，希望自己没有问出这个问题。同时，她也很吃惊自己居然会关心这个。

"我的妻子，戴安娜。"

"你结婚了?"

"现在没有了。她……离开我了。"

"在6月22号。"

"你怎么知道的?"

"我知道离婚是什么样子的。周年纪念日，可以是地狱般的日子。"

梅格安盯着他那双满怀悲伤的眼睛，尽力不去想太多。这样会更好，更安全。但在这儿，坐在他的身边，近到足以投入他的怀抱，她感到一种……渴求。或许，甚至是绝望。突然间，她想从乔这里得到些什么——一些超越了性的东西。

"或许我该走了。你看起来想要一个人待着。"

"我一直是一个人。"

她听出了他的声音里面那孤独的疼痛,这吸引住了她。她回答道:"我也是。"

他伸出手去,抚摸着她的脸,"我什么也给不了你,梅格安。"

他叫着她的名字的那种方式,满怀着悲哀,毫无保留而又徐徐道来。这让她从头到尾打了一个寒战。她想告诉他,她不想要从他这儿得到任何东西,只想在他的床上待一晚。但让她惊讶的是,她无法组织出这些语言。她只说了句:"没事的。"

"你想要的,应该更多。"

"所以,你也是。"

突然间,她感到自己很脆弱。就好像这个她完全不了解的男人,有打碎她的心的能力似的。"我们的话说得太多了,乔。吻我。"

壁炉里,一块木柴砰的一声掉到了炉底,火花飞溅到房间里。

他发出一声叹息,把她拥进了怀里。

20 | chapter
姐妹之间

第二天早上，海登的天气很完美。灿烂的太阳高高挂在天上，天空如矢车菊一般蔚蓝，万里无云。一丝清凉的晨风轻轻拂过树林，沙沙作响，在深绿色的枫树叶上演奏起了美妙的音乐。五点钟的时候，克莱尔就做好了开始穿衣服的准备。问题是，她无法动弹。

在她身后的门上，响起了敲门的声音。

"请进。"她说道，很感激发生了这么一件能让她分散一下注意力的事情。

梅格安抱着一堆罩着塑料袋的衣服，站在门口。她看上去很紧张，犹豫得一反常态，"我想，或许我们可以一起换衣服。"见克莱尔没有立即回答，梅格安又说道，"可能你觉得这是个愚蠢的想法。"她退出了房间。

"停下。我想这样很好。"

"真的吗?"

"是啊。我只需要去洗个澡。"

"我也是。十分钟后我再回来见你。"

正如她所说的，梅格安十分钟后回来了，赤裸的身体上围着一条浴巾。一进房间，她就换上了胸罩和内裤，然后吹干她的头发，并绾成了一个漂亮的法式发髻。

"看起来真漂亮。"克莱尔说。

"如果你愿意，我可以给你做头发。"

"真的吗?"

"真的。在你小的时候，我一直在给你做。"

克莱尔已经不记得这些了。然而她仍然自动地穿过房间，跪在了床前。

梅格安来到她身后，开始为她梳头发，一边哼着小曲。

克莱尔闭上眼睛。有人为自己梳头的感觉，真是太好了。

然后，在她姐姐摇篮曲一般的哼哼中，她的脑海里浮现了一段回忆。

"你会成为整个巴斯托幼儿园最漂亮的小女孩，克莱尔宝贝。我会把这根粉红色的丝带编进你的辫子里，它会保护你。"

"像一根魔法丝带一样吗？"

"对，就是这样的。现在好好坐着，让我给你编完。"

"我小的时候，确实是你给我编头发。"

梅格手中的梳子停顿了一下，然后又开始梳了，"是的。"

"那些年的生活，我希望我能记起得更多。"

"我希望我能记得更少。"

对此，克莱尔不知道该说什么。于是她换了个话题，"你有收到妈妈的消息吗？"

"没有。昨天我给她留了三条信息，她的男仆告诉我她会在'更好的时间里'给我回电话。"

"没有必要对她生气，她就是那个样子。"

"是啊，一个过气的演员，以及一个失败的母亲。"

克莱尔大笑，"她会跟你争论她是否过气了的。"

"确实。毕竟，她还刚在克利夫兰出演过莎士比亚的戏剧。好了，搞定。"

克莱尔爬起来，开始往洗手间走。

"等等，"梅格安把她拉回床边，"坐在这里。谁也不能自己为自己化新娘妆。"梅格站起来跑到她的卧室。一分钟后，她带着一个大到足以装下一套钓鱼用具的箱子回来了。

克莱尔坐下的时候皱着眉头，"别化得太浓了，我可不想让自己看起来像塔米·费伊①。"

"真的吗？我还以为你想化浓点呢。"梅格安打开那个大箱子，里面放着数十个乌黑发亮的小瓶瓶罐罐，上面都带着香奈儿的标记。

克莱尔微笑道："我想，你花了不少时间去逛诺德斯特龙。"

"闭上眼睛。"

克莱尔照做了。笔刷柔软得犹如一声叹息，轻轻地扫过她的眼睑和脸庞。

---

① 塔米·费伊：美国著名的教堂歌唱家，其演出时的妆容十分浓艳。

"'精灵之吻'，我是这样叫它们的。"

许多年前在万圣节的时候，梅格曾经这样说过。那一年，她们住在俄勒冈州的梅德福市。妈妈白天做服务员，晚上当脱衣舞娘。

"你能让我看起来像个公主吗，梅吉？"克莱尔问道，一般偷偷瞄着妈妈那禁止她们使用的化妆包。

"我当然能，傻孩子。现在，闭上眼睛。"

"好的，你的妆化好了。"

克莱尔站起来的时候，双腿都有点站不稳了。她看着跪在那里、身边放着一个打开的化妆盒的梅格安。一时之间，克莱尔又是那个六岁大的、在万圣节的夜晚握着她姐姐的手的小公主了。

"去看看。"

克莱尔走进浴室，向镜子里看去。

她的满头金发被轻轻地梳到脑后，绾成了一个优雅的发髻。这个发型突出了她的脸部轮廓，让她的双眼看起来非常大。她从来没有这么漂亮过。从来没有。

她只轻轻地"哦"了一声。

"你不喜欢的话，我可以改的。到这儿来。"

克莱尔向她姐姐转身。她们之间老是在这样，彼此误解，彼此做着最坏的设想。难怪她们的每次谈话，都会伤到这个或那个。"我很喜欢。"她说道。

梅格安绽开了耀眼的微笑，"真的吗？"

克莱尔向她走了一步，"我们之间是怎么了，梅格？"

梅格安的笑容消失了，"你知道怎么了。求你了，现在我们别谈这个，别在今天。"

"我们已经说着'别在今天'过了很多年。我觉得这样的推脱解决不了问题，你觉得呢？"

梅格安重重地叹了口气，"有些事情，太伤心了。让人没法说。"

克莱尔知道这一点。这是指引着她们相处下去的基本原则。不幸的是，这让她们彼此一直都很陌生。"有时候，沉默才是最伤人的。"她听到了自己声音里那无法掩藏的痛。

"我想,我们就是活生生的例子。"

她们注视着彼此。

突然,门砰的一声被打开了。"妈妈!"艾莉冲进了房间,她已经穿上了美丽的冰蓝色丝绸伴娘礼服。"快来啊,妈妈,快来看啊!"她抓住克莱尔的手,把她往门口拖去。

"等一下,亲爱的。"克莱尔把浴衣扔给梅格安,接着从头上套下一条睡裙,然后跟着艾莉下了楼。在外面的车道上,爸爸、鲍比和艾莉森围着一辆苹果红的敞篷跑车站着。

克莱尔皱着眉头走向他们,这时她才注意到在引擎盖上有一个粉红色的蝴蝶结。"这是怎么回事?"

爸爸递给她一张字条,上面写着:

亲爱的克莱尔、鲍比,
在你们的大日子里祝你们好运,
我仍希望着自己能赶上。

致以拥抱和吻
妈妈

克莱尔盯着那辆车,在那儿站了很久。她知道这意味着什么:妈妈不会来参加婚礼了。也许,她选择了那个非常难得的美发预约。

梅格来到她身旁,放了一只手在她肩膀上,"让我猜猜:妈妈送来的结婚礼物。"

克莱尔叹了口气,"只有妈妈才想得出来,给我送了一辆只有两个座位的车。我是要让艾莉跟在后面跑吗?"

然后,她大笑起来。除此之外,她还能做什么呢?

克莱尔站在了前街上小公会教堂的更衣室里。最后的时刻,正在马不停蹄地到来。整整一天里,她和梅格安连一起聊五分钟的时间都没有。

"忧郁者们"每隔几分钟就从更衣室进出一次,不停地赞叹着她的婚纱。而梅格安手上拿着写字板,忙着复核各种细节。艾莉至少问过了十次,她该在哪个环节的时候站起来。

但现在，房间终于仁慈地安静了下来。克莱尔站在全身镜前，不怎么敢相信镜子里的那个女人是自己。婚纱非常合身。白色的丝绸瀑布一般倾泻到地板上，加上戴在脸上的面纱，让她整个人看起来，就是一位不折不扣的公主。

她结婚的日子。

她几乎无法相信。每天晚上见过鲍比后，她都会带着明天早上他会不会还在这儿的疑问入睡；当太阳升起来的时候，她会暗暗惊讶地发现，他还在那里。

这是童年给她带来的另一个小小的后遗症，她想。

但很快，她就会成为罗伯特·杰克逊·奥斯汀夫人了。

门上响起了敲门声。

是梅格安，她走进来问道："教堂里已经坐满了人。你准备好了吗？"

克莱尔艰难地吞咽了一下，"准备好了。"

梅格安挽着她妹妹的胳膊，带她出去到教堂关着的门后的一小块空地上。爸爸和艾莉已经在那里等着了。

"哦，艾莉·凯特，你看起来像个小公主。"克莱尔说着跪下吻了她的女儿。

艾莉森咯咯笑着，旋转着，"我爱我的裙子，妈妈。"

门后面的音乐声响起，是时间了。

梅格安对艾莉森弯腰道："准备好了吗，亲爱的？你要慢慢走——就像我们练习的那样，行吗？"

艾莉上下跳着，"我准备好了！"

梅格安轻轻把门打开了一条缝，艾莉溜进去，消失了。

爸爸转向克莱尔，他的眼睛里慢慢充满了泪水，"我想，你已不再是我的小女孩了。"

"做好准备。"梅格安说道。一秒钟后，风琴奏响了《结婚进行曲》，然后她打开了那两扇门。

克莱尔挽着她爸爸的胳膊，沿着教堂过道慢慢走了下去。鲍比身穿一套黑色礼服，站在过道的尽头，等待着。他的弟弟，汤米·克林顿，站在他旁边。两个人都满面笑容。

爸爸停下，向克莱尔转身。他掀起她的面纱，吻了她的脸，然后慢慢从她身边走开。突然间，鲍比就来到她身旁，挽着她的胳膊，带她往圣坛走去。

她抬头看着他。她对他的爱，深得让她自己感到害怕。如此地深爱着一个人，是不安全的……

"别害怕。"他用口型说道，一边紧紧握着她的手。

她集中注意力去感受握在自己手中的他的手，去感受他在她身边给她带来的安定感。

提姆神父不停地唱着赞美诗。但克莱尔除了自己的心跳声之外，几乎没怎么听见别的声音。当她说出她的誓言的时间到来时，她生怕自己无法听清或无法记住这些誓言，感到惶恐不安。

但她记住了。当她说出"我愿意"的时候，感觉就像是她的心在她的胸膛里真正膨胀开来了一样。在那一刻，站在她的朋友们和家人们面前，盯着鲍比那双蔚蓝的眼睛，她开始哭了。

提姆神父对他们微笑了一下，然后说道，"现在，我宣布你们结为夫妻——"

教堂的门砰的一声被打开了。

一个女人站在门口，双臂大张，其中一只手上燃着一支香烟。她穿着一条闪耀着银色光泽的裙子，让她的身材曲线显露无遗。在她身后，至少有一打人：保镖们、记者们，以及摄影师们。"我真不敢相信，你们居然没等我来就开始了！"

整个教堂里响起一阵认出了她的骚动。有人低声说道："是她。"

鲍比皱眉。

克莱尔叹了口气，擦了擦她的眼睛。她应该预料到会有这一出的，"鲍比，你马上就会见到妈妈了。"

"我要杀了她！"梅格安擦去那不知不觉已流出眼眶的泪水，然后闪电般地站了起来。她给旁边那些已经被震惊得不知所措的客人们低声说着抱歉，侧身溜出座位，走进了过道。

"这是我的另一个女儿！"妈妈向她张开了双臂。摄影师们的闪光灯再次爆发出一片刺眼的闪光。

梅格安抓着妈妈的胳膊，把她拖出了她身后的门。狗仔队紧跟其后。有那么一个可怕的时刻，妈妈在她那高得离谱的高跟鞋上摇晃着，差点摔倒。梅格安都在担心在这铺着红地毯的过道上会来一次加州高速路式的人体追尾连环大碰撞，但她紧紧抓住了妈妈，避免了灾难的发生。

推开门出去的时候，她能听见提姆神父颤颤巍巍地第二次尝试着宣告鲍比和克莱尔已是丈夫和妻子。过了一会儿，整个教堂里都响起了雷鸣般的掌声。

梅格安把妈妈拉进更衣室，然后关上了她们身后的门。

"干吗？"妈妈发着牢骚。显然，她想皱眉，却皱不起来——毫无疑问，脸上的肉毒杆菌打得太多了。

一条狗叫了起来。妈妈低头看着抱在怀里的一个串珠的圣约翰牌小宠物箱，"没事的，亲爱的。梅吉在小题大做。"

"你还带了你的狗来？"

妈妈伸出一只手按着自己丰满的胸部，"你知道的，'猫王'讨厌被单独扔下。"

"妈妈，你已经很多年没有单独待过了。先不说你现在在睡的那个可怜的傻瓜，你还雇了三个园丁、两个管家、一个私人助理，以及一个男仆。他们之中，必定有一个人可以帮你看一下狗！"

"我没必要跟你细谈我的生活方式，梅吉小姐。现在，告诉我，到底是什么原因让你把我从我自己的女儿的婚礼上赶出来？"

梅格安感到一种无能为力的愤怒。这就像是在跟一个小孩打交道似的，你永远无法让妈妈明白她做错了什么。"你迟到了。"

妈妈挥挥手，"亲爱的，我是个名人，我们总是会迟到。"

"今天是克莱尔应该成为焦点的日子。你能明白这一点吗，妈妈？是她的日子！而你，正好在最辉煌的那个时刻走了进来，抢走了风头！当时你在外面干什么？是在等着那个完美的时刻才进来的吗？"

妈妈的眼神向旁边飘忽了一下。但就这么一下，已足以证实梅格安的怀疑。她妈妈的确是选好了时间才进来的。"哦，妈妈，"她摇着头说道，"这真是创了一个新低，即使对你来说都是。还有，跟你来的，那是些什么人？你觉得你到海登来参加一个婚礼，还需要带保镖吗？"

"你总是看不起我的事业，但我的粉丝到处都是。有时候，他们让我感到害怕。"

梅格安对此大笑起来，"把你的这一套留给《人物》杂志吧，妈妈。"

"你看见那篇文章了吗？我看起来很不错，你不觉得吗？"妈妈立刻走到镜子前，开始检查自己的妆容。

"等教堂里面的人一走光，我就要和你的随从们谈谈。他们是开着车来的，那么，他们就能待在车上，一直等到该离开的时候为止。你的粉丝们冲上来的时候，我会保护你的。"

"该死，梅吉！谁给我拍婚礼上的照片呢？像我这个年龄的女人，需要加很多滤镜的。"妈妈把手伸进她的晚装手袋，拿出一只黑管口红，向镜子凑得更近了。

"妈妈，"梅格安轻轻说道，"克莱尔等这一天，已经等了很久了。"

"那是肯定的。我都开始想她和她的那些朋友们是同性恋了。"妈妈啪地合上她的口红，对着镜子里的自己笑了笑。

"重点在于，今天我们需要关注的是她，是她的需要。"梅格安说道。

妈妈猛地转身，"你这话就让人伤心了。我什么时候把我的需求置于我的孩子们的需求之上过？"

梅格安无言以对。在这个科幻片一般的时刻，最让人觉得不可思议的就是，她的妈妈是真的觉得自己所说的是事实。梅格安强作笑容道："好吧，妈妈，我不想在今天这个特别的日子里和你争论。你和我会到酒会去，然后告诉克莱尔，我们为她感到多么的高兴。"

"我的确为她感到高兴。在自己的婚礼上的感觉，是这世上最美妙的感觉。难怪我想起了我嫁给她爸爸的时候，感到自己好像是被他席卷而去了。"

"你被席卷而去的感觉，比一条泥泞的河岸还要多。"梅格安恨不得冲口而出。相反，她紧闭双唇，脸上保持着微笑。她没有提醒妈妈她和山姆的婚姻只维持了不到六个月，也没有提醒妈妈当时她是在让山姆去商店给她买卫生棉条后，半夜与他不告而别的。许多年里，留在梅格安心中的山姆的形象，就是他在那个落雨的夜晚回到了华盛顿州康克莱特镇上的希尔斯酋长拖车公园，站在那空空如也的地方，手上还拿着一盒卫生棉条。他有将近十年都不知道——直到梅格安给他打电话的时候——他的婚姻给他带来了一个女儿。"就是那样的，妈妈。来势汹汹。但是，"她走近了些，抬头看着她妈妈那张做过手术除掉了皱纹的脸，"你可以带一名摄影师。就一名。不准带保镖和狗。这几点不容商量。"

"你真是太让人讨厌了，梅格安。"妈妈说道。她的口音是那么重，若不是听惯了的人，完全听不懂她在说什么，"难怪你无法让一个男人在你身边待得太久。"

"这是一个结过——什么，六次——婚的女人该说的吗？要不了多久你就不得不开始去和伊丽莎白·泰勒①交换老公了。或者，你就会耗尽自己了。"

"你的灵魂里面缺乏浪漫。"

"我真无法想象这是为什么，我可是在那么多的爱里面成长起来的一个人。"

她们站在那里，距离很近，互相盯着对方看着。

然后，妈妈大笑起来。这次是真笑，不是她在好莱坞所用的那种性感小野猫般的笑声，而是她那种与生俱来的低沉而杂乱的笑声。"梅吉，亲爱的，你总是会把我打败。你才八个月大的时候就对我竖过了中指——我告诉过你这个了嘛？"

梅格安不禁笑了起来。她们之间总是这个样子。梅格安又怎么能做到跟一个像妈妈这么浅薄的人生气呢？最后，都是除了大笑着继续之外，根本没有别的事情可做。"我想你没有，妈妈。"

妈妈伸出一只胳膊环绕着梅格安，紧紧抱住。这让梅格安想起了那么多的童年和青少年的时光。她和妈妈一直像猫和狗一样地斗着，然后在大笑声中结束。可能是因为比起哭来，她们两个都宁愿笑。"没有吗？你抬头看着我，微笑着，然后对我竖起了中指。这是有史以来最好笑的事情了。"

"在那之后我还竖过几次吧。"

"我想你有的。这就是人的本性。如果你有了孩子，你就会明白的。"

"别说这个，妈妈。"

"哦，别瞎扯了。你不要来告诉我该做什么或是该说什么，小姐。成为一个母亲是需要勇气的，你只不过是没勇气罢了。看看你把你妹妹甩掉的那种方式吧，真是不知道害臊。"

"妈妈，我不觉得你该来告诉我如何才能成为一个母亲。我不得不提醒你一些你假装忘记了的事情。比如，把克莱尔养大，是你的责任，而不是我的。"

"那么，我们到底去不去酒会？我要搭午夜的航班回家。不过别担心，像我们这样的明星不用提前两小时到机场去。我得在十一点的时候赶到西雅图。"

"这就意味着，你得在八点半左右的时候离开。那么，我们走吧。还有，我是认真的：妈妈，举止得体点儿。"

---

① 伊丽莎白·泰勒：影视巨星伊丽莎白·泰勒一生曾结过八次婚。

"好了，亲爱的，你知道我们南方女孩是最懂得社交礼仪的啦。"

"哦，算了吧。你就跟托尼·瑟普拉诺①一样南。"

妈妈嗤之以鼻，"我发誓，当时我真该把你扔在西弗吉尼亚州惠灵市的路边。"

"你的确把我扔在那儿了。"

"你一直都是个苛刻而无情的人。这是个天生的缺陷，梅吉，真的。我把我的孩子搞丢了，这很正常。我的错，就错在又回去找你。"

梅格安叹了口气，她的妈妈是永远无法把话说够的。"来吧，妈妈。克莱尔肯定以为我已经把你杀了。"

---

① 托尼·瑟普拉诺：1999 年开播的热门美剧《黑道家族》的主角，其势力范围为美国东北地区的新泽西州。梅格安此处在以此讽刺她的妈妈并非真正的"南方女孩"。

21 | chapter
姐妹之间

克莱尔克制着去想她和妈妈之间刚刚发生的灾难。她依偎在鲍比的胳膊上，让自己被他带着往前走。她是人们谈笑着、祝贺着的焦点，在她的一生中，她从未感到自己是如此的特别、如此彻底地被爱着。镇上的大多数人都来参加了她的婚礼，而且每个人都到她面前，告诉她，她是有史以来最漂亮的新娘。

这样的事情，会冲昏一个女人的头脑。有时候，她会忘了作为一个终日劳碌的单身母亲，是怎么成为人们关注的焦点的。

鲍比用一只胳膊把她的腰搂得更紧，把她拉到身边，"我告诉过你，你看起来有多漂亮吗？"

她停下来转向他，让她的身体紧贴着他。参加婚礼的客人们不停从他们身边经过，把他们推挤着。她回答道："你说过了。"

"当你走下红地毯时，你都让我无法呼吸了。我爱你，奥斯汀夫人。"

她又感到热泪盈眶了，这一点都不奇怪。整天以来，她都泪水涟涟。

他们彼此拥抱缠绕着，跟着人群走着。这一次，走得很慢。"我不明白为什么大家都得把车停在滨河公园来，教堂这里跟往常一样，车位足够啊，我们可以拼车去营地啊？"

鲍比耸耸肩，"我也是在跟着人群走。吉娜说，在公园里有辆豪华轿车在等着我们。"

克莱尔大笑，"就让梅格安去租一台豪华轿车吧，仅仅六英里的路程。"但她无法否认她感到很兴奋，因为她从来没坐过豪华轿车。

在他们前面，人群停了下来。就像是收到了某种信号似的，他们向两旁分开，形成了一条黑色的通道。

"来吧！"吉娜大叫着向他们挥手，让他们向前。

克莱尔抓住鲍比的手，拉着他向前。在他们周围，客人们向他们鼓掌欢呼。雨点般的大米粒从天而降，洒在他们的脸上，在他们的脚下嘎吱作响。

他们来到了人群的尽头。

"哦，我的天哪！"克莱尔转过身来，在人群中搜索着梅格安。但是，她的姐姐现在不知身在何处，她看不见。

她简直不敢相信自己的眼睛。滨河公园，这个她非常熟悉的地方——这个她童年游玩的地方，她玩游戏摔破了脚踝的地方，她初吻的地方——已经大变样了。

夜晚让厚厚的草坪变得乌黑发亮。右边，此刻已安静下来的河面变成了一条银色的丝带，其上莹莹地泛着月光。

公园里搭着一个巨大的白色帐篷，成千上万的白色小彩灯缠绕在柱子上、交叉在帐篷那临时的顶棚上。即使在此处，克莱尔也可以看见摆设在帐篷里的桌子，每一张桌子上面都铺着银色闪亮的桌布。中国灯笼把灯光切割成各种形状，在墙上和地上投射下了无数星星和新月的图案。

她向前走着。夜晚的空气中充满了玫瑰的味道，闻起来香甜沁人。她看见每一张桌子上都有插花——一个简洁的玻璃碗，里面装满了新鲜的白玫瑰。帐篷的一边，摆着一条与之等长的长桌子，铺着银色的桌布，上面挤满了优雅的银色保温餐盆和白镴餐盘装着的食物。角落上，三个穿着白色礼服的男人演奏着轻柔的二战时期恋曲，萦绕人心。

"哇哦！"鲍比说着来到她身旁。

乐队演奏起了一曲美丽的《难道这不浪漫》。

"你想跳舞吗，奥斯汀夫人？"

克莱尔让他揽着自己走向舞池。在那里，在她所有的朋友和家人的注视下，她和她的丈夫跳起了舞。

最后，在这一曲结束的时候，克莱尔终于看到了她的姐姐。她跟在妈妈的后面——妈妈显然已进入了"公众见面会"模式。"来吧，鲍比。"她说着拉起他的手，带他走出舞池。感觉起来，他们就好像花了好几个小时才从祝福的人群里走出来似的。每一个人，都有无尽祝福的话要跟他们说。但最终，他们走近了吧台。妈妈正在那儿对一群追星族夸夸其谈，讲着有关美国星空探索者号上的生活的故事。

妈妈看见她的到来，中断了自己的讲话。她弯曲嘴唇，露出了一个真诚的微笑。"克莱尔，"她说着对她伸出双手，"我很抱歉我迟到了，亲爱的。一

241

个明星的生活是身不由己的。但是，你是我曾见过的最漂亮的新娘。"她的声音嘶哑了一点点。"真的，克莱尔，"这次她更小声地说道，只有克莱尔一个人能听见，"你真让我感到骄傲。"

她们的目光相遇了。在妈妈的那双黑眼睛里，克莱尔看到了一种真正的快乐，这感动了她。

"好了，"妈妈迅速说道，又微笑了起来，"我的女婿在哪儿？"

"我在这儿，沙利文小姐。"

"叫我爱丽。我所有的家人们都这么叫。"她走向他，轻轻地吹着口哨，"你很帅，足以去好莱坞了。"

这是妈妈最高的赞美。

"谢谢你，妈妈。"

一种懊恼的表情划过了妈妈的脸庞，一闪而过。"真的，叫我爱丽。我听说你是个歌手，梅吉不知道你唱得好不好。"

"我唱得很好。"

她握着他的手，"如果你唱得有你长的一半好，你马上就会上电台。来吧，当我们在跳舞的时候，跟我讲讲你的职业规划。"

"我非常荣幸能与我的新岳母共舞。"飞快地向克莱尔笑了一下后，他离开了。

最后，克莱尔转向梅格安——刚才在这儿的整个交流过程中，梅格安都站在旁边保持着沉默。"你还好吗？"

"妈妈把她的狗都带来了，更不用说她的保镖随从了。"

"她随时都有可能被她成群结队的粉丝们踩扁。"克莱尔用她能假装得最好的南方口音说道。

梅格安大笑，然后认真地说道，"她得在八点半离开。"

"跟罗洛的一个指甲护理预约？"

"或许吧。无论是什么，我相信，只要她不乱来就谢天谢地了。"

乐队将演奏着的音乐切换成了一个甜蜜、深情的版本的《时光飞逝》。

克莱尔盯着她的姐姐，试图找到些足以表达她的感激之情的词汇。"这个婚礼。"她开口了，但她的声音变得哽咽。她艰难地吞咽了一下。

"我做错了些什么，是吗？"

克莱尔回想起了她们所有在一起的时光，包括她们已经忘怀了的那些年，以及她们没能在一起的那些年。

"你花了很多钱。"克莱尔说道。

"没有，"梅格安摇头，"差不多所有的东西都是打折的。这些小彩灯是我自己的，帐篷——"

克莱尔摸着她姐姐的嘴唇，让她闭上。"我在试着说谢谢你。"

"哦。"

"我希望……"她甚至都不知道该怎么表达她这突如其来的渴望。语言这么单薄的东西，似乎无法承载任何重要的东西。

"我知道。"梅格安轻轻地说道，"或许，现在事情能不一样了。这次我们在一起……这让我想起了以前我们之间是什么样子。"

"你曾是我最好的朋友。"克莱尔小心地擦着她的眼睛说道，这样就不会弄花她的妆。"我很想你，当你……"——离开的时候。她无法说出这几个残酷的字眼，现在不行。

"我也很想你。"

"妈妈！妈妈！来和我们跳舞！"

克莱尔转身，看见艾莉森和她爸爸，站在离她几步远的地方。

"我想，按惯例，新娘得和她的父亲跳舞。"爸爸微笑着说道，伸出了他长满老茧的手。

"还有新娘的女儿！外公会驮着我。"艾莉森兴奋得上蹿下跳。

克莱尔把她的香槟杯递给梅格安，梅格安对她唇语道：去吧。她让自己被拉到舞池。当他们到达人群中央的时候，爸爸在她耳边低语道："有一天，当艾莉嫁人的时候，你就会明白这种感觉了。真是百感交集。"

"把我扛起来，外公！"

他弯腰驮起了艾莉森。他们三个紧紧抱在一起，随着《想念的季节》的节奏轻轻摇曳。

在艾莉会问"妈妈你为什么哭"之前，克莱尔赶紧看向一旁。在她左边，妈妈正在旋转着可怜的鲍比，就好像他是一个陀螺。克莱尔大声笑了起来，明白了她爸爸到底是什么意思。

百感交集。

今晚正是如此。在她的整个余生之中，她都会回顾起今晚，回想起她曾经的生活是什么样子，她付出过多少爱，以及得到过多少爱的回报。

这是梅格安带给她的。

梅格安凝视着埃德加·皮博迪滨河公园那黑天鹅绒一般的草坪。街对面，那座拱屋沐浴在月光下。身后，乐队在拆解收拾着装备，只有几个铁杆客人还没离开。妈妈数小时前就离开了，山姆和艾莉也一样。其他所有人，包括新娘和新郎在内，都已在午夜前后陆续离开了。梅格安在这儿待到了很晚，监督着撤场的工作。但现在，这事也已办完了。

梅格安抿了一口她的香槟，再次看着街对面。她的车停在乔的家门口。现在她在想，这是否是一个下意识的选择。

他肯定已经睡着了。

她知道，现在去找他，是很荒谬的；或许，甚至是危险的。但是，今晚的空气里有些什么在撩动着她，一种正强烈刺激着她的感官的浪漫与神奇。这闻起来犹如玫瑰花香，让一个女人相信：一切皆有可能。——至少，在今晚会。

她不让自己去想这些。如果她去想了，她就会叫自己傻瓜，然后留在原地。因此，她随着音乐哼哼着，沿着碎石路走了下去。到达那条黑丝带一般的沥青路后，她向右转。

在他的门前，她停顿了一下。灯还亮着。

"这太不像我的作风了。"她心中暗道。

她打消了自己的这个念头，向他的门口走去。她又在门口踌躇了一两分钟，然后敲了门。

片刻后，乔打开了门。他的头发乱糟糟的，好像是他已经睡着了，全身上下只穿着一条黑色的牛仔裤。他等着她说些什么，但她的话都咽在了喉咙里，发不出声。她就像个白痴似的站在那里，盯着他赤裸的胸膛。

"你就打算站在那里？"

她抬起她的右手，向他展示了一下她带来的一瓶香槟。

他盯着她，什么也没说。当那沉默变得让人不自在后，他从沙发上抓起一件黑 T 恤穿在身上，然后回到门边。"我想你是性饥渴了，所以你才来了这里，对吗？"

听到这句话她一阵畏缩。她想过让自己发作一下，甚至是扇他一耳光，但这样会显得是在作秀。一个会跟陌生人上床的女人，很久以前就已经失去了那个权利。他很坦率，但也有些别的原因。感觉上，就像是他在对她感到愤怒，她无法想象这是什么原因。而更让人不安的是，她意识到自己在关心着这是什么原因。"没有。我想，或许我们可以出去走走。"

"你想我们去约会？在深夜一点钟的时候？"

"当然。为什么不呢？"

"最好问问：为什么呢？"

她抬头看着他。当他们的目光胶着在一起的时候，她感到自己的脉搏一阵狂跳。她不可能回答出他的问题，她不敢去仔细审视自己的动机。"是这样的，乔。今天我很高兴，可能是我喝多了。"她已经语不成声，心底的渴求已让自己溃不成军。她羞愧难当地闭上了眼睛，"我不该来的，我很抱歉。"当她睁开眼睛的时候，她发现他走得近了些。现在，他不用费一丝力气就可以吻她，几乎不需要移动。

"我不怎么想出去。"

"哦。"

"但是，如果你想进来，我不会介意的。"

她开始微笑起来，"很好。"

"我介意的，"他说道，"是独自醒来。如果你不想整晚待在这里，没关系。但是，不要像个妓女似的偷偷溜走。"

这就是原因。梅格安回答："对不起。"

他笑了。微笑点亮了他的整张脸，让他看起来年轻了十岁。"好吧，进来吧。"

她抚着他的胳膊，"这是我第一次看见你笑。"

"是啊，"他轻轻地——或许是悲哀地说道，"是有一段时间了。"

梅格安睡了一整夜。当黎明来到这座木屋那小小的、昏暗的窗户，并悄悄窥探进来的时候，她惊醒了。跟紧张和暴躁——在一个无眠的夜晚之后她通常的情绪——不一样的是，她感到精神焕发、浑身轻松。她都不记得上次在早晨感觉这么甜美，是什么时候的事了。

她能感觉得到压在自己腿上的乔的腿的重量。他的胳膊环绕着她，把她稳稳地抱着。即使在睡梦中，他的食指仍然在不安分地在她的皮肤上挠着。

她该走了。这是一项经过她多年的磨炼已臻于完美的技能——不做任何亲密接触地往旁边一滚，安安静静地落地，无声无息地穿上衣服，然后让人不知不觉地消失。

"我介意的，"他昨晚说过，"是独自醒来。"

她不能悄悄溜走。

令人吃惊的是，她不想这么做。她不想溜走。她最基本的自我保护意识告诉她，应该溜走。但是，再次躺在一个男人的怀里，感觉真是太好了。当她躺在这儿，听着他缓慢而平稳的呼吸，感觉到他的胳膊环绕着自己，她不禁意识到在自己的人生中，自己对亲密关系的认识是多么的少。她一直是那么成竹在胸，前行在她为自己认定的道路上，从来不会让自己慢下来，慢到足以感受一些东西。当然，她从乔身上感受到的这种亲密，并不真实。他们并不了解或关心彼此。但对梅格安来说，即使是这种近似的情感，也比她多年来曾感受过的亲密，要多得多。

昨晚，他们做爱的感觉也很不一样。更轻柔，更温和。跟他们以前的那种"我要拼命赶快结束"不一样的是，他们表现得似乎拥有了永恒无尽的时间。他长长的、慢慢的吻，让她内心的渴望变得疯狂。那不是简单的性饥渴，他们两个之中谁都不是。至少，她觉得，可以说那是她被他席卷而去的时刻。她会设想他们之间有着些更多的东西。

这让她感到担心。需要，是一种她理解并接受了的东西，犹如灰色世界里的一抹乌黑。

而情感，则完全不一样。就算不是一个爱的前奏，也会是件麻烦的事情。梅格安最不想要的，就是在乎某人。

然而……

她从来不是一个自欺欺人的人。而现在，当她一丝不挂地躺在他怀里的时候，她不得不承认，他们之间有了些什么。不是爱，肯定的。但是，有点什么。当他吻她的时候，感觉起来，就好像她以前从未被吻过似的。

就是这样，这种感觉对她来说，如同渐渐亮起的天光一样越来越明晰：这是心痛的前奏。

现在，就是开始。

心痛已经悄悄走近了她。她打开了一扇叫作"匿名的性"的门，却发现自己身处在了一个房间，里面充满了意料之外的各种无限可能。

可以击碎一个女人的心的各种无限可能。

如果她把他抛在身后，他便会消失，成为一段完美的回忆；想起他，可能会令人伤感，但也会是一种苦乐参半的疼痛，几乎可说能令人愉快。这样，当然胜过如果她尝试去相信他们之间有些比性更多的东西的话，那必将随之而来的心痛。

她必须在此事留下印记之前，将之结束。

这样的领悟，让她感到悲伤，让她感到更加孤独。

她控制不住自己，俯身吻了他。她想轻轻对他说：跟我做爱。但她知道，自己的声音会出卖自己。

于是，她闭上眼睛，假装睡觉。但这没有用。她能想到的一切，都是待会儿她会离开他的时刻。

她知道，她不会说再见。

乔抱着梅格安在怀里醒来，他们赤裸的身体纠缠在一起。昨晚的记忆逗弄着他，让他感到一种奇怪的头晕目眩。最重要的是，他记得当她喊着他的名字的时候，那种沙哑而绝望的声音。

他轻轻地移开自己的重心，移动到足以让他低头看着她。她的黑头发乱成一团。他记得激情的时候他的手在那里面的抓扯，然后他睡着的时候在那上面的抚摸。在灰色棉枕套的对比下，她苍白的脸颊看起来更白了。即使在睡梦中，他也在她的眼睛和嘴巴周围看到了一种悲伤，就好像她日夜都在担心着自己的烦恼似的。

他们可真是神奇的一对儿。现在，他们已经在一起度过了三个晚上，却几乎从未交换过彼此的秘密。

令人惊奇的是，他又想要她了。不只是她的身体。他想要去了解她，而就这个想法，好像改变了他。就像是在一个寒冷而黑暗的地方，看见了一盏指路明灯。

然而，这也吓到了他。

内心的罪责曾占据了他很大一部分。在过去的几年里，负罪感缠绕着他，深入骨髓。在他已数不清的无数个黑夜里，这是他的力量，让他存活下去的唯一理由，是他早上想起的第一件事，也是他睡着前脑子里的最后一件事。

如果他放手那罪责——当然，不会全部，只需刚刚足以让他转向另一种生活、另一个女人就够——他也会随之失去他的回忆吗？关于戴安娜的一切记忆，跟他关于过往的回忆，如此盘根错节地纠缠在了一起。所以，他要么就都能记得，要么就全部忘记吗？而且，如果他放手的话，他真的能抛开在生命中如此深爱过的女人而活下去吗？

他不知道。

但现在，低头看着梅格安，皮肤上感受着她轻声而柔软的呼吸，他想试一试。他伸出手去，把一缕头发从她脸上拨开。这是那种他好些年来不敢做

247

的动作之一。

她眨着眼睛醒了过来。"早安。"她说道。她的声音沙哑而真实。

他温柔地吻了她，轻轻说道："早上好。"

她退回得太快了点，转过了身，"我得走了。我要在九点钟的时候去接我侄女。"她把被子扔开，下了床。她用一个枕头遮住自己的裸体，匆匆跑进浴室。当她再次出现的时候，她又穿上了那条昂贵的淡紫色丝绸裙子。他也穿好了衣服。

她一只手拾起她的系带凉鞋，把她的长筒裤袜搭在一只肩膀上，"我真的要走了。"她瞥了一眼门口，然后开始转身向门口走去。

他想要挽留她，但不知该怎么办，"我很高兴昨晚你来了。"

她大笑道："我也是。我更高兴。"

"别……"他说着向她走去。他不知道是什么——如果有什么的话——在他们之间，但他知道那不是个玩笑。

她又看了看门，然后抬头看着他，"我不能留下，乔。"

"那么，回头见。再见。"他等着她的回答，但她没有。相反，她吻了他。重重地吻了他。当她退回去的时候，他已透不过气来。她轻轻说道："你是个好人，乔。"

然后，她就走了。

乔走到窗前，看着她离开。她几乎是跑到她的车上去的。但当她到了那里后，她停顿了下来，回头看着那座房子。在这个距离，她看起来充满了难以理解的悲伤。这让他意识到，自己对她的了解，是多么的少。

他想要改变，想要去相信自己终究会有一个不同的未来。甚至，是同她一起的未来。

但他必须放手他的过去。

他不知道这一切该怎么去做，该如何开始一个新生活、去相信一个不同的未来。但他知道，第一步是什么。他一直都知道。

他必须去和戴安娜的父母谈谈。

22 | chapter
姐妹之间

梅格安把车停下，走出车外。她抬头迅速扫了一眼房子，便知道了，家里没人。所有的灯都关着。她把她的裤袜塞进手提包里，赤脚跑过草坪，然后悄悄溜进漆黑的房子里。

三十分钟后，她已经洗完澡，穿上一件 T 恤和一条牛仔裤，也收拾好了行李。在离开的路上，她停顿了一下，给克莱尔写了一个便条，留在了厨房操作台上。

克莱尔和鲍比，
欢迎回家。

　　　　　　　　　　　爱你们的，梅格。

她在她的名字旁边画了一幅两只马天尼杯子的漫画，然后停下来，最后看了一眼这座充满了家的味道的房子。出乎意料的是，她非常舍不得离开。比较起来，她的公寓太冷了，太空了。

最后，她来到她的车上，慢慢地穿过营地。

在周日早晨这么早的时候，这个地方很安静。泳池里没有小孩子，周围没有走动着的野营者。只有两个渔民——看起来像是父亲和儿子——站在河岸上，在往河里抛着鱼线。

在营地的边缘上，她向右转，开上了一条碎石路。这儿的树木生长得更为茂密，高耸的树枝挡住了早晨大多数的阳光，只有几缕透射了下来。最后，她来到林中空地上一个马蹄形的院子，里面种满了超大的杜鹃花和巨大的蕨类植物。一座灰色的活动房屋坐落在院子中央的水泥块上，房子的一端有一个漂亮的香柏木阳台，表明那是房子的入口处。到处都是花盆，里面种着红色的天竺葵和紫色的牵牛花。

梅格安把车停下，走出车外。跟往常一样，在想到要见山姆的时候，她的胃部一阵紧缩。她需要非常努力，才能在看着他的时候不去回想他们的过去。

"滚！走开！你就跟你妈妈一样！"山姆曾这样对她喊过。

她抓着她的提包带，沿着碎石路通道走上阳台。在这六月的早晨，此处充满了金银花和茉莉花的芬芳。

她敲了敲门。开始的时候，敲得太轻。见没人来应门，她又敲了门，这次重了些。

门晃晃悠悠地打开了，合页吱嘎作响。他出现了，填满了整个门口，穿着一条破旧的背带裤和一件上面写着"河边度假村"的淡蓝色 T 恤。他棕色的头发如同爱因斯坦的发型一般狂野。

"梅格。"他说道，脸上的笑容明显是挤出来的。他退后，"请进。"

她从他身边走过去，发现自己进入了一个舒适得出乎意料的客厅。她说道："早上好，山姆。我是来接艾莉森的。"

"是啊，"他皱眉，"你确定你想带她一个星期吗？我很乐意就让她在这儿。"

"我相信你很乐意。"她针锋相对地回答道。这跟之前的那次，太像了。

"我这句话没别的意思。"

"当然没有。"

"不过，我知道你很忙。"

她看着他，"你仍然觉得我会对她产生坏的影响，是这样吗？"

他向她走了一步，停了下来，"我从来就不该那样想。克莱尔告诉了我你对她有多好。那时候我不了解小孩，而且，我也绝对不了解十几岁的女孩子——"

"好了，不要说完那句话。你有什么注意事项要告诉我吗？对什么过敏，要用些什么药，有什么我该知道的吗？"

"她八点钟上床睡觉。如果你给她讲一个故事的话，她会很喜欢。她最喜欢的是《小美人鱼》。"

"很好。"梅格看着走廊，"她准备好了吗？"

"是啊。她只是在跟猫说再见。"

梅格等着。在这个拖车里的某个地方，一个时钟嘀嘀嗒嗒地走过了一分

251

钟，然后又一分钟。

"星期六的时候，她要去参加一个生日派对。如果你能在中午的时候把她送回来的话，她就能赶上。"最后山姆说道，"这样，等克莱尔和鲍比周日回家的时候，她就已经在这儿了。"

梅格安知道这些安排，"她会准时回来的。我需要带她去买个礼物吗？"

"如果你不介意的话。"

"我不介意。"

"别买太贵的东西。"

"我想我知道怎么买东西，谢谢。"

又一个沉默降临。时钟一分一秒地标记着这个沉默。

梅格安正在搜肠刮肚地想找些无伤大雅的话说说的时候，艾莉森沿着走廊冲了过来，拖着一只身体几乎垂到了地上的大黑猫。"闪电想跟我一起去，外公，它对我喵喵地叫！我能带着它吗，梅格阿姨，我能吗？"

梅格不知道她那栋楼是否允许猫进入。

她还没有回答，山姆就跪在了她的外孙女面前，轻轻地从她怀里接过了猫，"闪电得待在这儿，亲爱的。你知道它喜欢和它的朋友们一起玩，还有，去树林里捉老鼠。它是一只乡下猫，它不会喜欢城市的。"

艾莉森瞪大了双眼。在她那心形的苍白小脸上，那双眼睛显得十分巨大。"但我也不是个城市女孩啊。"她说着噘起了她的下嘴唇。

"是啊，"山姆说道，"然而，你是去冒险啊，就像花木兰和茉莉公主似的。你觉得她们会对大城市的旅行感到紧张吗？"

艾莉摇摇头。

山姆把她拉进怀里，紧紧拥抱。最后放开她后，他慢慢站了起来，看着梅格安，"照顾好我的外孙女。"

这跟多年以前她跟山姆说过的话没什么不同。当时，就在她打算走了再也不回来的时候，她说过："照顾好我的妹妹。"唯一不同的是，那时候她是哭着的。梅格安回答道："我会的。"

艾莉抓着她的小美人鱼背包和她的小行李箱，"我准备好了，梅格阿姨。"

"好的，我们出发。"梅格提起行李箱朝门口走去。她们上了车，正在沿着碎石路车道向前开的时候，艾莉森突然大叫："停下！"

梅格猛踩刹车，"怎么了？"

艾莉森爬出她的座位，打开车门，然后跑回了拖车里。过了一会儿，她胸前抱着一张破破烂烂的粉红色毛毯回来了。她的眼里闪着泪花。

"不带着我的伍毕，我怎么能去冒险呢。"

克莱尔永远都会记得，她第一眼看到的考艾岛是个什么样子。

当飞机向左倾斜开始降落的时候，她看见了翠蓝色的海水环绕着白色的沙滩，海面下的珊瑚礁闪着暗光。

"哦，鲍比！"她转身看着他说道。她想告诉他，此刻，对于一个在拖车里长大、梦想着棕榈树的女孩来说，到底意味着些什么。但那些到了她嘴边的话，都显得太无力了，太俗套了。

一个小时后，他们已经在他们租来的汽车上——一辆敞篷福特野马——安顿好了，然后驱车向北而去。

令人惊奇的是，每开一英里，岛上的植被就会变得更绿，更加繁茂。当他们到达著名的哈拉雷大桥时，一块块巨大的绿色拼图似的芋头地紧贴在绵延上升的黑色山脉上，已经完全是另一个世界了。在两车道公路的一侧，当地的农民们站在水里，侍弄着他们的芋头。一走数英里，才能看见一座房子或一条路。右边，蜿蜒的哈拉雷河上有许多皮划艇在静静地顺流而下，河的两旁包裹着浓密的、鲜花盛开的绿色植被。远方，黑暗的群山耸立着，与蓝色的天空形成鲜明的对比。一些半透明的暗云预示着明天会有雨。但现在，天气很完美。

"这里！在这里转弯。"在经过了教堂一个街区远后，她说道。

沿着海滩路的房子，坐落在巨大的滨水区里。克莱尔已经做好了看到一些豪华酒店大楼的准备，但实际上她不用担心。大多数房子是老式的，朴实无华。在公园里，他们又拐了个弯，然后就到达目的地：她爸爸为他们订下的房子。距离海滩只有一个街区，而且蜷缩在一个死胡同里，感觉起来，应该很普通。

但这房子的确有些特别。墙壁被漆成了鲜艳的热带蓝，有着亮白色的门窗框，这房子看起来像是一个隐藏在热带景观之中的珠宝盒一样。茂密的绿色树篱环绕着房子的三面，有效地阻挡了外部的视线。

房子里面是白色的墙壁、松木的地板，以及鲜艳的夏威夷家具。楼上卧室里的颜色更为鲜艳，带着一个可以远眺群山的私人阳台。克莱尔站在这里，看着外面挂满了瀑布的群山，可以听见遥远的浪涛声。

鲍比来到她身后，伸出双手把她搂在怀里，"或许有一天，我会出名；然后，我们就到这里来生活。"

她向后靠在他身上。许多年来，她也做着同一个梦。但现在，她想得没那么多了。"我不在乎你是否有一天会出名，鲍比。我们现在就拥有这一切，而且，这真的比我想象过的还要好。"

他把她转过身来，让她面对着他。在他的双眼里，有一种不同寻常的悲伤，"我不会离开你的，克莱尔。你怎么能不知道呢？"

克莱尔想要微笑，忘记他们的这些对话，"我知道的。"

"不，你还不知道。我爱你，克莱尔。我想，我能做的只有不断这么说。我哪儿也不会去的！"

"去海滩怎么样？"

他们手牵着手，沿着路向海滩走去。这儿有大量公共设施，在其中之一的某个亭子处，一大群夏威夷人正在庆祝一个家庭聚会。黑头发、古铜色皮肤的小孩子们穿着颜色鲜艳的泳装在草地上玩着赛跑游戏，成人们在亭子里准备着自助餐。有人在什么地方弹着一把尤克里里①。

哈拉雷湾从她的两旁延展开去，一英里长的白色沙滩，形成了一个巨大的马蹄。耸立在背面的群山，现在被落日染成了粉红色。

小小的白色浪花翻涌着向前，带着孩子们的欢笑冲向沙滩。后面远些的地方，一些十几岁的男孩子躺在巨大的冲浪板上。他们的教练是一个戴着草帽的帅哥，当一个看起来有希望的浪过来之后，他就会把他们每个人都推上一把。

这一天剩余的时间里，他们就待在哈拉雷湾那温暖的沙滩上，看着日落，聊着天。当海滩陷入了宁静、沉入了黑暗，星星也在黑色的水面上眨起眼睛的时候，他们终于回到了房子里。他们一起做了晚饭，然后用灯笼和灭蚊蜡烛照明，在后面凉台的野餐桌上吃了晚餐。到晚餐结束、洗完盘子的时候，他们的双手就再也无法离开对方的身体了。

鲍比将克莱尔揽进怀里，然后把她扛上楼去。她大笑着紧紧搂着他，直到他把她放到床上才放手。她立即跪了起来，看着他。

"你真漂亮。"他说着伸出手去，一只手指滑到她的泳装胸罩带子下面。她冰凉的皮肤在他这温热的触碰下起了一层鸡皮疙瘩，让她感到无法呼吸。

———————————

① 尤克里里：即夏威夷小吉他。港台一般译作"乌克丽丽"，在大陆一般称为尤克里里。这是一种四弦拨弦乐器。

他弯下腰，扒掉自己的衣服，然后直起身来。看着他那赤裸的身体，那副傲然挺立、蓄势待发的景象，她颤抖着伸出了手。

他到了床上。当他脱去她的泳装、抚摸着她的胸部的时候，她能感觉到在他的双手里颤抖着的渴望。最后，他吻了她——她的嘴，她的眼睑，她的下巴，她的乳头。

她伸出双手抱住他，把他拉下来压在自己身上。她感到他的手滑到了她的双腿之间，寻找着她的温润。随着一声呻吟，她向他敞开了自己。当他最终爬到她上面去的时候，她的手指陷进了他结实的臀部，弓起身子来迎合他。他们呼唤着彼此的名字，一起到达了巅峰。

随后，克莱尔蜷缩在她丈夫湿湿的、火热的身体旁，在他安静平稳的呼吸声中和吊扇稳定持续的嗡嗡声中，进入了梦乡。

梅格带着艾莉森到西雅图市中心来了个旋风式的旅游。她们去水族馆看了饲养水獭和海豹。梅格甚至敢于卷起它名牌衣服的袖子，将她赤裸的双手伸进水槽里。她和艾莉森跟一群外地来的孩子们肩并肩地站在那里，摸了海葵、贻贝和海星。

之后，她们去一个法兰克福香肠店吃了热狗，然后走下码头。她们去老古玩店看了萎缩的头颅、埃及木乃伊，以及一些廉价的纪念品（梅格没有告诉艾莉，挂在天花板上那根八英尺长的东西，是一条鲸鱼石化后的阴茎。她可以想象，艾莉会将此告诉她的朋友们的）。她们在红罗宾汉堡店吃了晚餐，然后去太古广场剧院看了场迪士尼电影，结束了这一天。

当她们回到公寓的时候，梅格已筋疲力尽。

不幸的是，艾莉森还意犹未尽。她从一间房跑到另一间房，拿起各种东西看着——比如电动牙刷，大叫着"哇哦"。

梅格窝在沙发上，把她的双脚翘在咖啡桌上。这时艾莉森滑行着进入房间，拿着从前门入口处拿来的雕花莱俪水晶碗。

"你看到这个了吗，梅格阿姨？这些女孩没有穿衣服！"她咯咯笑着。

"她们是天使。"

"她们是裸着的。比利说，他爸爸有许多里面有裸女的杂志。恶心！"

梅格站起来，非常小心地从艾莉森手里拿过碗，"是不是恶心，因人而异。"她把碗放回了入口通道桌子它原来的位置上。当她回到客厅时，艾莉森皱起了眉头。

"因人是什么人？是超人吗？"

梅格已经累得想不出一个聪明的回答了，"差不多吧。"她再次倒在了沙发上。原来，带孩子这么累。她十几岁的时候，是怎么做到的？

"你知道小鹰吃的是它们的爸爸的呕吐物吗？"

"别开玩笑了。就算是我做的饭，都比那好。"

艾莉森咯咯笑了，"我妈妈做饭做得很好。"话刚说出口，她的下嘴唇就瘪了起来，眼泪在她绿色的眼睛里闪闪发光，就这样站在那里，立即到了开哭的边缘。艾莉森的这个样子，看起来太像克莱尔了，看得梅格安都喘不过气来了。她的思绪回到了那些她在安慰着她的小妹妹的夜晚，紧紧地抱着她，并保证着很快、很快就没事了……妈妈马上就会回家了。

"过来，艾莉。"她说道，喉咙哽咽。

艾莉森犹豫了一会儿，就那么一下。但就这么一下，让梅格安想起了她和她的侄女之间，对彼此的了解是多么的少。

艾莉森在沙发上坐下，离她大约有一英尺远。

"你想给你妈妈打电话吗？她会在六点钟打电话过来，但是——"

"好啊！"艾莉森高呼着，踩着沙发垫子上下跳着。

梅格安去找电话，在她的床头柜上找到了。在她的日程表上迅速地查阅了一下后，她拨通了考艾岛上那座房子的直线，然后把电话递给她的侄女。

"妈妈？"过了几秒钟后，艾莉森说道。然后，"嗨，妈妈，是我，艾莉·凯特。"

梅格微笑着走进厨房，开始收拾她今天带回来的食品杂货和糖果。这些是她已经很多年没有买过的东西：麦片，果酱馅饼，奥利奥饼干；还有些是她从未见过的东西，比如用银色的袋子装着的果汁、可以自行混合的酸奶。她买的最重要的东西，是一本《少儿活动手册》。她打算要把这个星期变得让艾莉森无法忘记。

"她想跟你谈谈，梅格阿姨。"艾莉森说着冲进了厨房。

"谢谢。"梅格接过电话，说道，"喂？"

"嘿，姐姐，怎么样？她停止过说话吗？"

梅格大笑道："就算是在吃东西的时候也没停过。"

"这就是我的艾莉。"

艾莉森拽着梅格的裤腿，"妈妈说那儿的沙子就像糖一样，糖！我能吃点饼干吗？"

梅格递给她一块奥利奥。"睡觉前只能吃一块。"她对她侄女说道。然后，她又对克莱尔说道，"我得喝杯玛格丽特。"

"你会没事的。"

"我知道。这让我想起了……"

"什么？"克莱尔轻轻地问道。

"想起了我们。你。有时候我看着艾莉，看见的都是你。"

"那么，她会爱你的，梅格。"

梅格闭上眼睛。这样跟克莱尔聊天，感觉真是太好了。这样，她们才是真正的姐妹，而不仅仅只是共同拥有一个悲惨的童年。"她想你。"

"让她睡觉可能会很难。你需要给她讲一个故事。"克莱尔大笑，"我提醒你，她的注意力可是很能集中的。"

"我会试试《白鲸》① 的。那可得很拼命才能不睡着。"

艾莉森又抓住了她的裤腿，"我想我要——"然后就吐在了梅格的鞋子上。

"我得挂电话了，克莱尔。旅途愉快，我们明天再聊。"

梅格安挂了电话，把电话放在厨房的操作台上。

艾莉森咯咯笑着抬头看梅格安，"哎呀。"

"可能不该吃两份香蕉船。"梅格安慢慢脱掉自己的鞋子，然后把艾莉森抄进怀里，抱着她走进浴室。

在巨大的大理石浴缸里，艾莉森显得太小了。

"这就像是个游泳池。"她说着吸了满满一口水，然后把水喷到瓷砖墙上。

"我们不要喝自己的洗澡水，好吗？这是让我们和低等灵长类动物区分开来的事项之一，比如男人。"

"外公让我这么做的。"

"我正是这么想的。现在过来，让我给你洗头。"她伸手去拿那瓶全新的婴儿洗发香波，那气味让她微笑起来，"过去，我也是用这种香波给你妈妈洗头的。"

"你弄到我的眼睛里去了！"

---

① 《白鲸》：美国伟大的作家赫尔曼·梅尔维尔 19 世纪的作品，是全世界公认的世界文学名著之一。《白鲸》与福克纳的《熊》、海明威的《老人与海》一起被誉为美国文学史上的三大动物史诗。

"过去，她也是这么说的。"当她给艾莉森冲完头发然后让她从浴缸里出来的时候，梅格安的脸上仍然保持着微笑。她擦干了这个小女孩，给她穿上粉红色的法兰绒睡衣，然后把她扛进了客房。

"是一个大床。"艾莉森皱着眉头说道。

"那是因为，这架床仅供公主使用。"

"我是个公主吗?"

"你是的。"梅格安屈膝行礼。"公主，"她用一种庄重的嗓音说道，"您还有什么吩咐吗?"

艾莉森咯咯笑着爬到了被子下面，"给我讲个故事。我想听……《沃恩博格教授魔幻动物园历险记》。"

梅格翻遍了箱子里的玩具和书籍，找到了那本书，然后开始读。

"你得到床上来。"艾莉森说道。

"哦。"梅格安爬上床，舒舒服服地躺了下来。艾莉森立即依偎在她身旁，把她的脸放在她心爱的伍毕上。

梅格又开始读了。

一个小时读了六本书后，艾莉森终于睡着了。梅格吻了她侄女那甜美的粉红色小脸蛋，离开了房间，细心地让门开着。

不敢打开电视或音响——她不想吵醒艾莉森，于是，她试着去读一本杂志。没几分钟，她就要睡着了，于是她蹑手蹑脚地走进她的卧室，换上她的西雅图海鹰队睡衣，刷了牙，躺到了床上。

她闭上眼睛，想着明天她需要去做的所有事情。今晚，她别想睡着了。

林地公园动物园。

儿童剧院的《圆梦巨人》。

游戏工场。

FAO 施瓦茨玩具店。

西雅图市中心的儿童游乐场。

她的思维从儿童游乐场跳到了国家森林公园，跳到了海登镇，跳到了乔。

乔。

昨天早上当他们在一起的时候，他是那么温柔地和她吻别。这让她感到一种无法言说的脆弱。

她想见他。不仅仅是为了性。

那么，是为了什么呢？

她选择了他的首要原因，就是和他没有未来。他跟她说的第一句话，或说是真正对她说的第一句话是什么？

"我不会带你回家的。"

或是类似的什么话。他一开始就已表明了她和他是没有未来的。

于是她就随他去了。但是除了上床之外，他们还能去哪里？他是一个小镇上的汽修工，还在为他破灭的婚姻而哭泣。

他们是没有未来的。

然而……当她闭上眼睛的时候，他就在那里，等着到她心灵的黑暗深处去吻她。

"梅格阿姨？"

她坐起来，打开了灯，"怎么回事？"

艾莉森站在那里，抓着她的伍毕。她的脸被泪水打湿了，眼睛也红了。在敞开着的门口，她看起来小得不可思议。"我睡不着。"

她看起来是那么像克莱尔……

"到这儿来，亲爱的。来和我一起睡，我会保证你的安全。"

艾莉森箭一般地穿过房间，爬到床上，然后紧紧依偎在梅格身边。梅格紧紧地抱着她，"以前，你妈妈感到害怕的时候，也是和我睡，你知道吗？"

艾莉森把一个拇指放进嘴里吸吮着，闭上了眼睛。她几乎立刻就睡着了。

梅格安爱她身上的味道，用婴儿洗发香波洗过头后小女孩的那种甜蜜味道。她紧紧依偎在她的侄女身边，闭上眼睛，准备着又来想一想关于明天的事情。

奇妙的是，她却睡着了。

电话铃声把克莱尔吵醒了。她赶紧坐了起来。"现在是什么时间？"她环顾四周找着床头的时钟，找到后，发现时间是早上五点四十五分。哦，上帝。"鲍比，电话——"

她从他身上爬过去接起了电话，"喂？梅格安？艾莉还好吗？"

"嘿，亲爱的，你好吗？"

克莱尔重重地呼出一口气，然后下了床。"我很好，妈妈。在考艾岛上，现在是五点四十五分。"

259

"是吗？我还以为你们跟加利福尼亚是在同一个时区。"

"我们已经快到亚洲了，妈妈！"

"你总是会夸大其词，克莱尔。我打电话来总是有原因的，你知道的。"

克莱尔从柜子里抓出她的睡袍穿在身上，然后走到外面的阳台上。外面的天空刚刚变成粉红色。后院里，一只公鸡大摇大摆地穿过草坪，母鸡们咯咯叫着跟在后面。早上的空气里，充满了热带花草的甜香和海风的咸味。"有什么事？"

"我知道，你觉得我没有尽到过做母亲的责任。"

"没有啊。"她打了个哈欠，不知道自己有没有可能再次入睡。她透过窗户看着鲍比。现在，鲍比已经坐了起来，正在冲她皱着眉头。

"就是这样的。你和那位'完美小姐'，总是在不停地提醒我，我在抚养你们这件事上做得有多糟糕。我觉得，至少可以说，你们是忘恩负义。但是，做母亲自有做母亲需要承担的东西，你知道的。误会，就是我所需要承担的。"

"现在聊戏剧早了点儿，妈妈。或许你可以——"

"重点在于，我做了些不好的事情，也做了些好的事情。这样，我就跟普通人差不多了。"

克莱尔叹了口气，"是的，妈妈。"

"我只不过是想让你记住。还有，告诉你那个大嘴巴姐姐。无论你们记得的是什么，或者认为你们做过了什么，事实是，我爱你们。我一直都爱你们。"

"我知道，妈妈。"她对鲍比微笑，用唇语说道：妈妈。然后：咖啡。

"现在，让你的丈夫接电话。"

"什么？"

"现在，你的床上的确有个男人，是吧？"

克莱尔大笑道："的确有。"

"让我跟他谈谈。"

"为什么？"

妈妈夸张地大叹了一口气，"这是在面对我多疑的女儿们的时候，另一个需要去承担的东西。是关于一个结婚礼物的事情，如果你非要知道的话。我听说，你们不喜欢那辆车。"

"没有艾莉森的位置。"

"你们去任何地方，都要带着她吗?"

"妈妈——"

"让鲍比接电话。这礼物是送给他的，既然你是如此忘恩负义!"

"好的，妈妈。随便吧。请稍等。"她回到屋里，"她想跟你谈谈。"

鲍比坐了起来。"这可不太妙。"当他从克莱尔手中接过电话时，他用唇语说道。他尽量欢快地对着电话说道:"我这个世上最性感的岳母，你好吗?"过了一会儿，他脸上的微笑消失了，"什么?"然后是，"你在开玩笑吧! 你是怎么做到的?"

克莱尔走向他，把她的手放在他的肩膀上，"怎么回事?"

他摇摇头。"这真是太不可思议了，爱丽! 真的，我都不知道该怎么感谢你! 什么时候?"他皱眉，"你知道我们在这里——哦，是啊，我明白，在售票处。是的，好的。我们当然会马上打电话。谢谢你! 我无法告诉你这对我有多重要! 是的，再见!"

"她做什么了?"当他挂上电话后，克莱尔问道。

鲍比笑得如此的灿烂，他的整张脸上都荡起了涟漪，"她给我争取到了一个到归家唱片公司去见肯特·埃姆斯的试音机会。我真是不敢相信! 我已经在穷酒吧演奏十年了，就是在等待着这样的机会!"

克莱尔扑向他，把他紧紧地抱在怀里。她告诉自己，感到害怕和担心是愚蠢的。但她的双手，仍然在颤抖。她想，是因为跟妈妈在一起的这么多年里，她把事情办坏的次数实在是太多了。有关妈妈所做的，她总是会做最坏的打算。"你会让他们折服的!"

他抱着她转着圈，直到他们两个都大笑起来，"一定会的，克莱尔。"

他把她慢慢放回地上站着的时候，她还在笑着。

"但是……"他说道，脸上没有了笑容。

她又开始担心了，"怎么了?"

"试音是在星期四。之后，肯特要离开一个月。"

"这周星期四?"

"在纳什维尔①。"

克莱尔抬头看她的丈夫。此刻，他的眼神里满满都是炙热。她知道如果

---

① 纳什维尔:美国田纳西州的首府，位于美国中南部。纳什维尔是美国音乐、出版的中心，美国乡村音乐的发祥地。

她说不，说那时候我们的蜜月都还没有结束呢，他会吻她，然后说，好的，或许可以给你妈妈回个电话，看看试镜能不能顺延一个月。明白了这一切，她很容易就做出了回答。

"我一直都想去看看奥普赖乐园①。"

鲍比把她抱在怀里，凝视着她。"我可以放弃的。"他平静地说道。

"不要错过这个机会，"她快乐地回答道，"现在，把电话递给我。我最好让爸爸和梅格安知道，我们可能会增加一两天的行程。"

带着艾莉森的日子，已经步入了正轨，变得舒服起来。之前，梅格安有一种强迫症似的需要：要向她的侄女展示城里每一个小孩子们会喜欢的地方；到了第三天下午，梅格安已经将这种想法抛弃了。相反，她们过得很简单。她们去租了电影，自己做了饼干，玩糖果乐园玩到梅格哭着求了饶。

每天晚上，梅格都会把艾莉抱在怀里睡觉；每天早上，她都会带着一种意想不到的期待醒来。她更容易笑了，笑得也更多了。在这之前，她都已经忘记关心别人的感觉有多好了。

当克莱尔打来电话说要延长她的蜜月的时候，梅格知道自己那种高兴的、乐意效劳多带几天艾莉森的状态，会让她的妹妹感到震惊。不幸的是，那个"哦，可真重要"的生日派对，让这一想法变得不可能。

当那个重要的星期六到来的时候，梅格安对自己那深深的恋恋不舍感到吃惊。在去海登的整个路上，当艾莉在喋喋不休地说着话、在座位上弹跳着的时候，她都得努力才能保持住微笑。在山姆家，艾莉飞进她外公的怀里，然后开始告诉他这一周的见闻。梅格吻了她的侄女、说了再见，然后匆匆走出拖车。那天晚上，她几乎完全没睡。她似乎已无法回避自己的孤独。

星期一，她回去上班。

时间一分一分地过去，比平时要沉重得多。她简直度日如年。到了下午三点，她已经累得几乎不能动弹。

她希望哈丽特不会注意到这些。

当然，这样的希望注定会破灭。

"你看起来很糟糕。"当梅格安垂头丧气地坐到那把熟悉的椅子上的时候，哈丽特说道。

———————————

①　奥普赖乐园：位于纳什维尔的乡村音乐乐园。

"谢谢。"

"婚礼进行得如何?"

"非常好。"梅格低头看着自己的双手,说道,"即使是妈妈,也没能毁了这场婚礼。婚礼是我安排的,顺便。"

"你?"

"别显得那么震惊。我听从了你的建议,闭上了嘴巴。克莱尔和我……和好了。甚至,在他们度蜜月的时候,都是我在带我的侄女。但是,现在……"

"现在,怎么了?"

梅格耸了耸肩,"回到了真实的世界里。"她抬头,"我的公寓太安静了。之前,我都没注意到这一点。"

"你的侄女很吵?"

"除了她睡着的时候,她从来不会停止说话。"梅格感到自己的胸口一紧。她会怀念和艾莉一起睡觉,怀念有个小女孩需要照顾。

"这让你想起了克莱尔。"

"最近,一切都让我想起那些日子。"

"为何?"

"我们曾是最好的朋友。"梅格轻轻说道。

"现在呢?"

梅格安叹了口气,"她结婚了。她有自己的家庭。然后,跟以前一样,可能直到我的生日,她才会又给我打来电话。"

"你也可以打给她呀。"

"是啊。"梅格安低头看着自己的手表。关于这个,她不想谈得更多,太让人伤感了。"我得走了,哈丽特。再见。"

梅格安盯着自己的委托人,希望自己挤出来的微笑,在别人眼里没有自己感觉起来的那么僵硬。

罗宾·奥霍利汉在窗前踱着步。她骨瘦如柴,化的妆比《沙漠妖姬》①中的特伦斯·斯坦普②还要浓。她是那种老套而做作的女人,太瘦了,太贪

---

① 《沙漠妖姬》:美国 1994 年上映的一部喜剧片。本片曾获得 1995 年奥斯卡奖最佳服装设计奖等多个奖项。

② 特伦斯·斯坦普:英国著名演员,在《沙漠妖姬》一片中饰演异装癖表演者班丽娜。

婪了，一切都太过了。梅格安想知道，为什么这些女人都没注意到：到了某个特定的年龄，太瘦，就会显得憔悴。瘦得越厉害，她们的脸就会变得越没有吸引力。而且，罗宾的头发曾被反复地染成金色；烫染的次数太多、时间太久之后，现在她的头上，看起来就像是戴着一顶用稻草做成的假发。"这没够。不用多说了，这样没完！"

"罗宾，"她努力让自己的声音保持着镇静和平稳，"他每个月付你两万美元的赡养费，还给了你华盛顿湖上的房子，以及在拉贺亚①的公寓。坦白说，对于一个维持了九年又没有孩子的婚姻来说，我觉得——"

"我想要孩子，"她几乎是对梅格吼出这句话的，"是他不想要。他也得为此付出代价，是他夺走了我一生中最好的生育年龄！"

"罗宾，你已经四十九岁了。"

"你是在说我太老了，生不出孩子了吗？"

梅格安恨不得说"好吧，不是。但你已经结过了六次婚，坦白说，你的心智和情绪稳定度只相当于一个两岁的婴儿。相信我，你从来没有想过要孩子，谢谢。"相反，她说道："当然不是，罗宾。我只是在提醒你，提关于孩子的事情，对我们没什么用。华盛顿州的法律不计婚姻过错，你记得的。离婚的原因，毫不重要。"

"我想要那些狗。"

"我们已经讨论过这个了。在你们结婚前，他就有那些狗了。似乎理应——"

"是我提醒卢普给它们喂食喂水的！没有我，那些狮子狗早就完蛋了，死在泳池边了！我想要它们。还有，你别跟我吵架，你是我的律师，不是他的！就两万美元一个月，我几乎活不下去！"她苦笑，"他还有飞机，阿斯本的房子，马里布海滩的房子。他还夺走了我们所有的朋友！"她的声音变得嘶哑。就在一瞬间，梅格安一闪念看见了这个女人——罗宾·奥霍利汉——曾经的样子。现在这个失魂落魄的女人，曾经也是一个来自米许县的普通女孩，相信一个女人可以通过嫁人的方式来爬上高枝。

梅格安想温柔点，说点安慰的话。在以前，这很容易。但现在，她已经没这样的心情了。在见过了一百个不想工作又觉得拿两万美元一个月活不下去的愤怒的妻子后，她这样的心情早已化为乌有。

———————————

① 拉贺亚：位于美国加利福尼亚州南部圣地亚哥市，是该市一个临海的街区。

她暂时闭上了眼睛，想要清理一下她跳动的思绪。但与一片安静的黑暗相反，她的脑子里闪现出了奥霍利汉先生的形象。他静静地坐在会议室里，双手放在桌子上。他曾用一种让她感到惊讶的真诚，回答了她提出的所有问题。

没有婚前协议，没有。我相信我们会一起过到地老天荒。

那时候我爱她。

我的第一任妻子去世了。十年后，我遇到了罗宾。

哦，是的，我想要更多的孩子。罗宾不想要。

这是那种偶尔会出现的、会让一个律师感到措手不及的时刻之一，让人感到很不舒服。你会意识到，你是在帮着不对的一方；这样的意识，会让你想作呕。

简单地说，就是她相信了他。而这样，可就不太妙。

"你——好，我在这儿呢！"罗宾从她的香奈儿绗缝包里拿出一支香烟。突然记起她不能在这里抽烟后，她又塞回了包里。"那么，我要怎样才能得到阿斯本的房子呢？还有那些狗。"

梅格安用她的拇指和食指转着笔，思考着。不时地，钢笔会砰地掉到她面前打开着的马尼拉文件夹上。这声音听起来隐约像是战场上的鼓声。"我会给格雷厄姆打电话，讨论一下这个事情。显然，你的丈夫愿意大方一点，但是这件事你要相信我，罗宾。拿走一个人深爱的狗令他生气的程度，会比拿走他的很多东西要更严重。如果你打算大张旗鼓地去要弗拉菲和斯格拉菲，你要做好放弃很多的打算。你的丈夫可以一瞬间就从他要分给你的财产清单里拿掉那些房子。你最好想清楚到底那些狗对你有多重要。"

"我只是想伤害他。"

梅格安想起了已经被这个女人抛弃一个多月的男人。他看起来很悲伤，甚至是形容枯槁。"我想你已经做到了，如果这么说让你舒服点的话。"

罗宾把一根长长的红指甲敲在自己的牙齿上，盯着外面班布里奇岛的方向看着。"我不该跟那个游泳池清理工上床。"

"或者那个肉铺的送货员，或者那个给你做牙齿漂白的牙医。"梅格安想这么回答。但她却说道："这是一个不计婚姻过失的州，还记得吗？"

"我不是在说离婚。我说的是，我们的婚姻。"

"哦。"又闪现了一丝真实，瞥见了一眼躲在昂贵化妆品的遮掩下的那个真正的人。梅格安继续说道："人们在回头看的时候，都能很容易看明白。可惜的是，我们的人生无法回头。我想，这是克尔凯郭尔①说的。"

"是吗?"罗宾显然对此毫无兴趣，"我会考虑一下关于狗的事情，然后告诉你。"

"要快点。格雷厄姆说，提出意愿的有效时间为三十六个小时。之后，他说就是开庭了。第一轮交锋就开始了。"

罗宾点点头，"你看起来非常胆小，似乎是他们称之为'孬种'的那样的人。"

"并不胆小，实际上。但是，如果你愿意换一种表达方式的话——"

"不。"罗宾把她的包挂在肩上，向门口走去。打开门后，她说道："明天，我给你打电话。"头都没有回，她就走了。门咔嗒一声关上了。

梅格重重地叹息了一声。她感到如受重创，不知怎的，觉得自己似乎要矮了些似的。

她把文件放在一旁。而在她这样做的时候，又想起了奥霍利汉先生那张悲伤的脸。

"没有婚前协议，没有。我相信我们会一起过到地老天荒。"奥霍利汉先生的这句话仍然回响在耳边。

这会让他很伤心的，但这还不至于让他心碎。哦，不。梅格安和罗宾会更进一步，向他展示出他娶过的这个女人的真实面目。下次，他会发现，他几乎不可能去相信自己的心了。

叹了口气，她查看了一下自己的日程表。罗宾是她今天的最后一个预约。谢天谢地。此刻，梅格安觉得她再也无法着手另一个令人悲伤的失败爱情故事了。她收拾好自己的文件，抓起她的手提包和公文包，离开了办公室。

外面，是一个温和的初夏之夜。现在正是喧嚣繁忙的高峰时段，街上堵满了车。市场上，游客们仍然簇拥在鱼摊周围。系着白色围裙的鱼贩子们，把三十磅重的一条条王鲑从一个人的手上凌空抛掷到另一个人的手上；每一次抛掷，都会引得游客们举起相机一阵猛拍。

---

① 克尔凯郭尔：索伦·奥贝·克尔凯郭尔（丹麦语：Søron Aabye Kierkegaard），1813 年 5 月 5 日—1855 年 11 月 11 日，是丹麦哲学家、神学家及作家，被视为存在主义之父。

梅格安毫不在意这个她已司空见惯的绝活。她走过了鱼市，又沿着菜市走了下去。这时，她才意识到自己选了一条什么样的路径。

再往前走，就是雅典娜酒吧的门口。

她在外面停顿了一下，闻着那熟悉的刺鼻烟草味和油烟味，听着里面传来嗡嗡的说话声。那些对话千篇一律，最终会绕回到"你是一个人吗"。

孤独。

无疑，在可用来描述她的生活的词汇里，这是最为准确的一个。现在，艾莉走了，她更加孤独。她的小侄女离开后，给她留下的空洞，真是大得令人吃惊。

她不想到雅典娜酒吧里面去，挑一个她不认识的男人，然后把他带回她的床上去。她想要的是——

乔。

想起了他的名字，随之而来的，是一阵惆怅，一种更为孤独的感觉。

她离开那个门口，转身回家去。在她那栋楼的大厅里，她向门卫挥了挥手，门卫开始跟她说着些什么。她没有在意，走进了电梯。到顶层后，电梯铃叮当作响，然后她走了出来。

她的公寓门是开着的。

她皱起了眉头，回想着自己今天早上是否没关门。

关了！

她正要溜回电梯里的时候，看见一只手出现在她的门口。那只手上，拿着满满一瓶龙舌兰酒。

伊丽莎白·肖尔步入了走廊。"我听见了你穿越大西洋的呼救声，所以，我带着上了年纪又放荡的人们最喜欢的镇静剂来了。"

之后，让梅格安感到深恶痛绝的是，她当场号啕大哭起来。

23 | *chapter*
姐妹之间

乔这一天的工作，已基本完成。这是一件好事，因为他居然有地方可去，还有人可见。

期待着什么的感觉，真好；即使，这期待最终会导致他的痛苦。他已经流浪和孤单了那么久，仅仅是一个有目的地的行程安排，都会让他的内心感到一种安宁。

现在，他仰面躺着，盯着一台旧雪佛兰黑斑羚汽车那肮脏的底盘。

"嘿，你好啊！"

乔皱起了眉头。他觉得自己听见了什么，但又说不清是什么。工作台上收音机的声音被开得很大，威利·纳尔逊①正在给妈妈们讲着那些长大了会成为牛仔的婴儿们身上的先兆。

然后，有人踢了他的靴子。

乔从车底下滚了出来。

低头看着他的那张小脸上，有不少的雀斑，充满了微笑。她那双真诚的绿眼睛正盯着他，眼睛有一点儿眯着。起初，他还在想她是否需要戴眼镜了；接着就意识到，是自己头上戴着的工作灯照射到了她的脸上。于是，他把灯关了。

"史密提在办公室里。"他说道。

"我知道，傻瓜。他总是在那里。你知道夏威夷海滩上的沙子像白糖吗？史密提让我来玩这些工具。你是谁？"

---

① 威利·纳尔逊：美国著名乡村摇滚运动的领头人，乡村音乐中一位不可或缺的人物。他代表了乡村音乐的主流，美国的音乐偶像和乡村音乐传奇人物。2000 年获得格莱美奖终身成就奖。

他站了起来，在自己的工装服上擦着手，"我是乔。现在，快走吧。"

"我是艾莉森。我妈妈总是叫我艾莉，就像叫鳄鱼一样。"

"很高兴见到你，艾莉。"他瞥了一眼时钟，下午四点整。该出发了。

"布雷特妮·亨肖总是对我说'再见，艾莉鳄鱼'，明白了吗？"

"我明白，现在——"

"我妈妈跟我说不要和陌生人说话，但你是乔。"她皱着脸抬头盯着他，"你的头发怎么这么长？像个女孩子似的。"

"我喜欢这个样子。"他走到水槽旁洗掉他手上的油污。

"我的背包上有小美人鱼爱丽儿，想看看吗？"不等他回答，她就蹦蹦跳跳地走出了车库。"不要走！"她从背后对他大叫。

他往他的小屋走到半路的时候，艾莉森溜到了他旁边，"看到爱丽儿了吗？她在这一面是个公主，在另一面是个美人鱼。"

他踏空了一步。但他继续向前走着，"我要到我的房子里去了，你最好走开。"

"你是要去拉便便吗？"

他吃了一惊，然后笑了起来，"不是。"

"反正你也不会跟我说的。"

"我绝对不会。我要准备好到一个地方去。不过，很高兴认识你。"他没有慢下脚步。

她来到他旁边和他一起走着，热烈地谈着她一个叫莫兰的朋友在玩刀的时候把自己所有的头发都剪掉了的事情。

"学校的辅导员会处理这种行为的。"

艾莉森咯咯笑着，继续说着话。

乔登上了门廊台阶，然后打开门，"好了，艾莉森，这里是——"

她从他身边冲了过去，走进屋里。

"艾莉森，"他用严厉的声音说道，"现在你得离开了。你不应该——"

"你房子里面的气味真有意思，"她坐在沙发上弹跳着，"那些照片上的那位女士是谁？"

他转过身去背对了她一会儿。当他再回头看着她的时候，她已经在窗台旁翻着那些相框了。

"把那些放下！"他有点太过严厉地说道。

她皱着眉头放下了相框，"我也不喜欢别人碰我的东西。"她瞥了一眼那

271

一排相框，客厅的窗台上有三个，壁炉架上有两个。就算是一个小孩子看到后，也能体会到他的痴迷。

"照片上的这个女人是我的妻子，戴安娜。"大声说出她的名字，仍然让他感到心痛，他还没学会以平常心来对待她。

"她很漂亮。"

他凝视着离他最近的那张桌子上一个小相框装着的几个镜头拼接起来的照片，这些照片是吉娜在一个跨年晚会上拍的。"是的。"他清了一下喉咙。现在已经四点十五分了，要迟到了。"你要去什么地方吗？"

"是的。"她夸张地叹了口气，"我要把我的芭比娃娃送给玛丽贝丝。我的！"

"为什么？"

"我把她的娃娃的头打破了。外公说，我得道歉，还要把我的娃娃给她。这样，会让我的感觉好一点。"

他蹲下来，让他们的眼光在同一水平线上，"好了，艾莉鳄鱼，我想我们总算有一些共同点了。我……也打碎了一些非常特别的东西，所以，现在我必须去道歉。"

她沮丧地叹了一口气，"真糟糕。"

他伸出双手撑着自己的大腿站了起来，"所以，我真的得走了。"

"好的，乔。"她走到门边打开门，然后回头看着他，"你觉得我道歉后，玛丽贝丝还会和我玩吗？"

"我希望会。"他说道。

"再见，乔。"

"再见，艾莉鳄鱼。"

这让她咯咯笑了起来。然后，她就走了。

乔盯着那扇紧闭的门，在那里站了一分钟。最后，他转身沿着走廊走去。接下来的一个小时里，在他刮胡子、洗澡、穿上他最干净的旧衣服的时候，他努力组织着自己需要说的那些话。他试过了好听的话——戴安娜的死摧毁了我的心；直白的话——我搞砸了；痛苦的话——我无法忍受看着她死去。

但所有这些说法，都不全面，都不足以表达出他真正的心情。

在他拐上了他们家的岔道口的时候，或是几分钟后来到他们的邮箱处的时候，他仍然未能确定自己该说什么。

邮箱上面写着：亨利·罗洛夫医生及夫人。

乔忍不住伸出手去触摸，让他的手指沿着邮箱侧面金色的字体划动。在班布里奇岛上曾经也有这样一个类似的邮箱，上面写着：乔·怀亚特医生及夫人。

那好像是上辈子的事情了。

他盯着他以前的岳父的家看着。这儿看起来跟很久以前的另一个六月天一模一样。那时候，乔和戴安娜在这个后院里举行婚礼，身边环绕着家人和朋友。

他恐慌得几乎要放弃，几乎要转身走开了。

但是，逃避没有任何作用。他尝试过了。最终，逃避仍然把他带回这里，带回到这座房子，带到他曾经如此强烈地爱着的那些人身边，去说——

对不起。

只需这样。

他沿着图案复杂的砖石路，走向那座房子。这座房子被罗洛夫太太设计得看起来像塔拉庄园①似的，装饰着白色的柱子。在他两旁都是玫瑰和造型的树篱，飘来的气味甜得让人发腻。前门的两侧，各站着一个铸铁的狮子。

乔没让自己停顿或思考，伸出手去按响了门铃。

过了一会儿，门打开了。亨利·罗洛夫站在那里，手里拿着烟斗，穿着一条土黄色的裤子和一件深蓝色的高领毛衣。"我能——"当他看见乔后，脸上的笑容消失了。"乔伊，"他说道，烟斗在他颤抖的手里晃荡着，"我们听说过你回到镇上了。"

乔拼命让自己微笑。

"是谁呀？"蒂娜在房子里的某个地方喊道。

"你不会相信的。"亨利说道，他的声音几乎不会比耳语声大。

"亨利？"她又叫了一声，"是谁呀？"

亨利退了回去，他的脸上浮起了淡淡的微笑，满脸堆起了皱纹。"他回来了，老太婆，"他喊道。然后，他又轻轻地说了一遍，双眼饱含着热泪，"他回家了。"

---

① 塔拉庄园：指根据美国女作家玛格丽特·米歇尔的名著《飘》改编的经典电影《乱世佳人》中的塔拉庄园，也是该电影中的主要场景地之一。故事的主人公郝思嘉就出生在风景迷人、生活静谧的塔拉庄园。

"你确定这是龙舌兰酒吗？这喝起来，像是在喝打火机油！"梅格安听见自己的声音有些含混不清了。她已经过了微醺的阶段，正在向烂醉的路上狂奔。这样的感觉，真好。

"这是很贵的龙舌兰。是最好的，只有我的朋友才能享用。"伊丽莎白侧身拿起一块比萨。在她把比萨往自己嘴边送的时候，奶酪和比萨上的配料掉了下去，黏糊糊的一团落在了混凝土阳台上。"哎呀。"

"别管它。"梅格安把那些脏东西卷起来，然后从阳台上扔了下去，"可能正好会砸死一个游客。"

"你在开玩笑吧？现在是晚上十点，西雅图已经没人了。"

"确实。"

伊丽莎白咬了一口手上的比萨皮，"那么，有什么麻烦事，孩子？你最近的留言，听起来很沮丧。还有，通常我出现的时候，你可不会哭。"

"让我想想。我讨厌我的工作，我当事人的丈夫想杀我，在我毁了他以后；我的妹妹嫁给了一个恰好是个坏蛋的乡村歌手。"她抬起头，"还要我说吗？"

"请讲。"

"克莱尔去度蜜月的时候，我照顾了我的侄女，而现在，在我的房子里感觉太他妈安静了；还有，我遇到了一个人……"

伊丽莎白慢慢放下了比萨。

梅格安看着她最好的朋友，一阵无助的感觉突然涌上了心头。她鼓起勇气，轻轻地说道："我有点不对劲儿，孩子。有时候我半夜醒来，会发现我的脸都湿了。我甚至都不知道，为什么自己会哭。"

"你仍然觉得孤单吗？"

"你说'仍然'是什么意思？"

"行了，梅格。我们已经做了二十多年的朋友了。我记得在华盛顿大学刚入学的时候，你很安静，也太小了。你是那种大家都觉得要么会自杀、要么就会研究出癌症治疗方法的天才少年之一。那时候，你每天晚上都会哭。在寝室里，我的床就在你的床旁边，记得吗？你哭得那么小声，那令我心碎。"

"那就是你开始在去上课的时候和我一起走的原因吗？"

"我想照顾你——我们南方女人就是这样的，你不知道吗？我等了很多年，希望你会来告诉我你为什么会哭。"

"我是什么时候停止的？我的意思是，停止哭的。"

"大三的时候。那时候再问你，又太晚了。当你嫁给埃里克的时候，我想——我希望——你终于幸福了。"

"那是很久以前的事了。"

"我一直在等着你会遇到另一个人，再试一试。"

梅格安又倒了两杯酒。她喝着杯中的酒，向后靠在了阳台栏杆上。夜晚凉爽的风拂动着她脸旁的发丝，外面的交通噪音飘浮到她的身上。"我遇见了……一个人。"

"他叫什么名字？"

"乔。我甚至都不知道他姓什么。多么可悲，是吧？"

"以前，我觉得你喜欢跟陌生人做爱。"

梅格安听了出来，伊丽莎白在拼命让自己的声音听起来没有批判的意味。她回答道："我喜欢自我掌控，喜欢独自醒来，喜欢让我的生活在按我想要的那种方式去过。"

"所以，问题是什么？"

梅格安的心头又涌起了一波那样的感觉，一种被强大的电流吸住了的感觉，"自我掌控……独自醒来，我的生活在按我想要的那种方式过着。"

"所以，这个乔让你感觉到了些什么。"

"也许吧。"

"我想自从你意识到了这个，你还没有见过他。"

"我表现得有这么明显吗？"

伊丽莎白大笑，"有一点点。这个乔吓到你了，所以你跑了。我没说错吧？"

"你这个贱人，怎么这么清楚？"

"一个总是会对的贱人。"

"是啊，就是那样的贱人。最坏的那种。"

"你还记得去年我的生日吗？"

"在我喝第三杯马天尼之前的事情都记得；之后的，就有点模糊了。"

"我告诉你，我不知道自己是否还爱杰克。你告诉我，要跟他在一起。你还说了些我会失去一切，而他会跟猫头鹰餐厅的服务员结婚之类的东西。"

梅格安翻了个白眼，"这又是一个我的本性的铁证。你谈的是爱情，而我回答的是财产问题。我是多么自豪啊。"

"重点在于，我当时在自己的婚姻里垂死挣扎。多年来，我一直在骗着自己的东西都已快现出原形，一切都狰狞了起来，让我受伤。"

"但这一切都已过去，你和杰克又像一对新婚夫妇了。坦白说，这真他妈令人气愤。"

"你知道我是怎么重新爱上他的吗？"

"你吃药了？"

"我做了我最害怕的事情。"

"你离开了他。"

"我从来没独自生活过，梅格，从来没有。没有杰克的时候，我是那么害怕。开始的时候，连气都喘不过来。但我离开了他——而你到了我那里。你到海边的房子去的那天晚上，真的是救了我的命。"

"你总是比你想象的要坚强。"

伊丽莎白向她露出了一种"你也一样"的表情，"你必须停止害怕爱的到来。或许，这个乔就是你的起点。"

"他完全不适合我。我从来不跟有负担的男人睡。"

"你完全就没跟男人'睡'过。"

"你又是那个贱人了。"

"为什么他那么不适合？"

"他是个小镇上的汽修工，他住在他的工作附带的破旧小木屋里，他的头发是自己用折叠小刀剪的。你自己说有什么不适合吧。对了，虽然他家里没什么装饰，但是却塞满了已经和他离婚的妻子的照片。"

伊丽莎白看着她，什么也没说。

"好吧，我并不是真的在意那些东西。我的意思是，那些照片的确有点古怪，但我不介意他的工作。而且，我有点喜欢海登镇。那是个不错的小镇，但是……"

"但是？"

在伊丽莎白的目光中，梅格安看见了一种悲悯的理解。这让她感到安慰。"我一句话都没说就离开了那个小镇，连句再见都没说。这样的情况，可不好回头。"

"你从来都不是一个会走寻常路的人。"

"除非是为了性。"

"我从来不觉得，跟陌生人上床是件容易事。"

"是啊。"梅格静静地说道。

"所以，给他打电话。假装你是有业务才打电话过去的。"

"我不知道他的号码。"

"打到汽修厂去怎么样？"

"打到他工作的地方去？我不知道。那样好像太隐私了点。"

"我敢肯定，你给这个家伙口交过。可是，打个电话就会显得太隐私了？"

梅格安对此大笑了起来。她不得不承认，这样确实太扭捏了。"听起来，我就像个神经病。"

"是的。好了，梅格安，这就是我们要去做的事情，而且，我是认真的。明天，你和我要开车去萨利希度假屋，我已经在那里为我们安排了些 SPA 护理项目。我们会在那里说着、笑着、喝着酒，来拟定一个战略计划。在你叽叽歪歪之前，我先告诉你我已经给朱莉打了电话，跟她说了你明天不上班。我要走的时候，你要把我载到机场，然后继续向北走。在你到达乔的门口之前，你一刻也不能停留。我说清楚了吗？"

"我不知道我有没有那样的勇气。"

"你是想让我跟你一起去吗？那好吧，我会的。"

"这就是为什么他们会称你为'钢木兰女人'① 的原因。"

伊丽莎白大笑道，"宝贝，你最好相信。你不会想告诉一个南方女孩，你要放弃追逐一个帅哥吧？"

"我爱你，你知道的。"

伊丽莎白伸手去拿比萨，"你只需记住这句话，梅格。迟早，这句话又会派上用场的。现在，给我讲讲关于克莱尔的婚礼的事。我真不敢相信她居然会让你来安排！"

---

① 钢木兰女人：美国 1989 年上映的电影《钢木兰花》里，一个纯朴小镇上的六个女人有着真挚的友谊，帮助彼此走过生命中的悲欢离合。此处梅格安以这个称谓来代指伊丽莎白是个对朋友非常真挚的女人。

24 | chapter
姐妹之间

"加斯·布鲁克斯就是在这个俱乐部被发现的。"克莱尔对肯特·埃姆斯——纳什维尔归家唱片公司的高管，以及他的助手瑞恩·特纳微笑着。在过去的一小时里，他们每个人都将这条珍贵的信息向她透露过三次了。她不确定是否是因为他们的记忆力如同蚊子一般，还是他们觉得她太蠢了、只说一次的话怕她理解不了。

现在，她和鲍比已经在纳什维尔待了两天了。这两天过得很完美。他们在罗伊斯酒店的房间漂亮得惊人；他们会到餐厅去挥霍吃浪漫的晚餐，在床上吃早餐；他们已经去游览了奥普赖乐园，参观了乡村音乐名人堂；最重要的是，鲍比在历次试音中赢了个大满贯——四次都是。他的第一次试音是在一间阴暗潮湿、没有窗户的办公室里，只有一个低级的执行官听他演唱。鲍比回来的时候很沮丧，抱怨着来听自己的重头戏的人，居然是个没什么审美观的、还长着青春痘的小孩。那天晚上，他们喝了香槟，努力装作无所谓。克莱尔紧紧地抱着他，告诉他自己有多么爱他。

第二天早上八点四十五分，他们接到了打回来的电话。从此以后，机会就如潮水般涌来。他唱着他的歌，从一个执行官那里唱到另一个那里，直到他发现自己最终来到了一个巨大的角落办公室里，这里可以俯瞰西部乡村音乐的梦想一条街：音乐街。每一个新出现的执行官，都将鲍比作为"他的发现"介绍给比他职位更高的人。

在过去的二十四小时里，他们的生活改变了。鲍比已经成了个"人物"，一个会"上位"的人。

现在，她和她的丈夫以及那些执行官们，坐在一个小小的、毫不起眼的俱乐部的前台。在不到一个小时前，鲍比被安排在这儿登台演出。这是一个向那些高管们"展示他的舞台魅力"的机会。

鲍比跟这些人聊起天来毫不费力，他们所有人之间的对话很少会有停顿。他们在谈着克莱尔完全不懂的人和事——录音样带啦，录音时长啦，版权费率啦，以及合同条款等。

她想把一切都弄清楚。在她的梦想中，她既是鲍比的妻子，也是他的搭档。但是，她似乎无法集中精力。从考艾岛到瓦胡岛，再到西雅图，又到孟菲斯，最后到纳什维尔——这无尽的飞行旅程已经给她带来一种隐隐的头痛感，而且这头痛感十分顽固。她也一直在想着，因为妈妈没有准时回家，艾莉会有多失望。

俱乐部里的烟雾，节奏强烈的音乐声或是那些大喊大叫的交谈声，都没有让她的感觉舒服一点。她紧紧握着鲍比的手；当有某个高管对她说话时，她点着头，希望着自己脸上的微笑在别人看起来没有自己感觉到的那么单薄。

肯特·埃姆斯向她微笑，"鲍比四十五分钟后上台。通常，想上这个舞台，得等好几年才有机会。"

她点点头，努力让自己笑得更灿烂。

"这就是加斯·布鲁克斯被发现的地方，你知道的。不是被我发现的，见鬼！"

克莱尔感到她的右手上有一种奇怪的刺痛感。她试了两次，才能向她的玛格丽特伸出手去。握住后，她把整杯都干了，希望能缓解一下她的头痛。

然而，没有作用。相反，这让她的胃感到不舒服。她从吧凳上滑落，站在那里，惊讶地发现自己已经站不稳脚。肯定是因为她这一口酒喝得太猛了的原因。

"对不起。"当那些男人们抬头看着她的时候，她才意识到自己打断了他们的谈话。

"克莱尔？"鲍比站了起来。

她挤出一丝微笑。感觉起来这个微笑很脆弱，只出现在了一边脸上。"我很抱歉，鲍比。我的头疼得更厉害了，我想我需要躺下。"她吻了他的脸，耳语道："让他们折服，宝贝。"

他伸出手搂着她，把她扶稳，"我送你回酒店。"

瑞恩皱眉，"但是你的演出——"

"我可是走了后门才帮你争取到这个机会的。"肯特面无表情地说道。

"我会及时赶回来的。"鲍比说。一直紧紧抱着她，他小心翼翼地带她走出了俱乐部，来到喧嚣繁华的街上。

"你不必送我的，鲍比。真的。"

"没有什么比你更重要，没有。可能，那些家伙也最好从一开始就明白，对我来说更重要的是什么。"

"有些人有点自大了哦。"他们沿着街道走着的时候，她靠在他的身上。

"最近，好运一直在我身边，自从我登上了鲍勃牛仔的那个舞台之后。"

他们匆匆穿过大厅，乘电梯来到他们的楼层。在他们的房间里，鲍勃温柔地为她脱去衣服，把她放到床上，在她的床头桌上摆好了水和阿司匹林。

"睡吧，我的爱人。"他吻着她的额头轻轻说道。

"祝你好运，宝贝。我爱你。"

"这就是我根本不需要运气的原因。"

她知道他是什么时候走的。门上传来一个咔嗒的响声，然后房间里就让人觉得更冷、更空了。她努力打起精神，给家里打了个电话。她尽量提高音调，告诉了艾莉和山姆他们这令人激动的一天，然后跟他们说她会在两天之内回家。挂了电话后，她重重地叹了口气，闭上了眼睛。

第二天早上，当克莱尔醒来的时候，她的头不疼了。她感到乏力而疲惫，但当鲍比告诉了她事情进行得如何后，微笑变得容易了起来。

"我把他们所有人都震住了，克莱尔，没开玩笑！肯特·埃姆斯对我的未来垂涎三尺，他给了我们一份合同。你能相信吗？"

他们一起依偎在蜜月套房靠窗的座位上，两个都穿着酒店提供的超级柔软的睡袍。早晨明亮的阳光透过窗户洒了进来，鲍比看起来是那么的帅，让克莱尔无法呼吸。"我当然能相信。我听过你唱歌，你的确应该成为一名超级巨星。接下来怎么安排的呢？"

"他们觉得在纳什维尔会花一个月左右的时间。找歌、组织伴奏乐队之类的事情。肯特说，就算是在三千首歌里只找到一首合适的歌曲，也没什么好奇怪的。在我们做出小样后，他们就会开始宣传我。他们要我九月和十月都去做巡演，阿兰·杰克逊需要一个开场演员。阿兰·杰克逊！但是别担心，我告诉了他们，我们得制定出一个对家庭最好的时间表。"

在这一刻，克莱尔对他的爱，比她曾想象过可能达到的更多。她抓住他的睡袍把他拉得更近，"你的车上只准有男人和丑女人，我看过关于那样的巡演的电影。"

他吻了她，悠长而缓慢，又十分用力。当他退回去的时候，她已头晕目眩。"我是做过了什么，上天才让我拥有了你呢，克莱尔？"

"你爱了我，"她回答道，一边向他的睡袍伸出手去，"现在，带我到床上去，然后再爱我一次。"

梅格安在做 SPA 的这一整天里，都未能放松自己。在做全身按摩、面部护理以及在按摩浴缸里泡着的时候，她和伊丽莎白都在不停地聊天。无论梅格安在多么努力地控制着她们的话题方向，总是会不停回到一个话题上：乔。

伊丽莎白不懈地跟她说着这个话题。梅格安第一次知道了，不停地被别人的主见所左右是什么样的感觉。

"给他打电话，别他妈胆小如鼠的了。"伊丽莎白以数十种不同的方式以及几百句不同的话给她做了这样的建议。而这一切，归根结底就是一件事：联系他。

老实说，最终把伊丽莎白送到机场去了后，梅格安很高兴。那时候降临的安静，对她来说无异于一种甜美的解脱。但当梅格安回到她那宁静的公寓后，发现伊丽莎白的话音还在那儿回响着，所以她就让自己一直忙着找些事做。她买了一片比萨当晚餐，然后沿着码头走着，跟游客们一起在街上逛着。从渡轮上下来的，或是从公共市场向崎岖的街道蔓延着的游客们络绎不绝。

当她到家的时候，时间是晚上八点半。

一如既往，迎接着她的到来的，只有家中的一片死寂。

"我得养只猫了。"她大声说着，把她的手提包扔在了沙发上。话虽如此说了，她却打开电视看《欲望都市》；然后，又回到《律师风云》——波比·当劳又在哭了。她厌恶地关掉了电视。

"是啊，男性辩护律师都是流泪的机器。"

心里暗暗这样骂着，她躺到了床上。

然后就这样躺在那里，大睁着双眼，一直到天明。

"给他打电话，你这个胆小鬼！"伊丽莎白的声音再次在耳边响起。

第二天早上六点半的时候，她从床上爬起来，洗了个澡，穿着一套纯黑的套装，配上一件淡紫色的外套。

看了一眼镜子，她发现自己昨晚的睡眠时间不超过两个小时，——好像她不注意到自己的皱纹就不知道似的。

七点半，她就到了她的办公桌前，研究着保乐的案子。

每隔十五分钟，她就会瞟一眼她的电话。

"给他打电话。"耳边仍然是伊丽莎白的声音。

283

最终，这到了十点钟的时候，她投降了，然后拨通了秘书的内线。

"有什么事吗，唐特斯小姐?"

"我需要华盛顿州海登镇上的一个修车厂的电话。"

"什么修车厂?"

"我不知道名字或是地址，但就在河滨公园的街对面，在前街上。"

"我还需要——"

"——自己查去吧。那只是个小镇，大家互相之间都认识。"

"但是——"

"谢谢。"梅格安挂上了电话。

十多分钟过去后，萝拉终于拨通了一线。

"找到号码了，名字叫作'史密提修车厂'。"

梅格安写下电话号码，盯着。她的心跳得很快。

"这真是太可笑了。"一边这样想着，一边拿起电话，拨了号码。电话通了。每响一声，她都有一种把电话挂掉的冲动。

"史密提修车厂。"

梅格安努力吞咽了一下，"乔在吗?"

"请稍等。乔!"

对方的电话被放下了，然后又被接了起来，"喂?"

"乔? 我是梅格安。"

一个很久的停顿后，乔回答道："我还以为，我已经见过你最后一面了呢。"

"我想，可能没那么容易。"但这个玩笑陷入了沉默，"我……嗯……我星期五下午在米许县有个案子，我想你可能不想……我不该打来电话的，但是我想，或许你愿意一起吃个晚餐。"

他没有回答。

"算了吧，我是个白痴，现在我就挂电话。"

"我可以带一些牛排，然后借一下史密提的烤肉架。"

"真的吗?"

他轻轻地笑了，这笑声让她脖子上的疼痛感消失了。"干吗不呢?"

"我大约在六点钟到，可以吗?"

"很好。"

"我会带酒和甜点。"

当她挂电话的时候，梅格安已满面笑容。十分钟后，萝拉又呼叫了她。

"唐特斯小姐，你的妹妹在二线，她说有急事。"

"谢谢。"梅格安戴上耳机，按下按钮，"嘿，克莱尔，欢迎回来。你的航班肯定准时到达了，真好。你的——"

"我在机场，我不知道该给谁打电话。"克莱尔的声音在颤抖，听起来就好像是在哭似的。

"怎么了，克莱尔?"

"我不记得我在纳什维尔登过机；我也不记得我去取过行李，但是行李就在我身边；我不记得我去拿过我的车钥匙，或是走着穿过了车库，但是我现在就在我的车里。"

"我不明白。"

"我也不明白，见鬼!"克莱尔尖叫了起来，然后便开始抽泣，"我不记得该怎么回家了。"

"哦，我的天哪。"梅格安没有惊慌失措，立即着手掌控起来，"你有纸吗?"

"有。就在手上。"

"有笔吗?"

"有。"她的抽泣缓解了下来，"我很害怕，梅格。"

"把这个写下来：邮政巷 829 号。写好了吗?"

"写好了，拿在手上的。"

"一直拿在手上。现在，下车走向航站楼。"

"我害怕。"

"我不挂电话，我会一直在电话上的。"她听见了克莱尔关上车门的声音，还有她身后的行李箱滚动的声音。

"等等，我不知道该往哪边——"

"在你面前，是不是一个有顶的人行通道，上面列着些航空公司的名字?"

"是的，上面写着阿拉斯加航空和地平线航空。"

"往那边走。我就在这里，克莱尔，我哪儿都不去。乘自动扶梯到下一层去，你看见了吗?"

"看见了。"

她听起来是那么的虚弱，这把梅格安的魂都吓出来了，"到外面去，拿起上面写着'出租车'的电话。刚才你通过的门上的数字是多少?"

"十二。"

"告诉出租车司机，到十二号门接你，你要去市中心。"

"等一下。"

梅格安听见了她的说话声。

然后，克莱尔说道："好了。"她又在哭了。

"我在这里，克莱尔。一切都会好起来的。"

"你是谁?"

梅格安感到一种冰冷的恐惧，"我是梅格安，你的姐姐。"

"我不记得我给你打过电话啊?"

哦，天! 梅格安闭上了眼睛。她用尽自己的坚强意志才发出了声音，"你面前有一辆出租车吗?"

"是的。为什么会有出租车在这儿?"

"是来接你的。坐到后座上去，把你手上的那张纸给司机。"

"哦，天哪，梅格! 你怎么知道我手上有张纸? 我这是怎么了?"

"没事的，克莱尔，我在这儿。坐上出租车，他会把你带到我的楼前，我会在那儿等着你来。"

那辆出租车在路边停了下来。克莱尔还没来得及说谢谢，前面副驾驶座的门就被打开了。梅格安扔给了司机一沓钞票，然后砰地把门关上。

克莱尔的车门打开了。

梅格安站在那里，"嘿，克莱尔，下来吧。"

克莱尔抓着她的手提包，下了车。她感到脚步不稳，又很困惑。

"你的行李呢?"

克莱尔环顾四周。"我肯定是把它落在机场我的车里了。"她大笑，然而那笑声听起来很虚弱，即使是她自己也能感觉得到。"听着，梅格，现在我的感觉好多了。我不知道……我只是发了一分钟的神经病。这次飞行让人很不舒服，可能是因为他们在孟菲斯对我进行脱衣搜身了。我已经开始想念鲍比了，他还得在那儿待几个星期。我想，我是恐慌症发作，或是怎么回事。带我去一家安静的餐厅喝杯咖啡吧，我可能只是需要睡觉了。"

梅格安看着她，就好像她是个被弄坏了的科学试验品似的，"你是在开玩笑吧? 恐慌症? 相信我，克莱尔，我知道恐慌症是个什么样子，你不会连怎么回家都忘了的。"

"是啊。还有，你什么都懂。"她感觉到了压力……有什么东西……完全不对头，这让她筋疲力尽，"我不想和你吵架。"

"你不会的。我们要上那辆车，然后到医院去。"

"我现在没事了，真的。我大概是鼻窦炎发了，我会回家了再去看医生。"

梅格安向她走了一步，"有两种可以继续下去的办法。你可以乖乖地上车，然后我们离开；或者，我可以跟你大闹一场。你知道我会的。"

"好吧。带我去医院吧。我们会在那里待上一整天，以及花掉两百美元，最后发现，只是我的鼻窦炎被这次飞行加重了。"

梅格扶着她的胳膊，带她走进了一辆舒适的、黑色内饰的林肯城市轿车。

"坐一辆豪华轿车去急诊室？真拉风啊。"

"这不是豪华轿车，"梅格安仔细审视着她，"你现在没事了，真的吗？"

克莱尔听出了她姐姐声音里的关怀，这感动了她。突然间，她想了起来，当梅格感到害怕的时候，她的嗓门就会变高，也会容易生气。从小就是这样的。"很抱歉，我吓到你了。"

梅格安终于笑了。她向后靠到座位上去，轻轻说道，"你确实吓到我了。"

她们交换了一下眼神，克莱尔感到自己放松了起来，"鲍比在那些试音中完胜。他们给了他一份大合同。"

"在我审核之前，他不会签的。对吧？"

"标准的回复方式应该是：恭喜。"

梅格安的脸居然红了，"恭喜。这事的确很了不起。"

"我相信这是那种'信不信由你'的事情，标题叫作：依莲娜·沙利文做了件好事。"

"这是件对她有好处的好事。有一个有名的女婿，也会让她引起关注，你知道的。想想吧，随之而来的采访里，她会说'是我发现他的，是我改变了他的生活'。"梅格安伸出一只手按在胸口，然后用一种腻歪的南方口音说道："对家人，我是多么的慷慨！"

克莱尔开始大笑。然后，她感到右手上的那种刺痛感又回来了。低头看着自己的手的时候，她发现自己的手指都像钩子似的僵硬卷曲着。一时之间，整只手无法动弹。她大惊失色，心里暗暗祈祷："求求你，上帝——"痉挛结束了。

车在医院门口停下，把她们放了下来。

在急诊室的前台，一个戴着绿色头巾、穿着鼻环、体格魁梧的年轻女人看着她们，"有什么可以帮你们的吗？"

"我是来看医生的。"

"什么问题？"

"我头痛得厉害。"

梅格安靠在前台上，"把这个写下来：剧烈头痛，短暂性失忆。"

"对的，我搞忘了。"克莱尔虚弱地笑道。

这位接待员听后皱起了眉头，然后从桌子上把一个写字夹板滑了过来，"把这个填好，还有，把你的医疗保险卡给我。"

克莱尔从钱包里找出卡，交给那位接待员，"我的家庭医生认为我需要多锻炼。"

"他们都这么说，"接待员微微笑了一下说道，"请坐下等待我们的呼叫。"

一个小时后，她们还在等着。梅格安大为光火，在过去二十分钟里已经骂了那个接待员三次，甚至都抛出了"起诉"之类的词语。

"她们竟然还敢说这叫'急诊室'！"

"想想好的方面吧，他们肯定觉得我病得没那么厉害。"

"别说头痛了。等他们来看你的时候，我们两个都老死了！见鬼！"梅格安冲了起来，开始来回踱步。

克莱尔想过要试着让她的姐姐平静下来，但是那样做需要用到的力气太多了。而她的头痛，已经更厉害了。这一点，她绝对不敢让她的姐姐知道。

"克莱尔·奥斯汀。"一位浑身穿着蓝色衣服的护士喊道。

"真他妈该是时候了！"梅格安停止了踱步，帮着克莱尔站了起来。

"你真让人舒心，梅格。"克莱尔说着倚在她姐姐身上。

"这是个天赋。"梅格安说道，一边领着她往站在急诊室的双层门口的那位瘦弱得像只鸟儿的护士走去。

小鸟儿护士抬起头来，"克莱尔·奥斯汀？"

"是我。"

护士对梅格说道："你可以在外面等。"

"不行。"

"抱歉？"

"我要跟我妹妹一起进去。如果医生要我离开诊疗现场，我再离开。"

克莱尔知道她生气了。梅格又在自作主张——硬往她不该去的地方挤——但事实是，克莱尔也不想独自进去。

"很好。"

在穿过那扇双层门，进入那可怕的、弥漫着消毒水味道的白色世界里的时候，克莱尔紧紧抓着她姐姐的手。在一间小小的诊疗室里，克莱尔换上了一层薄薄的病号服，回答了护士问的几个简单的问题，放松胳膊测量了血压，做了静脉血常规测试。

然后，她们又等着了。

"如果我真的病了，他们就会冲过来照顾我了，"过了一会儿后克莱尔说道，"所以，这样的等待可能是件好事情。"

梅格安背对着墙站着，她的双手紧紧地交叉在一起，就好像她在怕自己一动就会去砸掉些什么东西似的。"你是对的，"她压着嗓子低声说道，"这些猪脑子！"

"你有考虑过从事卫生保健方面的职业吗？你对患者的态度很不错，你确确实实让我平静了不少。"

"抱歉。我们都知道，我没什么耐心。"

克莱尔躺在覆着纸的诊疗台上，盯着隔音砖组成的天花板看着。

终于有人敲门了，然后门打开了。

一个穿着白大褂的年轻男孩走了进来，"我是兰尼根医生。请问是哪里不舒服呢？"

梅格安不满地哼了一下。

克莱尔坐了起来，"你好，医生。我其实不需要到这儿来，我确定。我头痛了，我的姐姐认为头痛有必要来看急诊。在长途飞行后，我得了某种恐慌症。"

"她在机场忘记怎么回家了。"梅格安补充道。

医生没有看梅格安，也没有看克莱尔。相反，他研究着手上的资料。他让克莱尔做了几个功能性的动作——抬起一只手，然后另一只，转动一下头，眨眨眼睛，以及回答了几个简单的问题——今年是哪一年，现在的总统是谁。等等诸如此类的东西。当他完成后，他问道："你经常头痛吗？"

"是的，当我感到心烦的时候。不过，最近更多了些。"她不得不承认。

"最近，你的生活产生了巨大的变化吗？"

克莱尔笑了，"太多了。我刚刚第一次结婚了。而我的新婚丈夫要离开一个月，他在纳什维尔，录一张唱片。"

"啊！"他微笑道，"好吧，奥斯汀夫人。你的血液检查一切正常，脉搏、血压以及体温等，一切都正常。我相信你的头痛是因为压力所致。我可以给你做一些比较花钱的检查，但我觉得没必要。我会给你开一个治疗偏头痛的药方，当你再感觉到头痛的时候，就吃两片，多喝点水。"他继续微笑，"如果头痛还在持续的话，那么，我建议你去看看神经科医生。"

克莱尔点点头，放心道："谢谢你，医生。"

"哦，不行，绝对不行。"梅格安离开墙边走向医生，"这可不够。"

他望着她，由于她离得太近，他退后了些。

"我看过《急诊室的故事》。她需要一个CAT扫描，这是最起码的。或者是核磁共振或心电图，一些最基本的初步检查。最少最少，她现在就得去做神经内科咨询。"

他皱起了眉头，"这些检查都很花钱。我们不可能给每一个声称头痛的病人都做CAT扫描。但是如果你愿意，我可以马上给你推荐一位神经科专家，你们可以预约个时间去见他。"

"你当医生多久了？"

"我还在第一年的实习期。"

"你还想做到第二年吗？"

"当然。我不明白——"

"叫你的主管到这儿来，现在！我们在这儿待了三个小时，不是为了让一个初出茅庐的医生来告诉我们，克莱尔的头痛是因为处在压力之下！我也有压力，你也有压力，但是我们都记得回家的路！叫一位真正的医生过来，神经科医生。我们不会去做预约，我们现在就要见专家！"

"我会去请一位专家过来。"他抓着他的写字板匆匆出去了。

克莱尔叹了口气，"你又在自作主张了。就是压力所致的。"

"我也希望是这样。但是，我不会听了这个小白脸的话就相信了！"

过了一会儿，护士回来了。这一次，她脸上的笑容看起来很勉强，"肯辛顿医生已经审核过了你在兰尼根医生那儿的材料，她希望你可以做个CAT扫描。"

"'她'。谢天谢地！"梅格安说道。

护士点点头。"你可以跟我来。"她对克莱尔说道。

克莱尔看了看梅格安，梅格安微笑着抓住她的胳膊，"就当我们是连体婴儿吧。"

护士在她们前面走出了门。

克莱尔紧紧握着梅格安的手。那段路似乎永无止境，沿着一条走廊走到另一条，上了电梯，又走到另一条走廊，直到她们到达了"核医学中心"。

核。克莱尔感到梅格安把她抓得更紧了。

"我们到了，"护士在一扇紧闭着的门外停了下来，她转向梅格安，"那边有把椅子，你不能进来。但我会好好照顾她的，好吗？"

梅格安犹豫了一下，然后慢慢点了点头，"我会在这里的，克莱尔。"

克莱尔跟着护士进了门，然后沿着另一条短走廊进入了一个房间。房间的大部分空间，被一个看起来像是个白色的甜甜圈似的巨大的机器所占据。克莱尔让自己被固定在了一台可以推入"甜甜圈"洞口的一张窄床上。

她躺在那里，等啊等。每隔一个固定的时间，护士会回来，咕哝一下有关医生的事情，然后再次消失。

克莱尔开始觉得冷。她那么努力克制着的恐惧，悄悄回到了心头。待在这里，无法做到不担心最坏的情况会发生。

终于，门开了，一个身穿白大褂的男人走了进来，"抱歉让你等了这么久，突然发生了点事。我是科尔医生，你的放射科医生。你只需要好好躺着别动，我们很快就会让你离开这儿。"

克莱尔强迫自己微笑。她拒绝去想这个房间里的所有人都穿着防护服，而自己身上仅有一层最单薄的棉布作为防护的事实。

"搞定了，你干得很好。"最终完成的时候，他说道。

克莱尔谢天谢地。她几乎忘了当她躺在那个机器里的时候，她的头痛在不断地加剧。

走廊里，梅格安看起来怒气冲天。她问道："发生什么事了？他们之前说这只会花一个小时的！"

克莱尔回答道："的确只花了一个小时啊，当他们找来了医生后。"

"这些猪脑子！"

克莱尔大笑起来。笑过之后，她感觉好多了。"他们肯定是在教育你们律师，要注意你们的用语。"

"你不会想听我说出我对这个地方的想法的。"

她们跟着护士走进另一间诊疗室。

"我该穿好自己的衣服吗？"克莱尔问道。

"暂时不要。医生马上就会过来。"

"过来个屁！"梅格安压低声音说道。

三十分钟后，护士回来了，"医生安排了另一项检查，核磁共振。跟我来。"

"核磁共振是什么?"克莱尔问道，又感到焦虑了。

"核磁共振成像摄影，在这张图片上会很清楚地看到发生了什么。很常规的检查。"

另一个走廊，另一段通向一个关着的门的长路。再一次，梅格安在外面等着。

这一次，克莱尔不得不取下她的结婚戒指、耳环、项链，甚至她的发夹。技术人员问她身体里是否有钢钉或是心脏起搏器，她说没有，并问了为何这么问。他回答道："哦，当机器启动的时候，我们可不希望看到那些玩意儿从你的身体里飞出来。"

"真是一幅可爱的画面啊，"克莱尔咕哝道，"我希望我的内脏会安全。"

技术员大笑着帮她躺进一个棺材似的机器里。她发现自己很难均匀地呼吸。床又冷又硬，那弧度令人很不舒服，挤压着她的上半身。技术员把她捆了进去，"你得躺着一动不动。"

克莱尔闭上了眼睛。房间里很冷，她快被冻成了冰棍。但她躺得很安静。当机器开动时，听起来像是个在城市里钻着街道的冲击钻。

"安静，克莱尔。别动，一动不动。"她闭上眼睛，屏住呼吸，默默提醒着自己。直到眼泪流到了太阳穴，她才意识到自己在哭。

原本一个小时的检查，持续了两个小时。中途的时候，他们停了下来，给她输液。针头刺进了她的胳膊，液体流进了她的身体里，让她感到刺骨的冰冷。她敢发誓，她能感觉到这玩意儿流进了她的大脑。最终，她被解放了。她和梅格安回到核医学区的一间诊疗室里，克莱尔的衣服挂在那里。然后，她们去了另一间候诊室。

"当然会这样等。"梅格抱怨道。

她们又在那儿等了四个小时。最后，一个身材高大、面容疲倦，穿着实验室服装的女人走进了候诊室。"克莱尔·奥斯汀?"

克莱尔站了起来。这么一个突然的动作，让她差点摔倒。梅格稳住了她。

那个女人微笑道："我是谢莉·肯辛顿医生，神经科的主任。"

"克莱尔·奥斯汀。这是我的姐姐，梅格安。"

"很高兴见到你们。请跟我来。"肯辛顿医生带她们沿着一条短走廊，进入了一个布满了书籍、学位证书以及孩子们的美术作品的办公室。在她身后，一组 X 光片似的图像在亮白色的背光箱里分外显眼。

克莱尔盯着那些图像看着，不知道该看哪里。

医生在她的办公桌旁坐下，示意克莱尔和梅格安应该坐在她的对面。"我很抱歉你们和兰尼根医生之间出现的问题。是这样的，我相信你们知道，这是一间教学性质的医院。有时候，我们的住院医师没有我们所希望的那么周全。你们对更高水平医疗的要求，对兰尼根医生敲响了一个非常有必要的警钟。"

克莱尔点点头，"梅格安很擅长得到她想要的东西。我是得了鼻窦炎吗？"

"不，克莱尔。你的脑子里面有一个块。"

"什么？"

"你有一个块，一个肿瘤，在你的脑子里。"肯辛顿医生慢慢站了起来，走到 X 光片前，指着一个白色的斑点，"根据显示，大约有高尔夫球大小，处于右额叶，跨在中线上。"

肿瘤。

克莱尔的感觉，就像是自己刚刚被从飞机上推了下来。她无法呼吸，地板好像正在向自己冲来。

"我很抱歉告诉你们这个，"肯辛顿医生继续道，"但我已经和一位神经外科医生做了会诊。我们相信，这是无法做手术的。当然，你们会想要做二次诊断。你们也需要去看肿瘤医生。"

"啪"的一声响。

梅格安站了起来，撑着桌子，就好像她要去掐医生的脖子似的，"你是说，她有一个脑部肿瘤？"

"是的。"医生回到桌子旁坐了下来。

"而且，你们对此什么也做不了？"

"我们相信这是做不了手术的，是的。但是，我没说过我们什么也做不了。"

"梅格，求你了。"克莱尔有一种荒唐的担心，担心她的姐姐会把事情弄得更糟糕。她以恳求的目光看着医生，"你是在说……我会死吗？"

"我们需要做更多的检查来确定你的肿瘤性质。但是，就这个肿瘤的尺寸和位置来说，情况不容乐观。"

"'做不了手术'，意味着你们不会做手术？"梅格安用一种"别耍我了"的口吻，几乎是在咆哮着说了一句。

293

肯辛顿医生吃惊地望着她，"我相信没有哪个医生会做这个手术的。我已经和我们顶级的神经科医生会诊过了，他同意我的诊断。做这个手术太危险了。"

"哦，是吗？那可能会杀死她，是吧？"梅格安的表情非常反感，"谁会做这样的手术？"

"在这家医院里，没人会做。"

梅格安从地上抓起她的手提包，"来吧，克莱尔。我们进错医院了。"

克莱尔无助地看看肯辛顿医生，又看看她姐姐。"梅格，"她恳求道，"你不是什么都懂，求你了……"

梅格走向她，跪在她的面前，"我知道我不是什么都懂，我也知道我是个喜欢说大话的人。我甚至知道，以前我让你失望过。但现在，这些都不重要了。从这一秒起，唯一重要的，是你的生命！"

克莱尔感到自己开始哭了。她讨厌感到自己这么脆弱，但事实就是如此。突然间，她觉得自己像是要死了一样。

"靠在我身上，克莱尔。"

克莱尔盯着她姐姐的眼睛，想起了曾经的梅格是怎么为她扛起这个世界的。她慢慢地点点头。她又需要一个大姐姐了。

梅格安帮她站了起来，然后，她转身对医生说道："你继续去教兰尼根医生怎么读温度计吧，我们要去找一个可以挽救她的生命的医生了。"

25 | chapter
姐妹之间

　　几年前，有一段时间，克莱尔非常喜欢看外国电影。每周六晚，她都会把艾莉森交给她的爸爸，然后开上她的车，来到一个小小的、装饰得很精美的老电影院。在那里，她会将自己迷失在屏幕上那黑白图像的世界里。

　　这就是她现在的感觉：一个没有颜色的角色，走入了一个陌生的灰色世界。城市的喧嚣，已变得无声而遥远。她唯一能听见的，只有自己那平稳的、砰砰的心跳声。

　　这样的事情，怎么会发生在她身上？

　　医院外面，真实的世界让她难以忍受：警笛声呼啸，汽车喇叭声尖厉，刹车声刺耳。她有一种要把耳朵捂住的冲动。

　　梅格安帮她上了车。车上那种她渴求着的寂静，让她叹了口气。

　　"你还好吗？"梅格安问道。在克莱尔的印象中，她姐姐已经问了不止一次这个问题，嗓音尖厉又焦虑。

　　她看着梅格安，"我是得了癌症吗？肿瘤，就是指癌症吗？"

　　"我们不知道你到底得了什么。当然，那些猪脑子医生也不知道。"

　　"你看到了 X 光片上的阴影了吗，梅格？很大。"克莱尔突然间感到很疲倦，她想闭上眼睛睡觉。或许，到了明天早上，事情就会变得不一样。或许，她会发现一切都只是个错误。

　　梅格安抓着她，用力地摇晃，"听我说，见鬼！现在，你要坚强。不能逃避，不能放弃。这可不是上美容学校或是上大学，你不能挑一条容易些的路跑开。"

　　"我得了脑部肿瘤，而你却在指责我上大学时退了学。你真是神奇。"克莱尔想生气，但她的情绪感知已经很遥远，连思考都很困难，"我并不觉得自己有多大的病。每个人都会头痛，不是吗？"

"明天，我们会开始寻求二次诊断。首先，我们去约翰·霍普金斯大学①；然后，我们会去试试纽约的斯隆·凯特林癌症研究中心②。肯定会找到个有些绝活儿的外科医生的。"梅格安的双眼已泪如泉涌，声音也已沙哑。

看见梅格安崩溃的样子，让克莱尔感到更加害怕了。"会没事的。"她不由自主地说道。安慰别人，会比自己去思考来得容易。"你会知道的。我们只需要保持积极的心态。"

"信仰，对的。"一个很长的停顿后，梅格安说道，"你要保持你的信仰，而我就要开始寻找现有的一切，去了解你的情况。这样，我们就能万无一失了。上帝和科学都兼顾了。"

"你的意思是，我们一起？"

"必须要有人陪你扛过去。"

"但是……你？"

突然间，她们的整个童年回到了她们之间——所有的那些好时光，而更重要的是，还包括了所有那些不好的时光。

克莱尔盯着她的姐姐，"如果你开始跟我一起面对，那么，如果事情变得艰难，你也必须留在我身边。"

梅格把目光投向窗外，看着一辆经过的汽车，"你可以指望我的。"

克莱尔摸着她姐姐的下巴，让她转过头来看着自己，"说这句话的时候，你要看着我。"

梅格看着她，"相信我。"

"我肯定是离死不远了，所以我才会同意你的安排。上帝啊，帮帮我。"克莱尔皱起了眉头，"我不想告诉别的任何人。"

"在我们自己都还不确定的时候，为什么要说？"

"那只会让爸爸担心，让鲍比回家。"她暂停，艰难地吞咽了一下，"我甚至都不能想，要去告诉艾莉这个……"

"我会告诉大家，我要带你去做一个星期的 SPA。他们会相信吗？"

297

---

① 约翰·霍普金斯大学：美国一所世界顶级的著名私立大学，也是美国第一所研究型大学，拥有全球顶级的医学院、公共卫生学院等。截至目前，学校的教员与职工共有 36 人获得过诺贝尔奖。

② 斯隆·凯特林癌症研究中心：世界上历史最悠久、规模最大的私立癌症中心，一个世纪以来专注于癌症。此处的医生在诊断和治疗各种癌症方面有着无与伦比的技能，并且利用最先进、最具创新性的方法增加了治愈的可能性。

"鲍比会信的，还有艾莉也会。爸爸……我不知道。或许，如果我告诉他我们需要点时间待在一起的话，他就会信。这么多年来，他都希望我们两个能和好。对的，就这么说，他会买账的。"

乔曾经在书上看到过一种生活在非洲的塞伦盖蒂平原上的青蛙。那些青蛙，似乎会在雨季的时候，把卵产在泥泞的河岸上，那时候那里的泥土是黑色的，充满了水分。但是雨季很快过去，天气就会变得干燥起来。而在塞伦盖蒂平原上，旱季一旦到来，似乎就会永无止境。那些卵，会在干燥而坚硬致密的土地里保存数年。奇妙的是，当雨最终落回来的时候，新生的青蛙们会从淤泥里蹦出来，去寻找它们的配偶，又开始了新一轮的生命轮回。

那时候，他觉得简直不可思议，生命居然能适应这样的环境。

而现在，他的感觉与之有点类似。与戴安娜父母的那次面谈，解开了他心中的结。当然，不是化解了他心中的罪责，或者说不是全部化解了。但是，他们的宽宏大量，他们的善解人意，大大缓解了他的心理负担。自他妻子死后的第一次，他又能把自己站直了。他相信自己还能有条出路。不是继续从医，那件事他还没能放下，他还无法直面死亡。但他放下了一些东西……

还有，梅格安。让他不敢相信的是，她给他打电话了，让他去约会。他第一次真正地跟一个女人约会，已经是十五年前的事情了。

他甚至都不确定，现在到底该如何准备。

她跟戴安娜不一样。梅格安的身上，没有柔软的特质。他跟她在一起的任何时刻，她都从未对他期待过什么。至少，在所有那些"其他的时刻"里没有过——即使是在他们最亲密的时刻，当他在她身体里的时候，有时候，她都会把脸偏过去不看他。

他知道，聪明的做法是忘记她，忘记被她重新点燃了的那些期望。这样是明智的。但是，他做不到。这就像那些躲在河堤安全之处的青蛙，对甜美的雨水的期待。这是在它们数千年的进化中磨炼过的重要本能，是无法被忽视的。

在让乔起死回生这件事上，梅格安所起到的作用，或许比罗洛夫夫妇的原谅起到的作用还要大。现在，他已无法转身离她而去了。

正是因为她，他最终才敢于走到镇上去。在他午餐休息的时候，他沿着主街走着，低着头，脸被一个棒球帽遮住了一半。他走过了有两个老人坐在外面的"松动螺丝"五金店，走过了一个女人在外面拖着两个小女孩跳着舞的冰激凌店。他不理会人们在对他指指点点、窃窃私语，只是继续走着。

最终，他一头钻进了那家老理发店，坐到了一把空着的椅子上。"我该换个发型了。"他说道，没有跟弗兰克·希尔做眼神接触——从拍小学四年级集体照的时候开始，就是他给乔剪头发。

"你当然可以。"弗兰克扫完地，然后抓起一把梳子和几把剪刀。系上围裙后，他开始给乔剪头发。"抬头。"

乔慢慢地抬起了头。房间对面的一面镜子上浮现出他的模样，他看到了过去这几年的岁月在他身上留下的印记。悲伤和内疚在他的眼睛周围留下了许多皱纹，染白了他的头发。接下来的三十分钟里，他静静地坐在那里，胃缩成了一团，紧握着双手，等着弗兰克认出他来。

剪完后，他向弗兰克付了钱，走向门口。就在他刚打开门的时候，弗兰克说道："你随时都可以回来看我，乔。在这个镇上，你还是有朋友的。"

这个欢迎给了乔走到斯温家的商店去的勇气，他在那里买了些新衣服。有几个老熟人对他露出了微笑。

下午一点的时候，他回到了修车厂。接下来的时间里，他都在工作。

"这大概是在过去的半个小时里，你第十次看钟了。"四点半的时候，史密提说道。他在手工台前，为他孙子的生日装着一个滑板。

"我有……呃……要去个地方。"乔说道。

史密提伸手去拿扳手，"没开玩笑吧。"

乔砰的把那辆卡车的引擎盖放下，"我想，可能我得提前离开一会儿。"

"对我来说，没问题的。"

"谢谢。"乔低头看着自己的手，上面都是黑色的油污。他不知道这双手碰到梅格安的时候是什么样子，但是他知道，他们在一起的时候，她根本不介意他手指甲缝隙里的黑泥。这是他喜欢她的原因之一。在他以前的生活中所认识的那些女人，是看不起像他现在这样的男人的。

"你要去干吗呢？——如果你不介意我问的话。"史密提向他走过来问道。

"一个朋友要来吃晚餐。"

"这个朋友开着一辆保时捷？"

"是的。"

史密提笑了，"也许，你想借一下烧烤架。去海尔格的花园里剪几朵花？"

"我不知道该怎么说。"

"该死，乔，你尽管去做吧！张开你的嘴，说'请'。这是邻居和同事生活的一部分。"

"谢谢你。"

"海尔格昨晚做了个蛋糕，我敢打赌，她还有多的。"

"我的朋友会带甜点来。"

"啊。就像是聚餐，是吧？我们那时候可不会这么做。因为在我们那个时候，男人从来不会做菜。"他挤了一下眼睛，"反正，不会上灶台。过一个愉快的夜晚，乔。"他哼着一段动人的旋律，回到了工作台。

乔把一块油腻的抹布塞到屁股口袋里，离开了铺子。在他回家的路上，他在史密提家停了下来，跟海尔格谈了几分钟，然后扛着一个小烤肉炉离开了。他在前门廊上架好烤肉架，在那个黑洞里面塞满了那天他在斯温家买的煤球。

他在房子里环顾四周，把要做的事情打了一个腹稿。

油，墨西哥卷，还有削土豆。

剥玉米。

腌制牛排。

在水罐里插好花。

摆好桌子。

他看了看时钟。

她会在九十分钟后到达。

他洗了澡、刮了胡子，然后穿上他的新衣服，走向厨房。

接下来的一个小时里，他一项一项地做着杂事，直到土豆都进了烤箱、玉米到了炉子上、鲜花摆上了桌子、蜡烛都被点燃为止。

终于，万事俱备了。他给自己倒了一杯红酒，然后走进客厅去等她。

他坐在沙发上，舒展着双腿。

戴安娜在壁炉架上对他笑着。

他感到心头闪过一丝内疚，就好像自己做错了什么似的。这种感觉很愚蠢，他又不是在不忠。

然而……

他把酒杯放在咖啡桌上，向她走去。"嘿，戴。"他轻轻说着向照片伸出手去。这是他最喜欢的照片之一，是某个新年之夜在惠斯勒山上拍的。她戴着一顶白色的皮帽，穿着一件银色的大衣，看起来年轻漂亮得不可思议。

三年来，他都对她敞开着自己的心，告诉她自己身上发生过的一切。可突然间，他想不出该说什么了。在他身后，蜡烛在桌子上闪烁着，那里已经摆好了两个人的位子。

他抚摩着照片，玻璃的质感又冷又光滑。"我会永远爱你。"

这是真的。戴安娜永远会是他心中第一位的爱人；也许，会是他最爱的人。

但他必须再次尝试。

他一张一张地把那些照片收了起来，只在茶几上留下了一个相框——唯一的一个。其他所有的，他都带进了卧室里，小心翼翼地放在一旁。晚些时候，他会还一些到他妹妹家里去。

当他回到客厅里坐下的时候，他微笑着想起了梅格安，期待着夜晚的到来。

到九点半的时候，他脸上的微笑消失了。

他独自坐在沙发上，身边放着一个空酒瓶，已经半醉。土豆早就已经被煮得成了烂泥，蜡烛也已将自己烧尽。前门一直开着，保持着欢迎的姿态。而门口的街上，仍然空无一人。

午夜的时候，他独自上床睡觉去了。

在过去的九天里，梅格安和克莱尔去见了几个专家。当你有了脑瘤、又有许多钱的时候，医生们见你的速度，真是快得令人惊叹。神经内科专家，神经外科专家，神经肿瘤专家，放射专家。她们从约翰·霍普金斯大学到了斯隆·凯特林癌症研究中心，又到了斯克里普斯研究所①。她们要么是在飞机上，要么就在医院的候诊室里，或是医生们的办公室里。她们学会了数十个可怕的新词语，比如胶质母细胞瘤、间变性星形细胞瘤、开颅手术等。有的医生富有爱心和同情心；而更多的，显得冰冷而遥远，忙得没时间和你聊太久。他们所描述的处理方式，都很令人沮丧。从已统计过的数据来看，希望都很渺茫。

他们每个人都说了同一件事情：无法做手术。这跟克莱尔的肿瘤是恶性

① 斯克里普斯研究所：美国最大的私立非营利性质的研究所，在生物分子基本结构和生物分子设计方面是世界上极少数的领先中心之一，研究方向涵盖肿瘤生物学等学科。

的还是良性的没有关系。无论是哪种，都是致命的。大多数的专家都认为，克莱尔的肿瘤是一种恶性的胶质母细胞瘤，他们称之为"终结者"的那种。

每次她们离开一个城市，梅格安就把她的希望寄托到下一个目的地。

直到斯克里普斯研究所的一位神经科专家把她拉到了一旁。"听着，"这位医生说道，"你是在浪费她的宝贵时间。现在，放射疗法是你妹妹最大的希望。这种治疗方法对25％的脑部肿瘤都有效。如果肿瘤缩小了，或许就可以动手术了。带她回家，停止跟诊断结果做斗争；然后，开始跟肿瘤做斗争。"

克莱尔同意了，所以她们要回家了。第二天，梅格安带着她的妹妹到了瑞典医院。在那里，另一个神经肿瘤医生说了同样的话，他的意见又得到了另一位放射科医生的支持。于是，她们同意第二天就开始放射疗法。

每天一次，连续四周。

"我得待在这里治疗，"克莱尔坐在梅格安公寓里那冰冷的石头壁炉上说道，"海登镇离得太远了。"

"当然。我会跟朱莉打电话，要延长点不上班的时间。"

"你不必这么做的，我可以乘公交车去医院。"

"我根本不会回答这个问题。我还没这么不近人情吧？"

克莱尔看着窗外，"我的一个朋友，经历过了化疗和放射治疗……"她目不转睛地盯着闪闪发光的城市，但浮现在她眼前的，都是那日渐消瘦的戴安娜。当时，似乎她的头发都随着她的灵魂一起消失了。最后，所有的那些治疗，完全没起到作用。"我不想让艾莉看见我那个样子。她可以和爸爸待在一起，我们每个周末去看她。"

"我会给鲍比租一辆车，这样，你们就可以自己开车来回。"

"我不会告诉鲍比……暂时。"

梅格安皱眉，"什么？"

"我不会给刚刚和我结婚的丈夫打电话，告诉他我长了脑部肿瘤。他会回家的，而我根本无法忍受那个样子。"克莱尔看着她，"他等了一生，才等着这个机会。我不想毁了他的这个机会。"

"但是，如果他爱你的话——"

"他当然爱我，"她毫不客气地回答道，"这才是关键所在。我也爱他，我希望他能把握住他的机会。此外，除了握住我的手之外，他什么也做不了。"

"我认为，爱的可贵之处，就在于在艰难的时刻能握住彼此的手。"

"这就是我正在做的。"

"是吗？我听起来好像是，你怕他不想回来。"

"别说了。"

然后，梅格安走向她的妹妹，坐在她旁边，"我知道你在害怕，克莱尔。我也知道很久以前妈妈和我曾离开了你，我知道……我们伤害了你。但是，你必须给鲍比机会来——"

"这跟我们的过去无关。"

"我的心理医生说，一切都跟我们的过去有关。我开始同意她的看法。重点在于——"

"别告诉我在我自己的生活什么才是重点。求你了。"克莱尔的声音嘶哑了，"我才是那个长了肿瘤的人，是我！你不要来替我做选择，或是批评我的选择，好吗？我爱鲍比，而我不会求他来为我牺牲自己的一切。"克莱尔站了起来，"我们得走了，我要告诉爸爸发生了什么事。"

"那么，妈妈呢？"

"她怎么了？"

"你想给她打电话吗？"

"然后听她说她在忙着挑沙发的面料，所以无法来看她生病的女儿吗？不用了，谢谢。如果我变得更糟糕了，我会给她打电话的。你知道她有多么讨厌不必要的来访。现在，我们走吧。"

两小时后，梅格拐上了滨河路，然后她们到达了目的地。傍晚的阳光洒在屋旁黄色的隔板上，照亮了盛开着的粉红色玫瑰，把它们变成了橙色。花园里面五颜六色，灿烂华美。一辆带着辅助轮的小自行车，侧躺在杂草丛生的草地上。克莱尔喃喃地说道，"哦，天……"

"你能做到的，"梅格说，"放射治疗会救你的，就像我们谈过的一样。我会帮你的。"

克莱尔的笑容很无力，"我得独自去做此事。"

梅格明白。这是克莱尔的家人，不是她的。"好吧。"

克莱尔下了车，在路上蹒跚地行走着。梅格来到她旁边，伸出一只胳膊用力扶着她。

在门前，克莱尔停顿下来，做了个深呼吸，"我能做到的。妈妈生病了。"

"还有，医生会让你好起来的。"

她无助地看着梅格安，"我怎么能承诺这个呢？万一——"

"我们谈过这个的，克莱尔。你答应过的，我们晚点再来担心'万一'。"

克莱尔点点头，"你是对的。"她挤出一个微笑，打开了门。

山姆坐在沙发上，穿着一条工装裤，笑容满面，"嘿，你们两个！你回家回得迟了。这个 SPA 周怎么样？"话才说到一半，他的笑容就消失了。他看了一下克莱尔，然后看向梅格安。慢慢地，他站了起来，"发生什么事了？"

艾莉森在地上玩着一个费雪牌玩具谷仓组合。"妈妈！"她尖叫着喊道，站起来向她们冲了过来。

克莱尔蹲下来，把艾莉森抱进了怀里。

梅格安看见了她妹妹在颤抖，她真想如同她们还是孩子的时候一样，向她伸出手去，抱着她。她感到了一种新的愤怒。这样的事情，怎么能发生在克莱尔身上？她的妹妹，又怎么可能看着自己女儿的眼睛，告诉她自己已病入膏肓了？

"妈妈，"最后艾莉森说道，"你要把我压扁了！"她从她母亲的怀抱里挣脱出来，"你给我带礼物回来了吗？我们可以一起去夏威夷过圣诞节吗？外公说——"

克莱尔站了起来，她不安地回头看向梅格安，"六点钟来接我，好吗？"然后，她微笑着转向她的父亲和女儿，"我得跟你们两个谈谈。"

梅格安从未见过这样的勇敢。

她的耳边又响起了克莱尔说过的话："我得独自去做此事。"

她退出门外，跑到她车旁的安全地带，然后开车走了。

她根本不知道自己要去哪里，直到她到了那个地方。

那座小木屋看起来暗淡无光，里面似乎没人。

她在门前停下车，熄了火。包还在车上，她就穿过街道走到了前门。

她敲了门。

他开了门，"你一定是在耍我吧。"

这时候，她才想起了他们的那个约会。上周五，她本应带着酒和甜点过来的。感觉就好像是数十年前的事了。她从他身旁看过去，看见咖啡桌上有一束枯萎的鲜花，暗暗希望这不是他们约会的那天他带回来的。但是，他当然是那天带回来的。她想知道，他等了多久后，才独自去吃他的晚餐呢？她回答道："我很抱歉，我搞忘了。"

"给我一个充分的理由，让我不把门摔到你脸上。"

她抬头看着他，感到自己已脆弱得几乎不能呼吸，"我妹妹长了脑瘤。"

他的表情慢慢地变了。他的眼睛里面浮起一种眼神。那种充满了痛苦的理解，让她想知道他在自己的一生中究竟跨过了多少黑暗的路。他说道："哦，天哪。"

他张开双手，她钻进了他的怀抱之中。第一次，她让自己毫不掩饰地哭了起来。

乔站在门廊上，盯着外面降临着的夜幕。在街对面的公园里，一场棒球赛正在进行之中，在一片沉寂中传来一阵一阵的欢呼声。否则，这儿只会有凉风拂过金银花叶子的沙沙声了。

现在，他对梅格安的愤怒、因她让自己空等一场而对她的放弃，都已经不是问题了。他现在明白了。当她钻进自己的怀里、噙着眼泪抬头看着他的时候，他曾不顾一切地想要帮助她。

"我妹妹长了脑瘤。"当时她说道。

他闭上眼睛，不想去回忆，不想让自己那样去感受。

他把梅格安抱了将近一个小时。她哭得直到无泪可流了，然后陷入了一阵不安稳的睡眠。他能够想到，这是她数天以来的第一次入睡。

他知道。得到了一个这样的诊断后，一个人不怎么睡得着，或是根本就完全睡不着。

他们没说什么重要的东西，他只是抚摸着她的头发，亲吻着她的额头，让她在他怀里哭。

想到这个，他无法不感到羞愧。

在他身后，纱窗门尖叫着被打开，然后又砰的被关上了。他浑身僵硬，无法转身去面对她。当他转身后，看到的是她显得很尴尬的样子。

她的脸颊是粉红色的，而她那漂亮的头发变得乱糟糟的。她努力笑着，这样的努力撕扯着他。"我会记得给你授一枚紫心勋章①的。"

他想再次把她拥进怀里，但他不敢。现在，他们之间的情况不一样了，虽然她还不知道。医院。肿瘤。死亡、垂死和恶疾。

他不能再参与那一切了，他才刚刚从他上一轮的参与之中活了下来。他说道："哭没有什么不对。"

---

① 紫心勋章：美国专门授予作战中负伤的军人的勋章，也可授予阵亡者的亲属。尽管这枚勋章在美国勋章中的级别不高，但它标志着勇敢无畏和自我牺牲精神，在美国人心中占有崇高地位。

"我想是的。然而，也没什么帮助。"她向他走来，他不知道她是否意识到了她自己在转动着的双手。

他有一种感觉，当她在他怀里的时候，他既抚平了她的情绪，也让她感到了沮丧。就好像是，或许她会痛恨承认自己有被安抚的需要似的。他曾孤独过那么久，已足以明白。

"我想谢谢你，为了……我不知道。不说了。我不该让你来替我操心。"

他知道她在等着一句话，等着他说"我很高兴你来了这里"。

在他的沉默中，她皱着眉头退后，"我来得太多了，太频繁了，我想。我完全明白。我也讨厌索取的人。那么，我该走了。克莱尔明天开始放射治疗。"

他忍不住问道，"在哪儿?"

她停顿了一下，转身对他说道："瑞典医院。"

"你们做过二次诊断了吗?"

"你在开玩笑吗? 我们有全国最优秀的医生们的诊断。他们的意见不尽相同，但是他们都认为无法做手术。"

"有个家伙，在加州大学洛杉矶分校的神经外科专家，斯图·魏斯曼，他很厉害。"

梅格安盯着他看着，"他们都很厉害，他们都同意放射疗法。你是怎么认识魏斯曼的?"

"我和他是一个学校的。"

"大学?"

"别那么惊讶。我现在是这样在生活，并不意味着我一直都过着这样的生活。我有一个美国文学的学位。"

"我们对彼此一无所知。"

"或许，这样更好。"

"通常，我会给一个有趣的回答。但是今天，我有点跟不上了。当一个女孩有了个得了脑瘤的妹妹，就会这样。假装我很幽默吧。"她的声音有一点嘶哑，转身走开了。

她每走一步，他都想追上去道歉，告诉她真相，告诉她自己是谁、经历过了些什么。然后，或许她会理解，为什么有的地方他不能去。但是，他没有动。

当他回到屋里后，他看见那剩下的最后一张戴安娜的照片在壁炉架上盯着自己。

第一次，他注意到了她双眼里闪烁着的指责。

"怎么了？"他说道，"我什么也做不了。"

艾莉森仔细地听着克莱尔对自己脑子里那个高尔夫球般大小的"小伤口"的解释。

"高尔夫球很小啊。"最后，她说道。

克莱尔微笑着点点头，"是的，是很小。"

"然后，一种特别的枪会向它射出魔法光线，直到它消失？就像摸了阿拉丁神灯一样？"

"正是像那样的。"

"那你又怎么会要跟梅格阿姨住在一起呢？"

"到医院要开很久的车，我不能每天在这里和医院之间往返。"

艾莉终于点头道："好吧。"然后，她站起来往楼上跑去。"我马上回来，妈妈！"她向下面大叫。

"你还没跟我说说呢。"艾莉走后，爸爸说道。

"我知道。"

他站起来穿过房间，然后坐在她旁边。当他伸出一只胳膊抱着她把她拉近身边的时候，她感到了他那安慰而熟悉的体热。她把自己的头靠在他坚实的肩膀上，感到了自己脸上满是泪水，她才知道自己在哭。

"我可以开车载着你往返，你知道的。"他轻轻地说道。她也希望能让他这样，但是，她不想在他面前枯萎下去。她和梅格安了解过放射治疗。当放射位置是人的大脑时，一个人很快就会变得虚弱不堪。她得用尽自己的所有力气，才有可能保持坚强，扛过那些治疗。她不能每天晚上回家，通过他爸爸的双眼发现自己正在枯萎下去。"我知道，你总在我的身边。"

他擦着自己的眼睛，沉重地叹了口气，"你告诉鲍比了吗？"

"还没有。"

"但你会的？"

"当然。一旦他在纳什维尔完事后——"

"别。"

她望着他，对他声音中突如其来的严肃感到迷惑，"怎么了？"

"当时，我不知道你妈妈怀孕了，我告诉过你吗？"

"你告诉过我。"

"有一天晚上，我离开去了商店。当我回来时，她已离开我了。我试过去联系她，但你知道爱丽的。当她消失了，就是真消失了。我回我的造纸厂去上班，试着去忘记她。那花了我很长时间。"

克莱尔把手放在他手上，"我知道这一切。"

"你不知道一切。当梅格给我打电话让我来接你的时候，一个电话，就把我从孤身一人变成了一个有个九岁大的女儿的父亲。我对爱丽的恨，到了你不敢相信的地步。那花了我好几年的时间，才停止了恨她从我这儿夺走了你的童年。我的脑子里想的都是我错过的一切——你的出生，你说的第一句话，你走的第一步。我从来未能把小小的你，一整个儿抱在我的怀里，从来没有过。"

"这一切，跟鲍比有什么关系？"

"你不能替别人做决定，克莱尔。尤其是，那些爱着你的人。"

"但是，你可以为他们做牺牲。难道，这不是爱吗？"

"你认为这是牺牲？要是他认为这是自私呢？如果……最坏的事情发生了，你就是夺走了他和你唯一重要的那件东西：时间。"

克莱尔看着他，"我不能告诉他，爸爸。我不能。"

"因为她对你和梅格做过的事情，我可以杀了她。"

"这跟妈妈抛弃我们的事情不一样，"克莱尔坚信地说道，"这是关于我有多爱鲍比的事情。我不会让他为我放弃他的大好机会。"

爸爸还没来得及说什么，艾莉森蹦蹦跳跳地跑进了房间，拖着她那条破旧的、脏兮兮的婴儿毯，在她有生以来每晚睡觉都得带着的那条毯子。"给，妈妈，"她说道，"在你好之前，你可以带着我的伍毕。"

克莱尔双手接过那条淡粉色的毯子。她控制不住自己的情绪，把毯子举到自己的脸上，闻着上面这个小女孩的甜香。"谢谢，艾莉。"她用沙哑的声音说道。

艾莉森钻进她的怀里，抱住她，"没事的，妈妈。别哭。我是个大女孩了，没有我的伍毕，我也可以睡觉。"

26 | *chapter*
姐妹之间

梅格安坐在候诊室里，试着去读最近一期的《人物》杂志，是"最佳着装和最差着装"的一期。老实说，她看不出任何差别。最后，她把杂志扔在旁边的那个廉价木头桌子上。墙上的时钟嘀嗒，又过去了一分钟。

她又站起走向那张办公桌，"已经一个多小时了，你们能确定我的妹妹没事吗？克莱尔——"

"奥斯汀，我知道。五分钟前我跟放射科通过话，她就快完成了。"

梅格安强忍着没有指出她十五分钟前就得到过同样的回答。相反，她沉重地叹了口气，然后回到她的座位上。唯一一本还没读过的杂志，只有《田野与溪流》① 了。她没理会这本。

克莱尔终于出来了。

梅格安慢慢地站了起来。在她妹妹头上，右边有一小块被剃光了。"怎么样？"

克莱尔摸着自己头上光秃秃的那一块地方，感受着，"他们给我文了个身。我觉得自己就像《凶兆》② 里面的那个小男孩达米安。"

梅格看着克莱尔被刮得光秃秃的苍白头皮上的那个小黑点，"我可以给你做一下头发，这样你就不用看见……你知道的。"

"就不用看见秃斑了？那太好了。"

她们彼此对望了一分钟左右。"好吧，那么，我们走吧。"最后梅格安

---

① 《田野与溪流》：一个专注于打猎、钓鱼及户外运动的杂志，被誉为美国户外出版的三巨头之一。

② 《凶兆》：美国1976年上映的恐怖片，2006年又被翻拍。片中的小男孩达米安是魔鬼的儿子，头上有标志着恶魔的胎记。

说道。

她们穿过医院，来到外面的停车场上。

在回家的那段短短的车程里，梅格安一直在努力想着说些什么。从现在起，她不得不小心。无论说什么，都得把话说对。

"做放疗不疼。"克莱尔说道。

"是吗？那很好。"

"然而，要保持一动不动，有点困难。"

"哦……是啊，的确是。"

"我闭上眼睛，想象那些射线就是阳光，在治愈着我。就像你给我看过的那篇文章一样。"

梅格给过她妹妹一大堆有关积极的思维和图表的文献资料，直到刚才她才知道，克莱尔看过了。"我很高兴这起到了作用，弗雷德·哈奇①的那位女士应该会再给我送一箱子过来的。"

克莱尔靠在她的座位上，望着窗外。

从梅格安这一面看过去，她跟平时没什么两样。梅格安希望自己能说点有用的东西。她们之间，还没说出来的话，太多了。

叹了口气，她把车开到地下停车场，停在了她的车位上。

一路沉默中，她们上了楼。在公寓里，梅格安转身对着克莱尔，很是盯着那个秃斑看了一会儿，然后问道："你想吃点什么吗？"

"不要。"克莱尔轻轻碰了她一下，她感到克莱尔的手指很冰冷。"谢谢你今天陪着我，让我不会感到那么孤单。"

她们的目光相遇了。梅格安再一次感觉到了，她们之间的距离是多么遥远。

"我想，我要躺一下了，昨晚我没有睡好。"克莱尔说道。

所以，昨晚她们都没睡着，在各自的房间里，盯着各自的天花板。梅格安多么希望自己昨晚去了克莱尔的房间，坐在她的床上，和她聊过了些有用的东西。"我也是。"

克莱尔点点头。她发了一会儿呆，然后转身走向她的卧室。

梅格安看着门在她们之间慢慢地关上。她站在那里，听着她妹妹在门后

---

① 弗雷德·哈奇：即弗雷德·哈奇研究所，它是国际知名的癌症研究所，位于美国西雅图。研究所致力于研究如何预防、诊断和治疗癌症以及艾滋病。

面窸窸窣窣的脚步声。她想知道克莱尔在里面是否走得更慢，眼中是否充满了恐惧。或者，她是否在从镜子里盯着那块小小的秃斑看着。克莱尔勇敢的外表，会在那别人看不见的房间里分崩离析吗？

梅格祈祷着这样的事情不要发生。她走进她公寓的第三间卧室，那里已被她布置成了一个家庭办公室。文件、诉讼摘要和书面证词等曾经在那张玻璃桌上堆积如山；而现在，那张桌子已被各种医学书籍、医疗回忆录、《国家医学杂志》的文章，以及临床试验文献等淹没。每一天，她都会从巴诺书店和亚马逊书店收到一箱一箱的这种资料。

梅格安在桌子旁边坐了下来。现在她在读的，是一本关于应对癌症的书，翻开着的那一章，名为"当你需要开口时，请勿一言不发"。

她读到：这个痛苦的经历，也能成为一次成长和机遇。不只是针对病人，对家人来说也一样。这能成为一个让你和你所爱的人走得更近的机会。

梅格安合上书，伸手去拿一篇关于"三苯氧胺对于消减肿瘤的潜在益处"的《国家医学杂志》文章。

她打开一个黄色的信笺簿，开始做笔记。她拼命地做着笔记，写啊写啊……数小时后，当她抬起头时，克莱尔站在门口，对她微笑道："为什么我觉得，你是在打算自己给我做手术呢？"

"我对你的情况的了解，已经比我们看过的那第一个白痴医生要多了。"

克莱尔走进房间，小心地越过那些亚马逊书店的空盒子，以及那些被抛弃在地上的杂志。她盯着那些写得满满的信笺簿，以及那些没有墨了的笔，由衷地感叹道："难怪你会是这座城市里最出色的律师。"

"我很会做调查。我已经开始真正了解你的情况了。我给你做了一个摘要——我读过的所有东西的一个提要。"

"我觉得我最好自己去读，你觉得呢？"

"有些内容，比较……难。"

克莱尔伸手去拿在桌子左侧立着的一个文件夹。里面有一个马尼拉文件夹，凹口处用显眼的红墨水写着"希望"两个字。她把它拿了起来。

"别，"梅格说道，"我还才开始。"

克莱尔打开文件夹，里面是空的。她低头看着梅格安。

"这个要放进去，"梅格赶紧说道，从她的笔记本上撕掉了几页纸，"三苯氧胺。"

"药？"

"这世上肯定有战胜了脑部肿瘤的人，"梅格安狠狠地说道，"我会把他们每一个都找到，然后把他们的方法放到这里面。这就是这个文件夹的作用。"

克莱尔俯身拾起一张白纸，在上面写上了她的名字，把那张纸放进文件夹，然后把文件夹归回原位。

梅格惊叹地抬头盯着她的妹妹，"你真了不起！你知道吗？"

"我们沙利文家的女孩子，是打不倒的。"

"我们必须如此。"

梅格笑了。这一整天里的第一次，她感到自己似乎可以轻松地吐一口气了，"你想看电影吗？"

"啥都可以，除了《爱情故事》①。"

梅格准备站起来。

门铃响了。

她皱眉，"会是谁呢？"

"看你这个样子，就好像从来没有人会来拜访你一样。"

梅格安侧身从克莱尔身旁经过，向门口走去。在她走到门口的过程中，门铃又响了八次。"楼下那个门卫还真行啊。"她嘟囔着打开了门。

吉娜、夏洛特和凯伦挤成一团站在那里。

"我们的女孩在哪里？"凯伦叫道。

克莱尔出现后，尖叫声就开始了。凯伦和夏洛特一边跟梅格安咕哝着"你好"，一边潮水般地涌上前来，然后一起把克莱尔抱进了怀里。

"山姆给我们打了电话，"只剩她们两个人在走廊里的时候，吉娜说道，"她怎么样？"

"很好，我想。我觉得放射治疗很有效。她每天都要去，一共四周。"在吉娜惊恐的目光中，梅格安补充道："她不想让你们担心。"

"是啊，对的。但她不能独自去面对这样的事情。"

"有我啊！"梅格安有点受伤地回答道。

吉娜捏了捏她的胳膊，"她会需要我们所有人的。"

梅格安点点头。然后，她和吉娜互相看着。

313

---

① 《爱情故事》：美国1970年上映的电影。片中男主角奥利弗遇见了聪敏可爱的女生詹妮弗，两人迅速坠入爱河并不顾家人的反对而成婚。正当生活向美好的未来走去时，詹妮弗却得了绝症。最终，无情的病魔让詹妮弗离开了人世。

"你可以给我打电话。无论什么时候。"吉娜静静地说道。

"谢谢。"

之后，吉娜轻快地从梅格安身旁走进客厅，大声说道："好啦，我们要洗桶浴、吃黏黏的爆米花、看搞笑电影，当然，还有玩游戏。我们首先干什么？"

梅格安看着她们四个好朋友到了一起，七嘴八舌地聊着天。她没有走向她们，她们也没有叫她过去。

最后，她回到她的办公室里，关上了门。当她坐在那里读着最新的关于化学疗法和血脑屏障的文献时，她听见了她妹妹那纯净通透的大笑声。

她拿起电话，拨通了伊丽莎白的号码。

"嘿。"当她的朋友接起电话后，她轻轻地说道。

"怎么回事？"伊丽莎白问道，"你太安静了。"

"克莱尔。"她只说出了这么几个字，就已泪流满面。

乔摊开身子坐在沙发上，喝着一瓶啤酒。第三瓶了。喝酒的主要目的，是尽量让自己不去想那些事情。

救赎的机会转瞬即逝，对他来说已完全不可触及——也仅仅是上个星期在他面前闪现了一下而已。如同在沙漠里炎热的长路旁看到的绿洲一样，他早就该知道，那不过是海市蜃楼。

根本就不会有开始。他完全没有那个勇气。他曾想过，曾希望过，希望有梅格在身旁时他能坚强一些。

"梅格。"他轻轻地叫着她的名字，闭上了眼睛。他为她和她的妹妹做了个祈祷。现在，这是他唯一真正能做的了。

梅格。

他的脑子里无法去掉她的身影。他一直在想着她，回忆着，期待着。这才是让他去拿起那些啤酒瓶子的原因。

准确地说，他不是在想念她。见鬼，他甚至连她姓什么都不知道，也不知道她住在哪里，或是闲暇的时候会做些什么。

让他感到难过的，是她给他带来的念想。有那么些时刻，——在那些未曾预想过的甜蜜时刻，他曾敢于找回从前的自己。他曾让自己期待着谁，让自己相信会有一个新的未来。

他猛喝了一大口，——可这没什么用。

厨房里的电话响了起来。他慢慢站了起来，开始往那边走去。肯定是吉娜，打电话来确定他没事。他不知道自己该怎么告诉她这些。

但打来电话的不是吉娜，而是亨利·罗洛夫，听起来很急。"乔？你能来和我喝杯咖啡吗？大约一个小时后？"

"没什么事吧？"

"到白水餐厅怎么样？三点钟？"

乔真希望他能直说是什么事。"行。"他挂上电话，然后去洗澡。

一个小时后，他穿着他的新衣服，沿着主街走着。他仍然能感觉到些喝完啤酒后晕乎乎的劲儿，但是，或许这是个好事情。他已能感觉到人们在他背后盯着他看，在对他的出现小声地窃窃私语。

他用尽自己的意志，才能对把他带向一个卡座的女招待保持着微笑——这个女人他不认识，谢天谢地。

亨利已经坐在那里了，"嘿，乔。谢谢你来得这么迅速。"

"我又不忙，今天是星期六，修车厂没开门。"他滑坐进了卡座。

亨利谈了几分钟关于蒂娜的花园，以及去年冬天他们去圣克罗伊度假的事。但乔知道，这些都是他将要谈的事情的前奏。他发现自己紧张了起来，坐得僵直。

最终，他无法忍受那种悬疑。"什么事，亨利？"他问道。

亨利嘴上的话正说了一半。他停了下来，然后抬起头，"我想请你帮个忙。"

"我会为你做任何事的，亨利，你知道的。你需要帮什么忙？"

亨利伸手从桌子下面拿出一个巨大的马尼拉纸信封。

乔知道那里面是什么。他向后靠去、伸出双手，就好像是在招架着对他的拳击似的。"什么都可以，但这不行，亨利。"他说道，"我不能回到这上面去。"

"我只是想让你看看这个。这个病人是——"这时亨利的传呼机响了。"请稍等。"亨利掏出他的手机，然后拨了一个号码。

乔低头盯着那个信封。里面，是某人的病历，——一个关于伤痛和苦难的记录。

他无法回到那个世界里去。不行。当一个男人像乔一般严重地失去过信念和信心，他是无法回头的。此外，他再也无法从医了。他已经让自己的执照过期了。

315

他站了起来。"对不起，亨利，"他打断着亨利的电话说道，"我做会诊的日子已经结束了。"

"等等。"亨利举起一只手说道。

乔后退着远离了那张桌子，然后转身走出了餐厅。

虽然那些放射治疗的本身每天只会持续几分钟，但它们的存在却主宰了克莱尔的生活。到第四天的时候，她已疲惫不堪，又恶心异常。但这些副作用的糟糕程度，对她来说还不及那些电话的一半。

每天，在正中午的时候，她都会给家里打电话。艾莉总是在第一声电话铃响起的时候就接起了电话，问她那个"小伤口"是不是已经好多了；然后爸爸会接过电话，用另外一种方式，问着同样的问题。克莱尔那用来装作坚强的力量，已日渐削弱。

每次打电话的时候，梅格安都站在她身旁。她已几乎不怎么去办公室了，每天最多三个小时。其余的时间，她就钻进那些书堆和文章里面，或是泡在互联网上。她与肿瘤抗争着的激烈程度，相当于她曾与那些游手好闲的继父们做过的抗争。

克莱尔对此很感激。所有梅格安交给她的东西，她都读过。她甚至同意去喝梅格安根据自己的研究发明出的"BTC"——脑部肿瘤鸡尾酒，里面含有各种各样的维生素和矿物质。

她们的日常谈话内容是关于各种治疗、预后和试验。她们不会去谈未来会怎样。克莱尔没有勇气去说"我害怕"，而梅格也从不问这个问题。

唯独在下午两点的时候，梅格似乎希望自己可以消失——这是克莱尔与鲍比每天固定的通话时间。

现在，克莱尔独自待在客厅里。厨房里，两点的钟声正在响起。梅格听见了这个声音，便一如既往地找个借口离开了房间。

克莱尔拿起电话，拨通了鲍比的新手机号码。

他在第一声铃响的时候就接通了。"嘿，宝贝，"他说道，"你迟打了两分钟。"鲍比的声音穿透了她那冰凉如水的身体，温暖着她。

她靠在沙发柔软的垫背上，"跟我说说你这一天。"她已发现，去听，比去说更容易。开始的时候，她还能对他的那些故事哈哈大笑，然后编织出一些美丽的谎言。然而，最近以来，她的思维有点迷糊，而且疲惫得几乎无法忍受。她在想，他要过多久才会注意到，在他们的谈话中，都是她在听他讲呢？或是注意到，当她在说"我爱你"的时候，她的声音都已几乎变得不同？

"今天我遇到了乔治·斯特雷特①，你能相信吗？他给了我一首歌，叫作《黑暗的乡村角落》，然后说这首歌很适合我的声音。我听过了这首歌，非常棒。"他开始唱给她听。

她的喉咙里哽咽了起来。她不得不打断他，以防自己号啕大哭起来，"真美。肯定会进排行榜前十。"

"你还好吗，宝贝？"

"我很好。这里的人都很好。梅格和我一起共度了许多时光，你会很吃惊的。还有，艾莉和山姆让我转达他们对你的爱。"

"帮我回复他们我同样的爱。我想你，克莱尔。"

"我也想你。但是，只有几个星期了。"

"肯特认为，我们得在下个星期就把所有的歌都选出来，然后就开始录音。你觉得录音的时候你能来吗？如果能把那些歌唱给你听，我会很高兴的。"

"或许吧。"她说道，一边想着到时候该撒什么样的谎。现在，她已经太累了，根本想不出一个合适的理由来说。"你热爱你在那里的每一分钟吗？"

"除了你之外，这是我的最爱。是的，我很享受在这儿的每一分钟。"

她想，她现在做的事情是对的。是对的。"好的，宝贝，我得走了，梅格要带我出去吃午餐，然后我们要去基因·华雷斯 SPA 中心做美甲。"

"我以为你们昨天已经去做过美甲了？"

克莱尔倒抽一口凉气，"啊！那是在做足疗。我爱你。"

"我也爱你，克莱尔。一切……都还好吗？"

她又感到眼泪快流出来了，"一切都非常好。"

"我带了野餐来做我们的午餐。"第二天的治疗完成后，梅格安说道。

"我不是很饿。"克莱尔回答道。

"我知道。我只是想……"

克莱尔尽可能地考虑着别人的感受。悲哀的是，这也在变得越来越困难。"你想得很周到，今天天气很好。"

---

① 乔治·斯特雷特：美国 20 世纪 80 年代最有影响的乡村歌手之一，有"乡村音乐之王"之称。

梅格带她上了车。没几分钟，她们就开上了高速公路。在她们左边，联合湖在阳光下面熠熠生辉。她们经过了华盛顿大学的那些哥特式砖砌楼房，然后飞驰在浮桥上。

今天，华盛顿湖①的湖面分外繁忙，许多游艇后面拖拽着划水的人们，在湖面来来回回地穿梭。

梅格安在默瑟岛上拐下高速公路，转上了一条狭窄的林荫路。在一座漂亮的灰色木瓦房子前，她停下了车，"这是我搭档的房子，她说她很欢迎我们在这儿度过这个下午。"

"我真奇怪她还没有解雇你。最近，你不上班的时间真是太长了。"

梅格安扶着克莱尔下了车，沿着绿草茵茵的草坪，走向延伸入蓝色湖水里的银木码头。"还记得维诺比湖吗？"她说着带克莱尔走到码头的尽头，帮她稳稳地坐了下来。

"我穿着那件粉红色泳衣的那个夏天？"

梅格安把野餐篮子放下，然后坐在了她妹妹身旁。她们两个都把双脚吊在码头边缘外晃荡着，湖水拍打着码头的木桩。在她们旁边，一艘名为"辩护完毕"的漆木帆船轻轻地左右摇晃着，每一次摇晃，船上的绳索都随之吱嘎作响。

"那件比基尼是我偷来的，"梅格安说道，"从弗雷德·梅尔那儿。当我回家后，我是那么害怕，感觉非常糟糕。妈妈却并不在意，她在看着的综艺节目，只是抬起头来说了一句，'手脚不干净，会让你惹上麻烦的'。"

克莱尔向她姐姐扭头，注视着她的侧影，"我那时候在等着你回来，你知道的。爸爸总是说，'别担心，克莱尔宝贝，她是你的姐姐，她会回来的。'我等了又等。发生什么事了？"

梅格安沉重地叹了一口气，仿佛她已经知道再也无法回避这个话题似的。她回答道："还记得妈妈去参加《星际基地 IV》试镜的时候吗？"

"记得。"

"她没有回来。虽然我已经习惯了她一两天不露面，但是过了大概五天后，我也开始慌了。已经没有钱了，我们在挨饿。然后，社会福利工作者们开始出现在周围，我害怕他们会把我们送到福利院去。于是，我给山姆打了

① 华盛顿湖：美国华盛顿州仅次于奇兰湖的第二大湖，也是金县最大的湖。华盛顿湖西邻西雅图、东濒贝尔维尤、南接伦顿、北靠肯莫尔，湖的中央还有默瑟岛。

电话。"

"我知道这个，梅格。"

梅格安似乎没有听见她的话，"他说过，他会收养我们两个。"

"他做到了呀。"

"但他不是我的父亲。我试过去融入海登镇——那真是个笑话。我跟一群坏孩子打上了交道，开始胡闹。医学上称之为'潜意识释放'，那是为了引起更多关注。每次，我看见你和山姆在一起……"她耸耸肩，"我想，我感觉自己受到了排斥。你是我唯一所拥有的，而那时候，我也失去了你。一天晚上，我醉醺醺地回家，山姆爆发了。他说，作为一个姐姐，我这样是很坏的榜样。然后告诉我，要么守规矩点，要么就滚。"

"于是，你就滚了。你去哪儿了？"

"我在西雅图流浪了一阵子，感到自惭形秽。我睡在别人的门口和空着的楼里，做了些并不光彩的事。没多久，我就跌到了人生的谷底。然后，有一天，我想起了一个曾对我表示过兴趣的老师，埃尔哈特先生。就是他曾让我跳了一个年级，那时候我们还住在巴斯托。他让我相信，读书是脱离妈妈带给我们的'垃圾拖车人生'的道路，那就是我一直成绩全优的原因。无论如何，我给他打了电话——谢天谢地，他还在那个学校。他安排我提前高中毕业，并参加了学术能力评估测试①。我赢得了考试，拿了满分，华盛顿大学给我提供了全额奖学金。剩下的，你都知道了。"

"我的天才姐姐！"克莱尔说道。第一次，她的声音中透出来的，是骄傲，而不是讽刺。

"我告诉自己，就那样，对你才是最好的，你再也不需要你的大姐姐了。但是……我知道我伤害得你有多深。我想，保持距离会好点，我觉得你永远都不会原谅我。于是，我也没给过你原谅我的机会。"最后，梅格看着克莱尔。克莱尔露出了一丝微笑。梅格继续说道："我将不得不去跟我的心理医生说，我在她那儿的钱花得物有所值。我已经花了大约一万美元，才能对你说出这些话。"

"你唯一做错了的事情，就是远离了我。"克莱尔轻轻地说道。

_____

① 学术能力评估测试：由美国大学委员会主办的考试，其成绩是世界各国高中生申请美国大学入学资格及奖学金的重要参考，被称为"美国高考"。但是它只是录取学生时参考的材料之一，不像我国高考一样起着完全决定性的作用。

"现在，我在这里了。"

"我知道。"克莱尔看着波光粼粼的蓝色水面，"没有你，我做不到这一切。"

"不是这样的。你是我见过的最勇敢的人。"

"我没那么勇敢，相信我。"

梅格安向后靠去，打开野餐篮子，"我一直在等一个合适的时间把这个交给你。"她拿出一个马尼拉文件夹递给克莱尔，"给。"

"现在不要，梅格。我累了。"

"请。"

克莱尔叹了口气，拿过文件夹。就是标记为"希望"的那个。她急剧地看着梅格，但梅格什么也没说。打开文件夹的时候，她的双手在颤抖。

里面，有十几个得了恶性胶质细胞肿瘤的病人的资料。每个人都被诊断活不过一年，然而，他们都已经活了七年以上，至今仍在世。

克莱尔拼命闭上自己的双眼，但泪水仍然流了出来，"今天，我的确需要这个。"

"我也这么想。"

她用力地吞咽了一下，然后鼓起勇气看着她的姐姐，"我一直都很害怕。"终于承认了的感觉，真好。

"我也是。"梅格安静静地回答道。然后她靠过去，把克莱尔抱在怀里。

童年后的第一次，克莱尔又被她的大姐姐抱着了。梅格安抚摸着她的头发，就像在克莱尔小时候那样。

随着梅格安的抚摸，一把头发掉了下来，在她们之间飘落。

克莱尔退开，看见了梅格安手中的那一缕漂亮的金发。有一些掉到了水里，看起来犹若无物。她低头盯着那些随波逐流的头发，"我不想告诉你，我在掉头发。每天早上我醒来后，枕头上全都是。"

"或许，我们该回家了。"最后，梅格说道。

"我的确累了。"

梅格安帮克莱尔站了起来，她们慢慢地回到了车上。克莱尔的脚步已不稳，凌乱不堪，重重地靠在梅格的胳膊上。

在她们回家的整个路上，克莱尔都盯着车窗外看着。

回到公寓后，梅格安帮克莱尔换上了她的法兰绒睡衣，让她躺到了床上。

"不过是头发而已。"克莱尔往后靠到一堆枕头上的时候随口说道。

梅格安把那个"希望"文件夹放在床头柜上，"会长回来的。"

"是啊。"克莱尔叹了口气，闭上眼睛。

梅格安退出房间。在门口，她停了下来。

她的妹妹躺在那里，闭着眼睛，看上去气若游丝，枕头上落满了丝丝缕缕的头发。克莱尔闭着眼睛，非常缓慢地举起自己的双手，开始抚摸她的结婚戒指。泪水从她的双颊滑落，在枕头上留下了灰色的小斑点。

梅格安知道，自己不得不做那件事了。

她关上门，走向了电话。克莱尔所有的重要电话号码，都写在电话旁边的一个便笺本上，包括鲍比的。

梅格安拨通了鲍比的号码，迫切地等着他接起电话。

在过去的二十四小时里，克莱尔已掉了几乎一半的头发。露出的光头皮，显得红肿而斑驳。早上，在她准备去治疗之前，她花了将近三十分钟在头上包上一条丝巾。

"不要过于担心，"当她们到达核医学科的候诊室后，梅格安说道，"你看起来很美。"

"我看起来像个吉卜赛占卜师，真不明白你为什么还要让我化妆。我的皮肤那么红，看起来就像玛莎·菲利普斯一样。"

"你说的是谁啊？"

"八年级的时候，她在一个紫外线灯下睡着了。我们给她叫了两个星期的'番茄脸'。"

"小孩子们可真友善。"

克莱尔离开候诊室去治疗。三十分钟后，她回来了。她懒得把围巾围回去，露着一颗光头，显得非常脆弱。

"我们去喝咖啡吧。"她对站起来向她打着招呼的梅格安说道。

"咖啡会让你吐的。"

"然而，有什么不会让我吐呢？我们走吧。"

"今天，我不得不去一下办公室，我有一个书面证词得处理一下。"

"哦。"克莱尔跟着梅格安走在医院走廊里，努力跟上。最近以来，她是那么累，很难不像个老太婆似的蹒跚而行。在车上的时候，她几乎睡着了。

在公寓门口，梅格安停顿下来，手上拿着钥匙，然后看着克莱尔，"我在尽力做对你来说正确的事情，最好的事情。"

"我知道。"

"有时候我会搞砸。我总是以为自己啥都懂。"

克莱尔笑了,"你是想和我辩论一番吗?"

"我只是想让你记住,我在尽力做正确的事情。"

"好的,梅格。我会记住的。现在,去上班吧。我不想错过《法官朱迪》①,她会让我想起你。"

"小滑头!"梅格又看了她好一会儿,然后打开了公寓门,"再见。"

"这是有史以来最漫长的告别。再见,梅格,去上班吧。"

梅格安点点头,然后走开了。

克莱尔走进了公寓。她在关着身后的门的时候,听见电梯"叮当"响了一声。

公寓里面,音响是开着的。德怀特·尤肯姆②的《小丑的口袋》从扬声器里倾泻而出。

克莱尔转过墙角,看见了他。

鲍比。

她赶紧用手捂住自己的秃头。

她跑进浴室,翻开马桶盖吐了起来。

他来到她身后,抚摸着她剩余的头发,跟她说着没事的,"现在,我来了,克莱尔。我来了。"

她闭上眼睛,一口一口地呼吸着,强忍住委屈的泪水。

他轻轻地拍着她的背。

最后,她到水槽旁刷了牙。当她转身面对着他的时候,她努力笑道:"欢迎到我的噩梦里来。"

他走向她,眼中的爱意让她想哭,"是我们的噩梦,克莱尔。"

她不知道该说什么。她担心自己一旦开口,就会号啕大哭起来。为了他,她想让自己显得坚强。

"你没有权利将此事对我保密。"

---

① 《法官朱迪》:美国电视真人秀节目。法官朱迪名为朱迪·辛德林,是纽约市的民事法官。自 1996 年 9 月起,朱迪作为法官的法庭诉讼过程被搬上电视,节目中所处理的民事诉讼均是真实案件。

② 德怀特·尤肯姆:美国著名乡村歌手,演员。

"我不想毁了一切。还有，我想我会好起来的。你去唱歌的梦，已经做了那么多年。"

"我梦想成为一个明星，是的。我'喜欢'唱歌，但是，我'爱'你！我不敢相信，你居然瞒着我。如果……"

克莱尔咬住了自己的嘴唇，"对不起。"

"你不信任我。你知道那是什么样的感觉吗？"他的声音变得哽咽，已完全不是他原来的声音。

"我只是用我的方式在爱着你。"

"我不知道你懂不懂得什么是爱。'我每天都在医院，亲爱的，在为我自己的性命而努力，但是你不用担心，去唱你那些愚蠢的歌吧。'你以为我是什么样的人？"

"对不起，鲍比。我只是……"她盯着他，摇着头。

他抓住她，把她拉到怀里，然后紧紧抱住她，紧得让她喘不过气来。"我爱你，克莱尔。我爱你。"他拼命地说着，"你什么时候才能真正明白？"

她伸出双臂环绕着他，就好像没有他自己就会跌倒似的，"我想，是我的肿瘤让我迷失了。但是我现在明白了，鲍比，我明白了。"

几个小时后，梅格安回到公寓，灯是关着的。她踮起脚尖，在黑暗中摸索。

当她到达客厅后，一盏灯亮了。

克莱尔和鲍比一起躺在沙发上，他们的身体交织在一起。他在发出着轻微的鼾声。

"我一直在等着你。"克莱尔说道。

梅格安把她的公文包扔在椅子上，"我不得不给他打电话，克莱尔。"

"你怎么知道他会如何做呢？"

梅格安低头看着鲍比，"我打电话的时候，他在录音棚里，正在录着一首歌。老实说，我不知道他会过来。"

克莱尔低头看了一眼她熟睡的丈夫，然后抬头看着梅格。她们姐妹之间交换了一个眼神，那里面有着她们童年悲伤的残余。"是啊，"她轻轻地说道，"我也没想到。"

"他一秒钟都没有迟疑，克莱尔。一秒都没有。他的原话是：去他妈的歌吧，我明天就过来。"

"这是你第二次打电话，让一个男人来拯救我了。"

"拥有那么多的爱，你真幸运。"

克莱尔的目光很平稳。"是啊，"她对她姐姐微笑着说道，"我的确是。"

27 | *chapter*
姐妹之间

乔坐在沙发上，盯着那个小黑白电视机的屏幕。

他看电视看得那么入神，过了一阵子才注意到外面的脚步声。

他绷直了身体，坐了起来。

一把钥匙插进了锁孔里，然后门被打开了。吉娜站在门口，双手在身体两侧握成了拳头，"嘿，哥哥！你不理睬别人的功夫，可真是一流啊！"

他叹了口气，"史密提给你钥匙了。"

"我们在担心你！"

"我很忙。"

她看着那堆啤酒罐和比萨盒，然后苦笑着说道："来吧，你要跟我回家。我的烤炉里烤着肉，我还租了《家有恶夫》①。我们去喝喝酒，笑一笑。"她的声音软化了起来，"我的确该笑一笑了。"

她那种说话的方式，有点让他感到羞愧。他一直在忙着蹚自己这摊水，都已忘记了她的麻烦，"你还好吗？"

"来吧，"她说道，根本不理会他问的问题，"史密提告诉我，把你这个可怜虫从这儿拖出去——他的原话。我打算就这么做。"

看她脸上的表情，他就知道没必要跟她吵架；而且，说实话，他也不想跟她吵。他已经厌倦了孤独。"好吧。"

他跟她出去，上了她的车。几分钟后，他们就到了她那明亮通透的厨房里。

她给了他一杯红酒。

当她在往烤肉上涂油、翻着土豆的时候，乔在那宽大的客厅里面溜达。

---

① 《家有恶夫》：美国 1986 年上映的经典喜剧片。

在角落里，他发现了一台缝纫机，旁边放着一大堆漂亮醒目的布料。他拿起一件她做好的衣服，正准备恭维她的时候，才看清了她做的是什么。看那后面的开衩，毫无疑问。

"那是一件病号服，"吉娜说着来到他的身旁，"我该把这些东西收拾一下的。我搞忘了，抱歉。"

他想起了当年吉娜到他家的时候带着的那些漂亮的病号服，就跟这件一样。

"你不必看起来跟别人一个样。"当时，戴安娜对这份礼物抹着眼泪的时候，她是这么对她说的。

那些病号服，对戴安娜曾意味着很多。好像没什么大不了——只不过款式变了一下而已，但那却让她消失已久的笑容又回到了脸上。他问道："给谁做的？"

"克莱尔。现在，她在做放射治疗了。"

"克莱尔。"他轻轻说着她的名字，感到很不舒服。生活有时候太不公平了。"她才结婚。"

"我没有告诉你，是因为……呃……我想，这可能会勾起些回忆。"

"她在哪里做放疗？"

"瑞典医院。"

"对她来说，那是最好的地方。不错。"放射治疗。他全都记了起来——晒伤了一般的皮肤，浮肿，戴安娜开始掉头发的样子。开始的时候，一缕一缕地掉；然后，就一把一把地掉。

他想起了有关癌症的一切，想起了他和吉娜曾共同经历过的那个噩梦。他无法想象，吉娜怎么能再经历一次。

"克莱尔飞遍了全国，去看那些最好的医生。我知道，她会好起来的。她不会像……你知道的。"

"不会像戴安娜一样。"他用一种让人不安的沉静语调说道。

吉娜来到他身后，碰了碰他的肩膀，"我已在尽量不对你提起这些。我很抱歉。"

他盯着窗外那个为小孩子而设计的后院，看着。他和戴安娜曾梦想过，带着他们的孩子在那里玩耍。

"或许，你想去看看克莱尔。"

"不，"他迅速回答道，他知道吉娜明白，"我去医院的日子，已经到头了。"

"是啊，"吉娜说道，"现在，让我们去看个搞笑片吧。"

他伸出一只胳膊把他妹妹抱着拉到身旁，"我是得笑一笑了。"

梅格安坐在那把曾一度让她觉得非常舒服的椅子上，盯着布鲁姆医生看着。

"全部是废话，"她恨恨地说道，"你对我所做过的所有治疗，都是。对于一个自我沉迷的女人来说，要排遣她在自己的人生中所犯过的错误，只有一条出路。为什么你从未告诉过我，这一切都不重要呢？"

"因为，这一切确实重要啊。"

"不。当那一切发生的时候，我才十六岁。十六岁！这一切都不重要——我的恐惧，我的罪责，她的怨恨。谁在乎呢？"

"为什么这一切不再重要了？"

梅格安闭上眼睛，感受着那还处于过程中的痛苦。她所感到的，都是疲惫和迷茫。"她病了。"

"啊！"哈丽特叹息道，"我很抱歉。"

"我很害怕，哈丽特，"最后梅格安承认道，"要是我……做不到怎么办？"

"做不到什么？"

"站在她的床前，握着她的手，看着她死去？我很害怕，我会再次让她失望。"

"你不会。"

"你怎么知道？"

"啊，梅格安。唯一一个你曾令之失望的人，是你自己。你会站在她身后的。你一直都在。"

这不完全是事实。她希望过这是事实，她希望自己能成为那种可以依靠的人。

"如果生病的那个人是我的话，我最希望站在我身边支持着我的，除了你，不会有别人，梅格安。你已经被淹没在那些旧日的伤痛里了，你都不知道抬起头来换口气了。你和克莱尔已经和解了。无论你们两个谈过这个与否，你又是她的姐姐了。放过你自己，往前走吧！"

梅格安让这些话在她的心里沉淀下去。然后，她慢慢地笑了。这是对的。现在，不是去害怕和遗憾的时候，她已经那样过了太多年；现在，是去呼唤希望的时候，也是她第一次要变得足够坚强、去相信克莱尔会有一个幸福结局的时候。不要逃避可能会存在的心碎。这是梅格曾在自己的婚姻里犯过的错误，她曾因为害怕自己的心碎得太厉害，所以她从未向埃里克付出过她所有的爱。

"谢谢，哈丽特，"最后，她说道，"我在你这儿花的钱都可以买一辆奔驰了。但是，你确实帮到了我。"

哈丽特笑了。这让梅格很吃惊。她这才意识到，之前她从未见到她的医生笑过。哈丽特轻快地说道："不用谢。"

梅格安站了起来，"那么，我在下个星期同一时间再来见你？"

"当然。"

她走出那间办公室，坐电梯下楼。然后，走进了七月的阳光里。

她把提包挂在肩上，向家的方向走去。

就在快到的时候，她不经意地抬了一下头。街对面，公共市场附近的小公园一派繁忙的景象。一群看年龄像是大学生的孩子们在踢着沙包球，游客们在喂着战斗机般俯冲而下的海鸥，购物的人们在那儿休息着。她不确定是什么吸引住了她的眼球，让她看了过去。

然后，他看见了他，在栏杆旁站着。他背对着她，但她认出了他那褪色的牛仔裤和牛仔衬衫。在西雅图的闹市区，他肯定是唯一一个在阳光明媚的日子里戴着一顶牛仔帽的人。

她穿过街道向他走去，"嘿，鲍比。"

他没有看她，"梅格。"

"你在这外面干什么呢？"

"她睡着了。"最后，他转过身来。他的眼睛湿湿的，红红的。"她吐了将近一个小时，即使已经吐不出什么了都还在吐。别担心，我已经全部清理了。"

"我没担心这个。"梅格说道。

"今天，她看起来很糟糕。"

"还会有更糟糕的时候。我想，此刻的纳什维尔会显得美妙得多。"她说道，试着让他轻松一点。

"你觉得这样很好玩吗？我的妻子在吐，她的头发也在掉，你却觉得我担心的是我的事业？"

"对不起。"她碰了碰他，"我一直像个连环杀手一般喜欢伤人。"

329

他叹了口气，"不，该说对不起的是我。我需要向谁大喊大叫一下。"

"我会一直为你提供由头的，不用担心。"

他笑了，但笑得很勉强，很疲惫，"我只是……被吓傻了，仅此而已。而我不想让她知道。"

"我知道。"梅格安对着他微笑了起来。她的妹妹能被这样一个男人爱着，真是幸运。这没来由地让她想起了乔，想起了她发现他在为自己破灭的婚姻而哭泣的那一天。乔也是那种知道怎么去爱的人。"你是一个好人，鲍比·杰克·汤姆·迪克，我错怪你了。"

他大笑道："你也只有我原以为的那个贱人一半坏。"

梅格安伸出一只胳膊搂着他，"我会把这当作是赞美。"

"就是赞美。"

"很好。现在，我们去让克莱尔笑一笑吧。"

日子一天一天，过得非常缓慢。每天早上，克莱尔看起来都比前一天晚上更憔悴一点。她努力保持着积极的态度，但她的健康状况正在迅速恶化。她把辐射的射线想象成阳光；她每天打坐一个小时，想象着自己是在一个美丽的森林里，或是坐在她心爱的那条河旁；她吃的，是梅格安发誓会帮助她治愈身体的健康饮食。

"忧郁者们"经常都会过来。会分别过来，也会一起过来，为保持克莱尔向上的精神尽着她们的全力。甚至梅格的朋友伊丽莎白都到访了几天，这次到访对她姐姐来说，有着极大的鼓舞。最艰难的时候是周末，当她们去海登的时候。为了艾莉，克莱尔装作一切都很好。

然而，到了晚上的时候，在那座过于安静的公寓里，只有他们三个——克莱尔，梅格，还有鲍比。大多的时候，他们会一起看电影。刚开始，鲍比刚来的时候，他们试过以聊天或打牌来度过夜晚，但那已被证明很困难。危险的话题太多了。他们所有人都无法毫不畏惧、不假思索地提到未来。他们还能一起过圣诞吗？那么，感恩节呢？还能一起过一个夏天吗？？所以，大家默契地让电视的声音成为他们晚间唯一的声音。克莱尔巴不得如此。这给了她好几个小时的时间，可以安静地坐着，不用去假装一切正常。

终于，放射治疗结束了。

第二天早上，克莱尔起得很早。她洗完澡、穿好衣服，在阳台上俯瞰着海湾喝完了咖啡。她非常惊叹地发现，那么多人都已经起床了，在这个决定着她的未来的日子里，去过着他们平常的一天。

"今天是个重要的日子。"梅格说着走到外面的阳台上。

克莱尔挤出一丝微笑，"是啊。"

"你还好吗？"

天啊，她怎么能如此轻易地问出这个问题。"很好。"

"昨晚，你睡着了吗？"梅格问道，一边来到她的身旁。

"没有。你呢？"

"没有。"梅格用一只胳膊搂着她，紧紧地抱着她。

克莱尔紧张了起来，等着听鼓励的话，但她姐姐什么也没说。

她们身后的玻璃门打开了。"早上好，女士们。"鲍比来到克莱尔身后，伸出双手拥抱着她，吻了她的脖子后面。

他们在那里站了一会儿，没人开口。然后，他们一起转身离开了公寓。

不一会儿，他们就到了瑞典医院。当他们进入核医学科的候诊室时，克莱尔注意到了其他那些戴着帽子和围巾的病人。当他们的目光相遇的时候，他们之间相互传递着一种悲伤的领会。他们是那个俱乐部的会员，没人想加入的那个俱乐部。此刻，克莱尔希望着自己没有戴围巾。光头自有光头的魅力，她想让自己大胆地露出自己的光头。

今天，他们无须等待。在这个会告诉他们一切的日子里，他们不需要再等。登记后，她直接走进了核磁共振室。不一会儿，她就满怀期待地进入了那个噪音巨大的机器。

结束后，她回到了候诊室，坐在了梅格安和鲍比之间。他们两个都对她伸出了手，她握着他们的手。

终于，他们叫到了她的名字。

克莱尔站了起来。

鲍比稳稳地扶着她，"我在这儿，宝贝。"

他们三个开始走上了那条漫长的路，一条走廊接着一条走廊，最后到达了萨斯曼医生的办公室。门牌上写着：神经科主任。放射科的主任麦克格里尔医生也在这里。

"你好，克莱尔，梅格安，"萨斯曼医生说道，"鲍比。"

"结果怎么样？"梅格安追问道。

"放射治疗对肿瘤起到了积极作用，肿瘤减小了大约 12%。"麦克格里尔医生宣告道。

"这很好啊。"梅格说道。

两位医生交换了一个眼神。然后，萨斯曼医生走向观片箱，打开灯，克莱尔头部的核磁共振片显现了出来。上面的那个斑点，还在。最后，他转身对克莱尔说道："肿瘤的减小为你争取了一些时间。不幸的是，这个肿瘤仍然无法做手术。我很抱歉。"

抱歉。

克莱尔跌坐到了皮椅里面。她的双腿已经无法支撑自己站起来了。

"但这起到了作用，"梅格说道，"起到了作用，对吗？或许，我们该再做点放射治疗，或者来一轮化疗。我看过的文章说，有的可以穿越血脑屏障——"

"够了。"克莱尔说道。她本想轻轻地说这句话，但是发出的声音却很大。她看着那位神经科医生，"我还可以活多久？"

萨斯曼医生的声音非常温柔，"就这个肿瘤的尺寸和位置来说，恐怕生存率不是很好。有一部分病人活了一年多的时间，或许更长一点。"

"其余的呢？"

"六到九个月。"

克莱尔低头看着她的新婚戒指。这个戒指，奶奶默特尔曾戴了六十年。

梅格安走向克莱尔，然后跪在她的面前，"我们不会相信这个的。那些文章——"

"别说了。"她摇着头轻轻说道。她在想着的，是艾莉。她的眼前浮现了她的小宝贝的眼睛，缺着门牙的灿烂笑脸，听见她说着，妈妈，你可以跟我的伍毕一起睡。她心如刀绞，眼泪顺着脸颊流了下来。她能感觉到身边的鲍比，感觉得到他的手指已深深地陷进了她的皮肤，她知道他也在哭。她擦干自己的双眼，抬头看着医生，"接下来该怎么做？"

梅格安猛地站了起来，开始在房间里踱步，研究着墙上的那些照片和证书。克莱尔知道，她的姐姐因为害怕，进而变得愤怒。

萨斯曼医生拖过一把椅子，坐在克莱尔的对面，"我们有几个选择，恐怕都不算太好，但是——"

"这是谁？"这是梅格安的声音，听起来刺耳而绝望。她手上拿着一个她从墙上取下来的相框。

萨斯曼医生皱起了眉头，"那是我们在医学院的同学合影。"他又回头面对着克莱尔。

梅格安非常用力地把那个相框拍到桌子上，玻璃都裂开了。她指着照片上的一个人问道，"这个家伙是谁？"

萨斯曼医生俯身向前，"乔·怀亚特。"

"他是个医生？"

克莱尔看着她的姐姐，"你认识乔？"

"你也认识乔？"梅格安激烈地问道。

"事实上，他是一位放射科医生。"麦克格里尔医生回答道，"全国最好的之一。至少，他曾经是。他是核磁共振扫描界的一个传奇。他能看见别人看不见的东西，看见别人看不见的那些可能。"

克莱尔皱眉，"梅格安，别管这个了。我们早就过了需要放射科医生的阶段。还有，相信我，乔不是个可以提供帮助的人。我所需要的，是奇迹。"

梅格安目不转睛地盯着麦克格里尔医生，她根本就没听克莱尔在说什么，"你说，他'曾经'是最好的，是什么意思？"

"他退出了。事实上，他消失了。"

"为什么？"

"他杀死了他自己的妻子。"

28 | chapter

姐妹之间

开车回家的路，似乎漫长得无穷无尽。大家都一声不吭。当他们回到公寓后，鲍比把克莱尔抱得那么紧，她都无法呼吸了。然后，他踉踉跄跄地从她身边退后。"我需要去洗个澡。"他用嘶哑的声音说道。

克莱尔知道他真正需要的是什么。于是，她放开了他。她自己，也曾在梅格安那昂贵的玻璃砖淋浴房里哭过。

她走向沙发，瘫倒在上面。她非常疲倦，而且头晕目眩。她的两只耳朵里面都在耳鸣，右手上有一种刺痛的感觉。但看着梅格安那双斗牛犬一般的眼睛，里面闪耀着的"不要放弃"的光芒——她一样都不敢向她提起。

梅格安坐在咖啡桌上，向她倾身，"还有各种各样的临床试验正在进行之中。在休斯敦有个医生——"

"就是政府打算起诉的那个？"

"这并不意味着他就是个骗子。他的病人——"

克莱尔举起一只手让她停了下来，"我们能现实一点吗，就一分钟？"

梅格安看起来是那么的惊愕，克莱尔忍不住笑了。

"干吗？"梅格追问道。

"在我小的时候，我总是会梦想着生了一些罕见的病，那样，你和妈妈就会来到我的床前。我还想象着，你们在因为我的死而哭泣。"

"求你了，别……"

此刻，克莱尔的脸色是那么的苍白，她颤颤巍巍地盯着她的姐姐，"我不想让你们为之而哭泣。"

梅格站起得那么猛烈，她的小腿骨砰地撞到了咖啡桌上。然后，她粗声说道："我……不能去想你会死。我不能。"她飞快地冲出了房间。

"但我需要你去想。"克莱尔对着空空的房间说道。她的头又开始痛了。

头痛成天都潜伏在附近，从未走远。

当痛苦袭来的时候，她开始向沙发后面靠去。她疼得喘不过气来，想叫出来。感觉她的头就像是要爆炸了一样。

她无法动弹，无法呼吸。她试着去喊她姐姐的名字，但是音响里面正放着《怒吼的路》①，音乐声已把她那微弱的声音淹没。

她想到了艾莉森。

然后，一切都陷入了黑暗。

梅格安抓着金属床栏杆，站在她妹妹的床边，"这些药有作用吗？"

皮肤白如纸片，满头秃斑。躺在医院病床上的克莱尔，显得又小又脆弱。她努力微笑着，看起来让人心碎。"有啊。我又癫痫大发作了。欢迎来到我的新世界。我想，好消息是，我没有也犯上心脏病。我要在这儿待多久？"

"几天吧。"

"是时候给妈妈打电话了。"

梅格安浑身一震，嘴唇不由自主地颤抖了起来，"好的。"

"还有，告诉爸爸和艾莉，还有'忧郁者们'。可以来看我了。吉娜总是能让我笑。"

梅格安从她妹妹的声音里听出了被打败的感觉。更糟糕的是，她听出她妹妹已接受了这种失败。她想不同意，想激将一下她的妹妹继续与病魔抗争，但她已说不出话来。她摇了摇头。

"去叫吧，梅格，"克莱尔坚定的语气让梅格很吃惊。"现在，我要睡觉了，我累了。"

"是药物的作用。"

"是吗？"克莱尔会意地微笑道，"晚安。还有，今晚照顾一下鲍比，好吗？别再摆弄他了，他没有他看上去的那么坚强。"然后，她闭上了眼睛。

梅格安小心翼翼地伸出手去，避开克莱尔胳膊上打着的点滴，握住了她的手，"你会好起来的。"这句话，她至少说了十几回了。每次她说的时候，都希望着克莱尔能给点反应，但从未有过。几分钟后，鲍比形容枯槁地走进了房间，一双眼睛又红又肿。

"她醒了，"梅格安轻轻说道，"然后又睡着了。"

---

① 《怒吼的路》：美国著名摇滚歌手布鲁斯·斯普林斯汀演唱的歌曲。

337

"见鬼!"他抓住克莱尔的手,紧紧握着,"嘿,宝贝,我回来了。我刚刚去喝了杯咖啡。"他叹了口气,平静地说道:"她正在放弃。"

"我知道。她要我给所有人打电话,让他们过来看她。我们要怎么跟艾莉讲这个?"当她抬头望向鲍比的时候,泪水已盈满了双眼。

"我来跟她说。"克莱尔睁开眼睛,平静地说道。她疲惫地向她的丈夫笑着。"鲍比,"她喘着气向他伸出手去,"我爱你。"

梅格安无法在这儿多待一秒钟。她妹妹呼出的每一口气,都像是在喃喃地说着再见。"我要去打几个电话。再见。"她冲出了房间。

做任何事,都比站在那儿好。站在那里,感觉就像是有人正在把自己的心掰开,却还得努力去微笑。就算是给妈妈打电话,都比这好。

现在很晚了,医院的夜班人员都上班了,走廊里很安静。她走向公用电话亭,拨通了妈妈的号码。

妈妈亲自接起了电话,听起来醉醺醺的,声音很大。

"喂,你好啊?"

"是我,妈妈。梅格安。"

"梅吉?我以为你晚上的这个时间,还泡在酒吧里面呢。"

"克莱尔病了。"

"她还在度蜜月呀。"

"那是一个月前的事了,妈妈。现在,她在医院里。"

"你最好不要跟我开玩笑,梅吉。就像那次我在上班的时候你给我打电话,说克莱尔从床上掉了下来,你觉得她瘫痪了。我花了四十美元的冤枉钱,才发现她是睡着了。"

"这还是我十一岁的时候发生的事。"

"就算是吧。"

"她长了脑瘤,妈妈。放射治疗没起到作用,而且,没人有给她动手术的胆量。"

电话的另一头停顿了很久,然后,"她会好起来吗?"

"会的。"梅格安如此回答道,因为她无法去设想别的回复。然后,她很轻很轻地说道:"也许不会。你应该来看看她。"

"明天下午两点,我有一个《星际基地 IV》的公众活动,还有一个——"

"明天到这儿来。否则,我就给《人物》杂志打电话,告诉他们,你连你得了脑瘤的女儿都不去探望。"

过了好一会儿，妈妈说道："我不擅长处理这种情况。"

"我们谁都不擅长，妈妈。"梅格安没有说再见就挂上了电话。然后，她拨通了山姆的号码。电话铃刚响一声，她就放弃了。她不能在电话上跟山姆讲这个。

她砰地挂上电话的听筒，然后回到她妹妹的房间。

鲍比站在床前，低声地给克莱尔唱着歌，克莱尔发出轻微的鼾声。她赶紧止住了脚步。

鲍比抬头看着她，泪水在他的脸颊上闪闪发光，"她再也没有睁开眼睛了。"

"她会的。继续唱吧，我敢肯定，她爱听。"

"好的。"他的声音嘶哑了。

梅格从未见过处于如此深沉的痛苦之中的男人。她知道，鲍比眼中的悲伤，跟她自己眼中的一样深。"我要当面去告诉山姆。我不能打电话告诉他这个消息。如果克莱尔醒了——"她赶紧改口，"等克莱尔醒来的时候，告诉她我爱她。还有，我很快就会回来。你有我家的钥匙吗？"

"今晚我就在这儿睡。"

"好。"梅格安想说点别的，但她不知道说什么。于是，她离开了房间。她几乎是跑着上车的。一上车，她就踩下油门往北而去。

九十分钟后，她到达了海登镇。她放慢速度穿过小镇，停在了那道光亮前。

那座银色的圆拱房子就在那里。

乔·怀亚特。

"他是个放射科医生，或许是这个国家最好的之一。"此刻，麦克格里尔医生的这句话又涌上了她的心头。这条让她极度震惊的消息，不知何故曾被她遗忘，被埋葬在了一层厚厚的、沉重的悲伤之下。

乔·怀亚特医生。当然了，难怪他看起来那么眼熟。对他的审判，曾经是新闻头条。当时，她和她的同事们在酒酣耳热之际，也曾讨论过他的命运。她那时总是牢牢地站在他的阵营，坚信他会被判无罪。她从来没有想过，在审判后他会变成什么样子。

现在，她知道了。他逃跑了，躲了起来。但他仍然是全国最好的放射科医生之一。麦克格里尔医生的原话是：他能看见别人看不见的东西，看见别人看不见的那些可能。

339

然而，当她到他那里去，为她生病的妹妹而哭泣的时候，他什么也没做。什么也没有做！

而且，他认识克莱尔！

"王八蛋！"她瞥向一旁，从医院里拿来的那个大信封放在副驾驶座上。

她猛打方向盘，一个急刹车把车停在了路旁。然后，她抓起信封，气冲冲地走向小木屋。

她使劲砸门，高声大叫，直到她听见里面传来了脚步声。

当他打开门看见了她、说着"干吗——？"的时候，她用力地推了一把他的胸膛，让他踉跄着退了回去。

"嘿，乔。请我进去。"她用脚踢着关上了身后的门。

"现在已几乎是午夜了。"

"的确是啊，怀亚特医生。"

他瘫坐在了沙发上，抬头看着她。

"你抱着我，你让我在你的怀里哭。"她的声音颤抖，内心的痛只会让她更为愤怒，"而且，你还做了个推荐。你是个什么样的人啊？"

"那种知道他的英雄日子已经过去了的人。如果你知道我是谁，你就会知道我做过了什么。"

"你杀死了你的妻子。"见他一阵瑟缩，她继续说道，"如果我以前知道你姓什么的话，我早就会想起来。你的案子是西雅图的大事件，审判一个对他垂死的妻子实行了安乐死的医生。"

"比起'过失杀人'，'安乐死'是个好听些的词。"

听见他那声音里面那柔软的悲伤，她的气消了一些。在过去的这一个月里，她也体会过这种悲伤。"听着，乔。若是在平时的话，我会跟你谈谈你做过的那些事情。甚至，我会把你抱在怀里，告诉你，我明白，任何一个灵魂里有着同情心的人都会做出同样的事情。你被判无罪，就是这个道理。我甚至还会问问这些年你走过的路，问问这个国家最优秀的放射科医生是如何走到今天这一步的。但现在，对我来说，这个世界已经不是'平时'了。我的妹妹快死了！"她已经语不成声，眼泪快要落下。她把那个超大的马尼拉信封扔在了他面前的咖啡桌上，"这些是她的核磁共振片，或许你可以帮到她。"

"我的执照已经过期了，我再也不能从医了。我很抱歉。"

"抱歉？抱歉？你有能力去拯救别人的生命，而你却躲在这个垃圾小木屋里面，喝着廉价的威士忌，然后为自己感到抱歉？你这个自私的王八蛋！"她低头盯着他，想去怨恨他，去伤害他。但这两样，她都无法做到。"我曾在乎过你！"

"对不起。"他又说道。

"我会给你送来一个葬礼的请帖的。"她转身向门口走去。

"把你的东西拿走。"

她停了下来，非常鄙夷地最后看了他一眼，"不，乔。你必须去碰碰它们。你得亲自把它们扔进垃圾堆，然后，去试着看看镜子里面的自己是个什么样子。"

然后，她离开了。她一路走到她的车上，然后才开始哭泣。

在离那个房车不远的地方，梅格坐在自己的车上，试着让自己平静下来。每次当她打开粉饼盒补妆的时候，她都会看见镜子里面自己那双湿湿的眼睛，然后，就会又哭起来。

她不知道自己在那儿坐了多久。不知在什么时候，天开始下雨了。雨点锤击在她敞篷车的软顶篷上，敲打在挡风玻璃上。

最后，她下了车，走向那个拖车。

她还没敲门，山姆就把门打开了。他紧皱着眉头站在那里，双眼已经湿润，"我想知道，你会在那里坐多久。"

"我以为你不知道我来了这里。"

他努力微笑，"你总是以为你比我聪明。"

"不只是你，山姆。我总觉得我比所有人都聪明。"她想露出微笑，但她做不到。

"有多糟糕？"

"很糟糕。"当她说这句话时，眼泪流了出来。她擦掉了眼泪。

"到这儿来。"山姆张开双臂，温情地说道。

梅格犹豫着。

"来吧。"

她冲向前去，让他抱住了自己。一时之间，她泪如泉涌，哭得不能自已。然后，他也哭了起来。

最终，分开后，他们紧盯着彼此。梅格不知道该说什么。

突然间，走廊里响起了脚步声。艾莉跑了出来，穿着带鞋的粉红色睡衣，抱着她的"顶呱呱女孩"。她抬头看着梅格，"我们现在就要去看妈妈吗？她好些了吗？"

梅格跪下来，把她的侄女搂进怀里，紧紧地抱着她。"是啊，"她喉咙沙哑地说道，"你明天就会见到妈妈了。"

整夜，梅格安辗转难眠。最后，在天快亮时，她沉入了不安稳的睡眠之中。当她再次醒来的时候，仍然睡眼蒙眬、精疲力竭。她惊讶地发现，时间已经早上九点半了。迅速地在公寓里巡视了一遍后，她知道山姆和艾莉已经去医院了。鲍比昨天晚上没有回来。她强迫自己起床，然后偏偏倒倒地走进浴室。当她到达医院停好车的时候，时间是十点整。

候诊室里已经坐满了人。

吉娜坐在窗边的一把椅子上，编织着一条精美的粉红色毯子。她旁边，凯伦和夏洛特正在玩牌。鲍比站在窗户旁，盯着外面。梅格安进来后，他抬起头来。看他的那双眼睛，她就知道克莱尔度过了一个很糟糕的夜晚。艾莉坐在他的腿上，画着画。

"梅格阿姨！"小女孩叫着跳了起来。

梅格安把她的侄女拥入怀中，抱了起来。

"外公到里面看妈妈去了。我可以去了吗？可以吗？"

梅格看着鲍比。鲍比叹了口气，耸了耸肩，就像在说"我不能带她进去"一样。

"当然。"梅格说道。她抱着艾莉，慢慢沿着长长的走廊走了下去，每一步都走得提心吊胆。

在关着的门前，她停顿了一下，挂起一副明媚的笑容，走了进去。

山姆站在克莱尔的床边，他正在拉着她的手哭。

艾莉从梅格的怀中挣脱，滑到地上，立即走向了她的外公。外公把她抱了起来。"怎么了，外公？你的眼睛里面有东西吗？有一次山米·陈的眼睛被戳到了，然后埃利奥特·赞恩就给他喊'爱哭鬼'。"

梅格安和克莱尔交换了一个眼神。

"让我的宝贝和我待一下吧。"克莱尔张开自己的双臂说道。艾莉没有注意到，她妈妈的每一个动作、每一次抚摸都在抖抖索索的样子。

山姆擦干自己的双眼，挤出了一丝微笑，"我最好去给那个水管工打个电话，泳池过滤器的声音听起来太糟糕了。"

艾莉点点头，"像狗屎一样。"

克莱尔笑了，双眼里的泪水闪闪发光。"艾莉森·凯瑟琳，我告诉过你，不要学你外公的脏话。"

"啊呀！"艾莉咧着嘴笑了。

山姆和梅格对视着，他们之间横亘着一个昭然若揭的问题：谁来跟艾莉说这……？

梅格退出了房间，留下他们三个待在一起。她回到候诊室，翻阅着一本杂志。

大约一个小时后，大厅里的一阵骚动引起了她的注意，她抬起头来。

妈妈来了。穿着一袭优雅飘逸的黑色长裙，手上拿着一个装着一只小狗的串珠宠物箱，领着头大步地向前走来。她的身后簇拥着一群人，其中一个正在不停拍照。

妈妈走进候诊室，环顾四周。当她看见梅格安后，泪水喷涌而出，"我们的女孩儿怎么样了？"她从袖子里扯出一根丝质手巾擦起了自己的眼睛。

一位摄影师拍下了这一幕。

妈妈露出了勇敢的微笑，"这是我的另一个女儿，梅格安·唐特斯，唐一特一斯。她二十九岁了。"

梅格安默默地在心里从一数到了十。然后，她用平稳的语调说道："狗不准带进医院。"

"我知道，但我不得不悄悄带进来。你知道的，猫王，它——"

"你十秒钟不看到'猫王'，它就会跟它的同名人一样死于非命？"妈妈被当众顶撞得倒抽起了凉气。梅格安看着一个站得微微与这群人隔开了些的一个人，他穿着黑色的衣服，脖子粗短，看起来就像个职业摔跤选手，"你，保镖先生，把狗带到车上去。"

"带回酒店去，"妈妈发出一声引人注目的痛苦叹息，说道，"套房里的空间才足够大。"

"是的，女士。"摔跤选手拿过宠物箱，然后走开了。

这样，就剩下了妈妈、摄影师，还有一个瘦瘦的、长着一张老鼠脸、拿着个录音机的人——这是个记者。

"打扰一下。"梅格安对那些人说着，抓住她妈妈的胳膊把她拖到一个安静的角落里，"你做什么了，雇了个宣传团队？"

妈妈把自己站得笔直，气呼呼地说道："你打来电话的时候，我正在另一条线上跟她通电话。你说我该怎么跟她说？《美国周刊》想报道我探访我生了

343

重病的女儿，也不是我的错吧。毕竟，我是个新闻人物。名人就是有这样的麻烦。"

梅格安皱起了眉头。此刻她已经气得疯狂，恨不得把她的妈妈丢到油锅里去炸一下。但，当她看着她妈妈那双化着浓妆的眼睛的时候，她看到了些让她吃惊的东西。

"你在害怕，"她轻轻地说道，"所以你才带着随从。这样，就像是一场表演了。"

妈妈翻着白眼，"我什么都不怕。我只是……只是……"

"什么?"

"这是克莱尔，"妈妈最后回答道，眼睛看向一旁，"克莱尔!"她的声音变粗了。这一次，梅格安看到了些真实。"我能去看她么?"妈妈问道。

"如果你要带着狗仔队，就不行。"

妈妈轻轻问道："你会跟我一起去么?"

梅格安对此很是惊讶。她一直觉得妈妈肤浅得如同一口平底锅，又如同钉子一般坚硬；她知道在人生中自己想要的是什么，然后就直奔而去。她一直觉得妈妈是那种女人：即使在自己前行的路上被警察拉起了隔离带，或是横卧着一具尸体，她仍然会毫不犹豫地跨越而去。现在，她不知道，一直以来，自己是不是错了。或许，实际上，妈妈一直都这么脆弱而胆怯。

她不知道这是否是一种表演。梅格安懂得恐惧是什么，尤其是，当这样的恐惧脱胎于内疚。

"我当然会跟你一起。"

她们走向杂志社的那些人，妈妈泪水涟涟地请求他们在这个艰难的时刻给她留一点隐私，然后建议可以在街对面的一家餐厅完成剩余的采访。

妈妈的高跟鞋，在油毡地板上敲击得噼啪作响。这样的声音，似乎是专为引起人们的注意而设计的，但此刻无人在意。

在克莱尔的房间门口，梅格安停了下来，"准备好了吗?"

妈妈挤出微笑，点点头，然后像欢乐梅姑①似的昂头走进了房间，身后飘飞着她那长长的黑色衣袖。"克莱尔，亲爱的，我是妈妈。"

———————————

① 欢乐梅姑：美国 1958 年上映的喜剧片《欢乐梅姑》的主角。她是一位以享乐为人生目标的中年妇女，其兄死后虽将独子托付给她抚养，但却将巨额遗产交给银行家代管。梅姑为生活只得应征各种职业，闹出一连串笑话。最后梅姑与一富翁结婚，继承了大笔遗产。

克莱尔试图微笑。但在白色枕头和灰色毛毯的映衬下，她看起来显得非常憔悴，苍白得不可思议。头上的那片秃斑，让她的面容显得奇怪而不对称。"嘿，妈妈。你刚好错过了山姆和艾莉。他们到楼下的餐厅去了。"

妈妈已说不出话来，双手低垂。她回头看了一眼梅格安。

"我知道我看起来很糟糕，妈妈。"克莱尔试着活跃一下气氛。

这次妈妈慢慢地动了，"怎么会呢，亲爱的，完全不是这样的。你很可爱。"她拉过一把椅子，在床边坐了下来，"嗨，我想起了《星际基地 IV》里的一集，叫作'持续攻击'，还记得吗？我吃了一块有问题的太空食品，然后我所有的头发都掉光了。"她笑了，"我把那一集送去参选了艾美奖①。当然没有获奖，太多政治因素了。我有点喜欢没有头发的那种自由感。"

"你只是戴着个橡胶的头套，妈妈。"

"但仍然是光头啊。这会让一个女人的眼睛看起来很漂亮。不过，我真希望我带来了我的化妆盒。你可以打一点点腮红，或许还可以画一点眼线。梅格安早该告诉我的，我就可以给你带一件漂亮的睡衣小外套来，或许领子上还可以带点毛皮。我记得有一件衣服，我穿着去——"

"妈妈，"克莱尔尽力向前倾身，这个动作显然让她很吃力，"有个肿瘤正在吃着我的脑子，都快吃空了。"

妈妈脸上的笑容不安起来，"你的描述真生动，亲爱的。我们南方女人——"

"求你了，妈妈。求你了！"

妈妈瘫坐在了她的椅子上。她就像只泄了气的皮球一样，变得越来越小，越来越普通，直到飘拂着的黑色礼服将她吞没，剩下的，只是一个骨瘦如柴、浓妆艳抹且整容手术做得太多了的女人。"我不知道你们想让我做什么。"

这是二十年来的第一次，梅格安听到了她妈妈真实的口音。跟南方口音的甜腻不同，带着中西部地区的紧致平和。

"哦，妈妈，"克莱尔说道，"你当然不知道。从来，你想要的都不是孩子，而是观众。抱歉，我已经太累了，顾不上讲礼貌了。我想让你知道我爱你，妈妈。我一直都爱你，即使是你……看向了别处的时候。"

看向了别处。

---

① 艾美奖：美国电视界的最高奖项，地位如同奥斯卡奖于电影界和格莱美奖于音乐界一样重要。

那是妈妈常常在说的一句话：我整天都站在那里，照顾着我的孩子们；我只是向别处看了一分钟，然后，她们两个就不见了。

梅格安想，比起妈妈实际上就是任由克莱尔离去的事实，这么说要容易接受点。

"山姆是个好男人，"妈妈的话是那么的柔软，她们不得不耐着性子听着，"我曾遇到过的唯一一个好男人。"

"是的，他是。"克莱尔赞成道。

妈妈漫不经心地挥舞着手，"但你们知道我的。我不是个念旧的人儿。"那副做作的南方口音又回来了，"我只会向前看。一直以来，我都是这个样子。"

她们又失去了妈妈。尽管她们的妈妈刚看见病重的克莱尔时曾回来过一下，但她又已经不见了。妈妈已经重整旗鼓，她站了起来，"我不想让你们觉得厌烦，我要到诺德斯特龙去给你们买点化妆品。你们会介意我的朋友来拍点我们在一起的照片吗?"

"妈妈——"梅格安警告道。

"当然可以。"克莱尔说着躺回到枕头上，"梅格安，你可以让鲍比和艾莉进来吗? 在我再打个盹之前，我想吻吻他们。"

妈妈弯腰吻了一下克莱尔的额头，然后昂首走出了房间。当她离开的时候，梅格安差点撞到了她怀里。妈妈站在了走廊上。

"化妆品，妈妈?"

"我不管她是不是快要死了，但她没必要让自己那个样子。"妈妈的镇定已经崩塌。

梅格安伸出手去。

"你敢碰我，梅吉! 我受不了。"她转身走开了，裙裾在她身后飞舞，高跟鞋咔嗒咔嗒地敲击着地面。

在她经过的时候，没有一个人不望向她。

克莱尔变得越来越虚弱。进医院第二天的时候，她想要的只有睡觉。

她的朋友和家人们开始让她疲惫不堪。他们都已经到过场了，所有该来的人都来过了。"忧郁者们"突然来到她小小的病房里，带来了生机和欢笑、鲜花和垃圾食品，还有克莱尔最爱看的那些电影。她们聊着天，说着笑话，回忆着旧时光。只有吉娜有勇气面对克莱尔担心着的那个残酷而冰冷的世界。

"我会一直守护着艾莉的,你知道的。"当其他人都去了餐厅后,她说道。

在那一刻,她对吉娜的爱从没那么多过。这让她鼓起了莫大的勇气。"谢谢你。"她能说的只有这么多。然后,她轻轻说道:"我还没能告诉她呢。"

"你又怎么能做到呢?"

吉娜看着她的眼睛,眼眶里慢慢地盈满了泪水。她们两个都在想着,一个女人,如何才能跟她五岁大的女儿说再见呢?一个很长的停顿后,吉娜笑了,"那么,我们要怎么处理你的头发呢?"

"我想我得把头发剪掉。也许,可以把剩下的染成白金色。"

"很有型啊。在你旁边,我们看起来就都是老黄脸婆了。"

"现在,那是我的梦了,"克莱尔忍不住说道,"成为一个老黄脸婆。"

最终,就像她很喜欢见到她的朋友们一样,她也很高兴他们回家了。这天深夜,在寂静的黑暗中,她在药物的作用下沉入了睡眠。

她突然惊醒。

她的心跳太快了,而且杂乱无章。她已无法呼吸,无法坐立。情况很不对劲儿。

"克莱尔,你还好吗?"是鲍比。他坐在她的床旁边。显然,他也是睡着了被惊醒的。他揉着眼睛站了起来,来到她身旁。有那么一刻,她有一种幻觉,她脑子里面的肿瘤就像是吃豆人一样,把她脑子里面好的部分都吃光了,让她变得疯狂。当他走得离床近些的时候,她听见了他的钥匙叮叮当当的响声。

"鲍比,"她低声说道,徒劳地尝试着抬起她那沉重得像灌满了铅的胳膊。

"我在这儿,宝贝。"

她非常费力、疼痛难忍,但她最终抬起了手臂,抚摸到了他泪湿的脸庞,"我爱你,罗伯特·杰克逊·奥斯汀。除了我的艾莉鳄鱼之外,你是我的最爱。"

"来,"她说,"到床上来,和我躺在一起。"

他看着那些机器,她输着的液体,那些管子和电线。"哦,宝贝……"他只能俯身吻了她。

他的吻,甜美而实在。这样的感觉,真好。她闭上眼睛,感觉自己沉进了枕头里。"艾莉,"她喃喃地说道,"我要我的宝贝——"

在她的右眼后面,头痛大爆炸似的发作起来。

她床边的警报器响了起来。

这儿没有烦恼，没有疼痛。她伸手去摸那原本干燥发痒的头皮，摸到的却是一头漂亮的长发。

她坐了起来。原本从她的身体上连接到那些机器上的管子，全都不见了。她想大声叫出来，自己已经好了，但她的房间里有很多人。太多人了，都穿着白大褂。他们挤在她身边，都在嚷嚷着，所以她听不清他们说的是什么。

突然间，她意识到自己是在从上方注视着自己，从空中的某个位置——注视着医生们在自己身上努力。他们已经撕开了她的病号服，正在用什么东西往她的胸口上拍着。

"准备！"一声高喊。

有一种解脱，在他们的上方，那儿没有痛苦……

"准备！"

然后，她想起了她的女儿，她还没来得及最后一次拥抱她的宝贝女儿。

她的宝贝，谁将不得不告诉她妈妈已经不在了呢。

一位医生退后，说道："她已经走了。"

梅格安跑到床边，大声尖叫："不许这么做，克莱尔。回来，回来，见鬼！"有人试图将她拖离，被她狠狠地用肘打开。"我是认真的，克莱尔。你给我回来！艾莉森在候诊室里，你不能就这样丢下她，你还没有跟她说再见。你有义务该跟她说再见。见鬼！回来！"她抓住克莱尔的肩膀，用力地摇着，"你怎么敢这样对艾莉森和我！"

"有心跳了！"有人叫道。

梅格安被推到一旁。她跟跟跄跄地退到房间角落里，在他们抢救着她妹妹的时候，在一旁注视着、祈祷着。

最终，医生们拖着他们的急救设施离开了。除了机器嗡嗡的噪音和嘀嘀的响声之外，房间里很安静。

她盯着克莱尔的胸口，观察着它的起伏。过了一阵子，她才意识到自己一直大气都不敢出，全心希望着她妹妹的身体能缓和起来。

"我听见你了，你知道吗？"

听见克莱尔的声音，梅格从墙上弹开，往前走去。

克莱尔半秃着头，脸色苍白如纸，在那儿对她微笑着，"我在想：天哪，我都死了，她还在对我大喊大叫！"

29 | *chapter*
姐妹之间

　　乔已经打算过至少十几次了，去把那个该死的信封扔掉。问题是，他连碰一下那个信封都做不到。

　　"懦夫！"

　　这个声音他听见得如此清晰，他抬起了头。木屋里面是空的。他盯着戴安娜，戴安娜在她壁炉架的位置上回盯着他。

　　他闭上眼睛，希望她能再次来到身边，到床上坐在他的身旁，像她以前那样对他轻轻地说：你伤我的心了，乔。

　　但她已经那么久没来过了，他都已经忘记了那样的幻觉是什么样的感觉。然而，现在他不用去召唤出她的形象，就知道此刻她会说出的话是什么样。

　　她会为他感到羞愧，如同他为自己所感到的羞愧一般。她会提醒他，他曾发过誓要去救死扶伤的。

　　而且，不是别人。那个人是克莱尔·凯文诺，当戴安娜生病时曾玩着脏话拼字游戏以及看着肥皂剧、一小时又一小时地坐在她床边的那个女人。乔还记得一个特别的夜晚。当时他工作了一整天，然后前往戴安娜的病房，为又要在他垂死的妻子身旁度过一个夜晚而感到筋疲力尽。当他打开门时，发现克莱尔在那里，除了胸罩和内裤之外什么也没穿，正在跳舞。数个星期已没笑过的戴安娜，此刻正在开怀大笑，脸上挂满了泪水。

　　"不行，"当他问怎么回事的时候，克莱尔大笑着回答道，"我们不会告诉你我们在干什么的。"

　　"女孩子必须要有点秘密，"当时戴安娜说道，"即使是在她此生的挚爱面前。"

　　现在，躺在病床上的是克莱尔了，待在一个充满了绝望气味的房间里。即使是在盛夏时节，窗外的天空，对她来说也充满了灰暗。

或许，他为她什么也做不了。但是，如果他不尝试一下的话，又怎么能苟活下去呢？或许，这是上帝在提醒他的方式，提醒着他：一个人如果想要重新开始，就不能抱着过去的恐惧不放。

此刻，如果戴安娜在这里，她会告诉他，不会有比这更明显的机会了。在毫无牵绊的情况下，想要逃离，是一码事；而当一组角落上写着你的朋友的名字的核磁共振片摆在你的面前时，你仍然弃之于不顾，就绝对是另外一码事了。

"你会害死她的。而这次，就没有'安乐死'这么漂亮的借口可用了。"他的心里响起了这么个声音。

他沉重地呼出一口气，伸出了手。他假装没有注意到自己的双手正在发抖。突然之间，他迫切地觉得，自己需要喝上一杯。

他拿出那些片子，把它们带进了厨房。在那里，从水槽上面的窗户，有足够多的阳光倾泻而下。

他仔细研究了第一张片子，然后核查了其余所有的片子。肾上腺素的分泌，加快了他的心跳。

他知道为什么所有人的诊断结果都是这个肿瘤无法动手术了。做这个手术需要用到的技巧，几乎是前所未闻的。这需要一个有着一双黄金圣手的神经外科医生，同时还得具备能与其技术相匹配的自我执念——必须是一个不害怕失败的人。

但是，如果能恰到好处地切除……就或许还有机会。也有可能——只是可能，这个小小的阴影不是肿瘤，而是有可能病变为肿瘤的人体组织。

下一步该做什么，他已毫无疑问。

他洗了个长长的热水澡，接着穿上他最近新买的蓝色衬衫和新牛仔裤——他希望自己的衣服能更好一点；但目前，他只能如此。然后，他把那些片子收拾起来，放回信封，向史密提家走去。海尔格在厨房里做着午餐，史密提在客厅里看着《法官朱迪》。乔敲门后，史密提抬起头来，"嘿，乔。"

"我知道这不合规矩，但是，我能借用一下你的卡车吗？我需要开车去西雅图，可能要过夜。"

史密提从口袋里掏出钥匙，然后扔给了他。

"谢谢。"乔走向那辆锈迹斑斑的 1973 年老福特皮卡，爬了进去，哐当一声关上身后的门。

他盯着仪表盘，已经有好多年没坐过驾驶员的位置了。他发动引擎，踩下了油门。

两小时后，他把车停在了麦迪逊街和百老汇街交界处的地下停车场，然后走进了他上个人生里的那个大厅。

埃尔默·诺德斯特龙的那幅油画仍然挂在那里，在那栋被冠以他们家族之名的铮亮黑色高楼上指点着江山。

在走向电梯的时候，乔一直低着头。他不跟任何人做眼神接触，心中怦怦直跳。他按下了向上的按钮。

电梯门开了后，他走了进去。两个穿白大褂的人挤到了他身旁，他们在谈论着实验结果。这两个人在三楼的时候下了电梯，这一层通向连接着这栋楼和瑞典医院的天桥。

他忍不住想起了他在这栋楼里昂首挺胸地走着的那些时候。那时候，他很明确自己在这个世界上的位置。

到十四楼的时候，门打开了。

他在那儿站了好一会儿，盯着大厅对面玻璃门上的金边黑字看着：西雅图核医学专家中心。他曾在此开创他的事业。黑字下面罗列着七八个医生的名字，乔的名字不在上面。

当然不在了。

电梯门就要关上的最后一秒钟，他走了出来，穿过大厅。里面，在候诊室里有几个病人——他一个都不认识，谢天谢地。前台上有两个女人，两个都是新人。

他想过直接走到李的办公室去，但他没有那个胆量。相反，他走向前台。

那个女人——从胸牌上看名叫伊莫吉恩——抬头看着他，"我能为你做什么吗?"

"我要见李青医生。"

"你的名字是?"

"告诉他，有一个外地医生来了这里，要跟他做一个紧急会诊。我是从很远的地方来的。"

伊莫吉恩打量了一下乔，无疑注意到了他身上廉价的衣服和土里土气的发型。她皱着眉头拨通了李的办公室内线，向他传达了这个信息。过了一会儿，她挂上电话，"他能在十五分钟后见你，请坐一下。"

乔走向候诊室里的一把椅子，想起了戴安娜为这间办公室选着面料和颜色的事情。曾有一段时间，他们家里铺天盖地都是样品。

当他笑她这样太过了的时候，她曾说过："我想布置好这间办公室。除了我之外，工作是你唯一的爱。"

想起这个，他多么希望自己能笑一笑。毕竟，这是过去美好的那一部分。

"医生？医生？"

他吓了一跳，抬起头来。已经有很久没人这么叫过他了。"哎？"他站了起来。

"李青医生现在可以见你了。沿着这条走廊走下去，然后向右——"

"我知道他的办公室在哪里。"他走到门口，站在那里，努力让自己的呼吸平稳下来。他身上在出汗，手板心都湿了，估计整个信封上面都已留下了他手上的汗渍。

"医生？你还好吗？"

他沉重地叹息了一下，然后打开了门。

室内通道上以及各个办公室里，在那些护士、医师助理以及放射技师们中间，到处都是熟悉的面孔。

他强迫自己抬起了头。

他认识的人们一个接一个地和他四目相对，认出他后立即看向一旁。有些人冲他尴尬地笑笑，或是挥挥手，但是没有人跟他说话。他感觉自己就像个正在穿越人间的死魂灵，所有人都对他视而不见。

有的目光表露出很直白的谴责。他记得这样的目光。这样的目光，正是让他踏上了逃离之路的首要原因。其他的人，似乎羞于被他发现他们在看着他，迷惑于他的突然出现。面对一个你曾欣赏过的人，他曾因害死了他的妻子而被起诉，接着又消失了三年，他们还能说些什么呢？

他走过了一排穿着病号服等待着进行乳房造影检查的女人，走过了第二候诊室，然后转上了另一条更安静的走廊。在走廊尽头，他来到一扇关着的门前。他做了个深呼吸，然后敲门。

"请进。"一个熟悉的声音说道。

乔走进了那个大办公室。这个办公室，曾是他自己的。巨大的落地窗外面，可以看见西雅图那高楼林立的景象。

李青在他的办公桌后面阅读着些什么。乔进来后，他抬头看了一眼。他那通常毫无表情的脸上，浮上了一种惊讶得几乎有点滑稽的表情。"我真不敢相信！"他说道，仍然待在自己的座位上。

"嘿，李。"

353

李看起来很尴尬，不知道该做什么、说什么。"好久不见，乔。"

"三年了。"

"你去哪儿了？"

"重要吗？我本想过来告诉你我要离开，但是——"他叹了口气，同时感觉到了自己的语气多么可怜，"——我没那个勇气。"

"我让你的名字在门上保持了将近一年。"

"我很抱歉，李。作为合作伙伴来说，我那样做，的确很糟糕。"

李点点头。这次，他那双黑眼睛里充满了悲伤。李说道："是啊。"

"我带了些片子来，想让你看看。"李点点头。乔走向观片箱，把片子放了上去。

李走近，仔细研究着。过了好一会儿，他什么也没说。然后，他说道："你看见了些什么我没看到的吗？"

他指了一下，"这里。"

李交叉起手臂，皱起了眉头，"没有多少外科医生会做这样的尝试。风险太大了。"

"如果不做手术，她就会死。"

"她可能会因这个手术而死。"

"你觉得这值得一试吗？"

李看着他，眉头上的皱纹更深了，"以前的乔·怀亚特，从来没问过别人的意见。"

"现在，不一样了。"他随口说道。

"你认识愿意做这个手术的外科医生吗？能做这个的？"

"加州大学洛杉矶分校的斯图·魏斯曼。"

"啊，那小子！对的，或许会。"

"我不能从事业务，我的执照已经过期了。你能把这些片子发给斯图吗？我会给他打电话的。"

李关掉了观片箱的灯，"我会的。你知道的，恢复你的执照是件很容易的事。"

"是的。"乔在那里站了好一会儿。沉默如同无形的阴影，笼罩在两个男人之间。"好的，我得去给斯图打电话了。"他开始准备离开。

"等等。"

他转过身来。

"那些员工，有人跟你说话吗？"

"没有。面对一个杀人犯，很难想出该说些什么。"

李走向他，"的确有些人那么看你。我们……大多数……真不知道该怎么说。私下里说，我们许多人都会想做同样的事情。戴安娜陷入了可怕的痛苦之中，大家都知道，而且毫无希望。我们只是庆幸，这样的事情没有发生在我们身上。"

乔无言以对。

"你很有天赋，乔，"李慢慢说道，"丢掉自己的天赋，也是一种罪过。等你准备好了——如果你会的话，回来见我。这个办公室是为拯救人的生命而开的，不用担心那些陈年旧事的绯闻。"

"谢谢你。"这三个字太轻了，完全无法表达出他的谢意。在对自己的真情流露的尴尬中，乔再次嘟囔着谢谢，离开了办公室。

在楼下的大厅里，他发现了一排公共电话。他拨通了斯图·魏斯曼的号码。

"乔·怀亚特！"斯图大声说道，"天哪，你还好吗？我还以为你从这世上消失了。你经历的那些事情，真他妈可惜！"

乔不想浪费时间跟他聊"你去哪儿了"之类的东西，等斯图过来后，有的是时间聊这些。于是，他说道："有一个手术，我想让你去做。这个手术的风险高得非常离谱，你是我认识的唯一一个够格的。"——斯图是个扛不住赞美的人。

"跟我说说看。"

乔向他解释了一下他所知道的克莱尔的病史，告诉了他目前的诊断，还大致解释了一下他从片子上看到的情况。

"你觉得我可以做点什么。"

"只有你行。"

"好的，乔。在这个行业里，你的眼睛是最牛的。把片子发给我。如果我的看法和你一样，我就会坐下一班飞机过来。但是，你得确保病人能够理解这些风险。我不想去了那儿之后，又不得不回头。"

"没问题。谢谢，斯图。"

"很高兴联络到了你。"斯图说道，然后挂上了电话。

乔把听筒挂了回去。现在，他所必须做的，就是去跟克莱尔谈谈。

他回到电梯，然后穿过天桥，走向瑞典医院。他一直让自己盯着地板看着。有些人认出他后皱起了眉头，更有一些在他身后窃窃私语。他无视他们，继续向前。没人真正有胆量跟他说话，或是问他为什么会回到这里，直到他抵达了重症监护室。

有人对他说道："怀亚特医生?"

他慢慢转身，是崔西·贝伊，重症监护室的护士长。他们曾在一起工作过很多年。当年，在最后的时候，她和戴安娜已成了亲密的朋友。"你好，崔西。"

她笑了，"很高兴见到你回来，我们都很想你。"

他的双肩松弛了下来，几乎做到了还以微笑，"谢谢。"他们站在那里，彼此尴尬地盯了一会儿，然后他点点头，说了再见，往克莱尔的房间走去。

他轻轻地敲了门，然后把门打开。

她正坐在床上，睡着了，头歪向了一旁。她的头上有一片地方光秃秃的，让她看起来显得年轻得不可思议。

他向她走去，尽力不去记起戴安娜也曾像这个样子。她苍白而脆弱，头发稀疏，看起来就像是一个被摧残之后又被丢弃了的旧玩具娃娃。

她眨着眼睛醒了过来，盯着他。"乔，"她疲倦地笑着轻轻说道，"我听说过你回家了。欢迎回来。"

他拉过一把椅子，坐在她的床旁，"嘿，克莱尔。"

"我知道，我看起来好多了。"

"你很漂亮，你一直都很漂亮。"

"祝福你，乔。我会向戴安娜替你问好的。"她闭上了眼睛，"抱歉，但我累了。"

"别那么急着去见我的妻子。"

她慢慢地睁开了眼睛。似乎花了一分钟时间，她才把双眼对焦到他身上，"没有希望了，乔。你们都知道那是什么样的感觉。实在是太痛苦，假装不来了，好吗?"

"我的看法……不尽相同。"

"你认为那些白大褂都错了?"

"我不想给你虚假的希望，克莱尔。但是，是的，也许他们错了。"

"你确定?"

"没人能确定。"

"我不是在问别人的意见，我想要的是你的意见，乔。你是在告诉我，我不能放弃吗？"

"做手术可能会救你的命，但是也可能会有严重的副作用，克莱尔。比如瘫痪、运动能力损伤、脑损伤，等等。"

听见这个，她笑了，"你知道刚刚你来这儿之前，我在想什么吗？"

"不知道。"

"该怎么跟艾莉·凯特讲妈妈就要死了。我会冒任何风险，乔，任何风险，只要我不用吻着艾莉跟她说再见。"她的声音嘶哑了，他也看出来了她的痛苦有多深。她的勇气令他大为赞赏。

"我已经把你的片子发给了我的一个朋友。如果他同意我的诊断，他就会做手术。"

"谢谢你，乔。"她轻轻说道，然后又闭上了眼睛。

他看得出她有多累。他俯下身子吻了她的额头，"再见，克莱尔。"

他快到门口的时候，她说道："乔？"

他转过身，"嗯？"

她又勉强清醒过来，看着他说道，"她不该问你那个问题。"

"谁？"他问道，但他其实知道她说的是谁。

"戴安娜。我永远不会问鲍比那样的问题，我知道那将会对他造成多大的困扰。"

乔对此无言以对。一直以来，吉娜也在说着同样的话。他离开房间，关上了身后的门。一声叹息，他向后靠在墙上，闭上了眼睛。

"她不该问你那个问题。"他还在想着克莱尔这句话。

"乔？"

他睁开眼睛，从墙边一个趔趄，站直了身子。梅格安站在几步开外，正盯着他看。她的脸庞和一双眼睛，又红又湿。

他有一种几乎无法抗拒的冲动，想去擦掉她双眼里的泪水。

她走向他，"告诉我你已经找到了一个帮她的方法。"

他不敢回答。他知道，在绝大多数情况下，希望都是把双刃剑。没有什么会比希望破灭带来的打击更严重。"我跟一个加州大学洛杉矶分校的同事通了电话。如果他同意我的话，他就会做手术。但是——"

梅格安冲向了他，紧紧地搂着他，"谢谢你。"

"手术的风险高得不可思议，梅格。她可能连手术台都下不了。"

梅格安退后，不耐烦地眨着眼睛抹掉泪水，"我们沙利文家的女孩们宁愿在战斗中倒下。谢谢你，乔。还有……对不起，我跟你说了那些话。有时候，我可以是一个真正的贱人。"

"你的这个警告，来得有点迟了。"

她微笑着又擦了擦眼睛，"你应该告诉我有关你妻子的事情，你知道的。"

"在我们某次谈心的时候？"

"是啊，我们谈过那么多次了。"

"这很难算是个好的枕边话题吧。我怎么能先跟一个女人做爱，然后告诉她我杀死了自己的妻子呢？"

"不是你杀了她，是癌症杀了她。是你结束了她的痛苦。"

"也结束了她的呼吸。"

梅格安坚定地抬头看着他，"如果是克莱尔问我这个问题，我会答应做手术的。并且，我愿意为之进监狱。我不会让她在痛苦中煎熬。"

"向上帝祈祷，让你永远不必面对这样的情况吧。"他听见自己的声音都变调了。曾经，他会为这如此明显的脆弱流露而感到羞愧——在他曾超级自信的那些日子里。那时候，他会觉得，自己起码算个半神。

"现在，我们该做什么？"在突然让人感到尴尬的沉默中，她说道，"我的意思是，为克莱尔该做些什么。"她从他身边退开，让他们之间有了些距离。

"我们等着听斯图·魏斯曼的消息，祈祷他会同意我的评估。"

乔到达了前门的时候，听见有人在叫他的名字。他停下来，转过身。

吉娜站在那里，"我听说，我的哥哥又像个医生了。"

"我所做的，只是给斯图打了个电话。"

她微笑着走得更近了些，"你给了她一个机会，乔。"

"我们等着看斯图怎么说吧。但是，是的，也许是个机会。我希望如此。"

吉娜碰了一下他的胳膊，"戴安娜会为你感到骄傲的。我也是。"

"谢谢。"

"跟我们一起到候诊室里来坐坐吧，你已经孤独得够久了。是时候开始你的新生活了。"

"我还有点事需要先处理一下。"

"答应我，你会回来的。"

"我答应你。"

一小时后，他已身在前往班布里奇岛的渡轮上。渡轮开进伊格尔港的时候，他站在甲板上的栏杆旁。这个漂亮的小海湾，似乎在用那些打理得很好的家园以及那些聚集在码头上的帆船欢迎着他。他很高兴这里看起来跟原来一样，树木仍然多过房子，海滨的区域也没有被切割成狭窄的小块。

"就是这儿，乔伊。这就是我想养大我们的孩子的地方。"戴安娜曾经说过。

他的手指紧紧地握住了栏杆。她说这句话的那天，并没有过去太多时间，大概十年吧。但感觉起来，好像已是上辈子的事情。那时候，他和戴安娜是那么的年轻，那么的充满了希望。他们之中的任何一个都未曾想过，他们不会永远生活在一起。

从来没想过，他们之中会有一个人要独活在这世上。

渡轮鸣响了汽笛。

乔回到甲板下面他的卡车上。靠岸后，他驱车离开了渡轮。

每一个街角，每一块招牌，都在勾起他的回忆。

帮我把那个衣橱带回来，好吗，乔伊？在巴德·布兰奇的店里。

我们今天去酿酒厂吧，我想闻闻葡萄的味道。

别想晚餐了，乔伊，跟我上床，否则你会失去我。

他拐上了以前他回家的路。这儿的树木很巨大，耸立在空中，遮住了阳光，这条路安静地躺在林荫下面。从这儿向外，一座房子都看不到，只看得见一个个邮箱，以及一条条通往右边的私家车道。

到了最后一条私家车道的时候，他减慢了速度。

他们的邮箱还在那儿，上面写着：乔·怀亚特医生及夫人。这是他们敲定这座房子后，戴安娜买的第一件东西。

他沿着自己那条长长的、绿树成荫的车道开了下去。这座房子——他的房子——坐落在一片阳光充足的草地上，在一片宽阔的砾石海滩旁边。这是一个漂亮的科特角式住宅，带着雪松木瓦屋顶和亮白色的门窗框。

他注意到紫藤已经疯长，沿着门廊的栏杆生长得又浓又绿，缠绕着那些柱子，有的都蔓延到了房子的外墙上。

当他离开他车上的安全地带向房子走去的时候，他喘着粗气，走得很慢。

首先让他注意到的，是这里的气味。海风的辛辣，与盛开的玫瑰的甜香交织在一起。

他在钱包里面找出了钥匙——他特为今天而保留的那把。

实际上，这把钥匙在这里已经待了数个星期，甚至是数个月。那时候，他从未相信过自己会有勇气再次拿起这把钥匙。

钥匙与锁完美结合，咔嗒一声。

乔打开了门，一边在心里说着"亲爱的，我回来了"，一边走了进去。

这个地方看起来，跟他离开的时候一模一样。他还记得他作为一个无辜的人——不是，是作为一个未被定罪的人——从法院回家后，收拾起了行装的那一天。他打过的唯一一个电话，是给吉娜的。他说，我很抱歉，我太累了，不想和人争辩了，我得走了。

她哭着回答道，我会看管好这个地方的，你要回来。

他说，我不知道，我怎么做得到呢？

然而，他回来了。吉娜遵照承诺，看管了这个地方。她通过他留给她的一个特别账户支付了税金和账单。在家具或是窗台上，没有堆积的灰尘；高高的天花板上，也没有结着蛛网。

他一个房间一个房间地走着，触摸着一样样东西，回忆着过往。每一样家具，都会让他想起某个时间、某个地点。

"这把椅子很完美，乔伊，你不觉得吗？你可以坐在上面看电视。"戴安娜类似的话不停在他耳边响起。

每一样小摆设，都有一个故事。他就像个盲人似的慢慢走着，抚摸着一切东西，好像这样的触碰，会比光是看着能激起更多的回忆似的。

最后，他进入了主卧。只看了一眼，似乎就已难以承受。他强迫自己向前。所有的陈设都和当初一样：那架大古董床，是妈妈和爸爸送给他们的结婚礼物；那床漂亮的被子，是爸爸去世后得来的；那一对旧床头柜上曾经堆满了书，在她的那一头是言情小说，他的那一头是军事历史书籍；他甚至记得，那个小小的绣花枕头，是戴安娜刚开始生病的时候做的。

他坐在床上，拿起那个枕头，看着沾染在上面的那些小褐斑。

"我觉得刺绣是一种很好的治疗措施。我把自己刺得流了这么多血，都有点头晕了。"戴安娜当时的话又在耳边响起。

"嘿，戴安娜。"他说道，希望自己能回到可以在幻觉中看到她的样子的那些日子。他抚摸着枕头，努力回想着触碰着她是什么样的感觉，"今天我去医院了，感觉很好。"

他知道她会对此说什么，但他不知道自己是否真的做好了回去的准备。

他的生活，变化太大了，莫名地分解成了细小的碎屑，已无法重新拼凑起来。

他还未能忘记他以前的办公室里的时候，人们看着他的那些样子。他们看着他，心里想着的是：杀人犯就是这个样子的吗？

他低头看着那个枕头，抚摸着，"你不该问我那个问题，戴。那……毁掉了我。"

"好吧……或许毁掉我的，也是我自己。"他平静地承认道。他应该待在这里，待在这个他曾那么在乎的社区里。他的错误，在于他的逃离。

是时候不再隐藏和逃避了。现在，是站起来对那些恶意评判他的人说"够了"的时候了。

现在，是他拿回自己的人生的时候了。

他站起来走向壁橱，慢慢地打开那些百叶门。

戴安娜的衣服占据了三分之二的空间。

三年前，他曾试过将之用箱子装起来并赠送出去。他才叠好一件粉红色的羊绒衫，就做不下去了。

他向一件米色的安哥拉羊毛高领毛衣伸出手去，那曾是她的最爱。他小心翼翼地把它从白色塑料衣架上取下，贴到自己的脸上。上面，还残留着一丝微弱的她的气息。他的眼中盈满了泪水。"再见，戴安娜。"他喃喃地说道。

然后，他开始去找装衣服的箱子。

30 | chapter

姐妹之间

第二天早上，斯图·魏斯曼给克莱尔打来电话。他的话说得简短而迅速，她又是那么的虚弱、迷迷糊糊，过了一会儿她才明白了他的意思。

"等一下，"最后，她坐起来说道，"你是在说，你会做这个手术吗？"

"是的。但是，这件事将会很凶险，最终的结果可能会很糟糕。可能会让你瘫痪，或是脑损伤，或者更糟。"

"你的意思是会比现在这样糟糕得快些。"

他对这句话笑了起来，"是的。"

"我会抓住这个机会。"

"那么，我也会。今晚我就会过来，我已经把手术安排在了明天早上八点。"他的声音软化了下来，"我的意思不是说一定会失败，克莱尔。但是，今天你就该把你的事情安排好了，如果你懂我的意思的话。"

"我懂你的意思。谢谢你，魏斯曼医生。"

这一整天里，克莱尔都在跟她的朋友们说着再见。她一次只跟一个人说，因为她觉得她的每个朋友都应当得到这样的关注。

对凯伦，她开玩笑说到在未来的几年里，凯伦的儿子威利肯定会折腾得她的头发都变白，然后求她的朋友一定要让她的第三次婚姻持续下去；对夏洛特，她说不要放弃要孩子的想法，孩子们是我们留在这个世上的印记，如果你自己生不出来，就去领养一个，并对他付出你全部的爱。而跟吉娜告别，要困难得多。她们在一起的将近一个小时时间里，克莱尔在不时地打着瞌睡，吉娜忍住哭泣站在她的床边。

"照顾好我的家人。"最后，克莱尔努力睁开眼睛说道。

"你自己去照顾！"吉娜回答道。她努力想幽默一点，却幽默不起来。然后，她轻轻地说道："你知道我会的。"

她们笨拙而痛苦地告着别，还有许多没说的话，以及说不出来的话。她们都假装着克莱尔明天晚上的时候还会在这里，像她一贯的那样和她们一起欢笑，一起胡闹。她给她的朋友们留下了那样的希望，虽然她是为了自己才想要拥有这个希望。有时候，希望就像一件借来的毛衣，并不会太合身。

她已没有了丝毫力气。但最主要的是，她在害怕。魏斯曼医生一直保持着乐观，而且对风险的评估直言不讳。"最终的结果可能会很糟糕。"他曾说过。最糟糕的是，这样的恐惧让她感到非常孤独，让她觉得无人可以倾诉。

又是漫长的一天，时间在慢慢地流逝。她发现自己在希望着自己已经死了，只是意外地飘浮在了这世上。候诊室里面所有那些她深爱的人还在为她祈祷，现在，她还无法隐身。一想到那些她还需要做的告别，她感到悲痛欲绝。鲍比和山姆会抱着她哭泣，她不得不准备好去面对。梅格会变得很愤怒，说话会很大声。

还有艾莉。克莱尔要如何才能做到和她告别？

医院的二楼，有一个无宗派的小礼拜堂。

梅格安在开着的门外面停顿了一下。她已经有很多年没去教堂寻求过安慰。事实上，她已数十年没去过了。

她慢慢地走了进去，让门在她身后轻轻地关上。在深黄色的地毯上，她的脚步安静而平稳。她无声而迅速地走到中间的长椅之间，在地上跪了下来。那里没有垫膝盖的垫子，但她仍然跪了下来。她觉得在祈求奇迹的时候，应该要跪下来。

她双手合十，低下了头。"我是梅格安·唐特斯，"她先介绍了一下自己，"我想您肯定都忘记我了。我想，自从我……啊……九年级开始，我就没向您祈祷过。那次是我在祈祷得到足够的钱，去让克莱尔上芭蕾课。然后，妈妈被解雇了，我们又搬家了。于是……我不再相信您可以帮忙了。"她想到了楼上的克莱尔，脸色是如此的苍白，疲惫不堪地躺在病床上，还有那个手术带来的巨大风险，"她是个好人，上帝。求求您保护她，不要让艾莉失去她的妈妈。"

她用力地闭上眼睛，眼泪从她的脸颊上滑落，滴到了她的手上。她想做更多的祈祷，甚至想找到个可以讨价还价的方法。但她除了绝望之外，什么也没有了。

她后面的门开了，又关上了。有人走到了过道里。

梅格安擦干眼泪，慢慢坐回座位上。

"梅格？"

她吃惊地抬起头。山姆站在她旁边，他魁梧的身材已绝望地佝偻了起来，双眼红红的，充满了泪水。"她在跟她的闺蜜们告别。"

"我知道。"

"我受不了看着一个个人从她的房间里出来。一关上门，她们的笑容就消失了，然后开始哭。"

梅格安也在逃避看见这样的情况，"她很幸运有那么多的朋友。"

"是啊。我能坐在这儿吗？"

她向右边挪动让出位置，他坐在了她的身旁。他离得很近，她可以感觉到他身上的温度，但他们没有接触，也没说话。

最后，山姆说道："当时你给我打电话的时候，我才三十岁。"

她皱眉道："哦。"他想让她说什么呢？

"我没有兄弟姐妹，也没有别的孩子。"

"我知道，山姆。那时，每次我胡来的时候，你都会说这个。"

他叹了口气，"我在生依莲娜的气。她让我错过了我女儿的童年。那些年，我一直很孤单，但我其实不必那么孤单……而且，你和克莱尔只是勉强能糊口地过着日子……这让我无法忍受。"

"我知道。"

他转过身来面对着她，"克莱尔很好办，她用她那双充满了信任的大眼睛看着我，说'嗨，爸爸'，只需要这样，我就完全感觉到了爱。但是你……"他摇摇头，"你吓得我魂飞魄散。你又强硬，又多嘴，而且你觉得我跟克莱尔说的一切都是错误的。当时我不明白你是在青春期，我以为你就像……"

"妈妈一样。"

"是啊。而且，我不想让克莱尔受到伤害。我花了些时间——好些年——才发现，你跟你妈妈不一样。而那时候，一切都太迟了。"

"也许我就是跟妈妈一样。"她平静地说道。

"不，"他措辞激烈地说道，"你是帮助克莱尔撑过这场浩劫的坚强支柱。你有那种救人于水火的胸怀，即使你自己并不觉得。我很抱歉，我年轻些的时候没发现这一点。"

"最近，很多事情都变得明白起来。"

"是啊。"他坐回到座位上。"我不知道我要怎样才能挺过去。"山姆说道。

梅格安无言以对。同样的问题也在困扰着她，她又怎么知道呢？

几分钟后，门再次打开了。这次是鲍比，他的样子看起来极度糟糕。

"她想见艾莉，"他的声音嘶哑而低沉，"我做不到。"

山姆焦躁不安地说道："哦，天哪。"

"我带她去。"梅格说道，一边慢慢地站了起来。

克莱尔再次沉入了睡眠。当她醒来的时候，外面的阳光已经消失，在房间里留下了一片柔和的银色光辉。

"妈妈醒了。"

然后，她看见了她的女儿。艾莉像只小猴子似的紧紧依偎着梅格安，双手箍在她脖子上，双脚紧锁在她的腰上。

克莱尔发出了一声低低的啜泣，又赶紧振作精神，挤出一个疲倦的微笑。要扛过这一刻，唯一的方法，是假装她们还会有再相聚的时刻。为了艾莉，她不得不相信奇迹。

"嗨，艾莉·凯特。我听说，你在自助餐厅把所有的肉桂卷都吃光了。"

艾莉森咯咯直笑，"只吃了三个，妈妈。梅格阿姨说，如果我再吃一个，我就会吐出来。"

克莱尔张开双臂，"到这儿来，宝贝。"

梅格向前倾身，轻轻地把艾莉放进克莱尔瘦弱的怀抱。她紧紧地抱着她的女儿，似乎无法放手。她强忍着眼泪，面带着一丝脆弱的微笑，对着她女儿那小小的粉红色耳朵喃喃地说道："你知道我有多爱你。"

"我知道，妈妈。"艾莉说道，往她怀里钻得更紧。她就像个熟睡的婴儿一般躺在她妈妈的怀里，比她在任何时候都躺得更安静。在那一刻，克莱尔明白了，艾莉是懂得的。她的女儿凑近她说道："我跟上帝说，如果他让你好起来了的话，我就再也不要求吃'嘎吱船长'了。"克莱尔感到自己的心被撕裂了。她用尽自己的力气紧紧抱着她的女儿。"带她回家吧。"最后，当那痛苦变得让她无法承受后，她说道。

梅格安立即上前，重新把艾莉抱进怀里。

但是艾莉挣开梅格的怀抱，滑到床边的塑料椅子上。她站在摇摇晃晃的椅子上，盯着克莱尔。

"我不要你死，妈妈。"她用她那沙哑的小声音说道。

　　这让人伤心得想要哭出来。克莱尔看着她心爱的宝贝，挤出一丝微笑，"我知道，宝贝，我对你的爱比天上的繁星还要多。现在，跟外公和鲍比回家去吧，我听说他们打算带你去看电影。"

　　梅格安又把艾莉抱了起来。克莱尔看得出来，她也快流下眼泪了。"让鲍比回家吧，"她对她的姐姐说道，"他每天晚上都在这里。告诉他，我说的，艾莉今晚需要他。"

　　梅格安伸出手去紧握住她的手，"我们需要的，是你！"

　　克莱尔一声叹息。"现在，我要睡觉了。"此刻，她唯一能说出的，只有这句。

　　数小时后，克莱尔突然惊醒过来。她的心咚咚地跳得那么厉害，让她感到头晕目眩。一时之间，她不知道自己身在何处。然后，她看见了那些鲜花和机器。如果眯起眼睛，她能看清墙上的时钟。月光照耀在那微微凸起的玻璃表面上，熠熠生辉。现在的时间是凌晨四点整。

　　几个小时后，他们就会打开她的头颅。

　　她开始感到惊慌。然后，她看见梅格待在角落里，瘫在一把不舒服的椅子上，睡着了。

　　"梅格。"她小声叫道，一边按动控制按钮，让床头升了起来，嗡嗡的声音听起来很大，但是梅格安没有醒过来。

　　"梅格。"她提高了些自己的音量。

　　梅格安直直地坐了起来，环顾着四周，"我错过检查了吗？"

　　"没有。"

　　梅格安眨着眼睛，用一只手抓着她乱糟糟的头发，"到时间了吗？"

　　"没有。我们还有四个小时。"

　　梅格安起身，把椅子拖到床边，"你睡着了吗？"

　　"时睡时醒。一想到有人就要打开我的脑袋，就完全清醒了。"克莱尔看了一眼窗外的月光。突然之间，她是如此的害怕，浑身颤抖。所有那些她曾向她的家人和朋友们展示过的勇敢，全都烟消云散；剩下来的，只有脆弱。她问梅格安："你还记得，以前，当我做了噩梦的时候，会怎么做吗？"

　　"你会爬到我的床上来，和我挤在一起。"

　　"是啊，在那个拖车客厅里的那张旧床上。"克莱尔笑了，"那里面闻起来，就像是打翻了一瓶波旁威士忌，混合着香烟的味道。而且，对我们两个人来说，那里太挤了。但是，只要我爬到床上、你抱着我后，我就觉得没有什么能伤害到我了。"她仰望着梅格安，然后轻轻地揭开毯子。

梅格安犹豫了一下，然后爬到床上和克莱尔躺在一起，紧紧地搂着她。她注意到克莱尔已骨瘦如柴，但她没有说出来。

"我们那时候怎么会忘记了，什么才是最重要的呢？"

"我是个白痴。"

"我们浪费了许多光阴。"

"对不起，"梅格说道，"很久以前我就该跟你说的。"

克莱尔摸索到梅格的手，紧紧握住，"我要问你一些事情，梅格，我想让你老老实实地回答，我无法再问一次。每说一个字，我都像是在吞着一块碎玻璃似的痛。如果，最坏的情况发生了，我希望你成为艾莉生活的一部分。她需要一个母亲。"

梅格把克莱尔的手抓得那么紧，皮肤都抓破了，鲜血流到了她的手指上。过了好一阵子，她用沙哑的声音回答道："我会确保她会永远记得你。"

克莱尔点点头，她已说不出话来。

之后，她们躺在黑暗之中，彼此紧紧拥抱着，直到黎明点亮了房间、医生们把克莱尔带走。

梅格安站在窗户旁，盯着街对面参差不齐的灰褐色高楼群。在他们给克莱尔做手术的这三个小时里，梅格安已经把视野里所有的窗户和门都数了一遍。有二十三个人经过了百老汇大街和詹姆斯大街的交会处；另外，有十六个人在那间小小的星巴克外面排着队。

有人在拽着她的袖子。梅格安低头一看，艾莉森站在那儿抬头盯着她，"我渴了。"

梅格安看着她那双明亮的绿眼睛，差点迸出了眼泪。"好的，亲爱的。"她把艾莉抱进怀里说道。强迫着自己不要抱得太紧、把小女孩挤压得太厉害，她带她到了楼下的自助餐厅。

"我想要一杯蓝色百事可乐，就是你上次给我的那种。"

"现在才上午十一点，果汁对你更好。"

"你说的跟妈妈一样。"

梅格安用力吞咽了一下，"你是知道你妈妈小时候也喜欢这个吗？还有可口可乐。但是，我会让她喝橙汁。"

369

梅格安为橙汁付了款，然后抱着艾莉森回到了候诊室。当她俯身想把艾莉放下来的时候，小女孩把她抓得更紧了。

"哦，艾莉。"梅格搂着她的侄女说道。她想向她保证妈妈会好起来的，但这些话堵在了她喉咙里，说不出口来。

她把艾莉抱在怀中坐了下来，抚摸着她的头发。没过几分钟，这孩子便睡着了。

吉娜从房间对面抬起了头，看见她抱着艾莉，就继续回去玩她的填字游戏了。山姆、妈妈、鲍比、凯伦，还有夏洛特在一起玩牌。乔坐在角落里，读着一本杂志。他已有数个小时没抬起过头，没跟人说过话。但他们谁也没怎么说话。有什么可说呢？

中午的时候，手术室里面的护士出来告诉他们，手术还会持续几个小时。

"你们该去吃点东西，"她摇着头说道，"如果你们都晕倒了，也不会对克莱尔起到帮助。"

山姆点点头站了起来。"来吧，"他对所有人说道，"我们出去一会儿吧，午饭我请客。"

"我就在这儿。"梅格安说道。此刻，她根本不会想到食物。"艾莉得睡一下。"

鲍比捏了捏她的肩膀，"你想让我们给你带点什么回来吗？"

"或许可以给艾莉带个三明治——带花生酱和果酱的。"

"没问题。"

当他们离开后，梅格安向后靠在椅子上，把她的头靠在墙上休息。艾莉在她怀里发出轻微的鼾声。以前，梅格也是这样抱着克莱尔、给她说着一切都会好起来的。

"已经差不多四个小时了，见鬼。他们到底是在里面干吗啊？"

梅格抬起头。妈妈站在那里，拿着一支点燃了的维珍妮牌香烟。她的妆容已经不整，脸上花一块白一块的。这个样子，看起来也已黯然失色。梅格安说道："我以为你跟大家出去吃午餐了呢。"

"去自助餐厅吃饭？我才不会呢。我会早些回酒店套房去吃晚餐。"

"坐下吧，妈妈。"

她的妈妈弯下身子坐在了她身旁的塑料椅子上，"这是我生命中最糟糕的一天，我对天发誓。真是让人受不了。"

"的确很难熬。等着吧。"

"我要去找山姆。也许他会想玩牌什么的。"

"当初你为什么要离开他，妈妈?"

妈妈只说了句"他是个好人"。

起初，梅格安以为这就是她的回答。后来，她懂了。

正因为山姆是个好人，妈妈才离开了他。梅格安能够理解那种担忧。

"有些事情我早该说的，"妈妈低声说道，一边不耐烦地挥舞着她手上点燃的香烟，"但是没剧本的时候，我从来不怎么擅长说话。"

"我们谁都不是真会说话。"

"感谢上帝。说话也改变不了什么。"

妈妈突然站了起来，"跟记者们说话总是会让我情绪高涨。再见，梅吉。我会从街对面过来的，当——"她的声音颤抖了起来，"——你们得到她没事了的消息后。"说着，她大踏步地走出了候诊室，脸上泛起了好莱坞式的灿烂笑容。

时间一分一秒地流逝，直到最后下午四点钟左右的时候，魏斯曼医生走进了候诊室。梅格安第一个看见了他。她抱紧了艾莉，站了起来。鲍比第二个站了起来，然后是山姆和妈妈，接着乔、吉娜、凯伦和夏洛特都站了起来。大家都一言不发地走向了医生。医生擦了擦手，伸出一只手抓着他那稀疏的头发，露出了一个疲倦的笑容。

"手术进行得很顺利。"

"感谢上帝!"大家一起低声说道。

"但是，她还有很长的路要走。这个肿瘤的危害性比我们原以为的要大得多。"他抬头看着乔，"接下来的几个小时，会告诉我们答案。"

31 | chapter
姐妹之间

克莱尔苏醒了过来。她感到头昏眼花，又很困惑。她的头痛得怦怦直跳。就在她打算去按呼叫按钮要止痛药的时候，她才反应过来。

她还活着！

她从1数到100，然后试着把她小时候生活过的镇子都列举出来，以此来测试自己的记忆力。但她才列举到"巴斯托"的时候，第一个护士就走了进来。此后，她就不停地被刺着、戳着，做着各种各样的检查，直到她无法思考。

她的家人们轮流过来坐在她旁边。刚做完手术的那段时间里，她记得最清楚的有两件事，其一是鲍比会坐在他的床头，每隔一个小时就拿一个冰袋放在她的头上；其二是爸爸，当她渴了的时候他就会喂她一个冰块。梅格安带来了艾莉的最新画作，这次是三个颜色鲜艳的简笔画人物站在一条河边，底下歪歪扭扭地写着：我爱你，妈妈。

在手术后的第二天里，克莱尔变得焦躁易怒。现在她很痛。她浑身上下都很痛，还有，她的额头上被铁环箍出来的瘀伤开始像疯了似的猛烈抽动。医生们不会给她太多的止痛药，因为他们不想让任何手术后遗症变得难以察觉。

"我的感觉很糟糕，"她对坐在窗边椅子上的梅格安说道。

"你看起来糟透了。"

克莱尔勉强笑了笑，"你对病人的态度真好。你觉得他们会很快过来吗？"

梅格安从她的书上抬起头，克莱尔注意到那本书是倒着拿在她手上的。"我再去看看。"梅格安把书放下站了起来，这时门开了。

克莱尔的白班护士德洛丽丝面带笑容走进了房间，她推着一个空轮椅，"给你做核磁共振的时间到了。"

克莱尔惊慌失措。突然间，她不想去了，不想知道结果。她感觉自己好多了，这样已经足够了……

梅格安来到她身边，紧握住她的手。这个动作，已足以让克莱尔鼓起勇气去闯过难关。"好的，德洛丽丝，带我去吧。"

当她们推着她到了走廊里的时候，鲍比在那儿等着她们，"到时间了？"

回答他的人是梅格安："是的。"

在去核医学科的整段路上，鲍比都握着克莱尔的手。她用尽了自己的意志，才能离开他们，让护士推着她沿着那条熟悉的白色通道滑行而去。

几分钟后，当她再次躺进那形似棺材、会像冲击钻一般响动的核磁共振仪里的时候，她的脑海中浮现出一副清晰的自己大脑的扫描图，她能看得非常清楚。到扫描结束的时候，她的太阳穴已被泪水打湿。

当她结束的时候，鲍比、梅格安和德洛丽丝在等着她。

德洛丽丝帮克莱尔坐进轮椅，然后把她穿着拖鞋的脚放在脚凳上，回到他们之前进入的那个房间。

接下来的等待，漫长得让人无法忍受。梅格安在医院的小房间里踱来踱去；鲍比把克莱尔的手捏得太紧，让她的手指都失去了知觉；每过几分钟，山姆就会进来一次。

德洛丽丝终于回来了，"医生们准备好见你了，克莱尔。"

在轮椅推行着的过程中，有一些小细节让克莱尔保持着镇定，没让自己尖叫起来——放在他肩膀上的鲍比温暖的手，德洛丽丝那轻快的说话声，梅格安紧紧待在她身边的样子。

"好了，我们到了。"德洛丽丝在办公室门前停下，敲了门。

有人说道："请讲。"

德洛丽丝拍拍克莱尔的肩膀，"我们都在为你祈祷，亲爱的。"

"谢谢。"

梅格安推着轮椅，把克莱尔带进了办公室。房间里有好几个医生，魏斯曼医生第一个开口，"早上好，克莱尔。"

"早上好。"克莱尔回答道，努力让自己不要紧张。医生们等着梅格安坐下。最后，他们才意识到，她根本没打算坐下。

魏斯曼医生敲了一下观片箱，那里面是克莱尔的核磁共振成像片，她的脑子。她抓着轮子向前滚去。

她仔细研究着片子，然后抬头看着医生们，"我没看见肿瘤。"

魏斯曼医生微笑道："我也没有。我想，我们已经把它全部切除了，克莱尔。"

"哦，我的天哪！"她曾希望过这个结果，为此祈祷过。虽然她曾尽力地去相信会这样，但现在，在她面对着这一结果的时候，却觉得似乎不太可靠。

"初步实验的报告表明，这是一个初级的星状细胞瘤。"他说道。

"不是胶质母细胞瘤？谢天谢地！"

"是的，这是个好消息。此外，它是良性的。"魏斯曼医生说道。

另一个医生走上前来，"你是个非常幸运的女人，奥斯汀夫人。魏斯曼医生创造了一个奇迹。然而，如你所知，大多数的脑部肿瘤都会再生。28％的所有——"

"停下！"克莱尔看见这位医生脸上吃惊的表情，才意识到自己刚才是喊叫着说出这句话的。她瞥了一眼梅格，梅格鼓励地向她点点头。"我不想听你的统计数据了。是良性的，对吗？"

"是的，"医生说道，"但是'良性'对大脑部位来说，是一个被误解了的术语。无论是不是良性，所有的脑部肿瘤，最终都能致命。"

"是啊，是啊，脑子里的空间那么小，等等之类的原因。"克莱尔说道，"但是，这不是那种会扩散到我的全身的癌症，对吗？"

"对的。"

"所以，现在它没有了，而且是良性的。这就是我想听到的。你可以跟我说从现在起我需要做的治疗，但不要说什么生存机会和生存率。我的姐姐已经沉浸在你的那些数据里了。"她对梅格微笑着，"她以为我没注意听，其实我听了。在她的厨房操作台上有一个文件——一个她标记着'希望'的文件。在那上面，有数十个人的资料，他们都是七年前就被诊断出脑瘤但至今仍然存活的人。你知道他们有什么共同点吗？"

只有魏斯曼医生一个人还保持着微笑。

"他们都曾被告知，他们活不过六个月。你们就像六月的时候西雅图的气象预报员，你们所有的预报都是会下雨，但我不会带伞，我的未来充满了阳光！"

魏斯曼医生笑得更开了，他穿过房间弯腰对她耳语道，"说得好！"

她抬头看着他，"我对你的感谢之情，无法用语言来表达。"

"乔·怀亚特才是你该感谢的那个人。祝你好运，克莱尔。"

克莱尔一回到她自己的房间里，就失声痛哭了起来。哭得根本停不下来。

鲍比紧紧拥抱着她，吻着她的光头，直到最后她抬起头看着他，"我爱你，鲍比。"

他猛烈地吻了她。

她依偎在他身上，然后对他耳语道："去把我们的小女孩带过来吧，我想告诉她，妈妈会好起来了。"

他赶紧出去了。

"刚才你很棒。"当她们单独在一起的时候，梅格安说道。

"我的新座右铭是：别耍光头！"

"我不会的。"梅格咯咯笑了。

克莱尔伸手，握住她姐姐的手，"谢谢。"

梅格吻了克莱尔那画着线的额头，喃喃地说道："我们是姐妹。"这就是最好的回答。"我要去叫妈妈过来了。她可能会带一个电影摄制组过来。"梅格安面带微笑地离开了房间。

"肿瘤消失了！"克莱尔在空空的房间里大声练习着说道。

然后，她笑出了声。

梅格安在餐厅里发现了大家。鲍比已经在那儿了，正在跟山姆聊着；妈妈在餐台附近，给她的影迷们签着名；"忧郁者们"和艾莉森坐在角落上，相互聊着。唯一不见的，是乔。

"我就在那里，"妈妈正在对一个痴迷的观众说道，"准备好了去穿一件拉不上拉链的裙子。而我又不是……"她笑得迷人地说道，"……一个平胸的女人，所以，你可以想象——"

"妈妈？"梅格安碰着她的胳膊说道。

妈妈猛地转过身来。当她看见是梅格安后，满面灿烂的笑容消失了。一时之间，她似乎显得要小了很多，感觉起来非常脆弱，又变回她小时候在底特律贫民窟里的那个小琼妮·乔娇维奇了。"什么？"她低声说道。

"来吧，妈妈。是好消息。"

妈妈沉重地叹了一口气。"当然会是好消息。你们都太大惊小怪了。"她转回到她的观众面前，"我讨厌故事讲到一半就离开，但是，看起来我的女儿奇迹般地康复了，这让我想起了我曾经演过的一个电视剧，那里……"

梅格安走开了。

"梅格阿姨！"艾莉森说着跳了起来，冲进了梅格的怀里。梅格把她抱了起来，然后给了她一个吻。"我的妈妈全好了！"

听见这个，"忧郁者们"中响起了一阵欢呼。"来吧，"吉娜对她的朋友们说道，"我们去看克莱尔。"

鲍比走向梅格安。"来吧，艾莉鳄鱼，"他说着把这个小女孩接了过去，"让我们去吻妈妈吧。"他开始走了，然后，又停顿了一下，回过头来。他非常温柔地吻了一下梅格安的脸颊，轻轻说道："谢谢你。"

梅格安闭上了眼睛。这个动作给她带来的感情冲击的强度之大，让她感到出乎意料。当她再次睁开眼睛的时候，透过朦胧的泪眼，她看见山姆向她走了过来。

他走得很慢，就好像他的腿已经不是自己的了似的。他伸出手，抚摩着她的脸庞。

过了好一会儿，他才轻轻地说道："我希望，这个感恩节，你会到家里来。别再找些蹩脚的借口了，我们是一家人。"

梅格安想起了她拒绝了克莱尔的邀请的那些年头，还有所有那些她没被邀请过的年头。然后，她想起了上个感恩节；当时，她独身一人，吃着葡萄干麦片当晚餐。在所有的那些时候，她都在假装自己并不孤独。当她有家人陪在身边了的时候，她再也不需要假装，再也不会孤独。她朗声回答道："看你们谁敢不让我一起！"

山姆点点头，走开了。她看见他绕到餐台旁，抓住妈妈的胳膊，把她拉离了人群。妈妈被他拉得跟跟跄跄走在他身旁的时候，还在向她的观众们抛着飞吻。

梅格安在那里站了好一会儿，不知道自己该何去何从。

她在找着一个人：乔。

她跑过一条条走廊，一边对那些在过去的几个星期里已经变得比朋友还亲密的护士们和护工们微笑着、竖着大拇指。

在那间候诊室里，她刹住脚步停了下来。

里面空空如也。他读过的那本杂志，还摊开着放在桌子上面。

她回头扫了一眼走廊。此刻，克莱尔并不需要她的存在。晚些时候，等这个令人激动的时刻平静下来、回到现实的生活中后，她们会有大把的时间。她们还有一生的时间可以在一起。此刻，克莱尔所需要的，是从医院回家需要穿的衣服。

梅格安走向电梯，坐着下到大厅，然后走向外面。她等不及要给伊丽莎白打电话，告诉她这个好消息。

外面的天气辉煌灿烂，阳光明媚。这个城市里的一切，都让人感到更清晰，更纯粹。远处的海湾，在灰色的高楼之间闪耀着银蓝色的光。她往山下走着，想着许多事情——她的人生，她的工作，她的家人。

或许，她会改变一下她的职业方向，去从事其他范畴的法律业务；或许，她会开展一项业务，开设一个专为脑瘤患者服务的类似于信息交流中心的机构，也许她可以找一个有这种醒悟的医生与她合作；又或许，可以开设一个慈善公司，资助人们在最糟糕的时候可以得到最好的护理。现在，这个世界似乎已对她完全开放，充满了各种新的可能。

不到半个小时，她就走回了家。就在她要穿过马路的时候，她看见了站在她那栋楼的前门外的他。

当乔看见她后，立即从他斜靠着的墙上起身，穿过了街道，"吉娜告诉过我你住在哪里。"

"斯图跟你说过核磁共振的结果了吗？"

"我和他一起待到了最后一刻。看起来，克莱尔的运气不错。"

"是啊。"

他走向她。"我已经厌倦了满不在乎地过日子，梅格，"他轻轻地说道，"而且，我也厌倦了去假装当戴安娜死的时候我也死了。"

她抬头看着他。现在，他们离得如此的近，近得只要他想吻她，就可以吻到她。她问道："像我们这样的两个人在一起，会有什么样的可能呢？"

"会有可能。跟所有人能拥有的一样。"

"我们可能会受伤。"

"我们已经受过伤了，但我们活了下来。"他温柔地抚摸着她的脸庞，这让她想哭——从来没有一个男人对她如此温柔过。"而且，或许我们会爱上彼此。"

她凝视着他的双眼。从中，她看到了未来的希望。甚至，比希望还要多：她看见了他所说的小小的爱。而且，第一次，她相信了这小小的爱。如果克莱尔都可以好起来，那么，一切皆有可能。她张开双臂拥抱了他，然后踮起了脚尖。就在她吻他的那一刻前，她鼓起勇气轻不可闻地说道："或许，我们已经爱上了彼此。"

尾声 | *ending*
姐妹之间

一年后。

露天场馆里的喧嚣嘈杂之声震耳欲聋，到处都挤满了人。孩子们在游乐场上尖叫着，父母们大呼小叫地跟在后面；马戏团的成员们在吆喝着，招揽着人们去玩游戏；汽笛风琴在演奏着节奏感十分强烈的音乐。

艾莉森在前面跑着，拖着乔从一个项目玩到另一个项目。梅格安和克莱尔走在后面，轻轻地聊着天，拿着乔赢回来的那些拙劣的毛绒玩具和廉价的玻璃小饰品。克莱尔的虚弱无力，是她经历过了生死关头的唯一例证；而这也在日渐改善。她的金发已经长出来了，比之前的要更卷些，颜色要更深些。

"到时间了。"克莱尔说道，一边向乔示意着。他们四个走成了一排，走过了点心铺子，然后左拐走向露天场馆的看台。

"已经这么多人了。"克莱尔说道，她听起来很紧张。

"当然这么多啊。"梅格安说道。

"快来啊，妈妈，快来！"艾莉森在欢呼雀跃着。在一道特别的侧门旁，克莱尔出示了她的后台通行证。他们穿过了后台的临时区域，经过了正在热着身的乐手和歌手们。

鲍比看见了他们的到来，向他们挥起了手。艾莉森向他跑去，他把她抱进怀里，然后转了个圈。"我爸爸今晚会唱歌！"她说得很大声，足以让所有人都听见。

"我的确会。"鲍比用一只胳膊抱着克莱尔，把她拉到身边吻了一下，"祝我好运吧。"

"你不用靠运气。"

他们跟他谈了几分钟，然后让他去做准备。

他们爬上看台，在第四排找到了自己的座位。梅格安扶着克莱尔坐下——有时候，她妹妹还是有点站不稳。

"肯特·埃姆斯上个星期打来了电话，"克莱尔说道，"妈妈把他好好教训了一顿，因为鲍比的合同被取消了的事情。"

"她已经骂了他好几个月了。"

"我知道。上周她告诉他，她已经为鲍比找了个到水星唱片公司去试音的机会。肯特·埃姆斯大发雷霆。无论如何，看起来，他打算再给鲍比一次机会。他说，他希望这次鲍比要分清事情的轻重缓急。"克莱尔笑了。

一个男人走上舞台宣布道："鲍比·杰克·奥斯汀！"

人群中响起了礼貌性的掌声。

艾莉森上蹿下跳地叫着："呲，爸爸！"

鲍比抱着他的吉他一跃跳上了舞台。他扫视观众，找到了克莱尔，给了她一个飞吻，"这首歌是献给我的妻子的，是她教会了我，什么是爱和勇气。我爱你，宝贝。"他弹奏着吉他，开始唱了起来。他那清亮优美的嗓音与音乐声交织在一起，迷住了人们。他唱的是他找到了他梦想中的女人、和她一起坠入爱河，以及在人生的艰难时刻在她身边支持着她的故事。在最后一段，他的嗓音低沉得犹如沙哑的耳边私语，人们倾身向前来听清歌词。

你漫步在今天的路
也曾跌落，满怀痛楚
爱的领悟在你身边
每一个明天都是礼物。

这一次，人群里掌声雷动。观众席上，有一半的女人都在抹着眼泪。

梅格安伸出一只胳膊搂着她的妹妹，"我跟你说过，他会是个好老公的！从我见到那家伙的第一刻起，我就很喜欢他。"

克莱尔大笑，"是啊，对的。那你和乔怎么样呢？你们简直都住在一起了。在我看来，或许将来你们会签一份婚前协议。"

梅格安看了一眼乔。乔正在站着鼓掌，怀里抱着艾莉森。自从他又开始行医之后，他说一切皆有可能。他们已经教会了对方再次去相信爱情。"婚前协议？我？不可能！我们在考虑一个小型的婚礼，户外——"

"在会下雨的地方？到处都是虫子的地方？你是说那样的户外？"

"可能会有些汉堡，以及热狗，还有——"

"吉娜的土豆沙拉。"

她们两个同时说出了这句话，然后一起大笑起来。

"是啊，"梅格安说着斜靠在她妹妹的身上，"就是那样的婚礼。"

KRISTINHANNAH

BETWEEN
SISTERS